张建春 ● 著

『新实力』中国当代散文名家书系

未修剪的村庄

河北出版传媒集团

花山文艺出版社

图书在版编目（CIP）数据

未修剪的村庄 / 张建春著. —石家庄:花山文艺出
版社，2016.7（2019.6重印）
　ISBN 978-7-5511-2904-6

　Ⅰ．①未… Ⅱ．①张… Ⅲ．①散文集－中国－当
代 Ⅳ．①I267

　中国版本图书馆CIP数据核字(2016)第162479号

书　　名：**未修剪的村庄**

著　　者：张建春

责任编辑：贺　进

责任校对：李　伟

美术编辑：胡彤亮

出版发行：花山文艺出版社（邮政编码：050061）
　　　　　　（河北省石家庄市友谊北大街330号）

销售热线：0311-88643221/29/31/32/26

传　　真：0311-88643225

印　　刷：三河市华东印刷有限公司

经　　销：新华书店

开　　本：650×940　1/16

印　　张：22.5

字　　数：350千字

版　　次：2017年1月第1版
　　　　　　2019年6月第2次印刷

书　　号：ISBN 978-7-5511-2904-6

定　　价：66.00元

◆◇◆目录◆◇◆

【草根人物】

【乡音散走】

【心情采撷】

【故土密语】

草根人物

梅　痴

　　华生的父母去世后，嫂子闹着要分家。哥哥忠厚、木讷，三棍打不下个闷屁，说不上几句话，凡事任老婆做主，找上家门几个长辈，家说分就分了。兄弟两个，父母丢下三间草房，外加一间支锅放柴火的披厦，也就是这点家当。嫂子霸道要两间正房，一间披厦，几个长辈为难，华生还没成家，近二十岁的人了，连个对象的影子都没有，房子是娶媳妇的必备条件，一间破草房仅够自个存身，谁家的女孩会看中？搞不好一辈子就要当寡汉条。华生却实实在在同意了，提出的唯一条件，是把祖上留下的房前的一棵红梅树分给他。嫂子当即一拍双手，同意。红梅树花开再好当不得饭吃，当不得柴火烧，当不得料用。嫂子脑子转得快，心里算盘打得精，但嘴上不认尿，说上了一大串的理由。当然这些理由都和红梅无关，也难以站得住脚。长辈们心里明白，人家兄弟间的事，公不公平也是肉烂在锅里。哥哥过意不去，拉着华生的手感到对不起兄弟，泪眼麻花的，直到老婆狠狠剜了他一眼，才不舍地松开了弟弟的手。

　　分家后的华生日子过得落魄，除了下田干活，一天下来有一顿无一顿地对付，却喜欢宝贝般围着红梅树打转。红梅在村子里是稀罕物，方圆十里地界难以找到第二棵，这梅应该有些年头了，海碗口般粗细，高高挑挑地向空中长去，少说也有八丈高。华生自小爱听老人"讨古"，老梅的来历、老梅的故事多少知道一些，估计别人都忘了，他却紧紧地掖在心里，时而在半夜里翻翻，在心里弄出不小的响动来。

老梅树开花好看，起先是花骨朵密密麻麻地结满了枝头，春风刚刚吹动，花骨朵们齐着劲儿开放，一树的红梅，飘出沁人心脾的香味。村里人很少有娴静的心欣赏这花，也没有"红梅俏争春、他在丛中笑"这一说。春说来就来了，耽误不得，感叹不得，下地干活是正事，总比在一棵树下发呆重要，那是疵业。华生却喜欢在盛开的红梅树下打发时光，即便一地的油菜要浇了，整垄的麦田长满了杂草要锄了，他还是在整块的时间里，撕下不小的一块，陪在老梅树下，听梅花香气游动的声音，看绿叶在花开花落里忽悠忽悠地长出。别人不待见梅花，又是华生暗地高兴的，他可以独拥这花红，心中难得的舒坦。常常是哥哥看不下去，催着弟弟下田，华生痴痴地看着梅花，半天回不过神来，让哥哥心中多出了一份担心。

不开花的日子，华生对红梅树不见有两样，忙和闲似乎对他都不重要，华生围着梅树，前后左右打量，施肥、逮虫比种庄稼用心得多。晚间皓月当空，一地的清辉，哥哥、嫂嫂早早上床睡了，华生推开长年虚掩不锁的门，悄然出门，对着梅树出神，月光从疏枝间拂照下来，华生的脸斑斑点点，却是满面的笑容。嫂子起夜，看到了这一幕，推醒熟睡的丈夫，透过窗户去看，迷蒙中，红梅树突然纤细起来，明明是一袭红衣的漂亮女子，立在华生面前，惊得忙捂住嘴巴，生怕喊出声来。揉了下眼，树还是那树，杵在月光下，只是随夜风摇曳起来，华生靠着树似睡非睡。

哥嫂认定华生的魂被老梅树勾了去，按乡间的说法叫"趄"了树精，悄悄地托人找了当地"降大神"的仙人，求了张驱邪的"符"埋在红树的根下，期盼镇住树精。华生依然如故，干活下田，一天三顿之后，仍是围着老梅树转，"符"没起上任何镇杀作用，倒是引来了哥嫂间的一场争吵，"符"毕竟是花了十个鸡蛋换来的，白白地送给"大仙"了，嫂子心疼。华生听到了哥嫂的争吵，全没当回事，暗暗地笑上几声，背转身子又在有月的夜晚，抬头看梅叶筛落下的点点星光。

都说华生疯了，不过是文疯，把老梅当作了心中的女人，恋着、爱着，属于花痴一类。这样的说法，是由华生的嫂子绘声绘色的诉说引发的。好奇的大有人在，晚间时有结伴的人暗处躲着，窥探华生怪异的行为。果然如此，月光下，华生围着梅树打圈子，嘴中念念有词，如同梦游，如同和恋人对话。天亮时，人们争着传，梅树摇摇晃晃，一会儿幻化为红衣女子，一会儿又还原成摆动夜色的树木，统一的口径是女子长得妖媚漂亮，勾魂。红梅树由此不得安宁起来，村里人商量半天，一致意见是锯了红梅树，最好连根刨了，救华生一命，怕迟早一天树精吸干了他的精血。树没有锯成，华生拼命般地护着。俗话说，一个拼命十人难挡，何况一棵碍不着别人事的红梅，有它吃饭，没它也吃饭，犯不着搞得头破血流。不知是谁起的头，华生的名字被"梅痴"代替了，张三喊，李四喊，喊得热络，华生默默承受，最后连华生自己也不知自己叫华生了。

老梅树花开花落，记不清翻过了多少个季节，华生的哥嫂择地盖了楼房，嫂子做主把两间草房作价卖给了华生，华生眼没眨就接受了，从此他住的地方孤岛样独立起来了，他忙前忙后地打理，扎篱笆，清杂草，幽幽静静地和老梅树做伴而生。华生老了，一头的白发，每在红梅盛开季节，红红的梅花、白白的头发，相映出一段景色。村里人懒得理他，他也不愿搭理别人，话语一天天少了起来，剩下的只有闪烁的目光和梅树无声的交流。平静的日子没过多长时间，村里在外地上大学的孩子，把老梅和华生的故事放到了网上，点击率蛮高，华生的家开始热闹起来，看梅的人络绎不绝，尤其是红梅盛开的日子，白头老人和红红的梅花总是他们取景的对象。游人临走时，都把梅痴华生当作了守护老梅的英雄，三三两两地丢下一些钱物，让村里人眼热。做了半辈子"光杆"的华生走起桃花运来，做媒弄伐的，投抱送怀的委实不在少数，华生除了拒绝还是拒绝，说急了，就指指门前的老梅树，半天蹦出三个字：梅老了。搞得人半天摸不着头脑。华生只想做寡汉条，孤家一人，绕着老梅树生活，应了文人常描述的"梅妻鹤子"的场景。

还是因了老梅树的招摇，求梅的人迈进了华生的草房。求梅人手中提着沉甸甸的密码箱，打开是成沓成沓的人民币，让华生把老梅卖给他，做树胆。求梅人十万、十万的加码，最终加到了五百万，华生摇头，眼睛须臾不离开老梅半刻，生怕一瞬间失去了他的宝贝。求树的人是个谦谦君子，看着华生爱梅痴梅的眼神，知道难以成交，就提出给他一根枝条，他要嫁接出成千上万棵红梅来，华生看他是个爱梅的人，犹豫半天，答应了。在华生登高剪动枝条时，老梅周身舞动起来，华生的泪在眼中打转，他感到了老梅的痛。求树的人怔怔站在一边，捧着老梅的枝条，又提出要和华生结交朋友，华生爽快地同意了。之后的日子，求梅的人年年梅花盛开的时候，都要轻车简从，陪着华生、老梅度过花语稠密的时间。

如果不是求梅的人，一段深藏的故事就会因华生的老死成为永远的秘密。华生的亲生母亲是一位抗日战士，一场激战献出了自己的生命，华生的父亲将刚刚出生才三个月的他，托付给了华生的养父，并将华生的母亲葬在了老梅的树下。风吹雨淋坟头没有了，亲生父亲也杳无音信，只留下满树的梅花，一年一季红红艳艳。养父死时告诉了华生这一切，养父说：你的亲生母亲，一身红衣，静静地躺在老梅树下，那天红梅开得好艳、好艳。

华生也是死在红梅盛开日子里的，他的棺材停留在红梅树下，一树的梅花点点滴滴地落下，不久棺材上就被梅瓣铺了厚厚的一层。

不久一条大路从老梅身边悄然驰过，求梅的人出资在老梅边修了个游园，老梅偏居一隅，周边种满了由老梅枝条嫁接出的梅苗，梅苗长得苗壮，紧紧地簇拥着求梅人书写镌刻的"梅痴"石碑。"梅痴"二字见骨见肉。

赌鬼良富

到了正月，乡间闲了下来，偷偷摸摸地聚上场把赌是少不了的。赌大赌小不好说，图个热闹、图个刺激，赌的人少看的人多，还得提心吊胆防着，公社时常派人抓赌，抓住了，就有要好看的事发生了。

有赌必有良富，没良富的赌似乎缺了点什么，赌得没劲，赌得没有看头。

往往是桌子刚刚支上，麻将或者牌九码好了，良富卷着风一脚跨了进来，没说的，良富坐了庄家，推倒码好的牌，"哗哗啦啦"地和上一气，战斗就算开始了。良富赌技一般，输多赢少，却落个瘾大，一年若若干干的积蓄，一个正月间就输得一毛不剩、半文没有，多多少少还要欠上一些烂账，之后缩头乌龟般没精打采，拆东墙补西墙地过日子，眼巴巴地等着又一年正月的到来，手用香皂狠狠地洗上几遍，用磨刀石狠狠地擦上一气，准备好好地大干上几场翻过本来。

良富勤快，田里的活样样在行，干起活来从不偷奸耍滑，使牛打耙边到根齐，栽秧割稻总要比人多干上几路，自留地的菜蔬长得水光油亮，人也长得有模有样，只可惜见了赌手就痒痒，这样的臭毛病，遮住了他百样的优点，注定了他一辈子只能打光棍一条。

良富"赌品"好，输赢从不计较，更谈不上耍赖、作假，输了一摔两响当时付款、付物，赢了却羞答答不好意思，如同他欠别人的。良富赌钱，总是有备而来，带上一年的积蓄，甚至磅猪的饲料票、丈儿八尺的布票都一并地揣在怀里。几个好赌的人看到他就兴奋，远远地打着招呼，挤眉弄眼地大呼小叫：良富来了不小。恨不得快刀割肉，把良富的口袋掏得空空的。

事实往往正是这样，几场赌下来，按乡间人说法：良富先是脱了衣服，当了裤子，之后蛋被割了，还血淋淋的。愿赌服输，良富似乎从没怨言过，旁观者清楚，良富的输大多是被算计，好心人和他说，他又死不承认，只说，自己手臭，怪不得别人。赌了输，输了赌，再赌再输，良富陷入了泥泽，摆脱不了这怪圈。

赌来赌去，村里的老年人看不下去了，悄悄地报告了公社。良富等一干人，被公社基干民兵逮了个正着，先是吃了点皮肉苦，跟着就是游村。游村很热闹，几个赌徒一根绳子拴了，如一串蚂蚱，良富顶着四方桌，另几个参赌的人扛着长条凳，走田埂、串胡同，当然还有人拎面铜锣，破着嗓子喊：我是赌徒，别学我。我游手好闲，别学我……公社的民兵，摆弄着长枪，枪栓拉得"哗哗"响，知道空枪无子弹，还是引得一行人跟着凑热闹，本已平静的正月委委实实地鼓噪了一番。亏得良富身壮力不亏，否则一天顶着四方桌，在乡间的小路上不停地走，腰早累断了。

游村的夜晚，村里人听到了狼一般的哭号，有人说是闹夜的孩子，有人说是二寡妇犯神经，有人说是良富。猜测没有结论，但大多人都看到了良富下田的身影，早早地，太阳刚刚露头，良富已在大田里浇了半亩的麦子。田是集体的，良富如在自留地里一样卖力。

年成真的很好，午季丰收，秋天满贯，成堆的稻子拥在生产队的场地上，交了公粮，卖了余粮，按人口分粮食，光稻子良富一人就分得了一千多斤，另外还有山芋杂粮之类的。按工分红，一年的苦没有白下，破天荒十分工值了七毛钱，生产队的会计算盘打得"啪啪"响，年终决算，良富扣除杂七杂八的，实实在在分得了一百五十元。

还了上年的赌债六十八元，良富的口袋有了重量，八十二元不是个小的数目。村里人打趣，今年节子里良富可以好好赌上一场了，估计"良富来了不小"的声音会更大些。

春节不迟不缓地到来，贴了门对、放了鞭炮，一个人吃了个早早的年饭，翻过一天就到了正月。正月的赌没见良富，真是怪了去了。良富家的门虚掩着，透过门缝，三间草房一尘不染，分得的粮食小山样堆在墙角，锅凉凉地冰着，灶洞里早已没了热气。良富很少出门，不见了的良富，让村里人不适应，生出了无穷的想法，说得最多的是良富金盆洗手不赌了，奔一个五里开外村子的小寡妇去了。

然而事实却是另一回事，正月还没过完，村里"抄"狗屎的绝户三老头发现了良富死在了父母的坟边。良富穿戴整齐，直表表地横在土坟前，身边摆着一副麻将、一副牌九，另外一瓶一零五九剧毒农药怒目地戳着。

村里人绘声绘色地说着良富，恢复他"行死"前的幕幕场景。月色初上，良富被父母招到了坟前，可怜儿子好赌，就找了三个阴间赌场高手，先是麻将，后是牌九，本想让良富学上几手绝招，无奈良富愚笨，不仅招没学会，蛋又一次被割得血淋淋的，连根也不剩。良富的父母一狠心，就把良富收了去。天黑月高，良富看不清父母的表情，父母估计也不知良富的模样。

良富的坟和他父母的坟并立在了一起，他从小父母双亡，无亲无戚，无依无靠，一人吃饱全家不饿，一人躺下全家安宁，一年到头除了和鸡鸭说话，就是赌那几天了……

唉，赌鬼良富。村里人把这声叹息经久地传了下去。

从此村里无赌。

疯子大凤

　　方圆十里的人都知道大凤，大凤是郢子里唯一的疯子。

　　大凤长得漂亮，白白净净的，笑起来更好看，一笑两个酒窝，长长的辫子搭在细软的腰肢上，走起路来两条乌黑的辫子甩来甩去，吸引了不少人的目光。大凤喜欢去村里的冲地土井里挑水，土井水清澈，照得人的面孔一清二楚，大凤爱对着土井笑，土井水若一面镜子，镜子里如花似玉的大凤活泼泼的，一双会说话的大眼睛左顾右盼，时间一久，井水中的人不好意思起来，大凤抓块土坷垃扔向土井里，井水一波波地涟漪起来，一会儿，水静了下来，大凤就又出现了，呆呆地看着井边的人。

　　大凤是在土井边疯的。处了几年的男友说蹬就把她蹬了，相爱的对象是村里的下放知青，招工进城没几个月就变了心。由不得大凤不疯，那么深的爱，那么多人都称道的这对天作之合，拉过手、亲过嘴、投过怀抱。大凤在土井边说疯就疯了，一声尖叫她已认不出土井中映出的人是谁，她用扁担狠狠地向井中砍去，她认定井中的人抢去了他心上人。砍痛了的井水，映出的美人消失了。大凤哈哈大笑，过会儿，水的痛消了，美人又出现了，大凤用扁担再砍去，三番五次大凤累了，软泥一样瘫在井边。到了第二天大凤仍去，还是第一天的场景，大凤砍得越发卖力……大凤就这般的疯了。

　　郢子里的人治疯病没有好办法，不像头疼脑热，寻上个偏头方子，喝上几火草根树皮就好了。郢子里的老人认为大凤丢了魂，常常结伴在土井边为大凤"喊魂"，特别是夜间，凄厉的喊魂声一串接着一串，让人头皮发麻，大凤跟在老人们后面，拍着手也一声声"大凤、大凤"地喊着，大凤的魂没被喊回，天麻麻亮仍旧挑着一担空水桶守着土井，太阳升起时，映在土井中的"大凤"又活过来了，大凤依旧拿起扁担狠狠地砍去。

那时走村串郢的土医生多，试过很多法子，大凤的疯都一天天加重了。有一天来了位自称放血疗法包治疯病的老婆婆，收拾得整整齐齐，直奔大凤家三间破草房。大凤的父母如遇到救星一样迎着，手脚麻利的大凤妈，没见多少动作，一碗红糖"打蛋"就端到了老婆婆面前，老婆婆没有客气一声，连汤带蛋一会儿工夫就吃了个底朝天。老婆婆下手重，从"巴巴头"上拔出一根银簪，让看热闹的人紧紧地逮住大凤，手起簪落，大凤的血就从她胳膊的静脉血管中涌出，大凤的爸，忙不迭地用大碗接着，年轻人血旺，时间不长一碗血就满当当的了，血起先红红的，最后呈现出的是褐色，看得人心惊肉跳。大凤先前还反抗，之后就没了声息。老婆婆抓了把堂屋的细灰，草草地糊在大凤胳膊的创口上，拍拍手说：疯病好了。放过血的大凤脸色苍白，一时安静了许多。大凤的父母千恩万谢，把鸡窝里刚下的还带着余温的鸡蛋塞进老婆婆的提篮里，又约莫盛了二十斤的米，用布袋装好，交给了老婆婆。老婆婆转身而去，丢下一句话：过上十天半月再来。

没见大凤的疯病好上几天，此前的状况又恢复了。大凤的父母盼着老婆婆来，半月后老婆婆来了，还是第一次时的程序，血放了，东西带走了，大凤脸色更苍白地静了几日、躺了几日。大凤疯前疯后对我们一帮子小伙伴们都好，看大凤的血一碗一碗地放出，我们记恨老婆婆来，半月后老婆婆提着篮子刚到村口，我们唤狗的唤狗，拾土坷垃的拾土坷垃，一齐向她发起进攻，老婆婆没敢进郢子，几乎是落荒而逃。本以为要挨大人一顿猛打狠骂的，但却恰恰相反，大凤的爸爸摸着我们的头，大凤的妈泪流满面，大凤懂事般地拉着我们的手摇来摇去。

都说大凤的疯是"文"疯，不打不闹，所有的动作就是和土井较劲，郢子里的人商量把土井填了，或许大凤的病就好了。不过有一天，郢子人发现，大凤对着塘口也如同对土井一样，想想也就把填实土井的事放到一边了。

没过几年大凤出嫁了，嫁给邻村一个老实巴交的寡汉条。寡汉条对大凤好，脏活累活从不让大凤沾边。很多时候大凤有模有样地做着家庭主妇，但就是到不得井边、塘边，看不得水中、镜中自己的模样。男人厚道，把家里的镜子收了，从不让大凤去井边、塘边。大凤争气，肚子一天天大起来，不久生了孩子，三年五载后，小日子有了点样子。男人肯下苦力，把大凤和孩子照顾得周周到到。

几年前回了趟家乡，特意打听大凤的情况，大凤如今已是做奶奶的人了，疯病没见好起来。儿孙们孝顺，人前人后地围着奶奶转，男人也老了，活计干得少，时常牵着大凤的手，在新建村子的广场上一圈圈地遛着。还有人告诉我，那个负心的知青回来过，带了一车的礼物，卸在大凤家的门前，大凤的男人看了几眼踢上几脚，递给那个过去的知青一根香烟，俩人狠狠地吸着，大凤在边上痴痴地笑，拉着他男人的手一刻也没放过。

荒　女

荒女是有名有姓的，也不知什么原因，喊着、喊着，她的姓氏、名号就丢失了，方圆数里地的人都喊她荒女，无论男女老少，喊得亲热，答得也响亮。

荒女第一次在村子里现身，是一个大雪封门的日子，雪大得出奇，四野一片苍茫，封门封路的雪一个劲下个不停，傍晚时分一个黑点在村口挪动，近了才看清是一个女人，怀里揣着一个猫样的孩子，孩子是女婴，也就三个月的大小。村子里人无奈地接纳了她们，逃荒的日子，这样的事多，见多了不怪，连问也不多问，东家一顿、西家一顿，晚上一床被絮扔在"锅灶间"，就着灶洞的热气一夜就过去了，等待天放晴了，母女俩自会上路的。荒女的孩子乖，很少有大哭大闹的时候，除了夜里猫样地哼上几声，少有闹出大动静的，好心的人家怕冻着母女，上晚时分会扯上足足的干草，铺在灶口的空地里，母女俩猫样钻进去，悄无声息，生怕惹恼了好心的人家。

天放晴了，荒女母子没有走的迹象，急了村子里拿主意、立事的人，商量一气，选择了个德高望众的老人去探荒女母子的情况，时间不长老人红着眼走了出来，猛猛地叹了几口恶气，说：不要撵荒女母子了，就让她们留下吧。村里有几间闲着的破房子，老人领头收拾了其中一间，家家凑手，送上些陈旧的家具，垒上一口土锅灶，支上一张不能称作为床的床，从村子仓库里支上点粮食和稻草，荒女算有了个家。女婴的啼哭声开始无忌的嘹亮，荒女也开始在屋子内外走动起来。到了春节，老人张罗着为荒女的家贴上了红红的门对，走村串户地拜年，自然把荒女当作了一户。

到了春天，村子里的人看清了荒女的眉眼，知道了她的姓氏名字，但荒女的名字早叫了出去，喊顺口了。荒女长得好看，细细的眉毛，水灵灵的眼睛，白白的肤色，一头黑发微微卷着，加上不俗的谈吐，村里人在好奇的同时，多多少少有了些议论。还是老人站了出来，狠狠地发了一通火，村子里的人收敛了心，把荒女真正当作一户来对待了。荒女下田干活舍得下力气，尽管锄地会锄了苗子，秧栽得歪歪扭扭，但不"习奸"，村里人就认可了。荒女背着孩子下田，像勒"田鸡"样背着，歇息时找个背人的地方，掏出一对白生生的乳房奶孩子，好事的人偷偷看，看了就看了，荒女也就脸微微地红了下。"愁养不愁长"孩子长得快，可可爱爱的会笑、会咿呀学语了，也不知是谁起先为女孩起了个名字"荒伢"，叫着、叫着也叫开了。

村子里的人大都听见过荒女的哭，总是在大月亮头的夜晚，月浑浑圆圆的，她的哭声隐隐约约，穿过不大的窗口，在村子的角角落落里碰来撞去，让一个村子的树影、草棵酸酸的、软软的。到了第二天，荒女又像没事人一样，下田、干活，荒伢倚在她的背上或丢在田头地角，活干得顺顺溜溜，日子一天天磕磕绊绊地漫过。

荒女是有文化的人，村里人打个条子、写封信都会去找她，一手娟秀的字，顺畅的叙述，和来者不拒的态度击中了不少人的心。村子主事的老人拍板，把村子里半大小子、姑娘集中起来，交给荒女，让她教不识字的孩子们读书、写字，每天按整劳动力记十分工。荒女乐意，孩子们也高兴，自此村子里有了读书声。荒伢围着孩子们打转，一天天长高、长大，无形中显现出了别样的聪慧。荒女似乎活络了起来，偶尔会哼起一些村里人没听见过的小调，优美、舒畅。曾有段时日，我做过她的学生，喜欢她读儿歌、背诵唐诗的音调，她的目光水样洗过我的眼睛，和下田干活时的目光差别太大，柔和、爱怜，没有一股子把自己抛出的狠劲，引得我浮想联翩，把她所教的字咬得紧紧的，恨不得一一嚼碎了，咽进肚子里。

村里寡汉条多，打荒女主意的人不少，荒女淡淡地看在眼里，不自觉地流露出拒人千里之外的姿态，做得决绝，加上有一帮人护着，母女俩的日子在艰辛中还是平静的。三哥算是例外的人，他帮着荒女、护着荒伢，时而走进荒女的家里，干着一些荒女干不了的脏活、累活。荒女不拒绝三哥，和三哥有的、无的说上一些话，三哥让荒女高兴，荒女也让三哥多了些快乐和念想。三哥是读过书的人，言行中透出一股子儒雅，村里人想撮合他们，或多或少地创造出机会，荒女明白、三哥明白，只差一层窗户纸没有捅开。荒伢喜欢三哥，撵前跟后和三哥亲近，三哥似乎会变戏法，春天几粒野果子，秋天一把花生，哄得荒伢人前人后地喊着"三伯伯"。三哥常把荒伢架在脖子上走东家、串西家，任谁都将他们当作一家人。三哥却在一年"扒河"的日子里，因车祸送了命，除了三哥的父母，哭得最凶的是荒伢，到处哭着、叫着找"三伯伯"，荒女跟着流泪，又克制着不发出声来，憋屈得许多天给我们上课，泪在眼眶里团团打转。

找荒女麻烦的人还是有的，大队几乎从没放过她，今天来历、明天户口、后天立场。村里人不愿意了，做主的人联名各户，说是走散多年的村人，好不容易找回了家，要撵她走，一村子人都得跟着。荒女无语，把该教的字念得更准确了，该演算的算式写得更清了。大队的追究只不过走走形式，荒女生存了下来，如同村子里的一坨泥巴，融在土地上，拽不开、掀不动。

好日子来得迟了，荒女一头白发时，荒伢上大学、找工作、谈恋爱、嫁人，走得顺顺畅畅，真正的家人也找了来，荒女不愿离开村子，她燕子衔泥般盖起的三间房子，房前屋后的树已蹿得老高。荒女实际上已是衰老的村妇，说着一口地道的方言，举止里和村人没有两样。

荒伢逢年过节总要回来的，她一户不落地串着门子，牵着荒女的手，走得轻松而明快。

荒女活得很久，久得住了许多年的村子也拆去了，住了楼房成了都市村庄中的一员。临终前拉着女儿、女婿的手，说了一整夜的话，荒女舍不得离开，终究还是去了。女儿做主，把荒女葬在了三哥坟的边上，实际上按荒女的意思是要和三哥合葬的。大寒时立碑，荒伢犯了难，想了很长时间，还是刻上了"荒女之墓"，碑立了起来，高高大大，显得有点另类。这之前，荒女已告诉了荒伢自己的姓氏名谁和藏于心底的身世，荒伢又一次自做了主张。许多年后，三哥和荒女临近的坟失去了界限，堆起的土相互交叠地向一起合拢，村子里的人看不得孤单，团着团着就将两座坟合到了一起。荒伢没有吭声，看着众多的荒草拥拥挤挤，泪就狂奔了起来。

逃荒的女子有名有姓，她叫刘丽茹，丈夫被打成坏分子，死于非命，大雪天揣着孩子奔一条活路，村里人看着如荒草样的母女，就叫她荒女。

荒是土地上的一种景观。

兰花老解

　　对兰花的喜爱起于老解。老解养花年头够长的，但独独对兰花钟爱，爱得痴迷把工作也失去了，他和兰花过日子，建兰、惠兰、家兰、野兰都在他不大的苗圃里安家。兰是他的亲人，如同妻儿老小。

　　我开始养花的时日也早，什么杂七杂八的花都养过，花开得艳丽，芬芳在我的周围悠然地喷吐。在乐此不疲中，遇见了老解，他告诉了我许多兰的故事，我尝试着养兰，起先一盆、两盆、上十盆，花起花落，我爱上了兰。兰是君子，她随遇而安，对爱她的人情独所系。之后的事可想而知，我的不大的家能插绿的地方，几乎全是兰花了。

　　老解开始把我当作兰的知己了，有好品相的兰花总要喊上我，除了欣赏我仍是不懂兰的，听老解对兰喋喋絮语，我在折服的同时，对兰有了更多的想法。起先是爱慕，之后就把兰作为朋友了，我开始学着和兰对话，进入她的世界，我的心思在兰的张张扬扬中多有表现，花开的日子我是幸福的，花落叶长我又多了份淡定。叶为花生长，绿叶配花是人间最美最美的事情了。老解和我说兰、评兰总要说到这些。他告诉我许多淘兰人的故事，奔花来的有之，趋香而来的有之，为一株兰喷香吐蕊长久等待却鲜见，我是其中之一，老解把我引为知己。

　　老解养兰赚钱不是唯一的目的，他把兰圃当作了收留兰的场所，名贵健康的好，一般病态的也好，他都不当一回事，平等地将兰留下，发绿了叶子高兴,开花的日子既然要喝上一杯,兰香就酒,醉已成了自然。记得在花博会期间,我告诉老解,许多外地来参加交易的兰快枯萎了,这是些行将被遗弃的孩子,老解照单全收,收留了她们,精心地种在了畦间。也不知老解花了多少心血,来年春天弃儿们大多开花了,老解约我赏兰,兰花不语,老解为之很是沉醉,他指着一棵棵兰说事,有点专业,我俨然在不甚明了中品鉴出了陶醉的味道,老解如孩子,此间他注定是株兰。

朋友找我评理,为一株老解养的素心兰,出多少钱他都不卖。朋友说老解不懂商业运作,老解的理由是我的朋友商业味太重,兰和铜臭味无关,好兰只能交与懂兰的人,决绝的不卖给他。这株兰自然成了老解的珍爱,放在众多的兰之间,看不出多么出众,素心兰的好处只有老解懂得,找一个爱兰的、懂兰的人作为下家,犹如女儿出嫁,女婿贫富、地位无关紧要,只要懂女儿对女儿好就行了。老解是严肃的,特别是对兰的去留,他板着脸,对一些人说着爱兰的理由,多多少少有了迂腐的感觉。

老解的兰花生意做得并不好,他对兰的刻意害了他。众多的经营户该出手就出手,老解不然,买兰的人懂兰时他爽快,甚至白送。而初涉兰花、不懂兰的人,他要价奇高,他要的是养兰的人对兰的尊重,绝不要因为是一株草就不当回事了。似乎他的兰花是在等一些人的到来,他说到做到,兰不轻易出售,买主必须拥有真诚和包容的胸怀。兰在开春可以沉默,一个春天又一个春天,她会平静地吐绿,却不轻易地开花,她的花开是有着对象的,然而在老解的花圃中不开花的兰肯定是另类。

我的兰花在二十多年的积累中,品种并不见有多少名贵的,但都实实在在地生长着,每年春天花逸飘香,老解看后在赞许中多了见解:心静养兰,兰是静的产物,无花有叶,把叶当作花来欣赏,一切就有了。我赞成这样的说道,静心中养兰、赏兰,花朵无关紧要,抚摸细叶，眼界中就不会有残枝败叶。

　　老解养兰三十多年，几乎就是兰精，他养的兰不丰腴、不瘦弱，恰到好处地亮出自己的名号，他不拒绝任何兰的符号，春夏秋冬总有兰花开着。讲实在话，老解不像养兰、经营兰的人，话语粗俗加之人的琐碎，任谁也不会把他和兰挂钩。但他面对兰的虔诚，看过了就无话可说了。

　　上午老解送了我兰花肥、兰花药，他不放心我的二十多盆兰花，非要去我家看上一眼，我对他说，我的心搁在了兰花之处。老解紧接着说，兰得用心养。

　　老解六十多岁，做过教师，辞职养兰，没赚多少钱，养家糊口而已。把他称之为"兰花老解"的很多。

老油条吴顺

郢子里人大多姓张、李、王，吴姓是小户，小户人家不被看好，何况出了个吴顺，吴顺的名字别扭，一辈子没顺畅过，也就是"无顺"了。

吴顺有文化，高中毕业，在郢子里算得上是佼佼者，赶上"文革"回家种田成了必然。吴顺的脾气臭臭的，很多事看不上眼，比如郢子里的人不刷牙，他想引导，被拒绝得远远的，大多人回答的是，吴顺"穷烧包"，有买牙膏、牙刷的钱，不如买上斤肥肉开开荤。郢子里人嘴里喷出一股异味，吴顺碰到了，手捂鼻子，说上一两句听不懂的话，起先他躲着郢子的人，后来郢子人开始躲着他了。

"老油条"喊开了，是几年后的事，吴顺变得懒惰起来，整天无精打采，村里说他：三棍打不出个闷屁来。叫上三声回上一声算好的了，下地干活，插秧东丢下棵、西挪一簇，锄地时草没锄掉，棉棵、豆苗倒被锄掉了一棵又一棵，害得他老娘跟在后面，补了又补，不知说了多少好话，求郢子里的人原谅。老娘教了一手又一手，说了一遍又一遍，仍旧是那回事，该犯的错仍犯，不该做的事仍做。老娘深深叹气，这孩子怎样活自己呀？更重要的是，谁的话都当耳边风，说了白说，左耳朵进右耳朵出，似乎彻彻底底把自己放弃了。郢子人说：吴顺读书读孬了，像根油条，还是反复油炸过的。由此，老油条成了吴顺的名字，油条在郢子人的心中是没"耳性"、没"脾气"、没"筋骨"的代名词。"绰号、绰号，绰上了掉不了"，吴顺从此失去了自己的名字。

不知何时吴顺不再下田干活了，恋上了"白铁匠"的活，置了一副担子，走村入户为人修锅补漏，手艺还不错，收入微薄，糊糊口还是行的。那些年我们对红五星钟情，他做了个模子，剪块铁皮，一锤子下去，抹上红漆一颗红星就成了，我们把它别在帽子上，打打闹闹的格外有劲头。

上高中时吴顺喜欢上了同学李花，李花也喜欢他，本来想双双上大学奔个前程，运动来了一切成了泡影，吴顺做了白铁匠，挑上担子每每奔赴的第一站就是李花所在的郢子，时间一长，李花的父母有所察觉，一打听吴顺是个老油条，任着李花寻死觅活、放癫打滚，李花的父母就是不同意。李花匆匆嫁了人，吴顺就更没了劲头，走村串户的日子少了又少，好在周边的白铁匠少，周围村子有活计还是找他。吴顺落个自在，没活计就睡觉，恨得老娘牙痒，面对油条一般的儿子，只有叹气的份。

老油条出大名的一次是批斗母校校长。大队革委会出奇招，让吴顺做一顶铁皮高帽子，说好了三天后来取，说时老油条眼皮也没抬。革委会主任以为说定了，三天后派人取帽子，大白天吴顺躺在床上，裹着渔网一样的被子呼呼大睡，任拽任拉任喊就是醒不来，老油条般地翘巴巴的。来人下了狠心，几个人抬着他，往批斗台上一扔，吴顺依然没醒的迹象。一边是站着的校长，一边是躺着的老油条，弄了个满堂喝彩。四邻八村的人，对此事的评价多了点意味：老油条真是老油条。据我们所知，校长对老油条不是特别器重，看不上他油条般劲头，教导学生们常以吴顺为特例，学谁也别学老油条，油条了就没出息了。

老油条自然成了寡汉条，守着老母亲过日子。那年我去看他，他的老娘已近九十，老油条也六十大几，吴顺的老娘佝着身子，忙前忙后，老油条依然是游手好闲，等着老娘烧好饭，给老娘盛上一碗，不管别人如何，低着头猛吃起来。我左左右右地看了一番，除了破旧的家具，能看上眼的就是堆在他床头的一些书籍，林林总总有上百本，大多书都卷了边角，油渍麻花的。吴顺老娘的目光一时也没离开他，目光沉重复杂，似乎丢去了很多东西，再也捡不回了。

吴顺的老娘去世后，他的日子却发生了变化，郢子人同情他一个人过日子，恰好郢子边上修了铁路，道口需要人照看，郢子人齐齐推选了他。有事干，事很轻闲，有钱拿，日子也能过下去了。吴顺天天守在道口，一间不大的房子安下了他的所有。最高兴的是火车通过的时候，他盯着疾走的列车，听着长长的汽笛鸣叫，心飞得远远的。

好日子没过多久，吴顺却被火车撞死了，应该是在一个风雪交加的早晨，郢子人发现了他血肉模糊的尸体，静静地卧在铁路边的雪地上，他的身边是一根被风雪打断的大树，郢子里的人揣测，风雪打断了大树，吴顺发现了，用尽全身力气把树推出轨道，而此时火车来了……

这个老油条呀，送葬时许多人长长喟叹。

木匠童大

　　方圆几十里内就一个木匠，手艺不咋的，却吃得开。一把斧子东砍砍、西砍砍，一年的吃食就不愁了，多少还有些节余，老婆孩子就比别的人家活得光鲜。乡里人对木匠另眼相看，少不了他，箍个粪桶，圆个锅盖，做个箱子，叉个凳子，甚至临了送终打口棺材。木匠的锯锯、刨刨、砍砍、凿凿，时而会在不大的村落里搞出些响动来。

　　如此木匠童大在村子里就是个人物了。说不上他的劲头，蔫蔫的，半天说不上几句话，人却长得精神，有一把子蛮力。乡村的木质大多是坚硬的，檀树、梨树、棠梨子、老榆，斧子砍去留下道白迹子，再用力，说不定斧子就卷口了。"呼呼"地拉着锯，好半天，浅浅的一条口子，锯子竟钝了，又要"哧哧"地锉上一气。童木匠却行，他不紧不慢地对付着，好在时间不金贵，挨过一个日头又一个日头，活计慢慢做，鸡上穴时收工，天麻麻亮了再来，请童木匠干活的东家心里暗暗着急，插不上手，偶尔会帮着拉锯，但树实在滞涩，出力不出活，只好作罢。

　　童木匠被称之为童大是有讲究的，村里人大多把父亲叫"大"。木匠要伺候好，当"大"贡着，于是童木匠喊着、喊着就成了童大，童木匠似乎也愿意接受，童大代替了童木匠，就此传开了。实际上童木匠不难伺候，在当地口碑甚好，干活不偷奸耍滑，尽管活计做得不漂亮，粪桶箍得不够圆，锅盖团得不够严，小板凳四脚不平，但落个态度好，挑出了众多的毛病，他会一一修补，真的补不了，他在结算工钱时，也会少要个块儿八角的，落个心安。对于干活时的一天三顿饭，也没见讲究过，煮甚吃甚，吃饱了就行，请干活的家客气，会特意做上一两个菜，他心里明白这是单为自己加的，反而一筷子也不伸，弄得东家难堪，再做下顿，仅仅多添个半升八角米。童木匠无话，东家问上一句，半天才会回答，往往是只听到一屋子的锯刨斧凿的声音，东家由之放松起来，就当请了个会动作的工具，不要陪，不多事，自己该做什么就干什么，门敞着由他，田里的活也不耽误。

小时候喜欢追着看童大做活，看他眯缝着眼吊线，从墨斗里抽出墨线，轻轻一弹，线直直的去了，之后用锯、用斧、用刨，木头变得听话起来，所谓"木直中线，圆于规"的道理，从那时就多多少少知道了一些。童大喜欢孩子，没来由的，会变戏法般地利用边角料砍出一把手枪，凿出一个木偶，交给围观的孩子，引得一时间里打打闹闹的兴奋，之后听着"童大、童大"的欢叫，一脸子的笑容。

有些活童大是极讲究的，比如为娶新媳妇、结婚做家具。那时村子里家境好的没有几家，但娶新人，头顶锅盖卖也得添置几样过日子的家什，一口箱子、一方桌子、几把长凳是必不可少的，富余的还会打上架新床。对这样的"大"活，童大木匠会早早地介入，先是上春头就围着做活人家房前屋后转上几圈，把门前屋后的树瞄个一清二楚，哪棵树可打箱子，哪棵树能做床料，哪棵树做长凳合适，哪棵树正是为方桌长的，他指挥着一干人，一一地放了树，他亲自持着锯子，把枝枝丫丫剔除了，放在阴凉处，静静地晾干，一些树脂有甜味的，还得放进塘里，沤上一月两月的，再捞上来，放在阳光下暴晒，他都交代得清清楚楚。秋风起时，童大拒绝了一些零零碎碎的活，一心地为新婚夫妻做起家具来，桌子用香椿树做面子，四条腿自然用了榆树，香椿的木纹好看，不要油漆，透出亮亮的红色，榆树坚硬，落地平稳；箱子是由楝树盘成的，苦苦的树不生虫；长条凳就图个结实，他做得厚重，木质不讲究；床讲究大了，不用苦树，还得结满果实，他大多会选棠梨和枣树，寓意着早得贵子，儿孙满堂。他会在箱子、床上细细地刻上一些花纹，花纹极笨拙，不好看，但东家也认了，图个喜庆。活计结束时，童木匠，往往会给东家一些惊喜，突然就东拼西凑的，弄出个床头柜、马桶之类的，这是在预定的活计之外的，东家不解，童大忙不迭地说：送手、送手，算作出个喜份子。到了大婚的日子，童大往往坐在主席，一场醉是少不了的。

童木匠最终还是死在手艺上。村子里一李姓人家，不知为何和童大结上怨恨，常和童大过不去，童大被李姓人家欺负不是一天两天的事，按村里人的说法，童大就是李姓人家的下饭小菜。李姓人家日子过得滋润，儿子在外地工作，不大不小做了个干部，张狂劲一个村子都看在眼里，大多都让着他。恰好李姓人家要建新房，红砖、青瓦码了一地，椽条、梁子也是杉木的。做房子，木工是必不可少的，童大自然是被请的对象，架椽条、叉八子，童大尽管心里不情愿，但事情一上手还是尽心尽力的，他早忘了李姓人家对他所做的一切，心全放在了木头上。三间大瓦屋气气派派地落成了，李姓人家却挑起了童大的毛病，非说童大叉的八子隼没对好、对实，童大一百个解释也不起作用，连说，工钱不要了。李姓人家不饶，工钱不要也不行，房子有个三长两短，必找他一家老小算账。童大没有办法，就在李姓人家大宴宾朋时，找了架梯子，爬上他尽心尽力叉的八子上反复检查，一脚踩空栽了下来，正正地落在了刀刃朝上的斧子上，鲜血溅漓，在猜拳、喝酒的喧闹中离开了人世。

童大的坟凄清地长满了野草，待许多年后，村子整体拆除时，李姓人家的三间砖瓦房还好好地长在那里。童大家人为童大迁坟，李姓人家也在忙着拆除房子。村里人恋旧，旧家具不忍舍了，搬家时，还有人抬着家具，时不时念叨，这家具是童大做的。

童大手艺不精，做出的东西却实诚，可传代。

土街医事

一条小河沿土街而去，风生水起，哗哗的四季静不下来。街却不一样，逢集天热热闹闹，闭集的日子就闲静下来，和周边的郢子差不多，几户人家的炊烟稀稀落落，人全散落在四野的土地里，细细地拾掇庄稼，一心一意地揣捏泥巴。三先生的门户倒没清静下来，逢集天人来人往，闭集时人也三三两两地走动不停。三先生姓董，是省城下放的医生。

乡间称人为先生的不多，除了若干年前以身报国"烈"到极处的私塾黄先生之外，董三先生是第二位，何况又是狂热的革命年代，一律都以同志相称，称之为先生自然有它的道理和乡间人心中刻出的深度。董三先生入住土街年岁应该已高了，花白的头发，一把顺顺溜溜的胡须，清癯的身子到处显现出老态。据说董三先生自小随父亲学医，望、闻、诊、切得了不少的真传，到了成年已是省城一家中医院小有名气的医生了，下放时更著作等身，但背负着反动学术权威的包袱。三先生是本地人，出生的郢子离土街也就六七里，少小离家，郢子里已无他的片瓦寸土、立锥之地，"上头"也可能照顾他，就在土街找了间房子，土墙草顶，草草安顿了。

三先生的手段在一次逢集天展现了出来。那天赶集的人多，三先生闲来无事，和来来往往的人群打打招呼、开开玩笑，突然看到邻村的二秃子倒在了地上，口吐白沫不省人事，赶集的乡亲"轰"

地一下就围了上去，七嘴八舌，望着二秃子牙关咬紧、痛苦地抽搐无处下手。三先生的老态在这一瞬间消失了，他急急拨开围观的人群，单膝跪下，一双眼睛鹰隼样直逼二秃子，一连串的动作麻利干净，撬开嘴随手找了根苦楝树的枯枝，硬性地塞在了二秃子的牙关间，大拇指狠狠地向二秃子人中切去，谁也没看明白什么时候，几根银针已扎进了二秃子的多个穴位。三先生席地而坐，让二秃子的头靠在他的怀里，一声"苦儿"的长叹，二秃子醒了过来，咬破的舌尖鲜血直流，漠然地看着四周。三先生的目光柔和了起来，丢下一句话：你是"羊角风"，明天来找我吧。三先生的名气在土街大振，从此以后，人们改变了称谓，男女老幼一律称他为董三先生。

找董三先生看病的人多了起来，乡土人命贱，头疼脑热、伤风感冒挺挺就过去了，不到万不得已很少去医院，吃汤药。找董三先生"麻烦"的大都是疑难杂症、疾痛难忍，三先生人随和，来者不拒，把望、闻、诊、切反反复复地做了一遍又一遍，临了时也就送上一把草头方子，或者嘱咐逢单、逢双再来，扎扎针、拔拔火罐。看病的人随手丢下几个鸡蛋、一把菜蔬。三先生执意推推拉拉，拒绝不了，只能收下，布满老年斑的脸红红的，倒像他欠了别人许多。

春天过后，沿土街的小河两边长满了形形色色的植物，略有闲暇的三先生会背着手慢慢地一路走去，眼不闲落、手不空着，不多会儿，手边就多出了一堆半边莲、马鞭草、车前子、小鹅肠、奶腥草、枸杞头之类。带回去的草们摊在筛子里晒干，一捆捆扎好，成了别人碰不得的宝贝。可能就在那时，和我一样的许多人对乡间的植物感起了兴趣，知道了磕磕绊绊伴我们生长的草根、草花，还有着众多的作用，比如半边莲是治疗蛇伤的良药，有毒蛇出没的地方，半边莲一定相伴着生长，家乡的"土公蛇"，半边莲是它的克星；比如车前子清热、利尿；比如马鞭草解毒、苦涩，是治疗钩端螺旋体的最佳药品……甚至在一段时间里，我还生出了拜三先生为师的念头，尾随着他采药辨草，盯着他手中的动作，一遍遍按住自己的脉相，感受心脏跳动的力量。最终没能如愿，那已是后话了。

二秃子的羊角风治好了，多年不育的李家四嫂一下生了个双胞胎，孙二顺的老寒腿又能踢死牛了……董三先生的名气越来越大，连县城、省城也有人慕名前来诊治，三先生还是平平淡淡地生活在一间四面来风的土房里，偶尔也会端根细及及的长条板凳，坐在土街的苦楝树下，听凭过街风吹乱他花白的头发、沸沸扬扬的胡须，他的心似乎很静，远离尘世的喧嚣，过往都已过去，落脚于土街，他把自己的根扎下了，尽管这根老得很难吸动地气，但毕竟是故乡，故乡的泥土比别处养人、通透。

几年后，三先生把自己的孙女接了过来，孙女十六七岁的样子，城里人长得好，白白净净、斯斯文文，一袭红裙子在土街扎眼。孙女成了他的助手，望、闻、诊、切三先生手把手地教她，没要多久，一些小来小去的毛病，她的孙女也能看个八九不离十了。我随三先生学医的念头随之也打断了。又过了几年，三先生无病而终，苦楝树下土街人给他操办了隆重的葬礼，坟就立在土街的小河边，一场雨后坟包上长满了青青草，草急急长、急急地拔节、急急地开花，一片浓浓的药香味，绕着坟地四处弥漫。而在这之前，董三先生的孙女和土街的朱家后生喜结连理，三先生的嘴笑得合不拢。

土街的医事由之延续很久，很久……

哑巴大伯

　　奶奶在过世前，对我说得最多的是我的哑巴大伯，特别是她临终前的日子里，开口闭口就是："你大伯在世就好了。"似乎她的病痛和衰老，只要我大伯在，一切都能迎刃而解。九十多岁的奶奶说到我大伯时满眼放光，精气神猛地就会好了许多，在她弥留之际，留下的最后一句话是："你大伯在等我呢，你们放心。"说得我们这些守卫的儿孙，一脸的凄然，一脸的无奈。

　　据家人说，我的大伯先天聋哑，没留下一句话在世上。十聋九哑，至少有八个聪明过人。大伯聪明得出奇，跟着距家四五里黄小店街上私塾先生剽学，竟也识文断字，写得一笔蝇头小楷，手算心算瞬间即来。奶奶不止一次对我念叨："你大伯十多岁当家，一大家子他料理得有章有法。"那时我的家算得上一个大家庭，爷爷、奶奶，加上大伯、二伯，我的父亲及两个姑姑，再算上爷爷、奶奶心善领养的两个女儿足足九口人，窝在三间破旧的茅草房里，靠租种黄小店黄保长家的几亩薄田过日子，日子过得紧巴，穷家难当，哑巴大伯却当好了。起先家是由我的奶奶当的，但总是和爷爷争争吵吵。或许是因为气不过，奶奶一把摔过几把破箱子、柜子的钥匙，大伯接了过去，家便由此当了起来。

　　当家过日子绝非是件容易事，一天三顿，少则两顿，薄田里安种、排活，交租留粮，即便是糊口，也得糊过去，不至于将人饿死。

十岁的大伯，似乎是天生的当家料，日脚满满的布置得停停当当，当了两年家竟余了两块大洋，他自作主张买了五亩荒田，又指挥我的爷爷、奶奶率领一帮人等开荒种粮，让一段日子过得光光鲜鲜。许多年后，我的奶奶还指着一方叫"黄泥田"的地块对我说："这田是我家的，你十二岁的大伯花两块大洋购置的。"我没心没肝地回应奶奶："有什么好的，土改时还不是因为这田，家被划作了中农成分。"奶奶回忆说："土改时你大伯硬是摊在黄泥田，拼死拼活护着这田，好在分在了我们的名下，不然你大伯会拼命的。"我推算了一下，大伯那时也就十七八岁，血气方刚，从牙齿缝里抠出的成果，他珍惜，自然会不顾一切地护卫的。大伯无言的手势，据称打动了土改工作队队长，他对我爷爷说："这伢子是块好材料，可惜了。"说得爷爷一心的怆然。

1945 年秋天家乡发生了枪战，原因是共产党游击队，派出了四人的侦察小组，渗入了四面壕沟被日本鬼子占领的黄小店，四个侦察人员无意间，被黄大保长手下的剿匪大队发现，无一人幸免地被日本鬼子杀害了。过了几日的夜晚，共产党游击队夜袭黄保长家，一应的重武器直奔黄保长住的土圩子，一夜枪声不绝，到了第二天，黄保长等四人被击毙。黄保长投靠日本人做了汉奸，平时鱼肉百姓，一方人对他恨之入骨，被共产党游击队击毙，老百姓自是暗暗拍手称快。奶奶说："黄保长等四人出殡，四口黑木棺材，一队送葬人群，除了鬼子汉奸，周边的百姓没有一个人去的，他的亲戚都躲得远远的。"当时的黄小店算得上是战略要冲，居于合肥和周边集镇的中心位置，日本鬼子、国民党、土匪相互争夺，互有渗透、犬牙交错，但却也繁华一时，酒店、烟馆、大小杂货店一应俱全，天天有集，天天人来人往。枪战事情后，日本鬼子加强了警戒，人烟一时稀了下来，或许真应了"聋子不怕雷"的俗语。我的大伯因一件提不及手的小事，闯进了黄小店。这一闯，闯出了一件不大不小的事来。

提心吊胆的爷爷、奶奶，终于在天擦黑的时候，迎回了我的大伯，大伯的怀里却抱着一个四五岁的孩子，小狗小猫样地哼哼叽叽，凑在灯下，爷爷、奶奶发现是个女孩，满头的秃子，没好的秃疮还在流着黄水，一根毛发也不见，只剩下一口微微的气在喘着。大伯打着手势比画，爷爷、奶奶看懂了，秃女孩是被人遗弃在河边，大伯看着伤心捡回的。爷爷一声长叹，对奶奶说："可怜的人，就当小狗小猫养着吧。"爷爷是个有心人，第二天四处打探，才知道秃丫头是黄保长的女儿，和一个家里的用人生的，本来就不受待见。黄保长活着时多少还好些，黄保长一死，当家的大奶奶第二天就把用人赶出了家门，秃丫头也当小狗小猫样扔了。黄小店人又谁敢、谁愿收留呢？爷爷、奶奶无疑接了个烫手山芋，扔了是条生命，留下日子难过，还背骂名。大伯的一连串手势救了秃丫头。奶奶说："你大伯用手说，这丫头他养着，以后一口饭他吃半口，匀下半口给秃丫头吃。"爷爷、奶奶本就心肠好，一声长叹："留就留下吧，强强养条狗、养条猫。"

秃丫头改变了大伯，他除了下田干活，当好一贫如洗的家外，剩下的时间都用在照顾秃丫头身上，无师自通地采来草药为秃丫头治好了秃疮。秃丫头无处不在地跟着大伯身后"哑巴""哑巴"地喊着，晚上就蜷曲在大伯的脚边，度过了一个又一个漆黑的夜晚……过了十年后，秃丫头被我的二伯父、父亲称之为"黄大嫂"了。看着哑巴和秃丫头相依相恋，爷爷、奶奶做主让他们结合在了一起，一对苦命人开始相互取暖，实际上在这之前，两颗心已贴得很近了。

我曾在一张老照片前久久难以平复心绪，照片应是1957年拍的，上面有爷爷、奶奶、大伯、二伯和我应称之为大婶的"黄大嫂"。大伯站在爷爷、奶奶的身后，高挑的个子、头发两边分开、精精壮壮、一脸喜气，特别是一双眼睛，智慧、深邃，倚在大伯边的大婶，戴着三角头巾，姣好的面容，说美丽的绝不为过。奶奶说："大伯、大婶能苦、孝敬，都是难得的好人！"他们料理着家里的一切，家里的日子过得顺顺当当。

如果不是"粮食过关"，大伯、大婶一定会圆圆满满地过下去的。困难的日子大伯仍旧当着饥饿的家，先是吃稀的，再是吃糠，吃榆树皮、观音土，每次吃饭时总找不到大伯、大婶的影子，姑姑们叽叽咕咕，总认为他们俩偷偷摸摸去吃好的，因为粮食都掌握在大伯的手里，几把铜钥匙死死地拴在他的裤腰带上。爷爷、奶奶偶尔还听到大伯、大婶的争吵，一边"哇哇"地叫着，一边低低地哭泣。奶奶说："穷争、饿吵，也没当回事。"到发现大伯、大婶双双饿死时，一家人才如梦初醒——每次吃饭他们都远远地躲开，把不多的食物留给了家里其他人，争吵也不过是相互劝着对方去吃一口，最终达成的协议是双双赴死，爷爷多次对我说："最不该饿死的是你的大伯大婶，最不能饿死的也是他们。"

大伯无后，死后和大婶合用了一副门板，坟上的土却是堆得最高的。在我懂事后的日子，爷爷、奶奶清明时分上坟总是带着我，爷爷除了给死去的祖先坟培土外，唯一的是给大伯、大婶的坟培上新鲜的泥巴。许多年后我终于明白，我们能够活下来，拥有生命，和大伯、大婶有关。他们一个叫哑巴、一个叫秃丫头。

"戏子"三荣

　　三荣生下来似乎就是为了唱歌的。

　　乡人说"说的比唱的好听"，多指的是三荣，她的话语舒缓动听婀娜，带着花开、花落的劲头。据说三荣出生时，和大多数出生的婴儿一样，狠狠地哭着嗓子，却又不一样地哭出了韵味，惊得接生婆大惊小怪，逢人便说：这孩子，哭得像唱歌一样。许多年后人们回忆三荣出生的早晨，都会说，一阵歌声冲出了三荣家猫洞般的窗户，声音柔和，听得人入迷。他们想证明和验证的是，三荣就是为唱歌、演戏而降临人世的。

　　三荣的父母都是老实巴交的庄稼汉，泥土里捣鼓生活，日子过得紧巴，在三荣出生前已有了大荣、二荣，三荣的出生没给他们带来更多的喜悦，连名字也懒得多费脑筋，从大荣排起，到了她就叫三荣了。如若三荣的父母仍无止境地生下去，或许就有更多叫荣的名字出现了。

　　三荣小时候叨着妈的奶头上无休无止，特别恋娘、恋奶，气得三荣的妈狠狠地时不时地甩上几巴掌，三荣哇哇地哭过，依然恋着、拽着奶头，不依不饶。有一天，三荣将妈的奶头快吮出血了，痛得三荣妈大把地落泪，苦苦地数落起来，哭腔带着歌咏的味道，三荣竟放弃了吸吮，两眼滴溜溜地转动看着母亲，两只耳朵几乎竖了起来。三荣的母亲大惊大喜中，发现了不到一周岁孩子的秘密，三荣喜欢听歌，哪怕是使牛歌、车水歌，能唱上口的三荣都会在这歌声中安静下来，甚至不再去恋娘、恋奶。以致在许多夜晚，三荣的妈搂着三荣，一遍遍地哼着成调或不成调的歌谣，三荣静静地拱在母亲的怀抱里，在歌声中睡去，又在歌声中放弃了对妈、对奶的纠缠。

三荣学会的第一首歌是什么，连她自己也记不起了，但用歌声给家里争脸却可以说出一二三来。那些年作兴搞一些演出，大队有宣传队，生产队有宣传小分队，常排些节目到田间地头表演，唱唱跳跳的十分热闹。宣传队到了三荣所在的生产队，节目正演到紧要处，《红灯记》痛说"革命家史"一段，演李铁梅的演员突然"绞肠痧"病犯了，痛得满地打滚，眼见演不下去了。救场如救火，正在一边看演出的三荣，竟蹦蹦跳跳地凑了上去，将李铁梅一角接了下来，和李奶奶一起将"革命家史"唱得字正腔圆，赢得一片喝彩声。三荣此时也就是上小学四五年级的年龄，名字却大大地扬了出去。四乡八野都在传说"小小李铁梅"的故事。单为了这次演出，生产队一下子奖励了三荣三十个"工分"，喜得三荣的父母合不拢嘴。

也就是这次演出，让三荣再也安分不下来了。公社调演，区里调演，县里调演，三荣都是必去的角色，演的必然是李铁梅的唱段，小小的年龄、稚嫩的唱腔，往往会掀起一浪浪的旋风，甚至会有人撺着去看"小小铁梅"，从公社到县里场场不脱。最终地区和省里也知道了三荣的名字，点名要她参加地区和省里的演出，眼见着"一树的枣子就望她一人红"了。

三荣就这般在奔奔波波的演出中长大了，长成了一个亭亭玉立的姑娘，脸庞娟秀，双目流盼，玉树临风，怎么着也不像个农村姑娘。而她的落脚地还是在父母的三间土坯房里，和大荣、二荣一样捧着大碗，一早一晚喝着稀溜溜的清汤寡水，就着半饥半饱过日子。三荣在落差里过日子，一时山峰，一时山岙，心中的高处都在唱歌、演戏里，她开始有了自己的苦衷，落单的夜里辗转反侧，为自己的心不安，也为自己的落魄暗自垂泪。

三荣开始有了自己的爱情，而这一切都是悄然的，她爱上了邻村一个叫玉的小伙子，玉也喜欢唱歌、演戏，将《红灯记》中的磨刀人演得生龙活现，两个人身心投入地爱着，同台演戏的时光是他们最幸福的日子，没人的时候，他们手尖相触，相互传达着暖意，人多时，彼此对唱，偶尔目光交织，也是情意绵绵。爱得深，却藏得紧紧的。

三荣的美丽和歌喉又赢得了新的爱慕，区委书记的儿子兵爱她发狂，逼着父母去三荣家提亲。天大的好事，让三荣的父母无法拒绝，何况兵的父母承诺，亲事成了，三荣可招进县文工团吃"皇粮"，演一辈子的戏。三荣起先拒绝，满心里都是玉的影子，而最终却是含着泪应允了下来。再次参加调演时，三荣和玉又在了一起，还是情意脉脉。到了调演结束的一个晚上，夜静孤单，三荣约玉去了野外，三荣第一次抱紧了玉，在激情的溢动里，把自己的身子给了玉。事后又决绝地对玉说：一切都结束了。在玉的一头雾水里，三荣没进了黑夜里，再也没有回头，给玉留下了不尽痛苦和撕心裂肺的无措。"戏子无情"，玉不停地叨咕，直至三荣和兵结合在了一起，玉才如梦方醒，而这些，玉咬碎了牙吞进了肚里，他记住了一个孤单的夜晚和火样的热情，决定一辈子寂寞地过下去。

成了县文工团一员的三荣，似乎过得并不快乐，唯一能给自己安慰的是舞台，她尽情地发挥，有时将自己的嗓子唱哑、唱破，而正是这一切，又让她获得了更大的成功和一片欢呼叫好声。

她在舞台上无顾忌的表演，常把目光向台下抛去，她在寻觅一束目光的缠绕，但久久没能找到。三荣开始失眠，兵仍是一如既往地爱着她、哄着她，想着法子做出令三荣高兴的事，而三荣除去演戏，似乎没有再让她快乐的日子。睡着的时候也是有的，大多是她扎在年迈母亲的怀里，听她断断续续的唠叨，甚或是如歌般的小声哭诉。

母亲懂得三荣的苦，一声悠长的叹息，足以将三荣送进长长的梦乡里。

兵没能伴着三荣走出长长的路来，好日子、好天光来时，兵得了绝症，临终前拉着三荣的手，目光不多见的期艾起来，他断断续续地对三荣说：好好演戏，你为戏活着，好好活下去。三荣猛得感到，兵是知玉的，只不过兵如铁打的人，严丝合缝地藏住了一切。三荣想把话挑明了，兵又一次用期艾目光打断了她，一声细若游丝的叹息后辞别了人世。在兵离开后的日子里，三荣经常扇着自己的耳光，对着兵的遗像，一遍又一遍扇着自己的耳光，骂着自己：戏子，戏子！真诚中已无了半点演戏的成分。

暮年的三荣迷恋上了网络，给自己起了个网名"戏子三荣"，她的好友不多，玉是其中之一，他们彼此聊得火热，几乎有种黄昏恋的感觉。

玉问：还演戏吗？三荣：不演了。

玉问：为什么？三荣答：累了！

玉说：我也演戏，用心演过。

三荣沉默。玉发了个流泪的表情。三荣匆匆地打了行字：演了一辈子戏，只有一个角色是真实的。荧屏上超乎寻常的安静，时光流逝的声音汩汩的。

瞎眼明亮

　　明亮自小双眼无路，睁眼瞎。父母怜爱他，想了好久，给他起了个名字叫明亮，按他的父母的说法，眼睛看不到，心要亮着，明明白白地活着。

　　日子艰难，明亮如何地跌跌爬爬长大，我们已搞不清楚了。记事时，常看到五十开外的明亮，被一个十来岁的男孩引着，走村串户去给人算命。明眼人远远就看到一老一少在田埂上踽行，少年走在前面，牵着一根光滑的竹竿，另端是明亮，明亮走得磕磕绊绊，碰到田埂上的缺口，少年就会停下来，让明亮摸着头，小心地跨过去。看到明亮有时我们会兴起，狂奔地叫着：瞎子来了，瞎子来了。为之一顿打是跑不了的，父母揪过我们的耳朵，狠狠地拧着：不准叫瞎子，要喊明亮叔。不敢说我们的记性好，还是怕打，再看到时，总恭恭敬敬地喊上声：明亮叔。明亮叔答得甜甜的，我们不敢看他的眼睛，他的眼窝深深的黑黑的，深得像潭口，黑得像幽洞。

　　明亮叔算命准，十里八村的人传得邪乎，上门算命的人不少，但总是偷偷摸摸地来，做贼样溜进他的家门，算命的人不会空着手，一斤、两斤米或者几个鸡蛋，多了明亮不嫌，少了明亮不怪，累起来也还不少，明亮家的日子在郢子里算过得好的。农忙时，明亮就会找上个半大小子引着，开始他的算命"游历"，他算命不分场合，家里、户外、路边、树荫下都行，碰到田里做活计的，要算命他就坐在田埂上，两个黑洞洞的眼窝望着算命人，说出一番常人听得寻常，而算命的人听着若有所思的话，结果是算命的人匆匆回到田里，对着一帮干活的人，说：明亮算得真准。引瞎子是郢子里小伙伴都愿干的事，可以到处走走，偶尔能吃上一顿好的，明亮叔临了还会塞个三五毛钱之类的，让交给家里大人，真是皆大欢喜的美事。

记忆中我曾引过明亮叔一次，看着他算命的样子，强忍着不笑出声来。明亮叔算命的唯一要求是静，必须绝对的安静，他空洞洞的双眼一时望向天空，一时望着对面的算命人，奇怪的是他的双耳会抽搐般地动起来，外耳簇成一团又打开，这个过程结束了，明亮叔就会说出一些匪夷所思的话，让算命的人吃惊不小，彻底地信服了。对算准了的命，明亮叔从不愿教人如何破解，他只说，这是命，该干什么就干什么。回途中，明亮叔问我：你信吗？我仅回答了一句：你耳朵会动。似是而非的话，引来了明亮"哈哈"大笑，他说：看你小子能的。但我还是听出了明亮叔的欣赏之意。

算命的日子没能持续下去。算命属封建迷信之类，说不允许就不允许了。明亮算了别人大半辈子的命，就没算到自己挨斗的份。大牌子向他脖子上一挂，上面几行大字：封建迷信余孽——瞎眼明亮，就被押上了批斗台。搞笑的是，主持人刚刚宣布，由某某主任进行批斗发言，明亮举起了双手，说：我投降，我投降，我来进行自我批斗。接着明亮就上纲上线地批斗起自己来，参加会议的人吃惊，一些政治术语从他的口中说出，怪怪的，和平时算命时用的语言大相径庭；主持会的人，特别是发言的某某主任更是目瞪口呆，明亮批斗自己的话，竟和批斗稿上的一模一样。批斗会草草结束，某某主任帮明亮摘下了脖子上的牌子时，没忘问上一句：你怎么知道我的批斗稿。明亮翻翻自己没瞳仁的眼睛，回上一句：我算的。据说，某某主任在夜深人静时去了趟明亮家，也让他给自己算上一命，回来时垂头丧气，很多日子回不过劲来。

草根人物

明亮的算命功夫又多了道神秘色彩，但却从此再不操此业。他开始在自家不大的后院忙活起来，种上了一畦畦蔬菜，郢子离合肥城不远，蔬菜成熟了，就让老婆孩子挑去卖了，日子将就着过了下来。后院的菜都是明亮自己种的，他整天待在后院，摸摸索索地干，锄草、浇水，一地的菜青翠有致。奇特的是他的捕虫技术，一抓一个准，有时是一只蚂蚱，有时是一条菜青虫，从没落空过。穷日子在明亮的打理下，算过得能喘过气来，老婆比别人的不差，甚至还多出了点姿色，唯一的儿子双眼有神，干起活来有使不完的劲。郢子里的人常拿明亮比，明眼人还不如瞎眼人。明亮眼瞎心不瞎。

好日子来时，明亮已经老迈，他动不了手，动得了口，眼看不到，心敞亮亮的。他让儿子把承包的地除了口粮田，全种上了时令蔬菜，掰着手指头算日子，所种的菜，比同类菜上市总要早上十天半月，好价钱自是由此而来。那时万元户就算富了，一季下来，明亮家就富得流油，率先在郢子里盖起了二层小楼。明亮又一次出名了，找上门算命的、花大价钱算命的源源不断，明亮一一拒绝，急了，就背起当年的批斗稿来，弄得来人无趣而归。

三年前明亮死了，活了八十七岁，在郢子里算得上是长寿的。瞎眼人死后的动静闹得不小，长长的送葬队伍，连绵一片的花圈，这除了明亮的儿子成就的事业，做了蔬菜种植公司的大老板之外，更多的是他的人气、为人，一个瞎子的作为，没辱没他父母给起的名号：明亮。

如果要揭秘一些事情，我是可以说上一二的。我说过，明亮叔的耳朵会动，他的听觉特别的灵敏，算命时，他要求安静，就是在静中去捕捉周边的悄悄私语，捕捉到了就成了算准的基础，那次批斗会，接近文盲的某某主任，让写稿人读一遍给他听，明亮竖着耳朵听到了，只不过复述了一遍。而菜园里捕虫也全凭了一双会周旋左右的耳朵。

小区老余

　　老余岁数不大，也就四十来岁，喊老余是尊称，多多少少还带点调侃。和老余接触不多，但不多的接触却留下了深刻的记忆，这记忆会时而翻出来，想找个空间放下，又久久地找不到个地方。

　　所住的小区三几百户人家，老余是大家都熟悉的，不是因为他有多大的名气，是名人、政要、大款之类的，到是因为他的亲切、随和，大部分业余时间都在小区值班室或小区大门前的原因。和进进出出的人打个招呼，偶尔开上一句或轻或重的玩笑，老余总是乐此不疲，一年三百六十五天大多如此。老余熟悉小区每个业主，当然知道所住的方位，对不熟悉的来访者，他自然当了引路使者，一路送到门前，大多时候还要按动门铃做一番核查。

　　大家都"老余，老余"地喊，老余对这样的称呼是乐于接受的，最多会打断一些孩子，让喊声"胖叔叔"。老余偏胖，个头不高，圆圆的脸，超短的头发，有点喜剧演员的天赋，远远地看到他，就有了想乐的味儿。时常会看到老余提着或扛着重物的身影，碰到熟悉的有人就打趣：老余又花不少钱了吧。老余憨憨地笑，边上人就会笑答：是我的东西，老余帮我拿呢。老余常说的一句话：是我的南北。哈哈地笑，气氛就极好了。老余干这样的事，干得平常，也干得顺手，似乎成了他的专利，特别是小区住户的老人，从外面回来，总会伸头看上一眼值班室，如老余在，他们的心多半会踏实得多，手中的重物到此就等于卸到家了。

由于工作的原因，我一周总要加班两三次，搞到半夜时分，大多时候都能碰到老余，点个头打个招呼，也没多话。记得春天的时候，一个晚上雨很大，回得也迟，打车到门前，只能冒雨向前走了，没想到老余从值班室蹿了出来，一把伞打在了我的头上，嘴中不停地念叨：送你，送你。似乎是他在过意不去。我们合打着一把伞，一路上没多少话，困和累交织，倒是老余精气神十足。春雨下个不停，各色花正在开放，雨中仍然有花香溢出。目送老余的背影，他的后背已被雨淋透了，一个念头从心中闪过，老余今晚不知送了几个人，我肯定不是唯一的。

随后的日子对老余有了一些了解，老余在建设部门工作，前几年因公出了车祸，从死亡的边缘爬了出来，之前做设计之类，车祸后脑子多多少少受了点影响，设计做不成了，改做一般性的工作，仍然受到单位同事的好评，都说老余是好人，热心肠。

念叨老余好的人在小区可以成把抓，说他脑子有问题的也不少。人们对他的怪异大多不理解，就是把值班室当作了家一事，就有多种版本，不过他的妻子的说法比较权威：为了女儿的学习，在家上网、看电视会对孩子产生影响。我对此深信不疑，一个对左邻右舍关爱有加的人，对自己的孩子当然会有另样的举动去表示深切的爱。他自己把雪天铲雪、晴天扫路当作减肥去说，如果说这叫怪异该另当他论了，真实的成分我们猜得到，他自己更明白。

两周前的一个晚上加班回来没见着老余，诧异间心竟然有点空落，到家妻子眼红红地对我说，老余死了，死于头天晚上，心肌梗塞。半天我也没反应过来，一个好好的人说走就走了。除了震撼于生命的脆弱之外，更多是对老余的闪回：胖胖的身影、圆圆的脸庞、笑眯眯、奔忙的样子。一夜就这样在无眠中度过。

晚上在小区散步，一对老人靠近了我，主动说起了老余，零零碎碎地说不出多少所以然，他们指着一棵曾被风雨打歪的紫薇对我说，树的支撑是老余弄的。走了很远，老人撵过来对我说，你不是喜欢写文章吗？写写老余。我刻意走进了小区的值班室，有一把椅子空着，这是老余常坐的位置。

草根人物

仔细人老宽

村里人都说老宽"仔细"，不过把"细"字读成"习"字音，听起来就别有一种味道。

老宽的仔细是有说道的。别人的一双"解放"鞋穿上一年半载就破得不成样子了，村里的田埂难走、脚下的活重，费鞋。老宽至少得穿上三五年，路拣草地走，下了田赤着脚，把鞋放在一边，沾了点泥土细细刷去，到家了必然要放在朝阳的地方去掉湿气，到别人的鞋子烂得不成样时，他的解放鞋仍可"周吴郑王"地穿着。秋里，村子一家一户地分山芋，千儿八百斤的一堆，大都不管不顾地挑回家去，"呼呼"地倒进窖子里，等着到冬天当主食，老宽又不同了，他把挑回的山芋平铺在场地上，过个一两个日头，到了晚上，大小不一地分出顺序来，破损、虫咬的放在一边，然后把山芋按大小的顺序摆进窖子里，一层山芋一层土，放得整整齐齐。到了开春，青黄不接的时候，别人家的山芋至少坏了一小半，而老宽家的却一个个鲜鲜亮亮的。

老宽会拾掇房子，当地人称之为茅匠，就是和屋顶上的茅草、稻草、麦秸草打交道。草顶的房子，风吹、日晒、雨淋、雪压，过个年把不拾掇就会过风、漏雨，村子里人隔三岔五就会"行"他，干个天把活，老宽的仔细劲在这时发挥到了极致，他房上屋下的上上下下，一脸泥，一头灰，却不让人插手，草他要一把一把地捋过，短的去了，长的丢了，剩下的才搬上屋顶，从没有"长草短草一把窝倒"的应对。房顶上更是他一个人的天下，他把"解放鞋"脱了，一个脚步抵着一个脚步，剔除了烂了、虫咬、鸟掏的房顶草，再细细地换上新草，一层接着一层，理发样留出坡面。他拾掇过的房顶，一溜斜坡下来，平平的如同镜面，好看而又中用，雨淋不透，屋脊也很少被风吹去的，只是他的活干得慢，急得凑手的人跺着脚，骂他的臭"仔细"，不过骂过就骂过了，甚至他还没从屋顶上下来，另一家又"行"上他了。

仔细本是件好事，却给老宽赢来了一个不大好听的"雅号"——"数卵毛"，意思是他仔细得连自己的下体上长了多少根卵毛都数过，生产队大田干活，大集体糊的人多，老宽不糊，一趟草锄下来，别人手中空空的，他手上的草大把大把的，他又较真，往往和邻近干活的人吵成一团。"田里干活不仔细，吃屎呀！"是他经常挂在嘴边的，时间一长挨着他下田干活的人就少了。老宽家的东西一般是不借人的，借了也叮咛再三，要惜乎，要仔细。到归还时，老宽像对待自己的孩子，左三遍右三遍地检查。若有损伤定要纠缠上人一气，恨得借东西的人狠狠地骂上一句：看你"数卵毛"样。

对老宽的数卵毛样村子里的人又爱又恨，生产队分东西老宽在场，就免了纷争，哪怕是一堆草，一摊牛屎，有他的仔细都会分得均均匀匀。而当他和别人因为仔细发生冲突时，他的横劲就会陡生，任谁也劝说不了。当面骂他"数卵毛"的大有人在，骂急了，他也会对着骂上几句，不过分量不足，能记下的不多，主要是："数卵毛"怎么了，跟你过一辈子的东西，上面的毛都不知几根，还有脸说。弄得和他叫真的人哭笑不得，一走了之。老宽平时还是和气的，玩笑也开得，有人和他打趣，说：你真数过自己的卵毛？老宽回答：数过，总共一万八千九百八十一根，不过常落，恐怕没这么多了。说着一脸仔细样作脱裤子状，不信你数数。说归说，笑归笑，老宽就这么仔细了下去。

老宽的日子过得不咸不淡，"粮食过关"哥哥、嫂嫂饿死了，留下了五岁的侄子和他一起过活。侄子叫荣，老宽对荣如同己出，侄子自小豁嘴，老宽作躬打揖求爹爹拜奶奶，从屁股上割块肉，终于补上了荣的"豁子"。他打定主意一辈子当寡汉条，把侄子拉扯大，何况他这情况，也难有女人相中的。

还是仔细帮了老宽的下辈子。一个大雪天，风刮得厉害，天出奇的冷，老宽家虚掩的门被推开了，门前站着一个逃荒的女子，也就四十岁上下，听着就是北方口音。女子可怜，本想讨口饭吃，看着老宽破旧的三间草房，打扫得一尘不染，仔细得井井有条，却有了进去坐一坐的冲动。老宽先没搭理，但看着门外的风雪心软了，抽出长凳子，用破破的抹布抹过，递到女子的屁股下，倒了杯热水放进了女子的手心。就这般，女子留了下来，和老宽过起了日子。好事由之接踵而来，多半年后女子生下了一个女孩，喜得老宽屁颠屁颠的，忙忙地给女孩起了个名字叫"合"。事情过去好多日子，村子里的寡汉条有增无减，他们眼馋老宽，怎么就修来了这番福气，悄悄地问女子，怎看中老宽的。女子说：老宽仔细，递我长凳子还用抹布抹抹。寡汉条们如梦初醒：老宽的老婆是"数卵毛"数来的。老宽自从有了女儿合，仔细劲更足了，捧在手心怕跌，含在嘴里怕化，比合的母亲要宝贝得千百倍。荣和合也处得来，兄妹相帮，把父母喜得合不拢嘴，小日子过得有滋有味。

仔细了一辈子的老宽，却在临死前做了件不仔细的事。"七十三、八十四阎王不请自己去"，果然到了七十三岁，老宽一下子就垮了，眼见没有几天日子了，他把荣和合叫到了床前，要他俩在他死后百日成家，荣和合开始坚决不同意，但看着老宽被病痛折磨的样子，以及平时的怜爱，勉强地答应了。女人不说不劝，只在一边默默地掉泪。村里人炸窝了，却说：这老宽数了一生的卵毛，这事却没数着，荣和合是一脉所生的堂兄妹怎能合成一家？不过说归说，毕竟是人的家事，也干涉不得。

老宽死后百日，荣和合走到了一起，大门紧紧地关闭着，办了个没有第四人的婚礼。好事的村人扒着门缝听话，却听到了一段惊人的故事。女子大雪天推开老宽的家门，早有身孕在身，老宽是个仔细人，早已心知肚明，他却到死也没说出，将这秘密带进了棺材里。女子对女婿女儿说：我不得不说，不得不说了。

很久以来，说起老宽，村里人都说："数卵毛"老宽一辈子活得仔细（习）。也不知是褒是贬。

草根人物

苦　难

　　面对苦难的喋喋不休，人的一辈子就打发得非常艰难。苦难如同一棵挂了果又落的乔木，树高千尺，冬天来临时连一片叶子也不曾留下，任凭寒风抽打，还得依着深深扎下的根，在春天又一次抽出自己的叶芽，一次次呼喊着微弱的声音活下去。

　　伯父的苦难从他的童年开始，五岁时一场重病落下了头不停颤动的后遗症，就此伴随了他的一生，头颤、手颤，直至到他的生命终结。在他的眼中，这个世界全没有静止的物件，由于他在兄弟中排行老二，他名字被"二摆头"代替，久而久之失去了父母起下的大号。

　　从战乱中穿过，伯父还是活了下来。生性善良的他，勤劳而不失聪慧，十八岁时娶了算得上美丽的婶子，新婚燕尔，这算得上伯父一辈子最美妙的时光。然而好景不长，生下的长子、次子都在两三岁时夭折，据奶奶告诉我，那时的伯父头颤得更加厉害，落在枕上的头把床都"摆"得左右晃动，想了许许多多的点子，请了许许多多高人，最终抱了个童养媳当作压底丫头，好在三子、四子降生，并且一天天长大，给伯父带来了不小的慰藉。高兴、欢乐的时间太短、太短，"粮食过关"的日子匆匆赶来，一家五口吃了上顿没下顿，吃光了树皮、观音土、昆虫、蛤蟆、蛇，剩下的只有西北风了。看着嗷嗷讨食的三个孩子、挣扎在饥饿线上的人，婶子一狠心寻了短见，那天伯父家的门虚掩着，我最小的堂哥就抱着悬梁的婶子双腿，一言不发地看着自己的母亲去了黄泉路。这一年我的抱养的堂姐九岁，两个堂哥分别五岁、三岁。

中年丧妻的伯父，在孤单中使出了全身力气，饱一顿、饥一顿地让三个孩子活了下来，三间草房到处现出难堪，雨天怕淋、风天怕倒，真不知他是如何将三个孩子拉扯大的。我记事时，就很少看他笑过，整天"摆"着头，颤着手，双脚从不离地，双手从没空过，似乎没有一分一秒闲着，路边、野地所有东西对他都是有用的，一片树叶、一根柴火，甚至是一堆"狗屎米"（狗偷吃米没有消化的大便）。村里人说："二摆头"穷极了、苦急了，连"狗屎米"也淘淘晒干给伢们吃。活计艰苦，伯父可能再也没有更好的办法，在苦中活着，在累中活着，活着已是他和家人的所有。

苦难中的伯父有着最本分的坚守，即便再苦、再难他和自己的三个孩子从来不偷、不拿，更不"偷奸耍滑"，本本分分地做着人。伯父深知不识字的苦处，把三个孩子送进了学校，堂姐（后成了我的堂嫂）看着做父亲的太难，坚决不去上学，被伯父狠狠揍了一顿，多少年后伯父还为此叹息，时而看上一眼堂姐额上留下的伤痕，难过得低下头。大集体的日脚，伯父家年年"透支"，但落下的饥荒却会在来年还个干净，伯父的勤劳、忠厚、公正，没因他的艰难落下半分，也因此赢得了乡里乡邻的尊重，竟然入了党，当了队长。

如果苦难到此为止，伯父的后半生还是幸福的，随着时间的推移，两个堂哥上学、当兵、工作，走了一条完全和伯父不一样的路，抱来的压底丫头和大堂哥喜结连理，小堂哥自由恋爱也结婚生子，一个大家庭呈现出的生机让许多人眼热。"二摆头"过上好日子，可以享福了。多少人为伯父高兴，时常把伯父的故事说给身陷苦难的人听，当作励志的榜样。晚年的伯父显得格外慈祥，只是头和手颤得更加厉害，连饭和水都难以送进嘴，好在儿子、媳妇孝敬，一勺勺地喂，据我不多的观察，对于生活他已是一万倍的满意。而就

草根人物

在这期间，我的小堂哥因意外不幸去世，他视为己出的大媳妇又患上癌症，巨大的灾难又一次击中了年过七旬的老人。在我主持料理小堂哥丧事时，伯父的眼睛从没离开过小堂哥的遗体，他的眼睛空洞得可怕，头大幅度地摆动着，一双手颤动的频率越来越高，想抹去眼中不多的泪水，手和头根本不听使唤，一滴滴老泪如同老树流下的汁液生生地结成了坚硬的粒团。伯父没有一声的责备，对社会、对造成的人，他把苦难就着晚年的时光又一次吞了下去。

生命的坚强让堂嫂在患癌十多年后才离开人世，此时的伯父已八十多岁了，我无法读懂伯父的所有举动，他对堂嫂除了责备就是责备，甚至连一滴泪也没有流，这看似不合理的举动，却掩藏了他内心深处极大的悲伤……堂嫂是伯父一手拉扯大的，他唯有用责备来送她最后一程，白发人送黑发人该是多大的不幸？

我唯一一次看到伯父号啕大哭，是在家乡大建设的迁坟现场，草草葬了的婶子只有一扇门板作棺木，如今连骨殖也寻找不到，而早些年去世的小堂哥，坟地上已长满了各色杂树。伯父手拍泥土，泪水泉涌，那种撕心裂肺的缘由，大家都知道，让一地的人唯有静下声来，这能劝得住吗？

前年，伯父在苦难中浸泡的一辈子终于走向了终结。我们守在他的病床前，他的气息越来越微弱，头的摆动几乎难以看到，但嘴角一直在动着，他应该是在向我们诉说着什么，不过谁也听不清其中的只言片语，他的心是否太苦、太苦了，苦得无法从嘴中吐出？如果不是守灵时，我的母亲说出的一个秘密，我的心可能还会少出另一份扯痛，伯父和我的父亲是同父异母，伯父的母亲在他三岁时就离开了人世……幼时丧母、中年丧妻、老来丧子，加上生活中的诸多磨难，我的伯父都经历了。盖棺论定，伯父的一生也只能用苦难来概括了。

苦难真的是笔财富吗？前几日和文友相聚谈到了这个话题，其中有个文友作答，谁愿与苦难做伴？我的伯父一辈子和苦难相邻，但他实实在在地活过了一生，不做作、不虚伪，他肌体的苦难、心的苦难是一般人难以承受的。苦水倒不出就放在心中，当作点燃的灯油，昏昏地照着周边，找一条活下去的路，他或许真是另类英雄。

表　妹

　　表妹六七岁时舞就跳得好，不过跳的是忠字舞，舞蹈的动作和全国各地一样，但表妹跳起来却韵味不同，成人化中透出一股子稚幼，除却动作娴熟，更多的是腰肢柔软，如一朵花在摆动。每次看表妹跳舞，我都特别投入，把所有的动作一个个定格在眼睛中，偶尔还会伴着收音机播出的音乐，跟着她比比画画，时间久了，也能把忠字舞从头到尾完整跳下来。尽管我比表妹大上两三岁，跳忠字舞她绝对是我的老师，她时而纠正我不到位的动作，搞得我手脚僵硬、满头大汗。即便我和表妹岁数都很小，看着我们一起玩得亲热、跳得热闹，还是有人在我们的背后指指戳戳，耳目张张里，听到一些悄悄话，说，长大后这两人是一对儿。那时表妹和我对"一对儿"的说法，基本上没有概念，但，还是认为不是好话，听到了就狠狠地吐上几口口水。

　　从我的家到表妹家翻过两个冲地，再翻一个岗地就到了，两家走得近乎，我和表妹见面机会也就多。表妹是表叔、表婶的压底丫头，生下她时表叔、表婶都是五十多岁的人了，表婶坐月子恰好她的女儿生儿子，母子俩同时生产，搞得表叔、表婶很没面子，但把压底丫头仍当作了掌上明珠，含在嘴里怕化了，捧在手上怕摔了。

　　大上两三岁的我，从小看着表妹一点点长大，看她哭、看她笑，看她一步步学走挪步，难免喜欢地抱她、搂她、亲她，按父母的说法，我抱表妹，就像勒"田鸡"。乡间人把青蛙叫作田鸡，可见抱得紧。我记不清"勒"田鸡般地抱表妹，表妹是何种表情，可曾"哇哇"大叫过。

小时玩得欢，时间过得快，眼见着自己上了小学，表妹仍是到我家走动得频繁，来了首先要找的自然是我，被吵得没办法，家里人就会牵着她的手，到学校去见我。表妹见到我，会高兴地拍着手，向我扑去，然后和同学们一起玩，课间她的拿手好戏自然是跳忠字舞，她无拘无束，跳得投入，跳得认真，来了一遍，再来一遍，引得大大小小的同学围着转，直至上课的钟声敲起，才恋恋不舍地收起舞步，在校园里玩泥巴。到了放学时，才又牵着我的手，向家走去。学校离家也就一两里，走走停停，拽点田埂上的花，摘上一两棵混杂在麦地里的豌豆，把不远的路走得快快乐乐。这样的时光，一直持续到表妹上了另一所学校。

女大十八变，上了学校的表妹一下子变得漂亮了，个子也疯长起来，到了十来岁时，个头一下子就超过了我，猛一看倒像我的姐姐。随着年龄的增长，我和表妹突然不能无拘无束起来，彼此间有了羞涩的感觉，有意思的是，我们相互之间的面孔突然相像起来，特别是眉宇间，甚至是形态，都有一种从一个模子里刻出来的味。

表妹开始变得沉默寡言，见面时大多是我颠三倒四地说话，大多时候她都只是睁大美丽的眼睛盯着我。我考上大学那年，她刚初中毕业，也考上了一所远近有名的高中，她为我送行，迟迟疑疑地从怀里掏出了一支钢笔，插在我上衣的口袋里，悄悄地说上了一句：给我写信。

上大学的日子轻快，给表妹写信偶尔为之，表妹的回信特别及时，我因之知道了她读书的情况，家庭的情况，她的快乐和痛苦，隐隐约约地感受到她对我淡淡的思念。断断续续的通信送走了连连绵绵的时光，我大学毕业走上了工作岗位，她却没能考上大学，没入了家乡的土地，做起了实实在在的农民。

　　表妹的美是值得惊艳的，她的善良、善心、善意、善为，又是值得记取的。我和表妹的交往，无疑引起了双方父母的注意，直到有一天母亲郑重地和我交谈，我才猛地惊醒，我和表妹是有着血缘关系的，表妹的父亲是我爷爷的亲外甥。我在略略的痛苦中，撕扯着自己，把一段若有若无的情愫拉扯开来。

　　到再次见到表妹时，我的女儿已牵着我的手到处跑了。记得在合肥的街头，女儿正在和我撒娇，她突然从一精品服装店里冲了出来，大声地喊我的小名，在我的诧异中，她已站在我的面前，一个职业模特般的身姿亭亭玉立。我们站在街头说了许多话，掰指一算至少有十个年头没见面了，她从一个农民，转身到了省城，从摆地摊开始，到拥有了自己的店面，成了一批先富者的其中之一。我为之喟叹，又为之高兴，临别时，她硬是塞了一把票子给我女儿，让我女儿喊她姑姑。女儿嘴巧，把表姑喊得鲜鲜的甜，她搂住我的女儿，送了我们一程又一程。

　　随着表叔、表婶的先后离世，两家走动得极少，应了"一代亲、二代表、三代四代如稻草"的民间说法，加上奔忙于生计，许多本来牵挂的事就彻彻底底丢下了。当我再次听到表妹的信息时，她已离开这个世界三个年头了。震惊、悲恸之余，细细地打听原委，却是表妹一路的艰辛。表妹事业有成时，爱上了一个同是做服装生意的小老板，起先他们一起打拼，生意兴隆，店面一再扩大，接着有了爱情的结晶，一个酷肖表妹的女儿。但之后，一连串的事情，却让表妹陷入了绝境中，先是丈夫仗着腰缠万贯有了外遇，之后是吸毒、赌钱，把苦苦挣下的家业败个一干二净。最不能容忍的是表妹的丈夫，我的表妹婿一夜间蒸发了，留下了上百万的债务。从天上落到了地下，表妹苦苦支撑，每天债主不离门，好不容易支撑起的门面，訇然间垮塌了。表妹没能挺起来，在一个夜晚，走上了不归路，从十六层高楼上飘然而下。

应该记取的还有一个情节，是表婶去世的日子，我从外地赶回来奔丧，她哭得死去活来，却在半夜时分，给我做了碗荷包蛋，放在我的面前，说，没见你晚上动筷子。

表妹没了，代表着自己一段青葱岁月浅泊的情绪随之消失了。静静的日子，油然地想起了她，似乎是种宿命，又是种挥之不去的愁怨。不知为什么，她六七岁时舞蹈的动作老是击中我："敬爱的毛主席，我们心中的红太阳……"她边舞边唱，声音柔和，舞姿优美，引得我在心中复述起来，脚下踩着舞点。

草根人物

狗　剩

　　狗剩生下时，女孩芭斗已在黑洞洞的房子里等了他七年。七年前狗剩的两个哥哥相继降生落地，却又没见上一天的日头，从母腹里钻出来，软绵绵的就没了声息，义坟摊成了他们最终的归宿地。狗剩的父母悲伤之余，听信了老人们的主意，抱养了刚刚满月的丫头芭斗，一是做压底丫头，二来冲冲喜，做个引子存住还将生下的孩子。取名为芭斗，是想能够多生下些孩子，如粮食丰收时一样，可以成芭斗的装量，想着来年如生下个男孩，就把芭斗当作媳妇，也可贴心贴肝地将女儿、媳妇合为一体。狗剩的父母想得远，穷日子总是早点用希望来打发。

　　狗剩的父母如意算盘打得早，却没有打出个结果来，芭斗进了门，他们一把屎一把尿地拉扯，苦没少吃，乐趣有点，但没能带给他们多少笑声。狗剩的母亲迟迟不开怀，急得夫妻俩到处寻找偏方，直至芭斗六岁了，狗剩的母亲肚子才凸了起来，有了肚子中的狗剩。狗剩的父亲千方百计地护着有了身孕的老婆，轻活重活都不让她做，生怕动了胎气。芭斗七岁不到，家里的粗细活都沾上了边，好在芭斗机灵，知道父母的心思，忙前忙后像个小大人，赢得了养父母少有的怜爱。十月怀胎，狗剩的母亲到了临产的日子，急得狗剩的父亲搓手、跺脚，把芭斗支使得团团转。芭斗虽小，心思还是沉沉的，狠狠地和跟着她前后不离的大黄狗生气，恼急了就踢上一脚，大黄狗"嗷"的一声蹿得老远，转身又眼巴巴地望着芭斗。

怕事来事，狗剩生下时和前面的两个哥哥一样，软绵绵的没有一点儿气息，接生婆不甘心，先是在狗剩的屁股上甩了两巴掌，接着又倒提起对着脚掌心猛打，吓得芭斗躲在一边发抖，接生婆没了招数，对狗剩的父亲说：讨债鬼又被"偷生鬼"偷走了，狗剩的父亲瘫在了一边。管不了月子里不能流泪，狗剩的母亲放声大哭。活该命中无后，狗剩的父亲找了块破麻袋，草草地裹起无声无息的狗剩，准备把他"送"了，芭斗却不干，拖着养父不让送走。但孩子总是拗不过大人的，芭斗看软绵绵的狗剩赤条条的可怜，脱了上身红花布小褂，轻轻地连头带脚盖在了狗剩身上，眼泪不住地往下流，养父看着芭斗的举动，心一软又一硬，跺着脚出了门，一溜小跑地将狗剩送了出去。芭斗本想跟着去，被邻居拉住了，倒是大黄狗"汪汪"地叫了几声，尾随在狗剩的父亲身后。此时正是春天的日子，下午的风和和煦煦，外边的绿一浪连着一浪。

死一样寂静的早晨，芭斗睡得正熟，大黄狗从狗洞里钻了进来，对着芭斗狂叫不已，芭斗揉揉眼，从床上爬了起来踢了大黄狗一脚，大黄狗却咬着她的裤脚向外面凶猛猛地扯着，孩子好奇心重，跟着狗向野外冲去，不一会儿就到了义坟滩，却见包着狗剩的破麻袋微微颤动，一旁是几条眼睛血红的野狗，惊得芭斗呆在一边，大黄狗等不及了，一口叼开了麻袋，狗剩竟睁着双眼对着春天的太阳，乐呵呵地看着芭斗，惹得野狗狂叫。芭斗一把抱起了狗剩，飞一般地向家跑去。狗剩突然大哭起来，在芭斗的怀里拱来拱去。

狗剩的父母被意外的惊喜冲昏了头脑，半天说不出一句话来，竟双双跪在了芭斗和大黄狗的面前，泪流满面。狗剩的父亲对芭斗说：儿子的命是芭斗和大黄狗给的，他就叫狗剩吧。狗报信，芭斗抱回的，名字贱好养。狗剩确实好养，从义坟滩抱回来后，不生灾不害病，见风见雨长得虎头虎脑。芭斗把狗剩当作了自己的命，时时刻刻守着、抱着，大多数时候都不让养父母伸上一把手，搞得像个小母亲似的，狗剩的父母看着芭斗对狗剩这份情分，就随了她，心放得妥妥的，任她揣任她养，一个心地在田地里扒拉生活，苦日子开始出现了少有的生机。

到了狗剩上学的日子，学校老师嫌狗剩的名字难听，想给他重起一个，狗剩的父母大瞪着眼搞死不同意，就叫狗剩，一辈子都这样。于是一学校狗剩、狗剩地喊，狗剩也答得清脆。芭斗没能上学，她帮衬着父母，下田干活，在屋里忙家务，早早晚晚、见风见雨地接狗剩上学放学。小时狗剩有时拿芭斗的强，父母见了不问青红皂白劈头劈脑就给狗剩几家伙，害得芭斗护着、掩着，身上重重地挨了不少下，父母出手真重，芭斗心中暗暗叫苦，却是甜甜的，父母心里有芭斗，没把她当养女看，狗剩渐渐懂起事来，开始对芭斗有冷有热，芭斗的心里热乎乎的，似乎有了可以寻摸得到的巴头。

大黄狗死的那年，狗剩考上了中专，一悲一喜，叫一家人百感交集。狗剩的父母做主，给大黄狗办了葬礼，狗剩披麻戴孝，大黄狗葬进了祖坟里。狗剩外出上学的事全由芭斗张罗、做主，收情、请客、行李、服装一应事情，芭斗做得头头是道。临走时狗剩面对父母亲杠杠的，却对着芭斗泪眼麻花，一声一声地喊姐。芭斗催着狗剩上路，狗剩依依不舍，非要芭斗背着他送上一程，芭斗说：好吧。一把背起了狗剩，让父母远远地跟着，狗剩紧紧箍着芭斗的脖子，贴着芭斗的耳边说：姐，你把我背大了，你老了，我背你。芭斗心难受，猛地放下了狗剩，头也不回地向家跑去。狗剩的父母以为狗剩又欺负芭斗了，放下行李，把最难听的话一股脑地向狗剩骂去。

狗剩中专毕业，寻到了不坏的活计，此时芭斗差不多成了老姑娘，养父母着急，嫁人或者找个女婿入门都随她，芭斗不愿，她说不想离开这个家。狗剩母亲寻思，芭斗可会对狗剩有那份念想，说给狗剩的父亲听，他倒是干脆，有就好了，说完埋着头半天不说话。狗剩母亲蹚着向芭斗打探，芭斗恼了：娘，你说什么呢？狗剩是我亲弟。气得三天不和养父母说话。实际上芭斗对狗剩一点儿念想没有是假的，她的内心是个综合体，小母亲、大姐姐、爱着怜着的人，各自占有不小的份额。芭斗最后放出话来，狗剩结婚了，她就嫁人。

　　狗剩工作忙，回来的时间越来越少，有一天捎回信来说自己恋爱了，父母高兴，芭斗却沉默了良久，急急地让捎信的人给狗剩传话，说要见狗剩的对象一面。狗剩听芭斗的话，不久将对象带了回来。芭斗做事出格，非要狗剩的对象陪她睡一晚。或许狗剩和对象说过芭斗和自己的事，怪怪地看了眼狗剩，一口答应了。乡间的夜晚静静悄悄，夜里芭斗和狗剩的对象"叽叽咕咕"，听不真切，却是一夜密如风雨没间断过。早晨两人眼睛红红的从房间里迈进堂屋，芭斗对着狗剩和养父母大声说：这妹子我认了！事后，狗剩搂着对象，问一夜里你们说什么？他对象紧紧地反抱住狗剩，含泪回答，姐是好人中的好人。答非所问，狗剩心里熨帖，眼圈早红了。

　　之后的日子顺畅或不顺畅都过得飞快。狗剩结婚、生儿子、父母双双离开了人世，再是儿子成家立业……芭斗没有嫁人，守着尚算宽敞的老家，把心分开来，一半给自己，一半给了狗剩一家人。命运还是喜欢捉弄人，芭斗的眼睛失明了，一个人在家形影孤单。狗剩和妻子商量把芭斗接去过日子，妻子满口答应，芭斗却坚决不干。想了许久，狗剩提出要把自己的一只眼睛给芭斗，幽幽望着妻说：要瞒着姐。妻子的眼睛深不见底，内涵却丰富得很。眼角膜移植手术做得成功，芭斗终于又见到了光明。

　　退休的日子到了，狗剩和老伴从城里搬回了乡间。农村的日子比城里不差，芭斗自然高兴，她主动提出，把过去的义坟摊租过来，种上树，手上沾点事老得慢。

如今的义坟摊已绿树成荫，时而听到有人狗剩、狗剩地喊着，喊得亲热，答得也清脆。三个人四只亮眼把一切看得清清楚楚。

散淡敬言

　　敬言大爹和土街、和村子里的人没有任何血缘关系，喊他大爹是因为他的年龄，和他老态龙钟的样子、慢慢挪动的步伐。"敬"显然不是他的姓氏，至于他姓什么，没人考证，也没人说得清楚。他的来历在时间的长河里被缓缓地淹没了，时间越久越模糊，直到最后没人再感兴趣。当他是一场风刮来的，像是村庄莫名地生出的一棵树，树叶和当地的树不同，所开的花香气弥漫，却很另类，即便闻不惯，时间久了也就一点点适应了。

　　我记事时，敬言大爹就住在村子牛棚边，牛棚一溜上十间草房，每间草房里住着一头水牛，低矮的草房四面透风，豁牙的窗口透进四季的时光，敬言大爹的房子就搭在牛棚的东头，倚着山墙斜斜地搭下披厦，一张土坯垒起的床紧靠着墙根，占去了三分之一的地方，睡觉时他在这边，牛在那边，牛蹄痒的微微颤动往往会打断他的梦呓。实际上他睡得很少，夜间大多和牛搅和在一起，他穿梭在上十头牛之间，一个一个牛屋的巡察，续上一把牛草，给牛"把尿""端屎"，犹如孝敬的儿子服侍年迈的父母一样，天微微亮时，敬言大爹还得一头头牛牵过，有时是一串地牵着，去不远处给牛饮水。"饮牛"是件仔细的活，得选上风口，下风口的水往往夹杂一些不洁的物品，诸如鸡毛、鸟羽、枯草、棍棒之类，牛喝了轻则闹病，重则丧命。冬天冰结得厚，他还得抢着棒槌将冰砸碎了，返回身来，拉着牛小

心地立在塘边，看着牛"丝溜、丝溜"地畅饮，此时，他像个慈爱
的老父亲，眼中满是柔情。不用说，敬言大爹是村子里唯一的牛倌了。

不知什么原因，我的爷爷和敬言大爹成了莫逆之交，从称呼上
如两代人的他们称兄道弟，总有说不完的话。我的爷爷走南闯北，
颇有些见识，他有自己的眼光，在方圆几十里的范围内，享有极高
的威望，和一个来历不明的人搞得像"狗头亲家"样亲热，时而引
起乡人的疑问和歧义。爷爷似乎从不管这些，略有闲暇，就拄着拐杖，
穿过大小不一的田埂，去和敬言大爹会合，有时在牛棚里，有时在
敬言大爹的披厦里，有时在田野里，他们说些什么没人知道，偶尔
我跟着去，两个"老头"间的对话，絮絮叨叨，神神秘秘，搞得我
一头雾水，我也懒得听。爷爷有次和我语无伦次地说起敬言大爹，
他说：老敬言散淡，藏着呢。我肯定没听懂弦外之音，听过了也只
当作了耳边风。

那几年村里人爱赌，赌得不大，但也很伤和气，特别是农闲的
日子，村子里大小赌总要有个三五场，赌像滚雪球般越滚越大。面
对赌场，敬言大爹起先没当回事，之后竟放下手头看牛、护牛的活
计一头栽了进去。那是大雪封门的日子，天寒地冻，听说敬言大爹
进了赌场，爷爷一个劲地摇头，手拈胡须苦苦地笑了一气。敬言大
爹进了赌场，从里到外似换了个人，腰挺了起来，双目炯炯，竖着
耳朵，手法熟练。乡间的赌花样老套，不外乎猜硬币的字与徽、比
色子的点子大小，推牌九决定胜负。敬言大爹一个一个赌场地赌，
手气和手艺好得惊人，按村里人说：他是空手套白狼，一个子不掏，
赢得盆满钵满。输了的人不服，输完了钱输粮票、布票，直至将磅
猪的饲料票也输了。脱了裤子、割了蛋，只好血淋淋地收场。敬大
爹眼也不抬，把赢来的角子、毛票、粮票、布票之类，一把收拢了，
放进随身带来的布袋里，扬长而去，留下一屋子一屋子人的惊愕。
村里人这才发现，敬言大爹老少通吃，成了三五个赌场唯一的胜家，

一村子的人都输给他一个人。赌徒们开始歹毒地骂着敬言大爹这老绝户，同时也开始深深地忧郁，输个干干净净，剩下的年如何过？冒雪而归的敬言大爹，一行脚印留在雪地里坚坚实实，没打岔地走回了牛屋，夜里仍是上人样服侍着老牛，堵透风的窗口，给牛"把尿""把屎"，将把牛尿歌唱得凄婉。那一夜我爷爷长长叹息，胡须拈断了一根又一根。

赌了一夜的人似乎安停了，输让人懒惰起来，第二天许多人的家门迟迟地打开，却发现门槛边多了个纸包，纸包里竟是一个个角子、一张张毛票和粮票、布票之类，恰是上晚输了的数目，多的上百元、少的也几十块。纸包里躺着一张红门对纸写的字条，上面写着：留得精神种田去，不做赌人做农人。字写得精致，一行小楷，字字见万钧力度。拿到纸包的人家，慌慌地关起门扇，一家子除了快乐剩下的就是叹息。村里人相互瞒着，盯着一行行套在雪地里的脚印，心中暗暗地发着狠。爷爷自是听说了，不顾家人的劝阻，奔着雪地和狂风，又一次跨进了敬言大爹的披厦，两位老哥们关着门，听着飘动的雪花，苍凉的歌喉从他们的胸腔里捣鼓出来：我本是卧龙岗上散淡的人……让牛屋的四周风雪迷茫。不知是谁唱的。

在过些日子春天来了，敬言大爹得了种怪病，乡间人称之为"苦儿"病，这种病草青得、草枯去，任谁也治不了，绝症。敬言大爹没事样，看牛、护牛、养牛、喂牛，把十来头水牛护理得油光毛亮，牛暗暗地为土地出力，庄稼也长得好上加好。爷爷不知从何处得了个偏方，用锅底灰拌和一种草药，能治好敬言大爹的"苦儿"病。我开始在无数的日子里，看到敬言大爹满嘴乌黑，和他披厦前一家家早晨送来的从铁锅上铲下的锅灰，一股子草木和乡村的温暖味。到了草枯时，敬言大爹竟如乡间传的一样，枯萎了起来，轻薄得风一吹就要倒地。一天清早，他喊来了我的爷爷，还是紧闭了门，俩人絮絮而谈，咬耳密语，我们竖着耳朵扒着门缝，只有风一阵阵地

063

草根人物

拽着耳朵，什么也听不明白，门扇打开时，只见爷爷微微颤颤，嘴中念念有词：我本是卧龙岗上散淡的人……不是唱，而是一字一字地吐出，泪早在他的胡须上一粒粒地滴下。敬言大爹就此去了。

敬言大爹死后，爷爷做了主，把这风吹来的人儿，葬在了村子里的老坟地，破天荒立了块碑，碑的背面深深地刻下：我本是卧龙岗上散淡的人。那些天我非常渴望爷爷和我们说些敬言大爹的事，可是爷爷三缄其口，直到死也没提过一个字。能常见的倒是爷爷隔三岔五，在敬言大爹的坟边一坐就是大半天。他把所有有关敬言大爹的秘密，放进了心里，并永远地带走了。

许多年后，一个自称是敬言大爹女儿的老年女子，来到了敬言大爹的坟前，她没有哭诉，只是一个劲地抚摸着深刻在岁月深处敬言大爹的名字，以及被众多草棵盖住的一行字"我本是卧龙岗上散淡的人"，半天里没有挪动一下身子。她本意想迁走敬言大爹的坟，但环顾四周，一座座坟墓紧密相拥，再分不清各自的界限，也就决绝地放弃了。待我匆匆赶回时，敬言大爹的女儿，已无踪无影地离开了。

难道她也是风刮来的？

苕

土街的人往往把一根筋、二百五，甚至有点傻不拉几的人称之为苕。

苕是一种植物，它的大众名字叫山芋，山芋或者苕是好东西，扯根藤蔓插进泥土里，就能快快乐乐地生长，到了秋季撑开泥土，就结出了一兜兜像模像样的果实，红红生生地诱人，填饱出力干活人的肚子，足足做了半冬的粮食。顺插或倒插苕的藤蔓，它都可以成活的，只是倒插的山芋会开出花来，喇叭状、粉红色，有淡淡的香，在一田的山芋地里，作为点缀也不失好看。或许就因倒插的山芋藤会开花结果，才把人的一根筋、二百五劲称为"苕"。分不清大小头，不"傻不拉几"才怪呢。

把土街黄刚称之为苕由来已久了。黄刚从小生得壮实，生瓜裂枣、野食家物一吃一饱，尤其喜欢吃山芋，生的熟的，肚子一撑胀得半圆，走起路来歪歪扭扭，像个醉汉，按土街的人说法，黄刚一肚子山芋屎。

黄刚的苕劲表现在诸多方面，比如上学时和老师闹腾，二百五般逃学，做作业十道题，选单或选双，绝不做周全了，老师告状到家，父母没里没面地打他，他转过身来就向老师开火，弄得家长和老师都下不了台。放牛时，别的孩子打打闹闹，他却牵着牛半步不离，缰绳绷得紧紧的，牛按他的路线吃草，草丰草嫩的去不了，到日落西山，别的牛肚子吃得圆滚滚的，他放的牛肚子还是瘪瘪的，苕劲上来的黄刚，非得撑圆了牛的肚子才走，顶着个月亮头，在放牛岗上来回周旋，牛吃饱了，他的身子已被虫子叮得没有一块好地方。让黄刚的苕劲头出名的是邻家失火的事。草房子着火，几乎是没有救的，好在家里没多少东西，烧了也就烧了，黄刚不依不饶，拎着水桶冲进冲出，头发烧得焦黄，眉毛燎得干干净净，任谁也拦不住，到房子几乎烧尽时，他还冲了进去，抱出一袋子小麦，差点丢了性命。黄刚把麦子向家抱，邻家人不愿意，黄刚坚持说，你家的麦子不要了，情愿被火烧去，我抢出来了就是我家的，为此吵得天昏地暗，本该邻家感谢他的事，反而结了怨，恨得黄刚的母亲，指着脑门骂他"苕"。或许就是这次，黄刚的名字被忘记了，取而代之的是苕。黄刚对苕的名字并不见外，喊得松泛，答得干脆，到最后连他自己也忘了大名，偶尔喊声黄刚，半天还转不过劲来。

忘了名号的黄刚却有一天发达了，发达也和苕劲有关。村子人外出打工，他随大流地跟上了，此时他已长得高高大大、壮壮实实，身大力不亏，黄刚做起活来从不惜力。他和乡亲们接的是组建钢构的活，粗重的活没有多少技术，正适合黄刚去做，计件领酬，黄刚显然比人慢了半拍，原因是别人拧螺丝拧个半饱，他却实实在在地的拧到位，甚至在一个夜晚，半夜间想到丢了一个螺丝掉地下了没拧上，他匆匆起床，顶着昏暗的灯光在地上寻找，恰好被老板发现了，老板感动，第二天非得让他做个领头的，黄刚搞死不干，说自己苕，缺根筋，是二百五货。老板却认上了，要的就是这股苕劲。黄刚走马上任，就把苕劲发挥到极致，他自己发苕，也让别人跟着做。一项工程下来，苕劲起了大作用，破天荒，一座钢构的厂房，竟获得了"优秀工程"的称号，老板高兴，工钱一次结清，还给了一笔小小的奖励。到了后来，老板直接把工程交给了黄刚打理，黄刚话少，却打理得轻轻松松，他做了头不像头，身先士卒地干活，让跟随干活的人感动之余，只能拼着出力。几年下来，黄刚的苕劲带来了不小的成果，自己富了起来，乡亲们跟着沾光，黄刚苕劲上来，一呼百应自不在话下。

去年春节，完工的几项工程工资硬是结不下来，手下上百号人等着回家过年，争争吵吵、打打闹闹，黄刚几乎没一天好日子可过。他去找老板，老板哭丧着脸，都到了跳楼的份上，别人也大把大把地欠着老板的钱，打躬作揖让黄刚自己想办法。黄刚在老板面前没犯苕劲，却揪着头发和自己过不去，他不忍心让老板为难，更怕面对手下兄弟刀子般的眼睛，他狠了狠心，把埋在家后院的一百多万元现金掏了出来，一人一万地发给了乡亲们，连条据也没打。发完钱他跺着脚，咬着牙对乡亲们宣布，就此解散，各过各的日子。说完瘫在了地上，一副二百五相。奇怪的是到了正月十五过完，正月十六黄刚打开家门，解散了的兄弟，全拥在了他的门前，铺盖卷打得好好的，非要黄刚带他们出门。

再见到黄刚时，他明显见老了，仍是一股子死猪不怕开水烫的二百五劲，铁塔般的身子反应显得比过去更迟钝了，他从怀里摸出名片，羞羞涩涩地递给我，名片上无姓甚名谁，仅印一行字：钢构安装公司苕总经理。黄刚把自己实实在在当作了苕，也就是大众化的山芋。

土街的岗地上，苕又绿了一遍，少数的几朵山芋花开得招摇，山芋在地底下一天天长大，隔着土地听到生长的声音。

屠

常常为一把刀不寒而栗，这刀是郢子里的唯一，雪亮、尖锐，似乎对着阳光就能透亮起来。对着它映出的人的影像有些变形，长脸变圆，圆脸又长条起来。讲明白了，是把杀猪刀，柳条状的，闪动寒光，当然辅之以的还有劈骨刀、剔筋刀之类，但众多的刀中，犹以柳条状的杀猪刀最为可怕，它在活着的生命中游走，顺带出的疼痛和死亡，往往都是以尖叫和垂死来说明的。

握紧刀柄的是老老少少称之为胡屠夫的人，胡屠夫黑而精瘦，黑得透出亮色，瘦得一把把，却人高骨立，有一把子说不上的力气。屠夫少，方圆地界，找到的不多。少因此金贵，恰恰就推翻了"少了胡屠户，还吃带毛的猪"的说法，没了胡屠夫，真得吃带毛的猪了。因而胡屠夫吃香，逢年过节，郢子里宰上头把猪，左右前后，沾沾晕味是少不了的，何况还有红白喜事，猪是家养的，大小肥瘦杀便杀得。胡屠夫为之奔忙，挑着担子，一头是烫猪拽毛的桶，一头是大小刀具，走在扭扭曲曲的田埂上，偶尔会唱上一段拾不上口的黄曲俚段。

胡屠夫下手毫不留情，出手快收手也利索。年间郢子里总有三两户杀年猪的，除了年里招待亲戚朋友，过个肥年，郢子里家家户户还会寻上门来，东家五斤、西家八斤的割去，或腌或炒，将年里的一段时间的唇搞得油乎乎、亮晶晶的。猪不是好杀的，养了年把的猪，膘肥体壮，一把子蛮力，将被放血吃肉的猪，好像早有预感，挣断了绳子，一个郢子疯跑，害得东家狠了劲地攥，帮忙的人自然跟上，弄得一地灰尘、一地鸡毛，猪最终被拿下了，拼着命地尖叫，几个拽猪腿的气喘吁吁，但不敢掉以轻心，一个人放松，猪说反身就吼叫一声逃脱了。郢子里的人把拽猪腿的称之为"闹"猪腿，除了"拉""拽""逮"等出力的意思之外，多多少少还有另层意思，"闹"有喜庆的成分，"闹"过后吃顿杀猪饭，当是必然之义。

被"闹"倒的猪，横竖不分地被按在长条凳上，胡屠夫上场了，雪亮的刀，没见比画已狠狠地插进了猪的颈窝里，连刀柄也深入其间，很少能听到刀和肉体的摩擦声，血便鲜红地迸溅了出来，划出一道孤独的弧线，冲得接血的盆盂不停地摇晃。胡屠夫目光冷冷地看着一边，对流动的血挣扎的猪几乎是不屑一顾，猪的血还没流尽，他已开始准备下道工序。猪的主人，此时大多躲在一边，不忍看流血、吼叫的猪，周年一载，猪从秧子到毛猪到成猪，养了一年毕竟有了感情，养是理、杀是理，有点伤感是情。倒是上了岁数的老人想得开，一边忙，一边会叨咕"小猪小猪你莫怪，你是东家口中一道菜，今年早早去，明年早早来"，他们相信轮回，寻到了心中的安宁。剩下的事大多是胡屠夫的了，烫猪、拔毛、开腔、剖肚，有条不紊又干净利索。胡屠夫比看杀猪的人更馋，开腔的猪热气腾腾，一抹板油护在猪的内脏上，他顺手割上一块，扔进嘴里吃得有滋有味。一两个小时过去，活生生的猪宰杀结束，到了皆大欢喜的时候，大块的颈口肉切成四方小块，猪血烧了大半锅，一郢子的人甩开肚子，吃得满嘴油香，免不了有拿不住的到了半夜拉稀，跑肚子。

杀猪饭吃得热闹，胡屠夫却孤独地喝着酒，猪肉猪血很少动筷子，眼睛中流出一汪汪的呆滞。猪到底是谁杀的，胡屠夫问自己，作为旁观者、吃杀猪饭的我，也问过，但那时太小，心中的念头，一闪也就过去了。不过，如今有了答案，却懒得说出了。胡屠夫杀猪是

草根人物

不要工钱的，一挂猪下水，一溜条子化油（肠子剥下的网状脂肪），就足以打发了，东家客气，割上条肋条肉，斤两不论扔在杀猪装刀具的篮子里，他领受了，连连说上几声"多谢"，挑上担子精精瘦瘦地走，头也不回。

胡屠夫精瘦，他的几个孩子却长得胖胖、壮壮，我们时而在一起玩，同年相傍，打上一架是常有的事，但胜利的总是胡屠夫的孩子，我们不服，再打，还是如此。不过我们闻到了他们身上一股子猪下水的味道，拍着手就此骂上几句，心里算是种平衡。我们还知道，胡屠夫带回的猪下水，自己从来不碰，却给老婆、孩子吃了，又让我们生出了种向往，早知道做了胡屠夫的孩子。

我真正为一把刀战栗，是因为胡屠夫宰羊。按理说，郢子里的人不养羊，更不吃羊肉，不知什么原因，有人贩来了几只小山羊，宰羊的任务自然落在了胡屠夫身上。郢子里的人找上了胡屠夫，他起先不愿意，说没杀过羊，但却说：猪杀得，羊还杀不得。羊真的善良、软弱，没见反抗，便被按在了板凳上，"咩咩"的叫声凄凉但不刺耳，胡屠夫的刀没见用力，羊已瘫软了下去。当我们回转身子，看另外几只羊时，心都突然间崩溃了，几只羊齐齐地跪在一边，要死的眼睛里漾满了泪水，它们齐声地哀鸣，说不上的悲寂。胡屠夫手中的刀血淋淋，寒光仍旧透出，他突然把刀砰的一声，扔在了地上，一屁股摔进了尘土里。冷了的屠场一丝丝风刮过，还是特别沉闷，我转过了身子，一个劲地猛跑，眼中却是闪闪的刀影，汩汩的血流，羊要死的眼睛。我开始怕了一把刀，开始恨了持刀的手。

那几只羊的命运如何，我从没问过，对于胡屠夫我却一直关注，直至他死后许多年，郢子拆迁，他的坟也随之搬离，我立在他的棺木前，期盼着打开它，重要的是看那一把随葬的、饮血的刀几十年后的状况。棺木打开，胡屠夫的骨殖仍保持完好，左右寻找，却不见刀的身影。会随时光遁去？会化作泥土？还是胡屠夫后人，没将柳叶状的刀让他带去？该有答案的事，没有答案，令人心悸。

　　据我所知，胡屠夫的后人，没有做屠夫的。他的晚年，常对着门前的青石一次次磨着刀锋，刀一天天地变薄，日子一天天地变稀，之后是将手磨砺在青石上，柴老的手鲜血淋漓。

　　放下屠刀立地成佛，胡屠夫没将屠刀带走，可会成佛？

草根人物

妖　婆

　　妖婆活得年久，翻过年就到了九十岁。

　　妖婆是自己称之为妖的，说自己活得太长，长得都成了妖精。妖婆无儿无女，一个人看日升日落，掰着手指头过日子，日子过得艰难，却结结实实的，没有将死的迹象。妖婆天天嘴里念念有词，细下心去听，大多和死有关，巴着早早死了，省得在世上受罪。然而一年年过去，妖婆仍活得好好的，佝着不算太弯的腰，移着裹缠过的小脚，围着破落不堪的房子转悠。

　　妖婆的家住在郢子的尽东头，郢子围着一口大塘散布开，她在上风上口的地方搭了间孤零零的房子，左邻右舍都离得远远开开的，房子的四周长满了高高大大的树木，树木阴森，连带着一方土地阴沉而寂寞，唯有成群的鸟飞飞落落，丢下一串串啼鸣声。晚间，孤零零的房子早早没了灯火声，妖婆有时会发出长长的叹息来，搅动风吹树叶，发出瘆人的呼号，惊得熬夜的猫头鹰探着电棒样明亮的眼睛，急急地向天空飞去，又难舍地扎了回来，撞落一树树苦涩不堪的青果。

　　许多年我不知妖婆是怎么活的，粮食、柴火、用水，她老迈的身子，都无法负担得起。我打听过多次，每次都没得出明确的结论。我只知妖婆在郢子里生活，从没饿过、冻过，就连破败的房子，也不曾漏过。郢子里的人对妖婆的生活轨迹大都三缄其口，似乎这人就不曾存在过，把她当作了塘东头一棵树了。不过也是，妖婆的家早被密密匝匝的树遮得严严实实，外来人如不刻意打探，绝不会知其间还藏着一户人家，活着一人。但郢子里的人不保密的一件事，当然是关于妖婆的，就是妖婆家周边的树是妖婆一棵棵栽下的，大的要三几个壮年汉子才能抱过来，小的也有钵口粗了，这些树任谁也动不得，在大炼钢铁那样激进的年代，郢子里的人也拼着命和妖婆一起将它们保护了下来。

妖婆对树有特别的感情，常能看到她的身影，在树棵间穿梭摸索，往往复复一待就大半天时间。树中有一棵特大，从根部一路向上，生满了铁色的荆棘，树的枝头挂满了刀状的果实，每有小风吹过，刀状的种子相互碰撞、摩擦，总要发出金属的声音，树叫皂角树，它是妖婆的命根子。

小时好奇，常三五成群找借口去妖婆家的周边疯玩，妖婆人和蔼，常变戏法样，从口袋里掏出一把干果，塞在我们的手心，我们经不起诱惑，尽管家中大人一再叮嘱，不准吃妖婆的食物，不准拿妖婆的一草一木，还是塞进了好吃的嘴中，吃得满嘴喷香、鲜甜。妖婆的家实在寒酸，除了一口一人高的坛子，几乎什么也没有，坛子里幽幽的，我们拿着棍子去捅，听到的竟是米的拥挤声，一次次总是这样。我们把这事说给父母听，除了受到的训斥，得到的说法更是令我们惊叹，坛子是魔坛，里面的米永远吃不空。随着时间的推移，我们接受了这样的事实，只要妖婆活着，坛中的米就一天天生长，像田中的庄稼，一茬茬的。

妖婆还是死了，死在了她活在这世界上的第九十一个年头。妖婆死得平静，静静地躺在床上，穿戴整齐，衣服破烂，但也整得干干净净，双手拢在胸间，面容安安详详，一双小脚上鞋袜俱全，全身的衣着打扮倒像是去走远方的亲戚家。那口神秘的坛子，擦得光亮鉴人，对着它能照出人和动物的各色表情，坛口大张着，半坛子米泛着饱满的光亮，米上卧着十来个鸡蛋，上写着郢子里一个个孩子的名字。妖婆的双手紧紧地握着，主事的人轻轻地掰动，手竟软软的摊开了，一张写满娟秀小楷的字条，呈现在了郢子人的面前，字是繁写体，半天里才读通："把我埋在皂角树下，我要去会他。鸡蛋给孩子们，别惊动我树林的鸟。多谢乡亲们……"正是春天，妖婆家的树吐叶、开花繁繁忙忙，一地的清香揉着人的眼睛，让多数人的眼红红的，不过压抑的哭声还是从一些年老人的胸腔中突出。

妖婆的死终于为我们敞开了一扇神秘的大门。

妖婆在郢子里已生活近七十年了，来时还是个美丽端庄的少妇。她是和当兵的丈夫逃难而来的，丈夫因打小日本受伤，又在养伤时受到了日本鬼子的追杀，他们一路逃命在郢子里安下了身。郢子里的人把妖婆的丈夫当作英雄，实实在在地供养了起来，他们有感于乡亲们的情义，准备就在这儿生儿育女，把自己的根深深地扎下。战火没能让郢子平静的生活长久下去，日本鬼子一路杀来，郢子面临着生死存亡，妖婆的丈夫挺身而出，吸引着鬼子一路向不远处的深山跑去，借着空当，郢子里的乡亲们四散而逃，避免了日本鬼子的屠村行动……而妖婆的丈夫，却让日本鬼子浇上了汽油活活地烧死了，待乡亲们返回，妖婆的丈夫已成了烧焦的一团。此时，妖婆已有六个月身孕，连悲带急，早产下了不满月的死婴。丈夫死了，孩子没了，妖婆只能在乡亲们的劝慰下，栖下了身子，把郢子当作了永远的家。她执意把丈夫葬在自己的房后，在坟边种下了一棵多刺的皂角树。之后年年栽树，她怕丈夫孤单，也怕自己孤单，看着花开花落、叶生叶败，她的心才好受些。

妖婆让郢子的人沉落不下来，弱弱的身子，要死要活的命，走不了正步的小脚。为妖婆提着心的郢子人，突然齐心地做了决定，妖婆是郢子所有人的恩人，必须世世代代供养着她。于是不论张姓、李姓、王姓、孙姓，只要郢子的血脉还在流动，妖婆一定是摆在第一位的。妖婆是有文化的人，文能测字，却武不能种地打耙，必须实实在在养着。郢子人忠厚，轮流地排出班来，逢单、逢双，家家户户或送粮、或打柴送草、或担上几担水，自己再苦、再累、再难，就是不能委屈了妖婆。这样的做法，一传就是几十年，特别是运动年间，肯定要把秘密保守在最深处。国民党军官的老婆，来路不明的身份，沾上了就死定了。妖婆家周边的树越长越密，她坛中的米，即便在最困难的年代，吃了一把，却生生地长了一升，郢子人不亏待一个生性美丽、善意为先的女人。

妖婆葬在了皂角树下，坛子也砸碎了。房子长久没见维修倒了，而生长在妖婆家周边的林子，树竟长长地长着，成了景观。

妖婆不妖，妖也是逃之夭夭的夭，夭得几近神秘，夭得要记下。

草根人物

瞎

　　姑奶的眼睛是在二十四岁时瞎的，上帝严丝合缝地将光明置之姑奶的门外，从此黑暗包裹了她仍旧青春的生命。

　　姑奶跌跌撞撞，从长江边的一座城市回到了故乡，那是民国年间的事，之前是纺织厂的挡车工的姑奶，作为故土不多走出的人之一，走得艰难，回得更是艰辛。出门时她有姣好的面孔，流星般的眼睛，回来时却眼窝深陷，两眼无路，只能靠一双手摸索着前行。按现在的医学观点，姑奶失明于青光眼，在那时就是不治之症，唯有让眼睛生生瞎去。听我的奶奶说，回到家乡的姑奶寻死觅活，许多日子不吃不喝，投过水、上过吊，但总被人救起救活，到头来就剩下喘口气的份了。最终姑奶还是活了过来，匆匆嫁人，过起双手当眼睛的日子。

　　到我记事时，姑奶已是六十出头，我应该称为姑爹的人，已在生活的重压下，早早地离开了人世，剩下姑奶孤苦伶仃，在村庄摸摸索索。村庄的路难走，明眼人都磕磕绊绊，何况双眼无路的人。我所看到的姑奶，一双无光的眼睛，黑洞般深邃，她时常仰脸朝天，让强烈的阳光，直射她空洞的眼窝，期盼阳光穿透，还她一片光明。

　　姑奶无儿无女，我的爷爷奶奶时而接济她，但自身的生活都难以保障，所能做的也是杯水车薪。爷爷常要我所做的事是将姑奶"引"到我家，上下郢子距离不远，去时欢快，回来时就走得艰难，我让姑奶"抚"着我的头，小心地迈着步子，一老一少几乎是寸步不离，姑奶乐意我去接她，每次见面都说我长高了，都要摸摸我的面孔，说上诸如大孙子"饱鼻子、饱眼睛"之类的话，到我逐渐成为半大小伙子时，姑奶就可扶着我的肩膀走路了，但步履仍是很慢，她喜欢走路的过程，絮絮叨叨地说上一气，说爷爷奶奶，说自己，也说我，她说，我是她的眼睛，是她日后的依靠。我知道姑奶所说"眼睛"的意思，一方面说我可"引"她走路，一方面是把我当作"心肝宝贝"。爷爷去世前，最不放心的是姑奶，她是爷爷的亲妹子，爷爷千叮咛，万嘱咐，最怕他死后姑奶没有路走。

　　姑奶的坚强是我所见过的人中少有的，她独自守着一间土坯房，半边支床，半边垒了口土灶，转身都难的地方，却收拾得利利索索。一天三顿，全靠摸索着对付，偶尔去我家吃上一顿，手中也不闲着，择菜、扫地、捻线团，剩下的时间就是说话，说个不停，她的口头表达能力强、记性好，前八百年的事记得清清楚楚，我爷爷的故事，大多都是从她的嘴中说出的，让我记在了心中。在我的记忆中，姑奶从没说过丧气的话，很少伸手让人帮助，那时的农村吃水用水全靠门前的塘口，她洗洗涮涮自己操持，从塘边洗完衣、淘好米，总是拎上半桶水，用手中的棍子探探索索向家走。姑奶爱干净，家里一尘不染，是许多明眼人难以做到的。她还会种菜，爷爷去世后，她让我的奶奶为她在房子的后面，开了几畦子荒，她大多时间，都在菜地上忙活，她兴的园子，一根杂草也没有，青菜翠得欲滴，辣椒、茄子压弯了枝丫。我曾和姑奶一起忙活过，对我而言主要是玩，很少的时间里凑上次把手，姑奶弯着腰，在菜畦上用手和菜蔬们对话，摘顶、打枝、锄草、施肥，做得井然有序，连虫子的走动她也能感受得到，逮起来十拿九稳。她种的菜自己吃不完，不时送给左邻右舍，当作好心人帮她的回报，神奇的是我的姑奶喜欢种花，种的最多的是太阳花，花开时一片灿然，她靠手摸、鼻闻、耳听，竟能准确地报出花的颜色。

俗话说：瞎子点灯白费蜡。姑奶夜晚小小的土坯房一直是亮着灯的，许多年我一直解不透这个谜。我问过我的奶奶，奶奶没好气地说，没有灯火不是一个家。事实可能正是如此，在姑奶的心中，她立足的地方，就是一个家，她的心敞亮，不允许一盏灯灭了。心中的灯不灭，应该就没有黑暗。不过在姑奶去世多年后，我再次回到故乡时，突然有了新的发现。姑奶住的地方恰是村口，几条小路通向远处，黑夜里一盏灯亮着，犹如航标，总能给夜行者提示新的内容。我仅是忖度，但也八九不离十，瞎眼人肯定比明眼人更知黑暗的可怕。对姑奶而言黑暗对她是永远的，所有的光明在她二十四岁后的余生里都不会打湿她，而她更想与别人分享光明，哪怕是星星点点的，于是她瞎着眼睛，在漫漫长夜里点着一盏灯，即便如豆、如缕。

在故乡姑奶算活得年久的，享年七十八岁。她去世前没有过多的迹象，仅是三天米水没进，突然对守着的人说：我看见了，天好亮。接着气息渐无，紧紧地闭上了眼睛，将洞穴般的深邃封堵上了厚实的盖子。

上天关上了一扇门，必须打开一扇窗户，我的瞎眼姑奶，上天封堵了她的眼睛，她用一生的苦难，敞开了一扇可以回忆，可以感悟，可以感知的窗户。

土街老刀

　　老刀靠一把刀过日子。他所做的活计和杀人越货无关，总还是土里的事情。麦子熟时帮人割麦，稻子黄了挥镰收稻，至于油菜、荞麦之类他的刀也不会放过，剩下的时间劈柴、砍草，地无一垄的老刀就是靠这些混口饭吃，不饥不饱地活着。

　　老刀的手艺好，刀功在方圆几十里找不到。他所割的田亩，麦茬、稻茬一律齐齐整整的一般高，穗子一棵都不会留下，拾穗的人碰到他割的田地，算倒了八辈子的血霉。刀功好之外，老刀干活舍得出力，摆出了架势，铆着劲干活，腰不直、头不抬，一口气向前猛冲，把一起干活的人甩得远远的。

　　雇老刀干活的大多是大户人家，成片的麦子要赶在晴好的天气抢割下来，稻子也是这样的。老刀的脾气好得像揉软了的面团，总是有雇必应，碰到好的东家，一天管上两顿饭，他美美地撑个半死，临了还会称上半口袋的粮食算作工钱。不仁义的东家也多，饭不管够，净还是稀汤寡水的东西，不多的实物工钱还要一拖再拖，甚至要等到来年粮食登场时，老刀似乎对这些都不在乎，下到田里，所有的高兴劲、怨气头全使在了庄稼身上了，成片的麦子、稻子在他镰刀的挥舞里服服帖帖地倒下，远远看去，黑塔般的老刀，八面威风，低低高高的麦子、稻子如同他的臣民，由他掌握着生死命脉。

　　老刀喜欢干田老七家的活，田老七生就的庄稼把式，十亩旱地、八亩水田，调理得讲讲究究，茬口安排得也好，地从不闲着，割了小麦点黄豆、收了黄豆栽山芋，水田一年两季，中、晚稻穗子密密麻麻地压弯了秸秆，一看就是好收成。老刀却从内心不喜欢田老七，田老七属于"抠着屁眼索指头"的人，抠得半死。雇老刀干活，饭仅是吃饱，菜也就一把园地里的蔬菜，少油缺盐的，荤腥是想也别想的。好在田老七和老刀一起干活，吃同样的饭菜，看着田老七拼死拼活地撵着，老刀的力气更足，心中有一股子恶意的快感。起先老刀喜欢干田老七地里的活，是看中了一地欢欢喜喜的庄稼，是庄稼牵动着老刀。后来发生了些变化，田老七的老婆因难产死了，不久续娶了个寡妇，新人叫小翠，朴朴实实的一个人，看着顺眼，小翠人好，对老刀亲和，每次老刀干活，小翠总要瞒着田七多下些米，让老刀吃得更饱，油盐也放得足些，尽管荤腥依然不见，多了点油水身上的劲明显多了起来。麦季结束，该结工钱了，田老七按往年的做法，称了半口袋麦子，让老刀拿上，老刀拎了口袋就走，半道上小翠撵了过来，足足添上两葫芦瓢。老刀为之愣了半天，心中一个劲地念着小翠的好。到了秋收，小翠去了街西头，站在老刀快倒架的屋子边，喊上了几声，老刀拿着镰刀跟了过来。田老七家的稻子比往年长得更实诚，老刀一头扎进地里，饿虎扑食样猛割一气，只觉背后热热的，他知这是小翠的目光盯着的结果，略略的不自在一会儿，面对稻浪老刀很快就忘记了。

秋天事多，临到割田老七家最后一块地时，老刀的手被"麻公蛇"咬了一口，俗话说：水蛇咬个疱去家就要消，毒蛇咬个洞到家就要送（死）。"麻公蛇"是有名的毒蛇，痛得老刀龇牙咧嘴，吓得随田干活的田老七大呼小叫，还是小翠有主张，拿过老刀的镰刀，不管不问地切开了蛇咬的创口，俯下身子，对着老刀的手上的伤口猛地吸吮起来，又指挥田老七找来田边地角长着的半枝莲，细细地嚼烂，敷在伤口上。一番折腾，老刀被蛇咬中的手红红的肿明显消了下去。

老刀没听田老七和小翠的劝告，背转身子又干起活来，只是动作要迟缓得多。小翠轻轻地叹息了一声，这声音弱而又弱，但老刀听到了，真真切切的，第一次心软软地抖动了起来。

老刀一人过日子，快三十的人了，一间草房就是他安身立命的地方，身边的宝贝活脱脱的就三样，一把锯镰刀、一把镰刀、一把斧子，锯镰刀用来割稻、割麦，镰刀用于砍草，斧子大多用于劈柴等零碎活儿。三把刀就放在他的破床边，有时放在枕边，陪着他度过一个个漆黑的夜晚。刀用长了，往往会玩出些花样来，割稻、割麦自不用说，老刀的花样在于抡圆了镰刀，百步之内命中所有的目标，起先练着玩儿消磨时间，到发现了身边奔过的兔子、野鸡等野物时，本能地抡了过去，又实实在在打中有收获时，老刀练得更勤了，一天不练心中似乎就少了一块，不得安宁。

日脚赶着日脚，有一天日本鬼子突然占领了土街，炮楼立在了村东头，和村西头老刀的住房不远不近地相对着。有些日子老刀心中乱糟糟的，晚间练刀的地点由野外搬进了自己的破房里，呼喊声也低低地压着，准头也差了些。

又到了午季麦收季节，小翠挺着大肚子来找老刀，老刀自是二话没说，跟着小翠去了。那天老刀的心慌慌的，麦子割得七零八落，东丢一簇、西留一棵，引来了田老七狠狠的责骂，咬着牙要扣老刀的工钱。老刀强按着心慌，少有的直起腰，看着远处的炮楼发起呆来，气得田老七又是一顿劈头劈脑的数落。到了晌午真的出了大事，小翠在家被人糟蹋了，快临产的肚子被剖了个大口子，成形的孩子和一摊鲜血夹杂在了一起，小翠的双目圆睁，掰开她紧攥的双手，一颗日本军装的纽扣被深深地掐进了肉里。"日本人干的"，一口热血从老刀的口中喷出，田老七早昏了过去。

小翠惨死的那天夜晚，黑暗，四处浓密，见不到半点星光，土街的天空充斥着血腥味。到了半夜，炮楼四周响起了炒豆般的枪声。

到了早晨才听说，三个站岗的日本鬼子被杀了，武器是三把锋利无比的刀子，一把锯镰刀、一把镰刀、一把斧子，分别命中鬼子的脖子、太阳穴、后脑勺。

老刀从此没了音讯，只是在麦收、割稻时还有人时常提到他，说他姓黄，他的姓是黄帝封的。

乡音散走

穿越古镇的情歌

对于一个古镇的打量，绝对可以从一个细节开始。临水的古戏台立在水边，一台情的演绎正在深情地对撞，飘动的情歌增添了水的湿度，逆水的小船因此载出了迷离的诗意，有人唱着：妹妹你坐船头，哥哥我岸上走，恩恩爱爱纤绳荡悠悠……适情、适景、适人，充满了交融于心的禅意。

情歌罩住的古镇油然地年轻起来。新鲜的市声，时而从青石板的巷陌深处冒出。石头开出的花朵带着千年不变的气息，经由手的传递、眼的默许、口的授予，扎进落地的根须，一步一朵芬芳，一眼一尾绿色。歌声和水波共生共长，颤动而永远不会走失的情歌，拂动人心最脆弱的地方，如同化蝶的梁祝，振动下翅膀，心的世界便久久息不去微起的涟漪。世间的通道数不胜数，爱情的路悠然而去，无有起点，而找不到尽头。老了的古镇，为情活着，活得轻松自在，活得无拘无束。《小辞店》的风声，穿越了百年沧桑，店大姐和她牵挂的情郎，执过了手又松开，最终被一段段歌谣紧紧地系在了一起，顺着水流和古镇青石小街一路走来，还得辽远地走下去。是情的捆绑，更是情的约定。

年轻的歌手送达情的美好，在古镇如织的游客间无缝无隙地旋起，游动的河流、轻泊的街巷丰满起来，滞缓了人的脚步，浮起了落下的叹息。"问世间情为何物，直叫人生死相许。"得去问鹊渚的风云了，除却硝烟、嘶鸣、呐喊、市声，剩下的有多少不是情的累积？目送一对对阳光下相伴相随的情侣，相信婉约的情歌一定会开启他们的心门，或多或少地擦亮他们因爱而沉淀的双眼，执手而行，执住的不仅是一双双血肉的手臂，而是栽进泥土终究要长成树木的责任。过往的坚贞在古镇的深处时而会找到回音，世俗的"小月埂拉拉拽拽"是一段凡间的市井，又怎能不是怀春男女情的驿动、梦的开始？有梦就好，无梦的风景没有浪漫，更没有让年轻的身子没入"一起慢慢变老"的承诺。古镇躬身的石桥、垂迈的店铺、经风历雨的灯笼似乎都在回答这个问题，情拂动和搓揉过的，都是最经久的。感动于一首诗歌：爱你，我想去死／但我怕／我死后／没人比我更爱你。白话般的诗情，竟然在古镇徘荡良久的青石板路面下泛起，如同老蚯蚓的呻吟，却大音希声，吹拂不去。

　　古镇因了情歌的浮动温柔起来，古意的沧桑和坚硬化作了水般的轻灵。一位八十多岁的老人正在为她的老伴缝补贴身的衣服，粗走的针线难见过往的细密，她低着头，面前的熙攘和她无关，沿街的叫卖没有打动她，偶尔抬起昏花的眼睛，还是看着不离左右已九十多岁的老伴。这该是又一首唱动的情歌吧？他们用一生的坚守，品味时光，品味曾拥有的甜蜜、痛苦和如今淡然的暮年。小巷正在向深处游走，可以想见若干年前，他们青春的身影在阳光和月色下，经历风风雨雨的洗刷，交相的缝缝补补，交相的絮絮叨叨。平摊在春天阳光里的两位老人，用白发与连绵的皱纹和古镇、和我们对话，一些声音听得明白，而一些声音只能深深地埋进尘埃里。古戏台飘来的情歌，吹送着老人迟缓的动作，他们相互扶持，将一抹挥之不去的背影刻进了古镇深切的内涵里。这和古巷陌有关、和在古水流恣肆走动的情歌有关的片段，实实在在应属于一座古镇的风雨如磐。

　　古镇的遗落又一次被优美的情歌拾起。当漫步于古意的拥挤里，突然间就让心静寂下来，从"关关雎鸠，在河之洲"，到"在天愿为比翼鸟，在地愿为连理枝"，再到"树上的鸟儿成双对，绿水青山带笑颜"，刻骨出一种领悟，情的流动和人的身份、地位无关，帝王将相、贩夫走卒、平民百姓，铭记终身的都只能是情。那进入血液的东西、它的所有表达，写意而又写实，如同寒冷时，汗毛会一根根竖起来。

仔细地打量古镇，三道水都是情了，情起情落，如歌。

合龙之肋

脚下的这方土地，丘陵连绵，星零散落的古墩，绿树隐映的村庄，潺潺东去的河流，偶尔硌痛脚板心的瓦砾、遗落，在世间声色颇著里显得青翠欲滴，独具一格的生态环境，养心、养目，摸上一把有湿润浸淫，望上一眼有气象万千，巡视一番更有苍茫中的荡气回肠。

这是位于肥西县柿树岗乡的合龙社区。柿树岗是古老的，古老得要一直上溯，缘水、缘土、缘山脉、缘地气而去，49处不可移动文物，西周窃曲纹铜盘等器物，唐殿魁、唐定奎、董凤高等淮军将领，拾取其中任一支离破碎的片段，都能完整地复原出柿树的虬龙、参差，乃至一抹挥之不去的历史风景。

我是在一个深秋的日子，站立在一个叫"鹰鹅嘴"的地方，反复地打探合龙的过往和今天，"鹰鹅嘴"地名首先吸引了我。在所有的想象和连动中，鹰鹅即大雁是一种吉意善良的鸟类，"大雁传书"古往今来，成就了多少美好的往事，书信传情、书信达意，把最可咀嚼的愿望，放置于鸟的翅膀上本就是浪漫，可追述的美事。"鹰鹅嘴"似乎应和南飞的雁有关的。我顺着一条河溯源而去，小河水孜孜以流，九曲十八湾的诉说或者抒情，让一个近六里长的怀抱充斥了温暖、恣肆、包容、回荡。小河本名为阴河，起源大潜山磨墩一带，流经合龙地界，进龙潭河而丰乐河，入巢湖归长江，水一路东去，带去了风土人情，也漾动着天地之间的深刻——河流总会孕育累积出层层叠叠的文化。

阴河（随后我将更名）穿越过合龙地界无名的土山，深深地勒进了黄土的深处，有趣的是它恋恋不舍，围着土山随方就圆地打起兜来，左折、右转，生生地在双龙的土地上，兜出了"合龙湾"的美好，湾如港口，停泊下了董大圩、董小圩、高大庄、土地庙、堰大西墩、葛墩等诸多鲜活的现实和历史的记忆，甚至柿树岗乡政府所在地的鼎沸市声，也在这港湾里花满高架、声声不落。

阴河的来历是有传说的，相传始建于东周时期的山南浮顶山宝筏寺，居于小河的上游，由建筑巨匠鲁班领衔修建，当年鲁班流连于巢湖、山南之间，将百般手艺和功夫倾泻于此，落成的宝筏寺庙宇巍峨、风铃嘀嘀、香火缭绕、香客如云，但鲁班百密而一疏，忘了给宝筏寺留下遗水的通道，庙宇已经建成，鲁班沉思片刻，拖尺而走，拽斧而行，穿山而过，又在山的周边流流连连，于是一条小河应运而生，宝筏寺的遗水也随之东流入湖、进江、归海，河更为此曲曲绕绕，留下温暖柔肠。由于宝筏寺是为祭祀阎罗王建的庙宇，这条河便被民间命名为"阴河"。听了这样的传说，我长长地舒了口气，独立在"阴河"上的"鹰鹅嘴"大桥上，举目四望，河的两岸绿树葱葱，即便是深秋季节，要不是稻菽干重，豆铃摇响，猛眼间还是春的景象。随行的朋友告诉我，曾经的"鹰鹅嘴"大桥在民国时是一座木质的桥梁，那时周边人迹罕至，一片荒凉，山上野物四溅，直至 20 世纪60 年代，还作为刑场使用，据称最多的一次就枪毙过五个人。

不知何时"阴河"演变为"鹰鹅"，是谐音还是有其他需要深深探究的原因？或许二者都有。民间向来对阴曹地府顾忌深重，沾了个"阴"字总感到不吉利，何况中国汉字蕴意深刻，谐音字信手拈来，"阴河""鹰鹅"，音相近，而后者更包罗了厚重、轻灵，取"鹰鹅"而代"阴河"也是自然。我却有另一番思考，小河水来自山峦，又穿山、绕山，敦厚的怀抱分割出了大小不一的土地、田亩，丘陵地带有水养育，不用说就成了一座天然粮仓，谁敢说，南归的大雁不在这流连忘返，它们口中的婉约之歌不会粒粒滴落，甚至在长久的迁徙中小留数日，把这方土地作为故乡之一？叫"鹰鹅嘴"也好，叫"鹰鹅"河也好，它寄托了美好、厚重、轻灵，具有冲击记忆、引导思绪的张力。我把这番见解分享给同行的朋友，他连连称是说，年年大雁南徙，"鹰鹅嘴"一带雁叫声声，雁阵蔚然，是大雁必然的航线。如此的验证，让我心生骄傲。

"鹰鹅河"湍湍而流（自此我改口了）穿山、环山、绕山、依山不紧不慢地行走，水造就了一方福地，合龙的大地上少有蓄水的塘口，2000 多亩土地大多自流灌溉，水是山水、地是良田，加上 20 世纪 70 年代，在合龙湾不远处，修建了合龙坝，水更为温顺，地更为出力，乐居此方的老百姓，俯仰间看到的是一片丰足。盛景极易产生联想，我甚至将鲁班的拖尺为河作了心中的演绎，他一定早有规划，巨匠般的人，观透了世间浮云，他故意将遗憾留到最后去圆满，给人间留下一条河，让它去滋润万物、造福后人。佛家在于一言一行，一嗔一笑、一叶一世界、一石一佛陀，何况一条源远流长的河呢？大雁南飞，它们会惦念这条河的。

顺河而下，止不住对合龙湾的好奇，除却"鹰河嘴"的不动声色，还有更多的地方在有趣地发声。我不管不顾地走了进去，极想在有限的时间里，整把采撷、打捆收集。

我是冒着连绵秋雨后的泥泞走进董大圩、董小圩和一个叫董凤高的淮军将领的。董大圩已淹没在时间的长河里了，偌大的庄园仅剩下一口古井和一棵古老的黄柳头树了。陪伴的朋友指指点点，仅在心目中留下四周壕沟、房屋连片的印记，董大圩的消失不是一天两天的事了，消磨它的时光和人间万象无法丈量和列举。董大圩建于清朝同治年间，为淮军将领董凤高所有，而落成后董凤高等家人没住过一天。据传坐落在合龙湾的董大圩和众多的淮军圩堡一样，特有的建筑风格，独树一帜地成为当地的翘楚，然而"鹰鹅"河两岸绿树茂密，如同两条游龙随风、随地势腾挪，董凤高对风水一说深信不疑，他的名讳中有"凤"一字，在此居住，不就应了凤压龙身的大忌，权衡再三，他放弃了庄园，全身心地投入了剿灭太平军、捻军的战斗中。据史料介绍，董凤高，1823年12月出生，系南宋学者董铢后裔。幼小读书，后因家贫停学，务农为生。清咸丰年间在乡兴办团练，对抗太平军，常与张树声等团练相呼应。同治元年加入淮军树字营，在苏南镇压太平军，被授记名总兵。后另开风字军，统领马、步兵7营，镇压捻军，升记名提督，实授徐州镇总兵。已无法说清董凤高年少时青年时在合龙一带的种种事迹，但凭着他办团练，守故，一路金戈铁马，建圩堡又放弃居所，走出一片新天地，就足以表明他的非凡。当董凤高借此走进清史稿时，董大圩再过破落、磨损、销蚀，都会久久地占据一隅，在史实的深处，更在柿树岗合龙的土地上。

　　董小圩宿命中留存了可供凭吊的旮旯，四周的壕沟依然水声涟涟，我和几位朋友踏着泥泞而入，水声包围的领地杂草丛生，十来棵高不过人头的木槿，挑动愈来愈深的秋意，开得热烈而又落寞，毕竟是秋天，花朵稀罕，不禁驻足观望起来。一口老井陷落在齐腰高的荒草中，井早已荒废，期间的水仰望天空，如同一枚醒着的眼睛，井栏枯涩，简洁中透出质朴，相信这曾经的老井养育过董小圩的众多人丁，之后又滋养了许多人的心田。董小圩和许多圩堡一样，随岁月而动，又被岁月淹没，不多年前董小圩还做着一个村落的场所，仅剩下的三间老屋，门上的牌子赫然在目"柿树岗乡合龙村278号"，蓝底白字，诉说得清清楚楚。排栅排柱的三间老屋，在秋风里瑟瑟作响，不需任何过程就能看到它的内瓤，因为墙体剥落，显现出了被岁月包裹的内容，木质透黑，这黑不是烟熏火燎的，恰恰是时光走动的脚步踏旧的。一只石礅静静地卧在走藤攀缘的南瓜边，半边陷入了泥土中，草一个劲地压着它，曾经顶过千斤重的基础，和轻飘飘的野草做伴，折射出无边的悲哀和无奈。南瓜结得硕大，浅绿和黄褐色相间，正和灰暗的石磙作了对照。泥土上的现实，成就了历史和今天的观照。临水而居的一棵黄柳头树，至少也有上百年了，巨大的树冠显示出它的另类，合抱的躯干昭示着岁月的浸染，它定是董小圩的老住户，听懂了圩子里的风雨之声，听惯了圩堡里的絮絮叨叨，如果它能言语，其间的珍藏、谜底，想来会向所有来者娓娓道出。黄柳头树本是苦树，遗落的古树中它的棵数最多，是否苦苦的树生命力强大，像从苦难中走过的人，一旦进入阳光地带，他的生命链条就会紧紧地扣牢。对此，我诚信。

董大圩、董小圩应该和周边唐老圩、周老圩、刘老圩、张老圩一样，在晚清的日子里构成了一道不可攻克的防线，周凤高们持枪自卫、筑圩而守，让太平军望而生畏，令世人发出"全皖皆于贼，而肥西一隅独保"的感叹，更让太平军相互提示"噤舌相戒，勿犯三山"。合龙湾的水一定记下了，黎明时分，暮阳之下，从圩堡里走出的团练，饮马河水，呐喊四起，造就了一时的盛景。就黎民百姓而言，合龙人有福了，有一方平安足矣。

在柿树不得不提众多的古墩，在双龙葛墩、堰西大墩，是绕不过去的。以葛墩为例，这来自在西周的土墩，曾出土过多种重要文物，蚌壳、融、器片、绳纹、附加堆纹、弦纹、印纹陶等等，无不在默默中，演绎作为西周时期聚落临河台地的神秘和厚积。过去的场景无法再现，当我登临这高达 8 米、6000 平方米的大墩时，心猛地沉落了下来，所有的想象到此停止了，耳边是秋风飒飒，眼里是满目葱茏，它作为合龙地界上农民文化公园的一个景观，坐实了历史和现实交融的第一把交椅，尽吸日月光辉，天地精华。此时的"雁鹅"河在它相距不过一百米的地方悄然湍动，一抹山水的灵气，在葛墩的周边萦绕不已，它的古意嫁接上了今天的润湿，唯有老树新花，开出扑鼻的香味。

　　水是土地的血液，河流一定就是大地的肋骨，不长的"鹰鹅河"肯定是合龙之肋，在双龙行走的过程中，我和几位老者交流，和早已熟悉的文化站高世林站长攀谈，听到的是合龙的传说，感受的是合龙人的敦厚和朴实，特别是走进柿树岗文化站，面对一个乡建的文物室，更是心潮难平，陈列的件件文物，即便是一块瓦片也能剜中我心的隐约处。高站长善谈，对文化倾心倾意，他对我说，碎旧的瓦片、瓷器，是这块土地上坚硬的骨殖。我点头称是，而心思却跑到了另一个层面，我分明看到了众多碎片上水的流动，而这水是来自大潜山、防虎山上的，一条叫鹰鹅的河源源不断地搬动它。

河落孙集

一

一条河蜿蜒而去，在孙集的土地上足足流过了九里，水随河走，风助水动，抛下了沐阳光而生而长的稼穑、树木、野花、蒿草和风俗、民情及一个个水墨画般的村庄，阡陌沿着河流时而聚集、时而分散，分割出大大小小的田块，留足了耕作的空间，种禾、种豆，种出了一场风花雪月，养育了循历史声走走停停的日升月落，搅动了寻常百姓的"下里巴"生活。

小河无名，却曲曲折折的一路跌宕，有意无意间留下了不胫的传说。九里十三湾，湾湾有故事。数落着十三湾的名字——枊勾湾、黄湾、上湾、中湾、下湾、梅子湾、桃湾、东湾、西湾、小河湾、赵家湾、老街湾、毛湾。丰满、形象、谐趣的湾名，和区位有关，和植物有关，和姓氏而关，也和人们丰富的想象、历史的遗落有关。河湾是让人充满幻想、产生联想极易流连的地方，更是令人陷落自己、忘却本我的地方，何况九里十三湾，湾湾相扣、湾湾相连，又该充斥怎样的风雨之声、叹息之气？顾不得烈日炎炎，穿越过田连地埂的青青禾苗、尚待收获的旱地作物，我几乎是放浪形骸，一头扎进了小河搅起的风声里。

　　小河源于紫蓬山的凤凰山峦，经红石堰小停到达孙集境内。凤凰山本就是诗意的山头，凤起凰落，神鸟的翅膀扇出了往返不已的灵气，从山头汩汩流出的涓涓细流，携山岚之风、稻米之香、名山之韵，自然带上了鲜艳之气，而后这鲜艳一路卷来，到了孙集地域，又汇集了众多的地气、水脉、乡风、民情，恋恋不舍地，留下了一道道、一根根大小不一的十三湾，湾如怀抱，抱住一个村落、拥进一方田地，滞缓的水悄然作色，滋润或者濡湿，都做得有条不紊、行色到位。

　　梅子湾注定成了十三湾中最美的地方，河湾半抱土地，一地的庄稼随风涌动，遍野的绿色吞吐着炊烟四起的村落，时有一两个来自数百年前的传说，"滴滴答答"地从不多的古树上摇落，似还没入秋的落叶，砸得沉稳的土地颤了又颤。过梅子湾，小河开始湍急起来，市声响起，曾经风云际会的孙家集，商铺林立，三条逶迤的街道扯起土地深处的驿动，鼓噪出漫天的喧哗，实在值得用一河激流周而复始地冲刷、熨帖。拉不完的孙集客，接连不断的客流，交交叉叉地将孙集人搬运出家门，又息息不断地拉回新朋旧友，商客游人，迎来送往，几乎就是这弹丸之地小集镇的地理标志。是否和这湍流的水有关？水生万物，万物竞发，或许是这万物之灵，换了种形式，让水做的人在另一个渠道里畅通无阻。人流生发的河，发散得更开、流得更远。小河贯穿孙集二里半，在天子堰遁下了身子，一汪碧彻的水，徐徐停留，如明眸回望，孙集的土地大气里不失柔情，又一次用饱含的情谊，将流动的声音贮进了珍藏里。轻风又起，天子堰的水开始出发，缘桃溪而过，经巢湖而长江，九里十三湾随着水的漾动成了一组形神兼备的隐约。

二

因水而动，总有拉扯纠缠的故事，甚至藏于泥土深处、树木枝丫、记忆角落的碎片，也会在水的冲击、黏合下，还原成偶有裂缝的完整，而正是这裂缝让时光载入、目光搓动，产生出巨大的冲击和张力。小河虽小，但凭着十三湾的怀抱，十三湾的缓冲，十三湾的敦厚，凝眸之后，时间之卵必然孵化出或凝重或轻松或回味的翅膀。相传九里十三湾曾是明朝皇帝朱元璋辗转的地方。六百多年前，相貌奇特、家境贫寒的朱重八，沿路乞讨，拐拐弯弯的小河收留了他，顺河而下，或逆流而上，他伸出的手从没空落过，小河流经的地方，民风淳朴、善心在仍是贫穷的人手中反反复复地传递。当他置身十三湾中的梅子湾时，他陷落于病痛中，肚痛难忍，是一种无名的果子救了他。夜深人静，他无法看清野果的本来面目，但野果酸甜可口，无籽而润滑，他牢牢记住了野果"没籽"，对这无籽野果感恩戴德，逢人便说"没籽"野的好处，当他高登皇位时，此等故事被反复演绎，由"没籽"而谐音的"梅子"诞生了，梅子湾也就自此叫开了。

梅子湾和她的名字一样的美丽，当我走进她时，她用自己的恬静打动了我。梅子湾温和地掀开自己的衣襟，巨乳般丰满，湾内湾外绿草萋萋，之间的庄稼、树木、蔬菜甚或有名无名的野草都以同样的姿势朝向缓缓流动的水声，它们除了生长无欲无求，如同耕作的农人，偶尔抬头，也是看看日升日落，周围的走动永远不会牵扯他们的目光。无法想见当年朱元璋走进的场景，当时的梅子湾是否如此的恬静？或许风高月黑，饥饿、病痛的朱元璋听到的只是一片凄厉，寂寞无声，却声声入心。隔河的一口方塘深深地吸引了我，塘在湾外，而清澈的水和泼剌游动的鱼却拽着我，跨河而过，我在如镜的水中仔细对照自己，一脸的汗水，一脸的疲倦，却充满了激情，我想听水的诉说，想和游动的鱼交流，和一株株水草默默视对，因为他们久居梅子湾边，深沉的夜晚难免不听到土地深处的叹息，星月滴落的声音，也许有那么一两句和朱元璋的传说有关。抬头时一树红艳、紫乌的桑果再次吸引了我的目光，踮起脚尖，摘上几颗，贪婪地塞进嘴里，一股酸甜爽意直奔丹田，我的心猛地动了动。此时，有鸟飞过，扑扇的翅膀，连动着桑树的枝条，成熟的桑果竟三几粒落下，在梅子湾的水中打着滚随波逐流，我的心又为之加快了跳动。为朱元璋充饥疗病的"梅子"就是桑果吗？

水因为湾而宽宏，湾因为水而活络。梅子湾怀中的村落如一棵棵生长的庄稼，种种栽栽、收收割割，而有些遗存却千年百年不变。一座上了年头的土地庙坐落在水田围拢的中央，没有像模像样的道路，跨过几条水声不断的田缺就能到达小庙的门口，庙宇破败寒酸，倒是周边的树葱葱繁茂，枣树皮肤浓黑、棠梨树碎果累累、乌桕树虬扎舞动、黄柳头透出苦涩之味，奇怪的是已是四月天，夹在众树间的两棵椿树还没生芽长叶，椿树合抱应该有些年头了，是否枯病而死？随行的老人告诉我，树是灵树，它俩要待到端午之后才会发芽，年年如此。老人八十多岁了，他还告诉我，自从他记事起就是这样，它们有自己的春华秋实，只是要和其他树慢上几拍，且这树不长不缩，停在久远的岁月里。老人实诚，我从内心里相信了。这和土地庙久久飘动的香烟有关？还是和梅子湾形成的小气候有关？我宁愿相信后者。土地庙小得不能再小了，抬脚进门，还得低下头来。而这庙竟寄存过朱元璋的凡胎肉体，据传沿河乞讨的朱元璋每每夜晚就蜷曲在这破庙里，聊以遮风挡雨，度过一个个风寒之夜。偌大的"龙"选择这里栖身，想必也是和九里十三湾的小河有关的。小河无名，看景、听介绍、抚摸传说，品尝随手可摘的路边桑果，唇齿乌黑，我突发奇想，这河莫不如就叫梅子河，一经说出，竟得到众人赞同。

无香可敬的土地庙，走过了却让心沉甸甸的。八十多岁的老人特别虔诚，他对神灵充满了敬畏，悄悄告诉我，梅子湾出将军，刚刚退役的一位中将出道时，还在这庙中烧过香呢。言下之意对我等不曾敬香略有不满。还想验证些什么，我直奔不远处的梅子湾大庙遗址，荡然无存的庙宇，只剩下一个土堆，和不多的几块石件，而这庙确确实实地存在过，还是那位老人告诉我，庙堂伟岸，风铃嘀嘀，毁于乱世的庙宇正梁上刻着"洪武二年"，他记得清清楚楚。和当地不多的住户聊天，他们为之淡然，如今的家园已十分美好，他们敬庙堂之远，对庙的存续兴盛早已没了兴趣，说起朱元璋用的也是调侃的语气。

三

梅子河（请允许我为她命名）随时间的落差悄然流动，走走顿顿，顿顿走走，而和土地有关的都生生地扎下根来。当天子山、天子堰摆在我的面前时，我不得不弯下腰来，为这方土地深深地鞠上一躬。

天子山万木争荣，铺天盖地的绿色，咬着劲地攒动和生长，将一方土地遮得严严实实，林木间难以找到缝隙，太阳挂在头上，淋到土地上的阳光已微乎其微，山似乎就是为绿准备的，绿又包容了山的兀立。剥开绿的层次，我无法不对树的坚守而深深感动，灌木、乔木相互依存，又各自独立，它们固守自己领地和地盘，想来许多年了不曾移动过了。它们珍惜点点滴滴的阳光，打进来的丝缕，都牢牢地拥在怀抱里，顶在头顶上。如走在最后一个弯道梅子河里的水滴，贮进塘口、放逐泥土、长进庄稼里，从不愿轻易地舍弃自己的身体。天子山上的树不张扬，规规矩矩地直立身子，是松树就长出松树的样子，是桑树就在挂果的季节挂满酸甜。当山又一次和朱元璋联系在一起时，心中的萧然收紧了又放开了。据传，朱元璋贵为天子时，想到了曾乞讨过的梅子河，当时的穷困潦倒，不可能有游山玩水的兴致，这次回来，君临天下，天子山比梅子河对他的吸附力更强，他登临不高的山峦，眼底是梅子河曲曲折折的流动，身边却是万千的翠绿拥戴，脚下的山土呈现着红和黄的颜色，红是鲜红、黄是金黄，所有的颗粒饱饱满满。天子登临再小的山头也显得挺拔，从此这山就叫作了天子山。

拨开树木向天子山的腹地攀登，树木和鸟的气息混杂在了一起，正是小鸟孵化的季节，白鹭的窝巢结在松树的枝头，幼鸟振翅，大鸟飞翔，不小心有幼鸟跌下枝头，无须去管，鸟自有自己的办法，它们会照顾幼小，让稚幼的飞翔高高地举起。鸟粪和成熟的桑果一起滴落，不小心就会落在我们的头上，孙集人幽默，称之为"有屎（喜）淋（临）头"是大好征兆，由此，我等钻进密林，尽享喜气临头。

天子山也就是地道的土山，寻觅半天没见一块石头，独特的地理环境和水千百年的冲击，深陷或滑落让充满矿物质的土丘隆凸起来，土质坚硬足以抗拒风雨的侵蚀。黏性的土、红黄相杂的土呈现出千姿百态，有灵兔奔走、山鹰守候、雄狮吼叫、群狼吠月，似是而非中只能为大自然造化的鬼斧神工击叹。本土人执着地认为，这一切都和朱元璋有关，说者充满自信，听者满耳传奇。好在梅子河静静地平摊开了过往的周折，起于凤凰、落于天子山的群鸟，铺天盖地地飞过，翅膀摩擦出席卷的风声，一再地向悠远传达。

天子堰波澜不惊，静如处子般守望了数百年，她应该是在等待什么的。还得用传说来证实。朱元璋游罢天子山，轻松和燥热一并奔来，面对一泓好水，在天地间沐浴的想法突然冲击而来，他和相濡以沫的马皇后，顾不得日月天光，解衣宽带双双地没入了梅子河远来的水流，夫妻间赤诚相对，天地作证，他们仍旧是苦难中相伴的结发夫妻。偶尔洗澡冲浪的野地堰坝，开始有了深刻的印记和俗而好记的名字——天子堰。

水无意做出什么，但天子堰做了，做得合情合理。深刻的水倒映着山的影子，周边的树木、野花交相映影，视作了围拢的屏风，一条游龙状的隆起，以泥土作基，恣肆地游动在一顷碧波中。龙脊上树木依然，随风摇曳、影动碧波，如真的能浮游上一段水域，就得和山脉相连，融入绿树之间了。正对龙头的方向，一圆状土丘如硕大的球体，验证了巨龙戏珠的说法。排开浓密的树林，静下心暗暗地打量，须臾间，龙竟然游动起来，徐徐地向岸边靠拢，再仔细去看，却是聚集起的小鱼，列阵排队，向我的目光冲进。睁眼闭眼里，我的心中陡涌起万顷波浪，九里十三湾的梅子河，将从这里跌下万千水粒，奔动向前，之后是桃溪，之后是丰乐河，之后是巢湖，之后是长江和大海。

河落孙集，走上九里，拐上十三湾，水浸淫的地方，落草般生出了朱元璋的传说，斩将台的故事，卸甲塘的起伏，两棵椿树的传奇，梅子湾大庙的失落，火龙杠出将军的渊薮，拉不完孙集客的地标，风风火火跌宕起伏的庄稼，乃至即将新建的孙集美好乡村……广场开阔，容得下天子山、天子堰，容得下千百年来如河流畅动的心跳。

有河流动，有水滋润的地方就该是这样的吧？

乡音散走

河湾观鸟

小河不紧不慢地流淌，流出一方湾地，入冬的夕阳散淡地照去，在湾地里栽种温暖和恬静，一群鸟安然地飞飞落落，吸动水声和地气，鸟的阵容不见得多么壮观，麻雀、喜鹊、八哥、戴胜、斑鸠等等，却杂陈得赏心悦目。

湾地很美，河水流出浅塘，闪闪烁烁腾挪细浪，滩地从塘口深处冒出，野苇参差，白白的荻花随风漾动，初冬的日子让浅塘多出了生动。周边的苗木似是无心布下的迷局，由势而生，周周折折，落叶飘了一地，金黄叠加，阳光搅动它们，"飒飒"地翻动出一些声音来。阡陌在河湾的周边游动，青青的麦苗，柔和里透出筋骨，喃喃间诉说大地的恩赐……这没被命名的原始景致，竟被一群杂陈的鸟搅乱了，乱得声色俱全，由不得我不放弃对景观的关注。

麻雀肯定是这里的老住户，它们成群地扑扇着翅膀，白白的肚皮，在夕阳下亮得绵和，它们千百年来围绕着水、河流和田地，翅膀飞过，自然有着水秀田丰的景致。河湾里的麻雀模样周正，早没了除"四害"时的惊恐，它们喜欢秀自己的身姿，在湾地里迈动碎步，在树枝上欢跳，在草地上蹦跳寻觅，大胆的竟然和我对视起来，看着它们溜圆的目光、欢畅的神态，心生出羡慕来，自由、自在成全了欢乐，欢乐在自由自在中淋漓挥洒。我小心地走近它们，仰望和俯视都让我心跳不已。

童年由之走来，麻雀曾在我的屋檐下，静静地度过一个又一个冬夜，我的手抚摸过它们的温暖，也曾让他们在我温暖的床头听轻轻的呓语，待黎明时再从茅屋的窗口飞向辽远的天空。河湾如同我的家乡，麻雀们来去自由，不知可有一双双手抚摸它们，也不知我的目光可触痛了它们？

生来和人亲近的斑鸠，成双成对地在草地上徜徉，我放慢脚步，生怕打断了它们的安详，余阳打在它们珍珠般的颈脖上，折射出可人的斑斓，成对的斑鸠相伴而行，左左右右地照顾着对方，寸步不离的默契，让一阵又一阵"咕咕"的叫声甜蜜起来。不禁想起"关关雎鸠，在河之洲"的诗句来，我知雎鸠和斑鸠的不同，而此时的境地不正和诗中的描述相同吗？河湾就是在河之洲，一对对相爱、相恋的鸟儿，顾盼自如，生发的正是浓浓的蜜意诗情。

我居家的阳台上，常有斑鸠光临，它们熟悉的如同自己的家，甚至在阳台空落的花盆里筑巢，和它们相邻而居，多出了许多的充实和快乐，自然由此贴近过来，城市的风言坚硬，而斑鸠安静的翅膀足以软化、足以柔和。又想起古人对斑鸠的写真："人道斑鸠拙，我道斑鸠巧，一根两根柴，便是家园了。"斑鸠对家园要求不高，简静是它们的生活，热爱是它们的本分。河湾恰有一片桑林，诗经上所说的斑鸠多食桑葚而晕头转向的故事，在这里也不知可曾演绎过？必然有过，谁没有为爱而颠三倒四不能自已的时候？和斑鸠一起散步，毕竟是件美事，斑鸠在前面，我紧随之后，油然里已将一段尘埃丢下了。

对于喜鹊在河湾必须重新认识。此时的喜鹊安静得如同处子，它们栖在高高的树上，两只无任何心绪的鸟儿，守定了顶风高处的家园，风寒侵扰，夕阳下的巢穴，在它们的面前就是最为温暖地方，它们相互谦让，都想对方进入小小的居室，或许是协商的结果，它们轮流进出，生怕冷风吹凉了彼此的心跳。喜鹊在世俗的目光中是

喜庆的鸟儿，"喳喳"的叫声，预示着喜事的到来。而在河湾，我
却感到喜鹊是爱鸟，它们看中的是自己的另一半，喜鹊爱得自然，
用一个小小的举动，昭示了在乎和珍惜。有意思的是，我听到过这
样的歌谣："花喜鹊、尾巴长，娶了媳妇忘了娘。"到底可是这样？
我静观它们的举止，还是摇了摇头，能在寒风中相互梳理羽毛、顾
眷对方，就不会把娘忘了。

"喜鹊翻初旦，愁鸢蹲落景"。河湾的冬季是落景的时候吗？
落叶四走，衰草遍野，似乎真的是这样。不过"喳喳"欢呼的叫声，
赢得的又是一另一幕场景，"繁星如珠洒玉盘，喜鹊梭织喜相连"。
爱河初涉，有一座鹊桥架在小河流水上，注定是件幸事。我没有携
着爱侣而来，时空的距离有喜鹊的穿梭足够了。面对河湾，面对喜鹊，
我想自己是这里的贵客了，否则众多的喜鹊不会面向天空，无休无
止地报着喜庆。自信有了，一切便安定了。

来来往往的八哥中，不知可有一只是我饲养过的，它们不见外
地歪着头打量我，在它们的眼里既熟悉又陌生，而对我而言全是相
知已久的朋友。野地里的八哥不会说话，却鸣啼出百灵百巧的声调，
即便暮阳西斜，叫声不曾落魄，透度的声音，真的和冬天无关。它
们是黑色的又是明快的，成群的起起伏伏，显示出了群体的力量，
杂陈里独独地占着优势。

我和女儿养过八哥，不多的时日里，它学会了许多话语，并且
学得惟妙惟肖，在家里四处走动，见我喊"爸爸"，见我的爱人喊"妈
妈"，见我的女儿会亲切地喊出她的乳名，电话来时，甚至会说"电话，
快接"，全是妻子风风火火的声音。有一天它飞走了，绕了一圈又
回到阳台上，我们硬是狠着心不理不睬。终于有一天它找到了自己
的另一半，还久久地立在树的枝头，将学舌的话一遍又一遍地重复，
让我们的心酸酸的。我们知道它的家乡是天空，绝没有理由囚禁翅
膀的扑扇。我还是留恋的四处寻找，曾如同家人的一只八哥，看着

却都那么相似，权当都是从我的家里飞出的亲切了。河湾的天空深远，它们飞动再飞动，让我感受到了翅膀的力量，有天空就得用飞翔擦亮，否则一河水造就的明媚，永远是死寂的。

杂陈的鸟群中，戴胜鸟显得另类，它太美了，彩色的衣裳和凤冠般的顶戴，加上飞起如同题写了小写意折扇一样的身姿，不多看上一眼说不过去。河湾必然是戴胜的天空，否则绝不会有三五成群地聚合。它们在林间，草地流连，风吹动它们的凤冠，夕阳剔透羽毛，近乎完美的步伐，优雅得如是不顾影自怜的美人。

许多年里、许多地方，戴胜不多见，它们远远地离开人的视线，捉迷藏般把自己的优雅躲藏起来，只是近年它们缘树而来，缘小河潺潺而来，生儿育女，将头顶的凤冠招摇得花朵样锦簇。河湾应该说是它们向往的福地，落叶和不落叶的林地、枯绿间杂的草棵、大捧大捧的水声，磁场般吸引了它们，它们把营盘扎下了，再也不愿或远或近地迁徙。

顺着小河的流动，我近距离地静观戴胜，满心的惬意，早跨越了"一鸟在目"的欢悦，世间再没有大自然的馈赠来得直接而有意义，环境逐步地趋好，该是何等的畅意。和谐，幸福，大自然是第一选择，面对戴胜，唐代诗人贾岛说："星点花冠道士衣，紫阳窗女化身飞，能传世上春消息，若到蓬山莫放归。"元代僧守仁也说："青林暖雨饱桑虫，胜雨离披湿翠红。亦有春思禁不得，舞花枝上诉春风。"鸟是飞动的花朵，戴胜无疑是这众多花中最美丽的。河湾因了戴胜生动起来。有这样的花朵飞飞落落，春天自然四季常住了。

在河湾还有多少鸟我没看到，除却近视，全怪心的茫然。

暮色四合，杂陈的鸟纷纷入林，它们的翅膀和啼鸣都隐去了，我相信河湾每一片尚存的绿叶里，曲意的枝干里都坦荡着鸟的身影，这里的静谧适合鸟的呓语。当月色初上时，我抬头仰望，落尽叶子的杨树枝头，竟挂满了鸟欲飞的翅膀，是麻雀，是八哥，是斑鸠，

乡音散走

是喜鹊，是戴胜？我不便近距离地打扰，只能远远地看上一眼再看上一眼，终归是某种鸟的浅泊，它们是天空这大块文章的标点，有了它们，文章多出了节奏，富有了韵味。

花园之美

把自己生生息息的故土称之为花园，并用此来命名，反映了自信，表达了一种对崭新生活的热爱和憧憬。

世间最美的莫过于花园，百花盛开、芬芳扑鼻，诗意的生活、诗意的栖居，寄托了众多人的梦想。人在花中走，花在人间开，居于花园、出没花丛，一唱三叹里铺陈出的图景，足以让人心往之、神驰之。而坐落在丰乐河畔、206国道一隅的花园社区，正是这样一幅美图，花朵俯身可拾取，芬芳缘轻风四处正飘逸，阡陌曲意中流畅，绿叶浴阳光轻敲窗棂……法于自然的花园人，他们用自己的勤劳、智慧、勇敢，顾盼间已然让丽质天成的土地，萦绕成一支歌，抒情为一首诗，涂抹为一幅画，深情为一朵花……

绿树鼓涌，走向花园的深处，六十年的光阴潮涨潮落。得名于郭家花园的花园社区一路走来，侧耳去听，将军庙背负过沉重的传说，桃溪水湍湍流动，流过希冀，也流过一声声凄婉的叹息。寺姑墩三千多年的历史，如一棵经年不朽的巨树，根透扎进土地的命脉，风声过耳，它传达着商周时期刀耕火种的烟烟云云。花园静静地卧下，听风声、雨声、土地低吟声、禾苗拔节声，听时光的脚步纷呈，甚至听金戈铁马枪炮聚集声，直至一场大水浸泡了她怦然的心跳，一双双勤劳的手柔情地托浮起她来，精心地梳扮，天然地合成，她终于如美人出浴，长袖善舞，舞天、舞地、舞四季，舞得遍地花红，舞得烟霞绚丽。

沿着花朵开放的动作，我们不得不一次次放慢脚步，栀子们正在硕放，六月榴火蓬蓬勃勃，红叶石楠鲜艳地搋动阳光，香樟着意撑出绿荫，太阳花擎起杯盏浅斟薄饮，别墅般的民居洞开门扉……一枚太阳点亮了家的四壁，映在人工湖中的倒影低声诉说，有朋自远方来，小鸟欢快的啁啾正是最好的欢迎辞。农民游园，牵手的是一对对情深意长的伉俪，夕阳下的皓首白发，他们正在将一段由来已久的爱情进行到底。明快的音乐似从天籁传来，以白墙黛瓦连绵的居所作为背景的舞会，拉开了轻曼的序幕，周边花香袭人、绿树成阵，而舞动的双手，如同放飞的白鸽，起起落落，归集时又如一朵朵永不凋落的花朵。

推开门扉，入目的是一幅画卷，关起门来，家又是一本厚厚的书籍，和谐是这书的主题词，我们随手翻读，韦章群27年照顾瘫痪的婆婆无怨无悔。58岁的吴俊凤吃苦耐劳，默默撑起一个家。李绿群，勇奔富裕路，儿女成才带动一方百姓……字里行间喷吐着花的芬芳，传导着绿的涟漪，合动着善的节拍，不要推动窗户，这些个花花朵朵，早透出了不大的空间，成了花园社区最硕放的灿烂。

花园的植物触动了土地深处的神经元，茄子、彩椒、香椿、南瓜、小西瓜，用不同的滋味填补着过往乡村的空落，如藤游走、如树参天，垂被下的阴凉，足以在炎热的夏季搭出爽意的凉棚。水参、外来的鱼种、水生蔬菜和奔赴的水系攀谈，它们早已以"土著"自称，和一双双长满老茧的手熟稔，它们更成之为另一类花朵，在花园的土地上自如而平和地开放。

执意于对乡村的认识，对乡村的认定，阡陌和荒芜似乎是许多年刻在人心中挥之不去的烙印，而翠绿的稻禾、喧哗的棉花，摇动的豆铃，却又是乡间最美永远取代不了的景象。花园安然地静卧着，她的秀手明快地一抹，手中的绢匹挥挥洒洒地铺动开来，一方土地由之华丽转身，阡陌连着通衢，和不远的市声遥相呼应，之前的庄稼拱卫着，无边无际地做着问答。问世间何为天堂？以大地为域，深深刻刻漾动生长……

美好属于花园，美好属于花园社区。流连于绿树夹击的甬道，在文化广场感受来自乡土的气息，小坐村民娱乐室，翻动一本散发油墨香味的图书，从乡村邮局发一封问候远方亲人的信函，驾着私家车奔赴运方，网里冲浪寻一羽最美的长裙，晚间斟一杯小酒，慢啜四处散落的荧光……天际远而又近，由不得会感叹，花园真美！

种花于地，地必花园。栖居花园，人自成花朵。

边缘菜地

　　菜地也就一亩见方，周周正正地平铺在阳光之下，种着时令蔬菜，不外乎辣椒、茄子、豆角、西红柿、毛白菜、苋菜之类，河擦肩而过，不远的市声寻常地伴随着它，青青翠翠的，好看。

　　菜地和种菜的人却隔条河，河说不上波浪翻滚，枯水季节浅浅的水，大多河床裸露着，丰水时就是另一种场景了，水湍急地流动，夹杂着浑浊，沿水而下的树木、草棵、旋出的风声往往会掀起人的衣襟，打湿看望久了的眼睛。

　　种菜园的是一对夫妇，双双过了七十岁门槛。他们反反复复地过河而去，锄草、施肥、栽秧、收摘，细密的土粒在他们双手的盘动下，听话般地搬运出土地的灵性，种啥收啥，每每硕果累累令人眼馋。

　　城的扩展，让菜地一再地退缩，过往大片的菜地，一浪浪的绿色被水泥、钢筋代替，见缝插针的菜地显得稀罕，何况老夫妇的菜地隔河而生，由不得不去打探一番。老夫妇一辈子种菜为生，拖儿带女，菜是他们借以生活的庄稼，丰硕的菜带着些许的暖意，让不大的家充满了温和的格调，儿女们如飞动的小鸟，一只只离巢而去，剩下他们，有了一亩菜园的天地，心便坐得实在些。

　　隔河而生的菜园是老夫妇眼睛的着落处，他们住在高处，高高的楼、大大的落地窗户扫清了所有障碍，透过玻璃和还算得上透明的空气，一眼就能看到方方正正的菜地，缺水了、缺肥了，叶子枯萎了，即便眼睛昏花，凭着感觉也能看得一清二楚。偶尔有鸟撞进菜地，偷食成熟的果子，老人吆喝一声，鸟似听到了呵斥，惊惊地就飞走了。如果是孩子看上了红彤彤的西红柿，老人是不会说话的，他们会慈祥地指指点点，看偷食果子的孩子羞羞答答、鲜鲜甜甜地吃，嘴角还会酸酸地流出口水。他们爱着这块园地，心扑在上面，如有一根线牵着，风吹草动，心便会一惊一乍地颤动。

起先老夫妇是和菜地相邻而居的，并且拥有大片的菜地，房子低低地卧在菜畦旁，如一棵长势良好的卷心菜，后来随城的长大，老夫妇退到了河的另岸，空空地落下了一块不大的菜地，和他们隔河相望。过去的河没有如今的河健壮，水却要丰沛、清凌些，捧起来就可以大口大口地喝，浇了这水的菜，叶边整齐，花朵鲜艳，根扎得牢牢的，小风小雨难不住菜的生长。那时的河岸随弯就曲，土夯实了，水也就老实了，乖乖地向东流去，也有一丝丝的水，顺着土粒间细小的缝隙，悄无声息地渗出，转眼又被菜们须须的根吸去，供到肥厚的叶片上，生出大朵朵的绿色。现在的河岸被水泥、毛石封堵得严严实实，河埂上的树像模像样地招摇，大热天一河的水满满当当，树却渴得难忍，它们的根无法穿透人为的阻挡，隔断了的水汽，和老夫妇面对的菜地一样，大多时只能对望一气。

河的护岸封住了水汽，无法封住老夫妇对心中那块园地的眷恋，不知何时他们在河的西岸修建了自己小小的码头，沿着河岸的坡地，一条长长的麻布铺陈而去，陡处修出一级级台阶，精精巧巧的和河岸融为一体，一口小小的腰盆静静地泊着，竹篙插在一边，寂静时如无人的野渡。老夫妇年复一年地撑着这口腰盆，往来间将一块小小的菜地拾掇得风生水起。天麻麻亮，老夫妇就会起床，撑起一天的晨光，去心中的园地忙活起来，给豆角搭架、给南瓜套花、给西红柿摘芽，之后是他们最快乐的时候，成串的豆角可以采摘，鲜红的苋菜可以拔出，红的西红柿、绿的辣椒可以摘下，归来时，不大的腰盆沉甸甸的装满了收获。

此时河的对岸和彼岸仍是晨光漾动，迟起的城市布满了阵阵鸟的啼鸣，老夫妇会在独自的码头上小息片刻，就着晨光和尚在流动的河，把采下的菜果理上一遍，齐齐整整码在篮子里，稍有灰尘、泥土的菜根还要在河水里洗上一洗、摆上一摆，引得一群小鱼追着他们的影子，欢快地玩上一阵。碰上枯水季节，河如死了一般，水散发出阵阵臭味，他们会叹息上一气，老人把带来的清水，倒进腰盆里，再把采下该洗的菜一一地洗过。老人会喃喃自语：菜脏了用水洗，水脏了又用什么洗呀？有问无答，天地之间多了说不出的无奈。

老人的菜水灵灵、青青丝丝的好卖，不要半个时辰，他们就收摊了，不多的钱放在贴身处，熨熨帖帖的。回家时，他们匆匆打开窗户，远远望去，河对岸的菜地又一次升腾出隐隐约约的气象。

刘老圩意韵

假如历史可以重来，这方圆不过百亩的圩堡，不会以废墟的面目出现，期间的残墙断瓦、麻石、门廊都会在原地生长，完整得只会被时光略略地压弯脊梁，挺一挺就会直起来。因为它有自己存续的厚重，和众多绕不过的关隘，从一些地方走来，向另一个地方走去，必须通过它，才能到达目的地，甚至隔着一湾海峡，也要时不时地打探它一番，好好地问候一声其间的主人。刘老圩——大潜山房，有着自己独行于世的意韵。

剖开沉淀的土地，犹如打开过往的时间。刘老圩在过往的时间里，一再地被遗失了，包括它的主人和曾拥有的雕梁画栋、刀光剑影、灯下吟哦，好在大潜山周边聚集的山石、泥土、山岚、地气，接纳了刘老圩垂下的身影，并深深地刻进了它们之中，如地基般深刻、如宝藏样深埋。今天剖开它来，时光汩汩地流动了起来，泊出了沉睡的麻石和麻石铺就的走向，不需想象，凭着目光就可抵达它的内核。

地底涌动的力量足以托起一抹抹风吹草动。自称为省三的人，面对大潜山筑圩而居，把自己锁定在故土的深处，用环绕的水声作诗歌的韵脚，之后把书房、九间屋、盘亭等等作为诗行，碉楼、吊桥，甚至水中的小岛作为诗的标点，刀光剑影、弥漫硝烟、耕读行走、海峡风云自然成了诗的品质。躲进圩堡，世事成了累赘，功名成了风云，而大潜山房自此开始累积成山一样的沉重。

还得去把存留不多的古树数落一遍。上百年的松柏、圆柏，上百年的梓树，上百年的广玉兰，在初冬还尚坚硬的阳光里，或多或少有着主人的坚强，要么落光叶片，赤裸地迎着寒风，要么披着绿装，任凭寒意敲打。细听处，落叶击地的回声还在，对着绿叶说话，定能得到一一的应答。四棵梓树一字排开，张扬的枝丫早已越过曾有的界定，它们如手臂般伸出的意志，搅得风声不宁。而连理的广玉兰，又该有怎样的故事去表达悠远，面对这恩宠有加的赏赐，这方土地是否领情了、拥有它的主人是否感激涕零？时光没刻下这生动的片断，只有它顽强地生长着，犹如叱咤风云的淮军，给它一块领地，就挑出一面旗来。在百年之后，刘老圩成了一片废墟，让人们在苦苦地追寻中恢复，而这些个树，都生动地眨巴着眼睛，似领悟、似嘲笑，它们从辉煌中走来，在落魄中活着，还将领略些什么，许多东西，匆匆而过的人看不到了，它们却可以一如既往地由此岸奔赴彼岸。

从迎来送往的吊桥中走过，总可以听到空灵的脚步声。我们已无法分辨脚步的轻重，步履的匆忙、迟缓，而这些并不重要，我们在聆听中悟出了晚清时期众多的风云，从这吊桥的两端雾霭般升起。刘铭传就是通过吊桥，把锋芒毕露的剑拔出，又把滴血的剑收入刀鞘，当然还有他在海峡另边的呼号。他想着做个耕读之人，把晚年的时光围进故土的地气里、水绕的圩堡中，而吊桥总是起起落落，明天的故事如何，他想不到，也是圩堡隔绝不了的。如今修复的吊桥实在没有可品之处，粗糙的工艺、现代人的臆断，将一段深沉的历史丢在了空白的想见里，败笔如同枯萎的树枝，无法画出栩栩如生的画卷，借用网络语言说话：真的好晕。然而还得通过它走进去，权当作一条漫步的小道，奔向更深处才是目的。

水连动，向树木茂密的小岛涌去，琅琅的读书声隐约可见，无法去打听一妻八妾的刘铭传有多少子女，小小的土墩是否能容下读书之人。然而正是这岛让我们一而再地揣测着刘铭传的心态，金戈铁马、拔剑血流、枪炮啸鸣，最好的举动可能还是翻动书卷的做派。传说中刘铭传把子女们送上小岛，他想让四面的水波封堵住子女们狂奔的心态，倾心读书，然后用书卷之气，掩映刀光剑影。也不知这方法是否奏效，但读书岛却实实在在，成了刘老圩的一部分，穿越了历史风云，横亘在我们的面前。无舟楫可借，我们只能远远地望上一眼，面对遥相对峙的西更楼，作古人之思。血味太浓，血光太重，翻动书卷的动作、琅琅的读书声，真的就能把这一切抹去吗？

时光之虫，蛀空了雕梁画栋，即便是石做的基柱也在风化之中，而有一样青铜的器物却铮铮有声。虢白子季盘让刘老圩的意韵更加丰满起来。这不可多得的战利品，由太平军马槽转身成了国之重器。传奇中带着必然，夺宝和护宝乃至献宝，都应是一件极大的幸事，它停留在刘老圩风吹不动、雨打不湿、雷劈不动的时光深处，它的一席之地烙印般陷落在岁月之中。相信在众多的把玩中，历史的质地早进入了刘氏一门的血脉，他们的觉悟一代代传递下来，最终让虢白子季盘进入了最厚重的收藏之列。在刘老圩停留过，自然就是它的一部分，虢白子季盘沉甸甸的却又空旷、大度地留下了宽宏的空间，这空间盛下了历史的兴衰，当然会有刘老圩及其主人所占有的位置，即便小如微尘，今天敲动它，声音清脆，至少有那么星星点点合着刘老圩主人的《大潜山房诗抄》某首诗的韵脚。

意韵是走不失，也不需复建的，在时光的关隘前，我多次和刘老圩对话，感受它无尽魅力，意韵夜深人静，尽管寒意阵阵袭来，暖暖的心自自然然地又合辙合韵地贴了上去。

乡音散走

罗祝词典

巢湖以西，静卧着一块丰沛的土地，水声漾动，连带着周边的阡陌纵横，她的泥土、塘口、田亩、绿树、稼禾、村庄，一次次被润湿的风掀开厚重的一页，在浅显的品读中，或大音于稀声，或默语于飞沫，最终都以蕴藉丰富的词条，丰富走逝久远的时光，零落下的闪闪烁烁，更显得尤为的真实。俯身拾取，即使是一撮泥土，扬于风尘，也足以迷失在红尘中荡来荡去的万千双目，而对此，心却是清醒的，一方水土当养育一方人丁，更养育一方搬不走、运不出的文化。

静卧的土地叫罗祝。罗祝和巢湖近距离地对视，与五大淡水湖的巢湖近在咫尺，现属肥西县严店乡的一个社区，不远处的刘河街道，作为一个曾经乡政府的所在地，市声依稀飘荡，到了罗祝地界，突然被静静地收藏了起来。她有过自己的辉煌，有过在历史长河中驿动的身姿，有过存在或不存在的说法，尽管时光之幕，拉起了厚重的屏障，但巢湖的湿气和涌动的潮声，依然和过往的岁月一样，时而打湿她飘逸的裙裾。

罗祝一望无际的秀色，因水而灵动，因湖而身影顾盼，她以福地常居者的自得，坐拥着沉默的历史和跃动的现实。

我是在一个初秋细雨霏霏的日子，走进罗祝的，轻轻地瞄上一眼，就再也无法放下了。满目绿色摇动在漫漫秋雨里，3200亩的土地无处不稳扎绿色的涟漪，大片的稻田伴阡陌行走，几欲成熟的稻穗，挂着点点雨珠，这些个雨珠，似有别于寻常的雨粒，想来雨水是由巢湖的风声运载而来的，柔和中透出格外的晶莹，被秋风鼓动，依依不舍地归于田地，而田边的沟渠，小水潺潺，不紧不慢地又将清澈的滴落，搬运回风起浪涌的大湖。大片的杨树、细柳摇摇曳曳里相互呼应，不多的玉米孑然而立，另类般轻声细语，宽大的叶子如鼓动的手掌，在秋风里摆出春天的姿势。

隐约在绿色里的村庄，陷进风水地气流连大意的方阵里，如同散落的棋子，约定着一场等待良久的博弈。随行的朋友告诉我，这是雨天，晴空丽日时，不远处的巢湖和这里相映天成，一边是水连天际，一边是绿涌波起，人在之间，如入仙境，如能放下心中俗念，就再不愿离开寸步了。说得一行人羡慕不已。有月的夜晚更有另一番的意境，巢湖的渔火点点，和点点飞动的萤火相聚，缠绵得撕不开、打不烂，虫声初起，又将悠悠的渔歌拉近，水波和土地的抒情交织而融合，自然是一抹挥之不去，楔入人心目中的美图。朋友说得诗意，作为第一次来这方土地的我，更是把想象拉扯得辽远。一方土地因了水的缘故，多出了诗的韵味，多出了可以畅想不已的深刻，当然心中会生发出睹景思物而来的感慨，也会有些许的疑问和探究下去的好奇。

罗祝该是什么样的一块土地呢？她隐约在美丽中的身子，可曾有过磨砺的伤疤？她遗落在时间尘埃里的碎片，可会因湖风刮过，闪现缕缕光彩？

还得在传说中打磨发掘的利器。84岁的万姓老人如约在等待着我们。清瘦而不失精明的老伯，如今还担当着一个工地的质量监督员，他零零碎碎的叙述，在一杯清茶中慢慢地氤氲出一个硕大的场景。

陷巢州长庐州，当是地壳冲击、纠缠、运动的结果，巢州陷落，一座波光潋滟的湖长成了，湖边的另一座城庐州开始崛起。有一个故事就在这时发生了。据称一个无名小国，在巢州的陷落中受损严重，小国国民因此而受到灭顶之灾，幸存下的国王的两个表兄弟，为发掘陷入泥土中的宝贝发生了争执，大打出手，其中一个被打伤，另一个亡命天涯。打伤者颠沛流离，几经周折到了巢湖边上的小村庄，被居于此地的刘姓私塾先生收留，先生心善，师母更是善良，不仅为受伤者疗伤治病，还一日三餐细心服侍，日子本来就过得紧巴，最好的吃食，也就是稀粥。为了给伤者恢复元气，师娘总是在稀粥里捞干的盛在碗里，一口口喂进伤者的口里。有一天，师娘突发奇想，将捞出的米粒糅合成团，中间包进撒了盐粒、油花的菜蔬，再上锅蒸煮，伤者凭着这样的美味，不多的日子就恢复了元气。伤者千恩万谢离开了刘家，一路传播刘先生、刘师娘的美名，也把师娘的独创传播开来，之后这美食，就成了一道远近闻名的点心——米面粑粑，一直到如今还是罗祝地界的有名小吃。面对万姓老人不着边际的叙述，我除了知道米面粑粑的来历，更重要的是捕捉到了一个稍纵即逝的信息，刘私塾先生执教的村庄就在如今罗祝的怀抱里，那么，就可以这样判定，巢湖形成前，我们眼前的大美罗祝就已存在了。罗祝是古老的，古老得目睹了一场翻天覆地的变故，见证了一座湖的诞生！这该是一个村庄难得的荣耀了。

　　"罗祝店没毫长（一点长），尽是茶馆带米行"。万姓老伯在回忆中随口说出了一句流传久远的话。据老人说，他年少时罗祝的主街道约200米长，南北向贯开，另有两个岔子街，分东西而去，特别是抗日战争时期繁华一时，有小南京之称。不长的街道上，遍布着米行、鱼行、牛行、马行、草行，仅茶馆就有上十家。余家、丁家的大烟馆生意火爆，南来北往的商家从合肥、庐江、舒城、潜山、太湖而来，当时合肥等地沦陷，偏居一隅的罗祝，成了鱼、米、茶、山货、桐油的集散地，加之水路、陆路的通畅，又和古三河毗邻，一时间人声鼎沸，市场繁忙，各色人等流连忘返，又行色匆匆。湖匪没忘了这块风水宝地，时常侵扰，他们夹杂在形形色色的人流中，一会儿做人，一会儿做鬼，吸足了大烟、逛完了窑子，又干起打家劫舍的勾当。按老人的说法：土匪多如牛毛。国民政府没有坐视不管，1940年，卫立煌接到老百姓报案，派重兵镇压，土匪善水性会躲藏，几经纠缠没有结果。最后想到招安一招，派了国民党部队三个少校领兵前往，边打边哄，软硬兼施，终于收服成功，接纳了一应土匪，成立了巢湖警察大队，大队部驻扎三河，驻守罗祝的为第三中队300多人，旋即在不大的罗祝街头设置了三个炮楼，一方面维护治安，一方面扼守在巢湖岸边，严防日本鬼子的侵扰。

　　罗祝自此似乎迎来了平和的生活，而事情的走向恰恰相反，招安的土匪匪性难改，300多个警察散落在不大的罗祝街头，由暗匪变成了明匪，明火执仗，几乎是无恶不作。到了1943年忍无可忍的百姓，再次上告，国民政府派了一个营兵力，在一南姓营长的率领下，古历六月十九包围了弹丸之地罗祝店。一场激战在所难免，枪炮声围绕着三个炮楼此起彼伏，震得巢湖水激荡不已，"土匪"死伤无数，官胜匪败，官兵也伤亡不小，最终100多人做了俘虏。南姓营长一声令下，将警察三中队小队长以上的警官一一用钢丝穿了锁颈骨，长长地牵了一串，押解三河立即执行枪决。剩下的"匪兵"，国民党政府有令：就地枪决！南姓营长的人性在此时得以苏醒，匪兵大多出自贫寒家庭，甚至有的就是罗祝本地人，他命令将五花大绑的土匪一一松绑，并让士兵们朝天开枪，被俘的匪兵得以保住了性命。万姓老人说，那年他十岁，幼小的心灵中刻下了深深的痕迹，他说，一辈子也忘不了那恐怖的一刻。他还有名有姓地告诉我：一个匪兵在被执行枪决时，可能国民党兵的枪口抬得不够高，枪子削过了他的耳朵，半只耳朵被生生打下了。万老伯说，他的儿子还健在呢，如今儿孙满堂。说罢哈哈大笑。

　　在老人的叙述中，我分明听到了巢湖水拍岸的激越，一座不大的村庄经历得太多了，她看到过地动山摇，看到了繁华、善良、穷困、血腥，也看到了无常的世事变故，作为一座村庄的历史沉淀是丰满的，而作为一种经历又该作何评价呢？

秋雨在老人的叙述中时而急骤时而停顿，撑伞而行，在罗祝的土地上行走，多了份情趣。我们随老人走进了距今 1400 多年的小丰禅寺。占地 17.42 亩的寺庙，庙宇、厅堂建筑面积就达 3332 平方米，山门殿、天王殿、大雄宝殿、地藏王殿、观音殿、陛罗宝殿次字摆开，湖风吹来，风铃嘀嘀，香烟缭绕，周边的花、木、竹错落有致，景色宜人，尤其是高大的广玉兰树亭亭玉立，昭示着佛家之地硬朗、青翠和庄严。我对佛家尚无研究，却对观音殿的观世音佛像感起兴趣来，佛是玉佛，主佛慈目善眼，两个侍者玲珑可人，几乎剔透得透过光去。随行的友人告诉我，这玉佛重达 40 多吨，硕大的佛像是在观音殿落成前安放其间的，更是合肥周边最大的一尊玉佛。在我的心中，玉总是和水有缘的。玉靠水成，玉依水养，没有水滋润的玉明快不起来，玉润珠圆方为上品。小丰禅寺的玉佛真的有福了，巢湖仅距五里，大捧的水就在面前，细波轻推，日夜滋润着，她的润自是必然的。

不多的史料作证，小丰禅寺又称西来名山，初建于李唐，元朝初年大修，漫长的岁月里曾数次兴废，清光绪二十六年又重见香火，民国六年再度完善，直至新中国成立初期还保留天王殿、大雄宝殿、文昌殿、将军殿等建筑。随后做过粮站、医院、群众居所等，直到 2006 年由九华山百岁宫方丈释慧庆住持重建，才有今天的规模景象。庙宇永远是和历史文化相左右的，罗祝这方土地没有名山大川，没有名人依托，更没有富豪大户，有的只是水的灵动、土的灵气、人的灵秀，小丰禅寺因此而香火连绵 1400 多年。万姓老人说，他的四个女儿都在这庙里出生，女儿们个个聪慧、仪态万方，陪伴他的女儿，今年已四十出头，仍风姿绰约，按她自己的说法，既沾了庙的灵验，又沾了巢湖的水色。溯源于小丰禅寺的来历，还是和巢湖有关。据称1400多年前，巢湖风高浪急，漂浮在巢湖中的一口洪钟巨制，上面坐满了逃难求生的人群，钟为灵物，一阵狂风，巨钟突然随风扶摇，訇然间降落在罗祝的大地上，正正地长出了一座庙寺，可谓慈航普度。我宁愿相信这传说的真实，普度众生，是佛家的思想，也该是人的根本。

坐落在稻禾、绿色间的小丰禅寺给美丽的罗祝增添了厚重，也给我的罗祝初行点出了特别的亮色。我在庙里曾经打趣，说，找空到这小住，写写文章，读读书，做个闲淡之人。边上的一个女居士接话，佛门圣地不打诳语，说到得做到。我为之坦然，罗祝这地方如此美丽，望一眼就刻在心里，我怎会不来，而小丰禅寺还有那么多的故事可供发掘，来自是必然。

乡音散走

拾片张新圩

初冬漾起的弥漫，将位于紫蓬山峦圩堡群流浪于岁月的破败，遮隐得严严实实，完美的轮廓在风雨和雾霭中，已难以交代出清晰的眉目，只有一些细节，还得在想象中，找出缝隙才能深入进去。

一丛菊花在张新圩开得灿烂。金黄色的花朵在小风摇动中略显张扬，然而正是这样的姿态，衬出了圩堡袭人的凄凉，边上是一堵躺在地上的门楣，孤零零地在寒风中和鸡的叫声、鸟的飞翔、落叶的轻狂做伴，门楣上朵朵祥云，疾走的风已吹不动它们，云朵已交还土地，但它们不可能成为种子，发出芽、生出根、长出自己的高度。

硕大的门楣和周边散落的石件，曾经都是构建张新圩的主要部件，只是时间和从时间中过活的人，拆卸了它们，它们只能成为一种遗落，即便有一天被拾起了，也不可能回到自己原有的位置。菊花盛开在躺卧的门楣边，降下身高几乎埋伏下自己的身子，她的张望已不再是仰视，花朵眼睛般张开，平视着这从深山里走来，荣耀和华贵融为一体的没落。迷雾中菊和门楣时时在交流着，这张新圩的留守者，所经历的痛和快乐早已交给了风雨雷电，甚至时而降临的雾霾。

躺下的门楣肯定是横陈的历史，菊是永远的悼念者，它们有理由生长在一起，成为张新圩的一部分。对历史悼念，总能让我们不去忘却。

如果不是两道壕沟团团围住，以及参天的古树、浓厚逼人的气息，我的目光肯定会忽视这里。我不愿去触及圩堡的主人，刀光剑影或锦绣文章，他们的过去如何，似乎与今天关系不大。我看中的是破落的碎片，碎片的重量早超过了簇拥的整体。一棵枫杨在内壕沟边吸足了水分和清新的空气，它鼓着劲让自己高大粗壮，初冬时仍阵阵苍翠，相信已有许多年了，她俯望张新圩的一切，战乱、和平、烽火、硝烟、繁华、破落，她已经让自己的枝丫长上了这些，甚至在叶生叶落间，做出选择，谁在高处，谁临风沐阳，什么样的经历该成为一片叶子？之后吸饱阳光，向坚挺的树干输送丰富的营养。

　　无法估摸枫杨的年龄，从她的长势看，偌大的树冠迎风招摇，一串串经冬的种子，饱满青涩，她是年轻的，而她的干围却要几人合抱，根底处，已被出没的虫子蛀出海碗口大的空洞，这又显出了她的沧桑。她是否和张新圩一样，老迈着又年轻着呢？老迈是因为历史，年轻是由于存在。不是吗？张新圩在历史的进程中被深深地淹没，而今不是又有那么些人屡屡走进，一次次把尘埃般的碎片拼凑成完整？虫蛀的洞子被烟火烧烤过，烟过虫飞，火过留迹，又被张新圩原著的泥土封存起，谁敢说，明年春天不会抽出新枝来。

　　在张新圩的深处，我还是被一幢保存较为完整的小楼感染了。小楼为二层小楼，建筑的颜色以红为主调，当地人称为小红楼。楼面水而建，高高挑起飞檐走角，周边是一望无际的树木，拾级而上，一级级毛石的阶梯坚固而敦实，木雕小瓦，造型独特，别具一格。当地人对建筑的用途说法不一，有说是小姐的绣楼，想来这是因楼的颜色而生发的；有说是更楼，这是因楼所处壕沟边而定位的。而在我的心目中，更倾向于书房，此处得天独厚，安静平和，正是读书的好地方。楼前的二楼平台自然地向水面延伸，平台上土生的树种相互交错，一条小路从平台向北蜿蜒而去，通向另一个长满杂树的土丘，真的别具匠心，杂树生花，雅致的主人不自觉间就能哼出

乡音散走

几句诗来。

菊花仍是在小楼边散漫地开着，散漫得毫无章法，满天星般眨巴着眼睛，我试图拔出一棵来，而这菊，根深深地陷入泥土之中，任凭使出了浑身解数，仍牢牢地把定土石，没办法拔动她。同行人打趣，菊的根长进了楼的根底，除非把楼也一并拔起。小楼得以保存是张新圩的幸事，作为一个符号，它想告诉我们什么？绣楼也好，更楼也好，书房也好，各人的回答自在心中。如果从这楼上抛下绣球，接住的人心态也会是不一样的。回望时，菊花星星点点，隐忍在初冬的树丛中，又添出了一份莫名。

还得去说另一件走进张新圩的奇事。应是初秋的日子，张新圩神清气爽，透出一股苍凉之美，行走在青砖铺就的路上，古朴透过脚板麻生生地向头顶涌去，青砖有些年头了，方块砖石已被有意或无意地踩出一道道伤痕，裂纹一个劲地向泥土深处钻去。就在这路上，成千上万的小蟋蟀聚成一团，密密麻麻、黑黑的一片，我忍不住弯下腰细细打量，这些个小小的生灵，各自匆忙地向一个方向拥去。随行的一个女士，大惊小怪地对我说：跳蚤呀，快离远点。我说：是蟋蟀，是成千上万的小蟋蟀。我不愿挪动步伐，静静地观望着它们，侧耳听去，不远处的树林里，一阵阵蟋蟀的鸣叫声，急促而柔软，似乎是在召唤一场生命的风景。我无法不去打听，树林所处的位置，这原是张新圩主人议事的大厅，如今残砖碎瓦遍布。我想一代代更替的蟋蟀们定是怀旧的，它们放逐自己的后代，最终还要聚拢到一起。它们会在那里议事吗？像若干年前圩堡的主人，一声令下，便金戈铁马，将凝聚的力量散发出去。完全可以想见，夜间的张新圩一定布满了蟋蟀的叫声，新旧奏鸣，陈调新词，高潮会一波又一波地掀起，为一段奔走的历史，为一抹沉积良久的陈迹……

初秋的迷雾经不起推敲，轻轻地一拨就可以走进去，甚至不需要阳光，一缕坚硬而带着锋刃的目光就能成块成块地割动，对于迷雾中而难见全貌的张新圩也是这样，拾起一些片段，这样的锋刃也就有了。

柿树岗走笔

　　对一个地方的喜爱，有时是无由头的，对柿树岗似乎就是这样的。喜欢她的历史，喜欢她的文化沉淀、喜欢她的一以贯之的传承。更喜欢这里的纯朴、自然。柿树岗有自己独特的风采，需要用心去发现，用独特的目光去审视。

　　无法翻动柿树这块厚重的土地，只能通过一些现有的表象，渐进地走入她的内核。

　　根据第三次全国文物普查表明，在柿树的大地上普查到的文物就达 54 处之多，其数量居素有淮军文化要冲的肥西之首，其中最具特色而又保存较好的三座春秋战国时期的古代城址——瞿家城古城址、松墩古城址、张马墩古城址，沿着古老的丰乐河一字排开，随着水的声音一路走到今天。有城池的地方，一定有着深刻的故事，它代表着一种权力、一种有形无形的聚集，自然表明了一个地区文化的繁荣、经济的发达，何况三座城池遥遥对望。厚重的土地保存了历史的遗落，遑论瞿家城、松墩、张马墩，还是其他被时间淹没或将被时间淹没的古墓、残垣、土墩、城池，它们用自己特有的肢体语言大声发问，城墙、城门，一层层夯土打造的建筑，正在离去，而来自练兵场上那一声声呐喊，能够随着时间的推移遁去吗？在柿树的大地上，曾经的袁店、界河、柿树、防虎都有过自己的辉煌，如今从历史的厚重中一再喷发出惊人的力量，土地丰沃、生态优美、人居安宁、社会进步，不正是一种碰撞和应答吗？

在柿树岗我们无法绕开一个在中国近代史上留下记号的人——唐定奎。晚清时期，聚啸于山林之中，而又将驰骋于大江南北的一个个肥西汉子，将一一亮相，他们以一个纵队的名目出现，其中最具代表的人物有：刘铭传、张树声、周盛传、周盛波、唐定奎……其间作为抗日保台第一名将的唐定奎，更是充满了传奇，铁血柔情，将肥西人的刚毅果敢、似水柔情表现得淋漓尽致。

和所有功成名就的淮军将领一样，唐定奎在自己的家乡建起了自己的圩堡——唐五房圩，这座建于清同治年间的圩子占地数十亩，四面圩河相连，其中最有代表性的建筑为样式别致的"转心楼"，这个二层上下都是四合院式徽式房屋，四面回廊可转马走上一圈，在民间又传之为"走马转心楼"。无法考证，当时的唐定奎是否打马疾走转心楼，但此一说可见"转心楼"的恢宏。只能在想象中复原当时唐五房圩的景致，四水环绕，绿树萋萋，江南建筑的灵秀和北方建筑的粗犷融为一体，既有文化的柔曼，又有战马嘶鸣的奔放……苦苦寻求古圩堡的过往，只有在悬挂的蛛丝、缕缕斑驳里，拂去尘埃发现最具闪亮的动人，"转心楼"应是当中之物。"紫气东来"是为李鸿章所题的"转心楼"匾额，尽管风雨剥蚀，岁月搓揉，一座古建筑的骨架还是安然地保存了下来，"藏金阁""暗室""小姐楼"等三十二间房屋，包容了世事纷纭、故事传奇，兼备了中式和西式风格的布局，又无不在诉说当时主人的眼光和品位。

在唐五房圩的境地里走了一遭，从"参花堂""家庙""荷花池""苹果园""练兵场"一一穿过，八面的风声骤然而来。抗日保台，唐定奎比刘铭传还早十年；抗法保台，基隆一役足足歼灭法寇四百余人，唐定奎身先士卒，血染征袍，将自己勇猛的形象牢牢定位在肥西的土地上，足以不朽。而一段口口相传的故事，却又塑造出他鲜活、情义无双的另一面。相传"转心楼"大门左侧一间是唐定奎爱妾杨姨太居住的。杨姨太貌美如花，武功了得，更重要的是杨姨太是太平天国东王杨秀清的亲侄女。杨秀清遇难时，她率领女兵在常州一带和唐定奎所在的铭字营交战，战败后遂成了唐定奎的小妾。故事的叙述似乎只能到此为止，剩下的需用演绎来代替。战败的杨姨太唯一的选择，似乎只有追随杨秀清而去，剑吻在脖，泪染香腮，情思委顿。这时唐定奎出现了，他的英武和果敢征服了杨姨太，从此一双敌对的人成了生死爱人。是真？是假？我宁愿相信是真的，爱有时可以冲破所有樊篱，甚至是敌意，甚至是深刻的恨。

唐五房圩仅是散落在柿树岗大地上众多圩堡群中的一个，唐大房圩、唐三房圩、董大圩、董小圩等淮军将领的圩堡群，星罗棋布，构建了柿树岗独特的、底蕴深厚的圩堡群文化。加之新石器、商周时代先民的遗址、众多的古石碑、古墓群、明清古建筑、春秋战国的古城址，等等，更让对一地流彩的柿树多了无尽的遐想。

一棵树上的叶子，朝阳的一面是现实，向阴的一面是历史，当它生长在根扎大地的巨树上时，它发出的是翠绿的信号，柿树岗的现实和历史正是这样的。柿树人用自己的行动交出了一份对历史、现实、未来负责任的答案。我们随意采撷几朵绚丽的花朵，其喷薄的香已令人陶醉。

莲湘舞。舞动的心情是最美好的传达，柿树的莲湘舞一改过去的凄凉，自编、自导、自演，在优美的旋律和舞姿中，把世间的真情展示在不长的篇幅里，轻松、明快，而演出者却是握了一辈子锄把的农民，如今他们把心跳握在手上，让张力打开了心中的世界。

乡村博物馆。厚重的历史，终于找到了展示的平台。柿树岗在全省建立了第一家乡村博物馆，100多件展品无言地诉说着柿树岗的历史沉淀，一方陶片是个世界，一个瓦罐装满了走动的风声，而承载着不可移动文物的沙盘，却让一种胸怀袒露在阳光之下，柿树从历史走向未来，这不正是一部浩浩正剧的序幕吗？

农民文化公园。在古老的遗迹上种出一地的春天，小河流水，曲桥听涛、绿地载舞、花开心情，农民拥有了城市的符号，他们自然拥有了喜悦的心情，天高云淡，他们踏着历史的厚重，而把手伸在了和风之中，晚间来临，他们伴着月色舞蹈，绊住自己的不是历史的丝丝缕缕，而是坚实的文化把他们高高地挺起。农民文化公园肯定是生长在柿树大地上最好的庄稼。

老唐酱干。这是一块块能进入生命之源的食品，坚韧而富有弹性，它生长在乡村的一隅，如同一棵棵小草样坚强，又如同一棵棵小草样青青绿意，这必然是一种历史的传承，和淮军有关？和唐定奎有关？不然留在唇齿间的味儿，绝没有那么的厚重，那么的需要反复去咀嚼。

新农村建设点。这些和春秋战国的古城址是一脉相承的吗？历史和现实的根系一定是相连通的。周桥新村用一段挥之不去的情绪，连接着自往至今，在土地上挥汗如雨农民的梦想，如今这梦想实现了，新农村一个"新"字划出了一道彩虹般的弧线，接地气、连苍穹，这定然是美好的开端，现实写出的最好、最敦厚、最实在的版本。

除却历史的厚重、经济社会的发展、文化的传承，在柿树让我们流连忘返的还有她沉湎在绿色中的生态。沿着林荫大道，我们扑进了柿树的怀抱，这定然是一个绿的王国，田畴间绿浪滚滚，就连躺在骄阳下的西瓜也泛着绿绿的甜味，甜是绿的，是我们在柿树捕捉到的第一个信号。柿树岗是省市命名的第一批"生态示范"乡镇，如果说这里原有的生态就良好，这也是不争的事实，然而柿树人的保护意识却让这良好一天天放大起来，直至放大为"示范"。水清、树绿，路在树的掩映下，村庄在树的包围中，机关、学校更在绿树丛间，而清清的水流，让鱼的浅翔、水鸟的翅膀、小鸟的啼鸣多出了更多的清亮。

记得一年冬天在一个飘雪的日子，我们深入到了柿树的腹地，大雪没过脚印，天地间一片雪白，突然一阵欢快的鸟鸣声吸引了我们，上百只绣眼鸟，在一块田地里争食、嬉戏，田是稻田，甚或是农人故意留下的高高稻茬，引来了百鸟争鸣，第一次看到这么多绣眼鸟的聚集，即便我们贴近了它们，鸟们没有惊慌，连阵阵婉转的啼鸣也不曾停下，不远处就是村庄，银装素裹，显得格外的恬静。柿树的乡村真的就是世外桃源吗？清水留下了，绿树驻下了，小鸟忍住了冬的寒意，把最好的歌唱出了，人更是如此，在自自然然中，穿梭于自然，干着最随意、最自然的活。

防虎山在柿树的另一头，放逐曾经的虎啸，沉寂中我们有了更多、更悠远的想法，从历史到今天一脉相承的柿树，始终紧握着三张王牌，一张叫历史，一张叫文化，一张叫生态，把这三张牌一把打出，还有比这叫得更响的吗？如今柿树人正在这样做，真好！

爱一个地方，还是得有由头的，如今对柿树的喜爱，找到了由头，爱得更深了。

水生周桥

对于水的理解、包容，坐落于千百年阡陌间的乡村，比城市更加深刻。逐水而居，缘水而生，顺水而立，是乡村温柔的侧面，而进入骨髓深处的却是水搬动的过程，村落如此，绿树如此，禾苗如此，人又何尝不是如此的呢？

周桥新村就这般静卧在水的边缘处，任凭水雾缭绕动、湿润横披、顶戴露珠，一天天花满高架、运动生长。

无法去考证周桥的历史，跨过一座不大的桥梁，通过垂柳和香樟夹紧的甬道，六口形状迥异、清波荡漾的塘口，安然地停步在周桥的土地上。六月的风紧一阵慢一阵刮过，在六个塘口间徘徊周旋，水酿造了大块福地，风走不远，目光也就走不远，绿色和花朵紧随其后，流流连连，周边的世界早已充满了可抬头仰望、俯首拾取的微妙。

塘中的水看似是静悄的，荷叶田田，水草丰沛，偶有追求爱情的蜻蜓点破水的层次，深入其间，小鱼成群结队，躲在荷的裙裾下，即便听不见他们的谈吐，也定然是和我们来来回回走动的脚步有关，这些个脚步，有点留留恋恋、有点难舍难离。当水的翅膀伴鸟的飞动升上天空时，水大段大段地激动起来，荷花吐蕊，就连循涟漪起起伏伏的莲也繁花朵朵，将水底的生动和丰硕，诉说得清清楚楚。

水顺着既定的渠道潺潺流去，水流过的地方，大块的田地、小处的田亩散发着绿色的拔节声，稻禾在太阳的辉映下，连片的绿波涌动，恰做了周桥新村飘动的裙裾。

水拉出绿色帷幕，在村落的前前后后升升降降。树棵散落得自然，错落得有致，多样化的村中，沿着粉墙黛瓦、马头墙的声色，布出一抹抹"徽"的意韵。周桥人安宜，他们平和着忙忙碌碌，快乐中耕耕作作，而家又是一番新的天地，素雅的家居，一尘不染的地板，城里人生活的模式，可人的孩子，慈祥的老人，抬头低头间全是畅意和笑容。走在游动于房前屋后鹅卵石铺就的小道上，我和一位刚荷锄而归的农人打趣，问他可走惯这硌脚的小路，他回答我，专挑这路走呢，可强身健体，防止心脏病。问得牵强，而回答却干净利索。小径绿荫正浓，正迎合着开开启启的窗户，风顺带过盛开的月季、香石竹、天蜀竺的香味，扑进别墅般的家室，留下了也就不愿离去，攀谈和亲近自不用说。

花源源不断地运送水的美丽。行走巷陌，我几乎是在每一户的门前都要久久地停留下来，吸引我的是洞开的门扉，更是正对门扉开放的花朵。天蜀竺大意而豁达，月季花平铺直叙而喷吐美丽，香石竹羞羞答答而含情脉脉，难以想见这是脸朝黄土背朝天的农人们培育出来的，他们开始有了这份"闲"心，有了将美"点"在门前的愿望，这不正是美好乡村的又一要义吗？美从何开始，不就是从身边、手边开始的吗？小小的细节，在我的眼睛里放大，转眼间已然成了一片天地。水运动的美可以来自辽远，一棵枝株带着薄荷味的红色的花朵，"正点"般的红拽住了我们的衣角，花为何名，问遍周边的人无以作答，就连学植物学的园艺师，也一脸漠然。好在诚挚的美发出了可赞可叹的境界，美从外地来，在这片土地上同样可以扮出俊俏。

水将周桥新村的新绿和周边的绿的奔放，连动在了一起，大绿小绿起伏衬托，大树小树交映勾连，俨然是绿的长龙，绿的屏障。

当绿奔走相告，我分明听到了抗倭名将唐定奎的呐喊、五马转心楼上的窃窃私语、众多淮军圩堡里宿命的争执、莲湘舞或远或近的节律，甚至还听到了 1991 年大水淹没时村庄、绿树的低吟……

一脉相承的水，柔如春风，利如钢剑，如今 300 多户人家的周桥新村，他们因水而美好，因水而富裕，六口塘如望穿前世今生的眼睛，盛满了絮絮叨叨、贮进了明明快快，细细去审视，除了蓝天白云、日月星辰、游鱼飞鸟、落叶花红，更多的是和谐、美好、平安、幸福。可期可盼。

水生周桥，桥下流水，水润万物，美丽自然在水中升起。

秋横三岗

　　三岗的秋天是另样的。铺天的树木在秋的面前，憨厚得如同邻家"压窝底"的老儿子，木讷少言时时露出敦实的笑容，让人忍不住伸出双手东摸摸西摸摸。当然，把眼睛埋进徐徐而过的风中，更是件美事，随着这风从南向北，顺溜得没有一点儿阻拦。

　　喜欢三三两两、星星点点的花开。三岗的花从春盛放到秋，凋零的叶和花的动作没有多少关系，何况满天地的叶子，众多的还长在树上，比如桂花，星星簇簇的花朵，就藏在绿叶之间，一不小心，花的香气就暴露了她们的存在。少有人不停下脚步，侧身去听这遗落在大地上的私语。人各不同，听到的秘密自是不相同的，她们渲染的味道，回答着发自心间的提问，问的不同，答案也就不一样。秋海棠却是暴露的，她们不管萧萧落叶，红得有些炫目，自成一体的和周边格格不入，总感到她们想诉说些什么，直到看到围绕的红男绿女，才明白，秋天时光衣裳是可以乱穿的，树木就不能如此吗？

　　树木间的草们不如春天吵闹，落寞中仍有三几种开着秋花，不知道色调为什么总以蓝色为主，蓝得像飘动的蓝天，蓝得像躲躲闪闪的泪眼，贴着或大或小的苗木，随着从树棵间洒下的阳光，轻声地向探访者做着问候。从不多的花中穿过，我忍不住问随行的朋友，三岗还有成片的花海吗？朋友说有呀，他引着我们在一片紫薇林驻足，这真是花的海洋，大捧大捧的紫薇爆裂着，成穗的花朵，有着君子的风范，风越过时握手，鸟来临时静候，面对我们的仰望，又将一片片花瓣掷下，自然而不做作。难得紫薇的主人有空，她和我们说起紫薇的故事，以及紫薇给她家带来的变化，让我们顿时生出许多羡慕之情。

秋天的三岗适合行走，林间是最好的去处，落叶厚厚的一层，犹如富有弹性的地毯，许是久晴的缘故，踩上去沙沙作响，轻移脚步，这响声就有了丝弦轻拨的韵味，从脚下直入树梢，和着被惊起的鸟鸣，一同飞入秋的深处。我索性赤足而行，麻酥酥的感觉，刺激着在城间奔走久远的麻木，土地的实在开始反反复复地纠结我的迟钝，如醍醐灌顶，我猛地醒来，地气是最好的恩赐，是夜，我久已的失眠逃得无影无踪，尘世间的繁杂早成了一段插曲，被踩进了泥土。林间落叶的颜色是缤纷的，由于成片的种植，落叶大片地铺陈着，银杏下一片金黄，红叶李下一片通红，它们间隔着大胆亮出旗号，放眼望去，一波接着一波，既粗犷又细腻，偶有不太明事理的小花、小草，穿过厚厚的落叶，得意地四处顾盼，被仍在渐次落下的叶子砸了一下又一下，没见躲让，它们款了款身子，似乎是在对一个季节的礼敬。

秋天的泥巴小路莫名的落魄，在三岗显得意外孤单，它们独自在田间，照看着成矩成阵的苗木，飞鸟不再顾及它们，多的只是游人，沿着这些随弯就曲的小径指指点点，秋阳落在它们身上，扁扁地码了一层，倒比林间的土地上的厚了许多，在秋的面前它们老实得没任何动作，尽管所有的收获都得靠它们运载，这些路仍旧是谦卑的。好在路边三五成群地长着一些高大的乔木，如同一个个感叹号矗立着，让路的尽头多了些延伸，让旷达的身子多了些隔拦。

沿路还是有些惊喜的，不起眼的小路边，竟戳着结满果实的树木，我惊呼：一树梨呀！仍是随行的朋友告诉我：怎么是梨，明明是一树木瓜。放眼望去，金黄色的果子压弯了树梢，淡淡的香味，四方播撒，正呼应了小路的悠远，不敢说这就是横陈在三岗秋的特有记号，但它是鲜明的。高大的树、游走的小路和三岗的秋天捆绑在一起，绝不失为永不凋零的美景，苍茫中犹见勃勃生机。

三岗的秋水清澈而富有弹性，塘和湖静若处子般把树影托起，即使绿叶稀疏，风摆过，一泓水中绿叶仍在飞动，有序地把塘和湖装得满满的。有水的三岗，让岗地充斥了灵气，树环抱着水，水声恣肆地绕着树，人就在这之间，一边悄然移动脚步，一边和抖动翅膀而久不飞动的鸟打着招呼。人与自然和谐的画面，这该算上一帧吧。

秋声四起，岗地上的水被土地托举起，又被大批大批的树簇拥着，让人感到这些水是树的绿叶，尤其在秋天里，柔和得想掬上一捧，轻轻地贴在脸颊上。我问自认为是三岗土气十足的陪同者：三岗有多少种树？多少开着的花？多少飞动的鸟？多少漾动的水？他微微一笑，指着周边，反问我，你懂得三岗的秋天吗？我唯能伸出手去，让一段沉默打住在抚摸里。

秋之三岗延伸在万家灯火盛开时，文化广场悠扬的音乐响了起来，一台戏开始上演了，调是黄梅调，戏是三岗人自家创作的，演出者是三岗人，树做了恢宏的背景，除了好看的剧情，精彩的表演，吸引我的是带着香味的腔调，香发自树棵间，一阵桂花香，一阵紫薇味，一阵分辨不出何种香气的丰收韵脚，秋风吹过，一切全有了、又全乱了。

秋横在三岗之上，阡陌、树、灯火、花朵，还有恬静的三岗人，他们在秋声里做着春天的事情，自是满目的绿，满目的花红。

童旗杆探幽

一个生存了数百年的村庄，在时光尘埃的层层叠叠里隐去。它所拥有的风雨之声，雷电之疾，已然在荒芜的草丛里安下身来，任凭脚步穿越，双手搓动，也难激起阵阵涟漪。然而发生过的，或正在发生的，它的印迹将不会死去，还可供刻意追寻、情意绵长的人，沿光阴的隧道一次又一次地去索迹、去探幽。

一

对童旗杆的探幽之路，走得轻松而又谐趣，因为它有一条主线、一个人，明目张胆地在历史深处蜿蜿蜒蜒、招摇探头。童旗杆坐落在肥西铭传乡占地2500余亩的童家岗腹地。如今的童家岗树茂林密，大小树木分布在岗地的阡陌土地上，树为地界，又分割出大大小小的田块。秋天的日子，洼地里水稻金黄，高地处豆摇响铃，和周边随风而起的绿黄交织的树叶融为一体，偶有落叶砸在沉默的土地上，抬头看去一排排意杨直钻蓝天。和别处岗地不同，在紧紧凑凑的田亩、村庄里，分立着大小不一的竹园，竹是毛竹，没有修美齐天，却一律的蓬蓬勃勃，似在诉说另一番异地的故事。不多的塘口深陷，一般样的清澈见底，游鱼浅翔，引得往返不辍的水鸟，晒着翅膀，亮着嗓子叫上一口，又和南飞大雁遥相呼应，大地沉默，扑动的生灵，早已按捺不住。岗地分立着四个村落，名为：东老家、西老家、南老家、北老家，东西南北四个方位，将一个偌大的高地，搅和得热火朝天，缤纷四溅。东西南北的四个郢子，以童姓为主，奔腾着数百年来同样的血脉。

西老家又被称之为童旗杆，和其他方位的郢子看起来没有多大区别，同属于铭传乡清风村。居住的童姓人家，日出而作，日落而息，淡泊平和，树不见高耸，路不见宽阔辽远，纵横的阡陌，拐曲弯绕，齐腰深的荒草镇定自若。然而正是这块土地，隐约中透出一股霸气，需屏住呼吸慢慢地品读，需闭上双目细细倾听。

童旗杆在过去的日子曾被童姓人家命名为"四十棵松"，岗上的四十棵松和童姓人家相处相伴，叶涛哗哗，在黎明时分、旷夜之际，传达着自然之意、生命之初。松的种子来自何方，是风吹来的，还是鸟的翅膀捎来的，只有沉寂了上万年的田地知道，奔走的日月星辰明白。不问过程，但看结果。在童氏一支自江西移民而来之时，四十棵松便如擎天的柱子，散落在"西老家"（后称这为"童旗杆"）的土地上。岗地有灵气，我在采写中，不止一个人告诉我，童家岗是块活地。事实果然如此。自元末童姓人家迁到岗地，人丁兴旺，耕田耙地，诗书耕读，到了清初，童葆初一鸣惊人，成为清恩从生，此时他"年登大耋，目已双明，尚以经史课子孙，启后进，四方学者接踵于门"。由于功名，四十棵松树间突兀地现出两杆大旗，开始飘扬在了蓝天白云之下，旗杆高耸，驿动的绿色里多出了另样的颜色，或许从那时起，"童旗杆"的名字就被慢慢叫开了。加固这旗杆的是童葆初的儿子童锡康，他在清同治年间又成为甲子科拔贡，如同父亲，童锡康"隐居乐道，泊如也"，父子俩都是精通经史道德之士，博学多才，善于经营，一时间家业中兴，名重乡里。童旗杆由此取代了"四十棵松"的称谓，这是人们对功名的敬畏，更是对童氏父子创业大成的肯定。

和所有的中国人一样，在小有成就后，必得好好经营自己的家园，童葆初、童锡康没能脱俗，他们倾其所有，一砖一瓦，一草一木地建起了自己的"堡垒"。"堡垒"只能称其为旱庄，和淮军众多的圩堡不同，旱庄由土垒的院墙、挖就的壕沟为界，设立东西二门，由碉楼值更。院墙、壕沟围就的空间，筑建了具有皖中特色的房屋，三排房子鱼贯而入，中间的为四进四出，两边的三进三出，配置于必要的厢房，一个大家的气象在童家岗初步显现。

我是在数百年后，在童葆初第七代传人童庆弦的陪同下，走进童旗杆旱庄遗址的。讲真心话，失望多于期望和传说大相径庭，没见古老苍苍，没见柏木森森、栗树成林，甚至没见任何的遗落——一片残破瓦砾、一方古土凋零。唯有在东边的地块，一汪绿水碧碧，近70岁的童庆弦告诉我，这是旱庄的壕沟，由一段院墙连带，走上几步就是旱庄的东门。我着意地看上几眼，一抹方圆不大的竹子随风招摇，发出飒飒之声，密不透风的小树依依恋恋，让人难以看透。这就是曾经气象万千的童家旱庄，是耶、非耶？心中多了点疑问。童庆弦告诉我，50年代初，东门处全是巨树，尤以黄柳头、橡树居多，树大、树密，从一棵树的枝丫攀上另一棵树的树干，空中凌步就可走过长长的路途，不需下地重登，如不是1958年砍树烧炭，这些树一定还会伫立原地，好好地活着。他在叙述中除了遗憾，就是特别的留恋，真实中多了许多顿挫。说话间我等在现在村落的中央停了下来，他告诉我，这是曾经立旗杆的地方。我左右张望、前后顾盼，这里果然是一方好地，正南的地方一口圆润的塘口，碧水涟涟，不远处万树葱翠，田连阡陌起起伏伏，而背后地势慢滞上升，如一舒适得可倚可靠的缓坡。童庆弦顿顿脚，肯定地告诉我，旗杆就立在这。我找到了参照物：众兴村137号、众兴村138号（众兴村现已并入清风树）。在我们流连时，一位头发雪白腰弯如钩的老奶奶时而插话，

乡音散走

她说：旗杆的前面几十棵皂角树合抱而生，都用树上的皂角洗头、洗衣呢。我问，皂角树呢？她说：锯了，下雨天往往会冒出一汪黑水，是皂角树死了根呢。还是1958年的事，合抱的皂角树倒下了，而它死了的根还在时不时地提醒着人们，一场莫名的劫难幸免下来是多么艰难。我在探寻中，时不时关心着旗杆的下落，随行的朋友问而不答，童庆弦看出了我的真诚，对我说：等等，我会带你去的。他卖了个关子，却让我兴奋不已。一路走去，两三百米的路程在叙述和问答中显得漫长，到了曾是旱庄西门的地方，举目望去，西边一片洼地，一条小路倏然而没，只见稻菽千重，被称之为"旗杆大塘"的水面，微波四起，静卧在西边冲地的高处。这口塘养育了童旗杆的百亩良田，而在这塘边不该发生众多的故事吗？塘如是吸纳时光的磁盘就好了，旋转它，童旗杆过往的事情就能汩汩地流淌出。

二

在童旗杆旱庄东西门进进出出着芸芸众生，而在这之间有一个人在许多年里成为主角。他就是童葆初的孙子、童锡康的长子童茂倩，他留在旱庄的足迹已难以寻觅，而他不停奔波的脚步声，却让童家岗、童旗杆近百年无法安静下来。

童茂倩原名功赏，字挹芳，晚年自称为养园老人，1859年在大潜山北的童旗杆出生，他出生的日子正是童旗杆旱庄鼎盛的时候，东西两门人来人往，一地的绿树声、庄稼声、读书声不绝于耳。少时的童茂倩资质聪明，常被塾师夸奖，称之为将有大出息之人。但时受祖父、父亲的影响，"家承清德，崇尚儒业"。童茂倩早年丧母，承受着巨大的悲痛，后随江苏巡抚，他的舅父张树声读书。时年15岁，得到了名师指点，博览群书，他"醇慧异禀，率履超然，诸舅氏绝器之"。

但他不喜欢八股文，两次应试落第，遂无意仕第，到北京访求名师，结交文士，研习诗文学问。如同他的父执早早地认识了"宦海风波大，官场是非多"，立下了自甘淡泊、不慕荣华、以读书讲学终其生的宏愿。"戊戌变法"时，因人品学问，经推荐担任顺天中学堂监督。变法失败后离开北京，四十岁，"浩然归故里"，隐身于童旗杆旱庄。不久又被众推为皖北教育总会会长、安徽教育总会会长、安徽咨议局局长。任职间广征博览，兴办了众多学堂，传播新文化知识，也和革命党人结下了不解之缘。1908年革命之潮席卷安徽，他周旋于革命势力之间，促成了安徽独立，又坚辞都督、民政长、参议院议员等职，回到家乡专意兴办地方教育。至1926年童茂倩68岁，一再推辞后，担任了安徽大学名誉校长。但他大多时间仍耕读于童家岗一隅，以一介书生之身关注时局，力尽读书学问所产生的影响，诸如给蒋介石写信寄诗，劝他不要倒行逆施，违背总理遗愿等。直至1932年8月29日逝世于桑梓之地。

相关史料中对童茂倩生平事迹的描写已很详尽，我实在不愿在故纸堆上游离彳亍，我还是奔着探幽之路，还原童旗杆的风风雨雨。

算作童茂倩玄生的童庆弦找来了一张民国时期的老照片，前排是张松青、童茂倩、林贻书，童茂倩端坐中央，后排站立着林立士、郑孝胥、王彦和，可谓都是民国名人，童茂倩儒雅、清瘦、长须雪白飘飘洒洒。这样的合影，已无法考证出它的背景，但有一样可以明白无疑地印证，童茂倩的学问、品德当属一流，在众多名人雅士中地位独特。无怪乎贿选总统曹锟送上"江淮大佬"金字横匾时，尽管他们素有交往，还是被他命令家人，劈碎烧锅付之一炬，铮铮铁骨可见一斑。

都说"百无一用是书生"，然而学问和品行聚集时仍能产生巨大的力量。童茂倩胆识过人，劝解过军阀对垒一触即发的恶战，让两个对垒的集团偃旗息鼓。他来往于大潜山、周公山、紫蓬山之间，平息过多次周老圩、张老圩、刘老圩间的纷争。甚至持着他的名帖，连土匪也退避三舍。据一干老人介绍，1924年六安反暴政的大刀会兴起，这个组织良莠不齐，难免惊扰百姓。大刀会向东推进，要逼近合肥，童旗杆当是必经之地。一时间逃难人群纷涌，童茂倩坚决不走，大刀会久慕童茂倩仁义、道德，竟下令部下不准在童旗杆周边十里内惊扰，是谓"环先生十里不得惊扰，诸避难者相属于道，就先生以为安，露宿田垄、无虑数万"。童茂倩无一兵一卒，却用道德学问，保护了一方平安，和清末时刘铭传等人筑圩堡、做团练，使陈玉成等太平军发出"莫犯三山"的哀叹，有异曲同工之妙。一介贫儒，手无缚鸡之力，却有惊天力量，真的值得感叹一番。

1931年童旗杆因一件小事发生了巨大的变故。曾在早年投奔童茂倩的朱家，在童旗杆不远处建立了朱家圩，两家交好素有来往，却因童家家丁去朱家钓鱼，发生了语言上的冲突。朱家老爷执意要找童茂倩说明情况，又被童茂倩的四子拦下，并狠狠羞辱一番，朱家老爷被"拦轿撕袍"。事有凑巧，六天后朱家圩被土匪抢劫，朱家老爷被绑了"肥羊"，按过去的做法，童、朱两家应相互支援，而此次童家按兵不动，施计逃脱了的朱老爷星夜奔走，找到了自己在军中任要职的儿子，告了童家勾结土匪的罪名，而这一切童茂倩都蒙在鼓里，全由时任县长的大儿子童东府打理，童东府上下奔走，亏得童茂倩的学生们担保，童茂倩绝对不会通匪，官家才没作深究。但朱家儿子，已陈兵合肥，随时准备血洗童旗杆，引得众多童姓人纷纷改为他姓。连气带累，加惊吓，童东府一病不起，51岁命丧黄泉。童东府是童茂倩最为器重的儿子，尽管他有七子六女，作为长子的童东府却是他心之所在。据随行的朋友告诉我，七十多岁的童茂倩亲自给儿子送葬，一声声"东府走好"凄凉悲戚。同年，九一八事变发生，东北三省沦入敌手，接着日军又发动了"一·二八"淞沪战争，国事日非，国家陷入灾难中，童茂倩悲愤交加，心急如焚，深深喟叹："敌如侵入内地，门前大塘乃吾毕命所也！"1932 年农历七月二十八日，童茂倩含恨离开了人世。

三

对童茂倩过多的叙述似乎游离了对童旗杆的探幽，然而他是属于童旗杆的，不用说他就是矗立在这方土地上的一标高杆，说童旗杆绕不过他。在童庆弦的带领下，我等在童茂倩晚年读书做学问的遗址边一再地流连，有趣的是童茂倩的书房建在旱庄外，童旗杆大塘边，据说四周风景如画，遍植果树花卉，特别是海棠、木瓜尤为茂盛，如今遗址边还留有一井，称之为"木瓜井"。童茂倩似乎对水情有独钟，他主持兴修了童旗杆大塘，筑埂时一层盐一层土，埂坝如今仍坚硬如初，防蚁、防兽，至今一口塘仍硬硬朗朗，如一枚圆月，镶在童家岗的土地上，源源不断地输送着清流。

在我的执意下，童庆弦终于带着我去看他心中最为宝贵的东西——旗杆座。拨开过人高的荒草，荼蘼的花开得一片耀目，一口井陷在冲地的一角，井已废弃，拨开杂草荒芜，水快漫过井沿，井栏平地而生。一方圆形的麻石展露在我们的面前，这就是旗杆座，寻常得有点意外，而就是它作为旗杆的基座，挺起了在人们心中不倒的东西。至于另一个在何处，童庆弦说：不知埋入何处黄土中了。在旷野而立，入土而眠，当是好的去处，我俨然听到了旗帜飘扬的声音，不管它是何种色彩，声音依旧猎猎，有点悦耳，有点无奈。

几个老人已相约在童家祠堂等我。童家祠堂由童茂倩在 1901 年主持修建，据称曾拥有大门、中殿、后殿，目前仅存有门楼三间，作为县级文物进行保护。拾级而入，八棵柏树虬扎粗壮，我随之联想到了"四十棵松"，这柏，也不知可是它们的后代？两棵桂花树都有了近百年的历史，据称还是建祠时，由朱家圩移过来的，人无情义，树却立地生根，紧紧地抓住了地气水脉，百年来年年花香四溢。88 岁的童家庭向我们描述宗祠的原貌，他清楚地记得，宗祠的门头上有着"渔樵耕读"四个门簪，大门外立着两个石碑，一为烈女碑，一为孝子碑，甚至碑文还能记得，让我大喜。烈女碑上书：清旌烈女氏之碑。旌表一个氏女子在丈夫病故后，孝敬公婆，教子成才的事迹。孝子碑上书：清旌孝子童炯之碑。旌表童姓男炯，为救落水父亲献出生命的故事。老人谈得头头是道，眼中充满了敬仰之情。立碑的地方如今是大片的棉地，棉地正在吐絮，阳光下洁白如银，透示着缕缕暖和。童家祠堂或许是童家岗目前保留得最好的一处历史遗存，它位于东南西北四个郢子的中间地带，距童旗杆也就二百多米，它应该见证了一段风起云涌的历史，也将童氏一族，特别是童茂倩所主导的理念，彰显在这里。

短短的采写过程，已让我难以不一而再地回头，对童旗杆一再地打量，我知道自己有一种情绪丢落在童家岗风涌起伏之中了。想起了童茂倩先生的一首《杨白花》的诗作："杨白花，飞何处？昔为连理枝，今化相思树。春将晚，乱飞移，最无情，杨白花。"这肯定不是童茂倩先生的代表作，但我却喜欢它，他鞭挞了宵小之辈，把那个时期的最重要的义字顶在了头上。

顺带一笔，童茂倩的诗歌结集为《存吾春馆诗集》，他晚年建在童旗杆大塘边的五间书房，书房名是否就叫"存吾春馆"呢？但愿是的，"存吾春"当在童茂倩的心中，也在童旗杆日月如梭的至深处。

小区植物

初夏的雨下得正欢，雷声过段时间就又一次砸下，想出门却又在踯躅间，犹豫半天，索性还是走了出去。

门前的相思树，花开正烈，绒绒的花即便在雨中仍旧散发出淡淡的清香。绿叶比花好多了，一片片碎碎的，总不改素常的颜色，花朵几多凋零，像所有的相思，过段时日就要落下一些，靠闲着时捡起，找一些合适的地方收藏。此刻，女儿滞留在远处的机场，因为雨的缘故，不能如期地起飞，让我和她的母亲多出了一方思念的理由，并且中午为之把酒喝多了。我有点心疼被暴雨击落的相思花，撑着伞拾起了一些，装进胸前的口袋里，花的香气不久就被我焐出了，那股淡然的有点暧昧的东西，咬着我的皮肤、竟然刻进了我的心跳，对或远或近的思念平添了许多内容。

小区的植物总是这样，在出门的时候深深浅浅地打着招呼。前些日子一株红枫开花了，花小得几乎让人忽视，盯着她的花朵，我忘记了叶的存在，细细地去闻着，香和花朵一样的微弱。随着时间推移，如果蝇翅般的种子竟长成了，不知何时蜂蝶之类光顾过，她们深切的情意成熟了，夏天刚刚来临已实实在在饱满了。树荫之下，我竟发现一株幼幼的红枫伸出手掌般的叶子，想必是去年的种子，在刚过去的春天里发芽了！真好，生命选准了地方就义无反顾地延续，所有的地方，乃至逼仄的缝隙，落地生根，何况是真爱的结果，背转身去，阳光一样可以打湿她的身姿。

外面的雾霾和尘埃让我格外地喜爱小区大大小小的植物。这段时光正是金银花盛开的季节，我可以百分之百地肯定，这盛开的花朵绝不是刻意栽下的，它们没有秩序，没有章法地生长着，或攀缘在楼下的栅栏上，或依附着不大的灌木丛，花开得不甚整齐，却香得可喜可爱，特别是月光之下，一尾淡淡的香早就排斥了世间的烦扰，走过了香还会撵着你，只到关闭了门户，不过打开窗户还会飞进来。六月份是栀子盛开的季节，乡间有头戴栀子的习惯，村姑们喜好这口，倒不完全为了美丽，看中的自然是栀子的质朴，开花多的家庭会送出几朵给左邻右舍，好在闻上香气一切就都有了。小区的栀子开得多而繁忙，过问的人却少了又少，只有一些怀旧的老人牵过孙儿孙女的手臂，说过东邻又说西舍。陈芝麻烂谷子有时也会生发出相应，此时，不远的乡间或许就有了一群探访的人。

好在小区的植物不完全是舶来品，草地上间或出现着早已熟悉的身态，比如流流连连的牵牛花，比如散散漫漫的旱稗子，比如招招摇摇的狗尾巴草，比如三五成群的"猪耳朵"，比如让鸟儿衔出做巢的斑鸠柴……小区的物管多了份包容，她们在一些旮旯里生生不息安安全全地生长着，在植物多样性的同时，留下了野性的情趣。偶尔在小区角落发现了一丛缠绕的菟丝儿，这样的寄生植物早已鲜见，金黄的丝子缠绕不辍，确实有点另类，如在若干年前，我早连根把它拔起了，但如今却舍不得了，并且宝贝般地介绍给散步的人，一说就是老久，生生地让我多出了一些朋友。

雷雨还在下着，一把伞的空间太小，小区的植物在风雨中摇曳，我穿越其间，把一些东西丢下了，又把一些东西捧进怀里，看着自家朝南的阳台，几株月季正在热烈地盛开，释然间雨突然停了，女儿正在阳台上向我摇手。

夜　路

循着在田地间飘来飘去的小路，走上十五里就到家了。

家缩在郢子的中间，一盏灯灰灰地亮着，门扉洞开，奶奶倚在门框边，她已等了很长时间，接二连三的狗吠告诉她，等了许久的人就要到了。她匆忙地车转过身子，在灶洞里续上一把火，炊烟在夜色里淡淡地飘去，一股焦烟的香味，远远地传了出去。

也就十来岁的样子，随父母进城，留下七十开外的奶奶和刚刚断奶的妹妹，每周注定了要摸黑，从县城赶回，看望奶奶、陪伴妹妹。乡间的路难走，细细的、弱弱的，弯曲得不成形状。有月亮头的夜晚好些，月辉下的小路飘带一样，白白的荡来荡去，顺着这路一步一步地挪去，家就一步步地近了，疲倦了甚至可以闭上眼睛打上会瞌睡，路走熟了，何处有个缺口、何处要转弯了，凭着本能就能走得好好的。

冬天天短，三下五除二就黑了起来，寒风一个劲儿地扑来，冷得耳朵都快掉了下来，越冷却越困，一不小心就会踩进浪田里，好在冰结得厚可以走人，索性就从田里穿过，抄个近路。

无月的夜晚，天地间一片漆黑，小路似乎躲了起来，周周正正地去踩它，往往会偏了方向，一偏就要绕上几条田埂，多走上几里路。手电筒在夜色茫茫中，犹如星星点点的磷火，那么微弱，风一吹就会打出个寒战，能把住方向的，还得靠散落在路边的村庄，三几盏透过窗户的灯火、三几声有气无力的狗吠，显得热辣辣的亲热，夜间它们是最好的路标。

雨雪天的路更难走，黄泥筑成的小路厚实而又黏糊，趁着天没黑透，铆足了劲向前赶，尽管如此，剩下的大半路程还是埋进了黑暗和风雨中，一走一滑，跌跤摔成泥猴子是常有的事。雪天比雨天好些，踏在厚厚的积雪上，脚下"咯吱咯吱"地响着，下坡时还可以滑上一段，地面透透地亮着，只要不掉进雪窝里，一路走去自然一路顺畅，至于北风割疼脸颊，也有办法对付，抓上一把雪在脸上揉揉，脸就火辣辣地热起来，好在不远处的家就要到了，奶奶早就把热乎乎的饭准备好了，妹妹也会快乐地扑进怀里，亲亲地喊上一声：哥哥。

这一走走了多少年，走了多少趟，我已难以记住了，反正走着走着自己长大了，小学毕业、上了初中，初中毕业、上了高中，直至奶奶年迈进城，和我们一起生活，记得有那么一次，没能在周末回去看望奶奶，找了这样那样的借口，糊弄父母、糊弄奶奶，但随后发生的事，却让我再也不敢、再也不忍了。当我还沉湎在周日早晨的美梦中时，我的脸被一双枯如枝干的手拉痛了，猛地醒来，奶奶已坐在我的身边，床头站着我蹒跚学步的妹妹，奶奶不错眼地看着我，眼睛里透出惊恐后的慈祥。奶奶竟一夜没睡，为我这个不懂事的举动，奶奶不放心，鸡叫时就背起妹妹，顶着露水，赶往我们县城的住处，她悬着的心放下时，整个人都瘫了似的半天挪不动步了。尽管奶奶护着，我还是挨了一顿猛打，那天我大哭了一场，但这哭绝不是因了肉体的疼痛，实实在在是发自内心的愧疚。

渐渐地对走夜路发生了兴趣，除了奔赴的目标是家（我一直对县城的家排斥，把奶奶和妹妹居住的三间茅草房当作原汁原味的家），家里有别样的温暖之外，发生在路上的事也令人流连。夜色中，春天的野花混合着，月光下的花朵神色各异地放出光彩；夏天田埂上会有奔突的野物，可以使着劲地撵上一气；秋天，庄稼成熟，偶尔"顺上"一两棵花生、山芋，满嘴生出甜甜的味儿；冬天，和雪和冰开着玩笑，一滑多远，估量着汽车、火车的速度。好像有点苦中作乐的味道，但今天回忆起心仍是热热的。这样的夜行给我带来的还有更多的益处，直至现在，在夜路面前，我完全可以坦然地对待。记得在乡间任职的日子，一年大雪封门，带着一帮人去村里"访贫问苦"，夜间回来，随行的人一个个跌得"四脚朝天"，唯有我戴着近视眼镜，一路顺溜，没曾跌上半跤。

夜路上说鬼故事，是最常有的事。三哥是说鬼故事的好手，天越黑他越是说，说得让人毛骨悚然，特别是经过坟场，一双眼绝不敢看别处，死死地盯着一个个坟头，生怕从坟头里冒出个什么来。新葬的坟往往是我最提心吊胆的地方，总是哀求三哥绕着走，三哥说，要绕你自己绕。又哪来这样的胆量呢？还得依着三哥，三哥胆子大，斜刺着跑向了新起的坟包，在坟边转上几圈，回来时毫毛没少一根。这样的历练让我的胆子大了起来，同时也让我明白，这世上从没有鬼这一说。该是走夜路的另一收获了。

许久已来，我有很多梦是走在乡间小路上的，都说梦没有色彩，而我有关夜路的梦总是五彩缤纷，并且带着暖暖的温度，有时大汗淋漓、有时清清爽爽，梦中的奶奶倚着门框，在夜色中遥遥望去，听狗吠、听脚步声，而妹妹还是那么娇小，甜甜地喊着：哥哥。还是一个劲地向我扑来。梦中的夜路又是走向光明的，从夜色中度过，走着走着天渐渐地就亮了。

时光不能倒流，如果能，我相信自己奔赴亲情的夜路，一定不会少上一次，倘若真的一次不少，也不知可有今天的感慨。

张老圩密语

张老圩终于归于沉寂。锈迹斑斑的铁门紧闭，初冬的风无拘无束地敲击着拦不住的历史走向和这历史布下的迷局，钥匙已丢失一百多年，金属散漫的声响栽进了泥土里，剩下苍老的树木和面目不清的遗迹，一边用尚存的叶片哗哗零落，一边杳无声息地做着甘于沦落的等待。

此时正是倾听密语的好时刻。四面绕水，把方圆200多亩的领地封闭成难以解开的纠缠，曾布局周密的碉楼、吊桥浑然地归于风尘，三座岛以水为界，邻近却又独立地活着，由于它们根植于泥土，可以树般吸收地气，即便结不出果实，但出生的一丛丛土著的蒿草，依然有着如风的剑气和疾走的笔锋。沉积的岁月瓦砾，还在使劲地推动和排开，让这些生动的蒿草结出的种子，坚硬得棱角分明，它们时而会随鸟飞去，时而会沾在行走者的衣襟上，在本地或遥远的地方生长出独立的个性。

当张氏四姐妹的门扉，常被胡适之、张大千、陈寅恪、沈默等一代大师敲动时，似乎悠远的岁月向我们走近了一步。张元和在张老圩出生，本地稀有的枇杷树、广玉兰陪伴她在童年的日子里，细数流动的星辰、大潜山霏霏夜雨，那时，她并不知道有一天会走出这戒备森严的圩堡，尘埃般散落大千世界、尘埃般发出芬芳之气。随后沾着张老圩的水沫、风声、泥土的张允和、张充和、张兆和，也和她们的姐姐一样，把民国的典事镶嵌在历史的长廊里，她们微尘般的存在，又微尘般磨砺着人们的眼睛，非得让满目清泪洗出一段明亮。

可能很难听明白张氏四姐妹在这里丢下的喃喃私语，历史如同深渊，探底时才能找到坚实。她们大多的发声已和这圩堡无关，张老圩破落的景象也无法承载她们翩动的风采、天然的慧质，但根深扎在这里，如同久已生长的玉兰树，即便雷劈过，一旦半边的生命被金属支撑而起，面对阳光在春天里依旧会传达出大气的芬芳。但一切又都和这里一脉相承，我听到的第一片私语似乎就是它了，充满柔曼的弹性、烟尘之外的魅力。

两棵梧桐树如同坚守的哨兵，它们用自己的胸围挺出世事沧桑的敦厚，据传这是圩堡的主人张树声手植，百年老树随着圩堡的命运风生水起，或金戈铁马或诗书耕读，它们从没移动过半步，即便荒凉如今，它们的枝头还是结满了铃铛样的果实、依依恋恋的鸟巢。落果铺陈满地，飞鸟早已奔赴温暖的地方，春天里鸟还会回来，落地的果实也将在春风吹起时发出芽来。凭吊古树，缜密处可听到扎进树木的枪声，张树声在晚清的没落里清新地过往着，似乎有世人沉睡他独醒的意味，他新潮中不失慎独，清醒而又古板地发出废科举、兴教育的呼声，他的吁叹带着烙印般的闷重，如同他早年办淮军时，对着还很幼年的梧桐树发出的子弹。口口相传中，两棵梧桐树都曾做过张树声的靶子，其中有一棵如今还留下伤疤。伴岁月而走，随树长高，只有高高的风可以抚摸。我总是不愿相信它的真实，情愿是在某个黄昏张树声擦枪走火，如同他的新潮思想，在沉寂中脱口而出。

私密的语言最为纯真。张老圩在若干变故后，余下的只有壕沟边的毛条石，一些能说上名目的古树、一间守圩圩勇的值更室，恢宏早被一粒粒微尘淹没。但少量的存在也是可以对话的。壕沟中的水，在恣肆的水草间默默地跃动着，这些水拥有的还是水的本分，从没改变过它滋润万物的初衷。守圩圩勇的值更室，多少年了依旧做着遮风避雨的场所，也不知它住过了多少人，这些普通的人，在看惯了风云突变、风和日丽之后，难能地做出抉择，走出或者留守，应该都和这圩堡有关。耳语般的交流，还是从包括梧桐树在内的众多树木中传出，散开的树、自由的树、囚禁的树，它们的根系都透析了圩堡的秘密，过往的荣光都不存在了，只有沉淀下来的痛楚、没落，如泥土样、如涟漪般堆积、荡开。生生息息如此而已，不需去做更多的考量，有一方土地可驻扎目光，有一汪水环绕是非成败，已足够了。

紧闭的门时而要被打开，否则沉重的锁就会锈死，有形的锁无形的锁都是这样，而打开这锁最好的钥匙还是密密仄仄的语言。

随行的诗人听到了两声雄鸡的长鸣，他告诉我有一声来自晚清的傍晚，另一声来自如今的早晨，关键是在张老圩的深处。我知道这有意想的境地和现实的揉搓，想来也是，张老圩被层层农田、树木所包围。不远处的村庄，沿袭了刀耕火种的历史，鸡鸣狗吠，总有那么一两声会传达的历史的古意，会有一帮人打开话匣子，敞亮出烫满历史疤痕的胸襟。这可能也是一种密语吧，不过需要认认真真地领会，实实在在地传达。

花　事

　　小区的花事并不复杂，品种不多的花，四季分明地开着，相互不争不吵，次第打开身体，偶有交叉也相互谦让，各自独立保持空间，将完完整整的美抖落开来。鸟占高枝，疏疏朗朗的花不管这些，广玉兰高高地开在枝头，桂花的香藏在叶丛中，牵牛花在草棵中潜行，海棠花带着禅意和枝杆不离不弃，还有一些花和着虫鸣，被有名无名的虫子啃去一块又一块，却不耽误结出沉沉的种子。五花八门的花，保持各自的姿势，作飞翔状、作沉思状、作羞羞答答状、作大意小意抒情状、作对镜顾盼自赏状……趣味中拥挤出盎然，一不小心就被拉进了它们的世界，面对烦冗多出简洁的心境。

　　一丛星星点点开着的野菊花，在名贵的花木间显得孤傲而落魄。小区是从一片野地中长出的，上百亩方圆的地界，原先生长着稻菽、大豆、山芋、小麦之类，高高低低的田畦，被田埂、水系包围着，城的扩张吞噬了它们，当高楼一幢幢长起时，一些东西便开始消逝，遗存下的出没于挣扎之间，野菊应该是挣扎中的一族，它的花让自己多出了幸运，而占有了一席小小的领地。记得刚入驻小区时，野菊生长的地方，是一条穿越而过的小河，河的两岸各色野花竞相斗妍，后来不知是何原因，一夜间被填实了，动作迅猛地栽上了成片的西洋杜鹃，自然散落的猪耳草、车前子、香茅、灰灰菜、剪剪菇等等，都在西洋鹃的茂密里化为了乌有。

野菊有些另类，它顽强地从厚实的压迫中挺了出来，在西洋鹃的阵地里，开拓出了自己的空间，并在秋天大把大把地抛出花来，星星点点地凑在一起，热热烈烈的如满天星斗。野菊惹人，观望它的人明显多于看"西洋景观"的人，它黄得突兀，沉稳得随和，比起西洋鹃的张狂，多出了无以言状的自在。小区住着不少失地农民，野菊标志着这曾是他们的家园，以野菊为中心，辐射开来，不偏不倚的都是稻花飘香、菜疏吐绿。似曾落魄的野菊实际上并不孤单，众多的守望即便匆匆一瞥，也让它的心一颤再颤，眼中的景观容易失去，心中的景色却可永远。

小区的花适合静中观望。初夏时节月色正好，居住的灯一盏盏熄去，月色拉近了楼和楼间的距离，不多的鼾声，如同地球舒坦的喘息连绵而富有弹性。一树合欢花刚刚露出它们的甜美，淡淡的香味从绒绒的花序间滴落，月光又浮起它们，在半空中悄然驿动，此时脚下是绿色，头上是花香，人在中间行走，轻灵中的清醒，无疑点破了心中反复纠缠的滞重。平时研读不多的《心经》，其间的句子泛滥开来，"色不异空，空不异色。色即是空，空即是色"。对空的理解，豁然多了起来，空落和空间不就是反复落下又被弹起的花香吗？只有在空间行走，才永不会陨落，空间越大，花香才会传得更远。神在上，物在下，人在中间。月夜听着花的私语，抬头看一轮圆月和合欢纠结，心中素洁起来，不被物欲左右，把它踩在脚下，精神的至高无上，是可以让人高尚起来的。就是在这样的夜晚，我突发奇想，拿一台录音机，不要高保真的，录下奇妙的花语和自然对白，耐得时日，在嘈杂中安心去听，自然会感悟到张张合合的真谛。一朵早熟的合欢花从树梢滑下，正好打在了我的额上，抹上一把，额上的皱纹竟少了一条，而心的印记却深了一层。

花的记忆一定是在开开落落中的。老胡是小区的护花人，他五十出头，是个木讷的汉子，不善言语，却对小区生生息息的花爱护有加，时常，他扶起一棵被风雨打歪的花草，为干旱的花木浇水，呵斥摘花的孩子，平常最爱的事就是围着盛开的花转，起先人们还对他指指点点，说他花痴，时日久了，老胡就成了花丛边的一道风景，若有时间看不到，倒要打听上一气。老胡在一个早晨突然就没了，倒在了一片太阳花的盛开里，急急地送到医院，哼也没哼一声，默默地离开了人世。事后我们才知道，他的女儿因一场车祸失去了生命，女儿自小爱花，特别喜欢五颜六色的太阳花。为此，活泼的老胡一下就变了，变得只愿和泥土和植物对话，花圃的一隅，老胡种下了大片的太阳花，他有事没事总要转上几圈，看花火火热热地开，看花静静寂寂地落。老胡走后，太阳花依然开得烈性，这花泼皮，冬天死了，春天种子发出芽来，到了夏天就没完没了地开，越热开得越艳丽。从此小区的花开始有了记忆，不过这记忆长在人的心中，走过盛开的太阳花，想起老胡和他的女儿成了一种必然。

　　春天的中午时分阳光温暖，盛开的红叶李之类也暖暖和和，让我更温暖的是坐拥花海读书的女孩，她那么恬静，风徐徐地吹拂她的长发，一种天然的美镶进了大自然的意境里，不知是花感染了她，还是时光之手梳理了她，面对小区的繁杂、花语的搅扰，她沉静在读书之中，偶有飞过的鸟碰落花朵，她也懒得理会，花落在书上也就夹进字里行间了。我特别希望她读的是莎士比亚十四行诗之类，在如此环境下读这类书最为合适。换个角度，读书的女孩分明就是小区另一类花朵，她夹杂在四溢传动的花事间，既鲜活又刻板，不由得让人的目光多流连一会儿，让人的思绪再打开一些，许多年前也有这样的美好，一本书打中了自己，随意地选棵树靠住，任凭绿色氤氲、花香触目，读得那么深，那么入心入骨……

　　在小区行走久了，对花事少了敏感，忽略的美好在身边时隐时现，着心着意地去外处寻找，找到了也是过眼烟云，而眼前的年复一年的盛开，真的需要好好地珍惜。一叶一世界，一花一景致，绝对一伸手就可触摸到禅意。

心情采撷

采摘心情

　　隆冬找一方可圈、可点、可品尝、可采摘的地方，不失为一件快乐的事。

　　阳光无疑将寒冷打痛了。当我们置身于绿溪洲现代实施农业大棚里时，硕果繁枝的圣女果，争相露出笑脸的西红柿，一地走红的草莓，绊住了脚步，也牵引了目光。说这里是春天并不过分，阳光通过透明的棚体挥挥洒洒，连躲冬的蜂子，也不吝啬自己翅膀，花朵开得有劲，蜂子们格外忙碌卖力，它们传递出的是行走在泥土深处的爱情的信号——无须在春天里信誓旦旦，冬天完全可以表达深邃的爱意。采摘成了一种完整的概念，提篮穿梭在植物丛中，可选可择，根据各自的喜爱，金黄的圣女果有人倾慕，浑圆的西红柿沉甸甸的令人畅想，草莓们似乎还在阳光下打瞌睡，拾起时惊醒的甜已在人的齿颊间了。不事农活久了，离开土地也有时日，面对这一切，回味多于收获的喜悦。

　　过往的采摘没有今天轻松，土地不出力，植物长"猴"了，果实就可想而知了。它们瘦弱地、病态地挂在枝头，但仍在等待、等待一双双粗重的手，一把把把它们扯下，植物的根茎痛得颤了又颤，依旧站稳了，一茬茬开着不紧不慢的花。那时的采摘是跟着父母的，大田宽广无边，七零八落的畦，植物稀稀拉拉地长着，果实得去寻找，它们藏迷藏般躲着人的目光，即便是一颗颗长得不周正的果子，也会给发现者带来不小的惊喜。采摘是和人的肚子挂钩的，一季的采摘没见多少，一年间肚子就会常常"咕咕"作响。我们没有父辈们的焦虑，在田间地头游戏，偶尔也走进田里，如同开放的幼儿园，把植物们当作小伙伴玩，玩得高兴了，揪上一只青涩的果子，塞进嘴里，其中的滋味是很少去管它的。

绿溪洲是另样的，果子鲜亮，明晃晃地挂在、躺在人的眼前，诱惑般地亮出自己独到的一面，让你忍不住摸上一把，摘上几粒。起先我只是在其间徜徉，观赏果子的优美、大串大串的沉实，对一些新奇的果蔬研究上一番，听听技术人员的介绍。最终还是忍不住，伸出双手左挑右选地采摘起来，圣女果、西红柿、草莓、灯笼椒都是我采摘的对象，一会儿提着的篮子就满了。我仍不满足，竟帮助游客采摘起来，这出力不讨好的举动，引起了游客的不满，但我有自己的办法，游客众多，三三两两地送进他们的成果里，反感度显然小多了，碰到和果子一样鲜亮的美女，甚至还能回上一个甜甜的笑靥。我知道这和助人为乐无关，只不过是为了采摘一份心情。

可以肯定，在绿溪洲里的采摘，绝大部分人是奔着心情去的。零下六七摄氏度的日子，城市和农村一样的寒冷，而生长的果实是可以温暖人的。在冬天里回味春天，甚或秋天、夏天的事，再妙不过了。春天的花朵、夏天的生长、秋天的收获，在这里都能反季节地找到，当目光被这些涨得满满时，生活的节奏一下就变慢了，许多失落的东西又回归到了眼前。有意思的是，一对情侣，为采摘果子的大小争执起来，女孩要采摘匀称的，而男子总挑大的摘，女孩子的较唯美，而男子独对硕大的感兴趣，好在可以各取所需，最终的结果是圆满的，目送他们执手而行的背影，我无来由地被感动了一番，也不知是因人还是为物。

小时候的冬天，也曾在野外寻寻觅觅地采摘，其对象是野草中的荠菜和小小蒜（野蒜），荠菜紧紧地趴在泥土上，叶子被寒霜打得通红，好识别，只是挑铲它的人多了，显得稀少，挑回后洗净了，放上一把盐攥攥，当作下饭小菜，刺刺的柴柴的难以下咽，不像今天剁碎了包饺子吃得满嘴生香。小小蒜要多些，黄泥冈上成片成片地长着，只可惜泥土地板扎，它的根茎深深地陷进泥土中，只能草草地抓上几把，敷衍一下大人们。天冷得可怕，一双小手冻得像胡萝卜一样，清鼻涕在袖口上蹭了一把又一把，一个冬天袖口都是明亮亮的、结了一层壳。父母心疼，把我们的手塞进自己的怀里，贴身地焐着，还得说上几句：真没用，就挑这点荠菜。那时的采摘实在有点无奈，手法和动作也都是生硬的。

在一只硕大的西红柿的面前，我突然看到了自己的图像，它镜子般明亮，把我的一脸惊奇刻画得清清楚楚，我忙不迭地拿出手机上上下下、左左右右地拍了起来。我喊过同伴，把这一发现告诉他，他匆匆奔了过来，果然西红柿上映出了他的笑脸。我验证了这不是虚无，果实是可以照见人的，它的内核射出的光芒，更多的是一种生命的聚集，而在这聚集里，人是可以活出另一番滋味的……

从绿溪洲走出，天仍是很冷，突然想到了几句话：想你的额头上常住阳光 / 不是我 / 又能怎样 / 你阳光了，我一定灿烂。我想是写给绿溪洲的，也是写给其他的。采摘到的心情，足以让一个冬天的额头暖烘烘的了。

草的思绪

漫无边际的草，从乡间涌向城市。乡间的草不讲究章法，有泥土就长上几束，形形色色的草拼动绿色，用各自不同的形态表露自己的心声。拥有好听名字的草，大多有着自己的传说，在田间地头，在房前屋后，在乡人的心的抚摸中，和鸡鸭牛羊打着招呼，心平气和地养活一群群生灵。城里的草以温顺著称，它们平坦开身子，不经意间回味和忆念，把繁杂的声音吸纳进弱小身体里，有了它们浮躁的心或多或少的就可以平静下来，走动的脚步，因之多出了些许弹性，城市的砂石硌脚，草铺就温存，心多出了柔软。

夏天的草是有思想的，急忙开花，缓慢开花，都有说得过去的理由。许多时候，我们仅是对花感兴趣，而忽略了草的另一面，草的韧性、草的不卑不亢、草的随遇而安，在它们不躲不闪里表现得淋漓尽致，只不过我们忽略了这些的存在，把精力集中在了它们大小不一、丑俊各异的花朵上。我曾对着草尖上的露珠打量叶的脉络，放大镜般的露珠，照见了细微的管道，交错和纵横，织成了密密麻麻的管道，管道感恩地吸纳着露液，到身、到心、到根，那么缓慢，那么细嚼慢咽，一个世界都在它们的吮吸中静谧下来。

曾在沙漠上行走，芨芨草顽强地展示生命的力度，它的根有多深，汲取水雾的叫声又有多么尖锐，我看不到也听不到。当我试图拔出它时，手一次次被咬住了，它似乎在告诉我，生命在被扼杀时反抗力量的巨大，茎叶离开根须时深切的痛楚，芨芨草的思想在一个个瞬间反复和我的手交流。

草的翅膀有时候可以飞得很高，风有多高草的种子就可以飞多高，小草的羽翼带着浪漫的色彩。我不止一次为一捧绿感动，摩天的大楼，自可观览城市的嘈杂，而就在观光平台的脚边，一株无名的草在缝隙的狭窄里探出了它的坚强，绿得刺眼、绿得坦然。我揣摸着这草的思绪，除了生命的执着，它一定有着自己的信念，它知道会有一双双脚有意无意地踩踏上，烈日也不会放弃炙烤，它的舞台永远都将在缝隙里，但它早已没有了自己的选择，既来之则安之，即便根蜷曲着，它也笑得有模有样，这笑就是它的绿。绿一季是绿，绿一天是绿，绿一时是绿，不丢本色是草永远的品行，当然更是小草浪漫的本源所在。

初夏的日子陪父母郊游，遍野的三叶草蓬勃有余，我和女儿寻起三叶草的变异兄弟四叶草，四叶草真的很少，好不容易寻到了一枚，不对称地丑陋着，继续寻找到的四叶草依然没有一枚漂亮的能安然入目，妻子拿起手机拍照，随即一一删去了。大自然告诉我们，造物主是公平的，可以变异，变异之后就再不完美了。我想这也应是草的思想换了种形式表现吧。草不会说话，而这一切已足够了。

回到城市的草棵里，我无法容忍千篇一律的单调，总想找到田野里四处可见的车前子、奶腥草、野稗子、夏枯草、红辣蓼之类。草无法选择居所，它们不同现在的村落，说不定某天就被连根拔了，再平移去另一个地方，草卑微地坚守着自己的领地，热爱着一个地方就永远地守住了，即便它的子孙会四处周游，但埋根处年年都会发出青来。在这一点上，我们真的不如草。喜新厌旧、见异思迁、暧昧不断，都不是草所具有的。时而听到小草在歌唱，那定然是发自一种颜色深处的。

　　夏之草是一味良药，在月色的惊扰里，一遍遍摇曳起它们式微的思绪，蓦然间，揉进眼睛，也就淌进了血液里，足可治好心病。

等　待

　　清晨出门散步，路对面就是花花绿绿的公园，正是荷花盛开季节，一阵阵扑鼻的香气清润而又柔和，心中的急迫可想而知。人行道口的红灯恰在这时亮起了，时光尚早，十字交叉的路口几乎没有车辆通过，抬足就可通过，美景的诱惑似乎已让我难以等待不长的三十秒钟，犹豫中一辆渣土车"扑剌"着斜冲了过来，慌忙中退着脚步，捂着一颗怦然作色的心跳，不远处的风景红花绿叶煞是好看，一头脸的冷汗猛地灌了下来。

　　实际上人生有许多时候需要等待，在等待中静观生活的周边，可以把一些事情做得更圆满，把一些急迫而不符合实际的要求压下去。瓜熟蒂落是一种等待的过程，更是一种享受的过程。我的爷爷是个智者，在他的园地里，每年春天总要种上一些瓜果，记得有一年，他选了刚刚挂纽的三只甜瓜，标上记号，一只是我的，一只是堂哥的，一只是他自己的，他让我们各自管理，在认为成熟时可以摘了享用。

　　爷孙三个对这各自标有记号的甜瓜都特别上心，可以说每天都要瞅上一眼，看着瓜一天天长大，不时地浇上点水，摘除藤上的枯叶，赶走一只只偷吃的虫子，铲除周边的杂草。瓜长大了，我和堂哥的心也随之膨胀了，时常想着要摘下自己名下的瓜，好好地吃上一回，学着很内行的样子，手指轻轻地叩着青青的瓜皮，听着砰砰的声音，认为早熟透了。堂哥岁数比我大上几岁，显然老到多了，他说先摘我的瓜，一人一半，之后再去吃他的瓜，我毫不含糊地同意了，匆匆地把拳头大小的甜瓜从嫩绿的秧上摘了下来，用拳头砸开，当我和堂哥大快朵颐时，一股说不上的苦味充满了口腔，标准的一个生瓜蛋子。爷爷看着我们的举动哈哈大笑，说了一句：心急吃不得热豆腐。我和堂哥除了面面相觑，对爷爷的话并没有领悟多深。

堂哥的瓜一天天长得更大了，光滑的身体透出了一丝丝甜甜的味道，该是摘瓜时候了吧，馋虫在我们的肚子里拱来拱去，一致决定摘下它。我们看到了爷爷狡黠的目光，他没有制止我们，只在一边静静地看着。打开瓜，也就是五六成熟的样子，没有想象中的可口，生涩的仅能入口。爷爷说了些什么，我已记不起了，但一些道理似乎在心中一点点萌发了。

就剩下爷爷名下的瓜了，爷爷仍像过去一样，浇水、除虫、锄草，时而还给瓜翻个身，让它周身充分地接受阳光的照耀。有一天我实在忍不住了，缠着爷爷要去摘瓜，爷爷牵着我的手，让我伏下身子，去闻瓜蒂的味道，一股淡淡的香味冲了过来，我对爷爷说：好香。爷爷没有依我。大约过了三五天，爷爷主动说：孙子摘瓜去了。我约上堂哥，把爷爷的瓜摘了回来，捧在手上，香甜味就一个劲向鼻子里钻，打开瓜，内部金黄，浅浅地吃上一口，甜甜的一包蜜般刻在了记忆的深处，这必然是我这一辈子吃到的最好最美的瓜。爷孙三个那天有说不出的快乐，爷爷仍旧没有多话，他的眼睛里流出的东西却是我这一辈子难以忘怀的。

同样品种的三只瓜，让我吃到了人生中三种截然不同的三种滋味，或苦如黄胆或生涩参半或甜如饴糖，同样的天空，同样的土地，不一样的是时间、忍耐和结果，等待肯定是这个中的关键。

走在公园的荷风之间，不由得放慢了自己的脚步，匆匆的行程中，我们往往渴望把脚步带快点，在许许多多的节点上少了点"东张西望"静静观察的时间，把等待作为了一种负担。过马路也好，爷爷的三只瓜也好，都犹如人生中不可或缺的寓言，等待中充满的理由真的不需多说了。

　　电话铃在荷风中响了起来，妻和女儿在前面等我，她们更是早行者，这是一次亲情的等待，我自然要去赴约的。

对一种动物的怀念

　　乡野的孩子对四处游走的动物很少有害怕的，动物出没在人的周边，不去伤害，就可以和平相处，甚至成为玩伴，度过一个个无滋无味的日子。小时玩过蛇，玩过毛毛虫，玩过马蜂，至于蚂蚱、蜻蜓之类昆虫更不在话下了。蛇可能是最具攻击性的家伙了，我们也时常玩弄它们于股掌之间。记得有一次抓了两条称之为"土公蛇"的毒物，拎起尾巴不停地抖动起来，时间不长，它们便面条样瘫软了下去，玩够了找了根韧性的"巴根草"，把两条蛇的尾巴绑在了一起，放进大田里，看着它们步调不一致的奔忙，好好地乐上了半天。轮到使牛的把式发现时，唤来了许多人观看，才让两条蛇结束了苦苦的挣扎。

　　也并不是没有惧怕的动物的，我对称之为癞蛤蟆的家伙就怕得入骨。

　　"癞蛤蟆不吃人，怂相难看"。看到癞蛤蟆我的汗毛就会竖立起来，它身上疙疙瘩瘩的东西足以让我的周身爬满了针芒乱刺的难受，几乎到了过敏的程度，何况还有更可怕的讲法，它身上冒出的白浆沾到身上，立即会生出一连串的"瘊子"。恰恰是癞蛤蟆在屋前屋后多得不可计数，特别是暴雨前后，这黑色的"幽灵"神出鬼没，一不小心就跳到脚面上，软乎乎的吓人半死。许多时候它们还会登堂入室，躲在家的某个旮旯里大言不惭地聒噪。抓住我害怕癞蛤蟆的心理，奶奶在我不听话时总要吓我，如不听话在我"收亲"时，就给我找个癞蛤蟆做老婆，让它好好收拾我。搞得我半信半疑，毛骨悚然，不得不收敛起自己的言行。

上小学时和同村的玩伴打了场"死架"，原因也是因癞蛤蟆而起的。他知我怕癞蛤蟆，竟在课间捉了只碗口大的"癞猴子"塞进了我的书包里，上课掏书和文具，一把捏出了个软绵绵的家伙，眼见着癞蛤蟆在我的手中纠缠，我疯了般尖叫起来，那种惨烈让一个班的同学吓掉了魂。噩梦伴随了我很长时间，躺在床上总感到被褥里藏着只癞蛤蟆，时常半夜三更大呼小叫起来。在我搞清原委后，我平生第一次和玩伴拼命打上了一架，自然是两败俱伤，我的鼻子被打破，他的额上也留下了永远的伤疤。直到许多年后我们见面时，玩伴还摸着额上月牙形的疤痕，对我打趣说，看这疤是"癞猴子"蹬的。

乡间的癞蛤蟆是绕不过去的，躲掉初一，躲不掉十五。有一年夏天太阳特别毒，因常在太阳下疯玩，我的头上长满了毒疮，奶奶想尽了办法用不同的偏方搓洗，效果依然是微乎其微。奶奶叹气：孙子将来可能真要成为秃子了，怕连老婆都找不上了。不知是谁告诉了她，吃癞蛤蟆有效。奶奶瞒着我，抓了几只癞蛤蟆扒皮去杂，狠狠地炖上一锅，她先是自己有滋味地连吃带喝，肚里的馋虫由不得自己，我便也大碗喝汤大块吃肉，所见到的是奶奶怪怪的眼神，还没转过神来，鲜美的汤、嫩嫩的肉已吃上了一两碗。神奇的是，我头上的疮疮块块，之后一天天全消失了，好得彻彻底底，发间细小的疤全发出了绒绒的毛发，秃子和我无缘了。在我知道事情的真相后，恶恶地吐上一场的感受突然地袭来，但看到奶奶怜爱的目光时，胃抽搐了几下却又慢慢平息了下去。

乡间，癞蛤蟆挥之不去地在周边转悠着，缓慢地不惊不乍地转悠，我害怕的心一天也不曾放下。

若干年后和癞蛤蟆又打了次交道。下乡挂职，到了晚间，乡政府的人大都回家去了，剩下我独独地住下，夏天蚊子真多，多得可成把抓来，纱窗、纱门根本关不住蚊子的进攻，灯下工作、读书一会儿，身上就会叮出一串接一串的红疱、粉点，痒得钻心。食堂的老师傅绝招多，竟拎来了半水桶的癞蛤蟆，不管不问地倒在了我的房间里，眼见着一地的癞蛤蟆蹦蹦跳跳，吓得我无处下脚，顾于情面和老师傅的好心，只好忍受着，把双腿提起放在椅子上，任凭癞蛤蟆在房间里走走停停。一个夏天我都和癞蛤蟆做伴，倒也相安无事，房间的蚊子明显少多了，皮肉所受的苦难也少之又少。夜间躺在床上，偶尔听到癞蛤蟆细微的动作，看到它们眼睛发出的微弱绿光，竟依着、靠着一夜夜无梦地熟睡。

晚上乡下的表哥来电话，说起大学毕业的儿子要结婚买房子，他实在出不了多少钱，说了句和癞蛤蟆有关的话：癞猴头上就那点浆。意思是说，他的能力很小、很小，突然勾起了我对从小怕之入骨的动物癞蛤蟆的怀念，有多少年没见过这令人惧怕的家伙了？我决定去找找它们，夏夜时分，按季节正是癞蛤蟆漫无际涯出没的时候。住宅小区里没见它们的身影，索性去得远些。沿着尚算清澈的小河向郊外走去，除却隐隐的市声，没有虫鸣、没有蛙叫，更谈不上一只只懒懒散散的癞蛤蟆了，如果没有惊飞的小鸟扑棱声，真的感到大自然已经死去了。

奈何。对美的怀念难以复见，对看似丑而内在美丽的怀念也难以再见着了。活在记忆里，永远不如鲜鲜活活的，比如一只只怕之入骨的癞蛤蟆。

滚　烫

　　从没见过一双眼睛如此的美丽，闪动的波光、水淋淋的湿意，在长长的睫毛掩映下如同深不见底的碧潭，其间闪烁着顽皮、天真和一丝丝偶尔的忧郁，看上一眼就再也忘不掉了。这是一双十二岁女孩的眼睛，在初春的日子里喷发着浓夏的热意。

　　女孩八岁时患上了一种怪病，隔三岔五就要发上一场高烧，高烧时体温达到四十摄氏度，平时的体温总保持在三十八九摄氏度，看遍了天下的医院、吃了无数的红红绿绿的药片，滚滚的热一直跟随着她，一跟就是四个年头。女孩似乎停止了生长，十二岁了，依然保持着八岁孩童的模样。

　　持续不退的热，让女孩的家陷入了莫名的惊慌中，围着女儿身边打转的父母，最常做的动作是把脸颊贴在女孩的额头上，用自己的皮肤和心跳，体验着绞心的痛苦。女儿时常在高烧时拉着父母的手，此时父母的手是冰凉的，只有如此，疯狂的热才能丝丝地传导出去。

　　我曾久久地打量着这一家三口，他们在度日如年中，把不大的家打扮得窗明几净，母亲不停地劳作，绝不让自己闲下来，即便刚刚擦过的窗户，转了个身又要擦上一遍。女孩的母亲告诉我，不能闲下来，闲着时女儿的热度就会烧痛她的心。父亲起先在外打工，女儿的病如同一把坚强的绳索拉住了他，现在他整天忙于自己的田地，他相信，医学的发达，孩子的病总会治好的。女儿那么乖巧，时而会帮上父母一把，做一些轻便的家务，女儿的力气很弱很弱，干上一会儿就气喘吁吁了，父母在这时会不约而同地把女儿搂在怀里，脸颊双双地贴近女儿，他们能做的似乎就只有这些，让女儿再"烫"上自己一次。眼泪多次冲击着我，女孩应是幸福的，有多少父母能够像她的父母一样，日复一日和女儿贴得那么近？

　　清晨，女孩的父母会早早地起床，看着脸色酡红的女儿熟熟地睡着，还是不自觉地将手贴上女儿的额头，女儿醒了报以父母一缕淡淡的微笑，母亲眼圈红了，忍不住又用自己的眼睛亲吻着女儿的额头，父母间的目光交流着，无语中传递着一天的开始，女儿仍在高烧中，一夜的希望，在早晨用失望做了答复。太阳出来了，只是女孩家的太阳比别的家庭温度高出了一些。

　　女孩喜欢唱歌，她小声地哼着，有时父母会和着她，把一首歌完整地唱完，只有此时，一家三口才忘却了莫名的热度，在歌声中冲淡不大房屋里死亡般的寂静。女孩停留在了八岁的空间里，她在高烧时会尖声地说着胡话，那是十二岁孩子常用的语言，她要读书，她要玩耍，她要漂亮的连衣裙，她要一段飘飘逸逸的梦……父母只能应答着，让酸楚的心淌过惊恐、悲凉、失望、无奈。梦呓般的胡话往往都在深夜里，女孩的父母只有守望，盼望天早早亮了，盼望正在播撒的露珠，吸去紧随女儿的热度。

　　女孩的母亲常常在夜半惊醒，时而想大哭一场，她想用自己的泪水为女儿降温，但心中的哭却再也没有泪水，是否泪水已经哭干了？她在心中疑问，她总是认为只要自己大把的泪流下了，女儿的高烧就会被浇灭。多少个夜晚她揪着自己的头发，依着丈夫大声地哭，泪水却如干涸的河流生生地断了流动。她期盼泪水，泪水不知躲进了何处旮旯。丈夫默默地看着她，泪珠断了线般，一会儿就打湿了衣襟。

　　女孩的眼睛依旧是明澈而美丽的，高高的热度没让一汪清泉消失，她直视着我们，无邪而又纯洁，从中我看到了花朵开放的动作、清风吹拂的意境、小鸟歌唱的动听，当然还有与病痛抗争生命的顽强。

　　女孩明日将有一次远行，好心的人伸出了援助的双手……滚烫从我的手心没过，又进入了我的心跳。

金银花开

　　空气中飘动着淡淡的香味，忽高忽低的，随着人的脚步移动，香得明明白白，香得纯纯洁洁……金银花盛开，窗户时而被香气推开，被这弥漫的香甜之气，轻描淡写地牵着、引着，一番心的周折后是彻彻底底松筋舒骨的释然。

　　乡间香得最早的花是金银花，之后才轮到栀子、丹桂之类，金银花不择地生长，田埂、地头、墙角、空地，甚至年头不远的坟地，金银花也会伸出柔曼的藤条肆意地行走，悄声慢语地盛开。贱贱的草根，却拥有旺盛的生命，干的、涝的、热的、冻的，于是它开始拥有了另一个好听的名字：忍冬。一个忍字道出它的内在，没有人刻意去栽它、培它，一粒鸟带来的种子，春天里它能发出芽来，一根走兽碰断的枝条踩进泥土里也会生出根须，走藤、起蕾，雪白地开、金黄地凋零，将走动的香气释放出来，活络得自自然然、大大方方。

　　泥土墙边的金银花开得最为热烈，不需要搭建攀附的架子，一跃就上了墙头，一路上的花朵成双成对，最后簇拥在墙头上，有滋有味地看着以墙为界的人家，油、米、酱、醋的生活，使牛打耙的劳作。金银花见证的爱情色彩斑斓，记得小村第一件爱情的事项就和金银花有关。张、孙两家曾为一件小事老死不相往来，而张家的小伙子钟情于孙家的女孩，孙家的女孩恋着张家的小子，两家却以院墙为界，将两颗年轻的心囚禁得闷痛。坐落在张家院落的金银花管不了这些，沿着地气和阳光雨露，一个劲地攀缘而上，将根狠狠地扎进泥土垒起的墙体上，在墙头上略略地停了段时日，左左右右地张望起来，随后一不小心就跌落进孙家的院子，在这过程中，花从没放弃过时间的间隙，隔三岔五地孕蕾、开花，引得孙家的女孩打量上一番、深深地嗅上一气。为众多而又单调的花事，两家的孩子有了理由走动，两家人的气氛或多或少的随之有了松动，好在心中的堵本来就没有什么，花的香味慢慢解开了两家人心的沉闷。当迎亲的鞭炮"噼噼啪啪"响起时，金银花正是硕放的日子，成双成对的花翅飞飞落落，印证了忍冬又一个好听的名字：鸳鸯藤。

母亲喜欢金银花，乡间无须栽培到处都是，进城住家，她毫不犹豫地选择了一楼，门前的空地自然地栽上了一蓬金银花，搭架、打理，金银花的藤条长得茂密，花开得密密仄仄。金银花盛开的季节，怎么说都是母亲的节日，她会采下一朵朵花序，小心地用线串成一球，送给来来往往的亲朋好友，甚至是陌路人。花开得灿烂，母亲的心情也就随之烂漫，那些日子妻子和女儿的胸襟总要挂上一团子清香，人前人后的引来些顾盼。或许母亲认为男儿不喜欢花的缘故，从没给上我一"球"，在慕叹之余，还是悄悄地摘上几枝，"别"进上衣口袋里，一天、两天地在鼻息下香着、甜着，闻到它，就似乎闻到了母亲的味道，心软软的却又十分的充实。如今母亲门前的金银花仍旧开得热烈，只是身体的缘故，无法去采摘它们，细致地串成一个个花球，我和妻女回家时，她还是忘不了，蹒跚着步伐，力不从心地倒过拐杖钩下三几朵金银花，凑在我们的鼻子下，问我们香不香，我们异口同声地回答"香"，让她十二分的满意，随即她的目光会水般濯洗过我们的周身，金银花的香气追随她的目光，由表及里地浸淫了我们的角角落落。

密密仄仄的金银花在父亲的心中却有另一番的用处。每年金银花起蕾欲开的时候，父亲会围着它打理很长时间，理顺枝条、除去病枝、锄草松土，他会在一个个绝早，趁着春露没干时，用一把利剪小心地剪下带着嫩叶、露珠的花蕾，青青的连理的花蕾带上一尾尾细细的绿叶，有着不曾开放的无奈，而捧在手上却又多出了别致的韵味。父亲仔细地清洗它们，阳光下讲讲究究地晒干，贮藏进空落的容器里，一方清心去火的金银花茶就做好了。每当我手捧一杯，看着绿绿的花蕾在沸水中沉沉浮浮时，心的涟漪就会一起再起。父亲对儿女的牵挂往往在小处着眼，知道我在秋冬有咽痛、眼睛干燥的毛病，在春天里就将一剂清心、去火、明目的方剂备好了。冬天到了，万木凋落，手中的茶杯热气腾腾，而这之间，一朵朵金银花却用水洗的清新盛开着，排开寒冷、排开一缕缕痛楚，芬芳扑鼻，这花断断地忘了季节。

傍晚时分，在小区走走停停，自生自长或精心种植的金银花，四散地停满了角角落落，散漫得没见什么章法，我却独独地喜欢这没有章法的生长，如同漫无边际的思绪，草般顶着形形色色的花朵。一位小区的老人在月色独自彳亍，面前是一大蓬花落花飞的金银花，白的花、黄的花，铺在枝头，似金似银，我问老人，这花是否是他栽植的，他说：是。显得孤独的老人喃喃自语，苗来自他拆迁的故里，五个年头了，花年年开放，年年开着故乡的味道。

一地月色，金银花躲进了暗地里，而味正一抹抹地化解开，浓烈着。

亲情的允许

　　四十二年前子帆在小村的渡口边被送了人家，那时他出生不足百日，日子艰难，也为讨个活路，子帆的亲生父母狠狠心做了个决绝的决定，把子帆送给了一个异姓人家，相距百十里路，这一别就是四十二年。

　　养父母家境略为好些，上面两个姐姐，一个十六，一个十四，看外来的弟弟重重的，养父母慈善，把子帆看作己出，好的紧他吃，好的紧他用，屎一把尿一把地拉扯着子帆眼见着长大蹿高了。后来上学读书，二姐把他带在身边，一路的顺风顺水，上大学、工作，娶妻生子。日子过得好，时间就过得快。子帆四十挂零时，养父母双双离开了人世，子帆摔了老盆，披麻戴孝送走了两位老人。子帆对养父母极其孝敬，养父母死了似乎他的山也倒了，长跪在养父母坟前久久不愿起来。两个姐姐中，子帆和二姐最亲，二姐抱着他的头，在父母的坟前，将四十多年前的秘密告诉了子帆，二姐说：这也是两位老人生前的交代。

　　当子帆刚从养父母离去的悲哀中回过神来时，亲哥哥找上了家门，一段凄婉的故事浮出了水面。子帆落地时，他的前面已有了一个姐姐，三个哥哥，父母从土地里刨食，要养活五个孩子已万万不能，何况父亲从高处跌下，双腿不灵便，一家子的整劳力，就剩下瘦成一把的母亲了。送走子帆，母亲几乎哭瞎了眼睛，谁愿把自己的亲骨肉送人呀？母亲大义，立下誓愿，只要子帆的养父母活着，绝不允许哥姐们去找他。面对亲哥哥的叙说，子帆只有流泪的份儿，曾经有过的责怪念头，一瞬间在亲情面前消失得一干二净。

四十二年后子帆回到了曾经的小村渡口，小河湍湍流着，渡口边站着他七十六岁的老母亲，老人的老态超过了子帆的想象，四目相看母亲的泪眼照见出的是一个不足百日的儿子，子帆喊了声，妈，双膝不由自主地跪了下去，母亲却没有回答，背转身去，将一个身影甩给了他，踉踉跄跄地迈着小步，嘴里念叨着：回家，回家。

子帆后来说：回到家了，我的心突然就静了下来，多年的失眠症一下就好了，从来没有睡得这么熟过。但他永远不会知道，在家的每一个夜晚，母亲都坐在他的床边，先是就着灯光，后是就着月光，一遍又一遍地用目光抚摸着他，偶尔有泪水从昏花的眼睛里流出，滴落在子帆的嘴角，子帆吧嗒嘴，一点儿不剩地吮了进去，母亲反而笑了，就像子帆出生时，她哺乳时的样子。

时常在亲生母亲身边走动，子帆找回了所有的感觉，可以任性，可以大声说话，可以做着和年龄不匹配的举动，母亲总是静静地看着他，深邃的目光时时刻刻要把他吞下去，这些子帆是能感觉到的，并为之常常回到了童年时代。子帆喜欢母亲的气息，那股淡淡的青草味让他浮躁的心一次次地平静下来。涉过小河去看望母亲，已成了子帆每月必做的事，他渴望时时和母亲在一起，和妻子、女儿商量把母亲接过来一起住，每次都答应好好的，但母亲到了小河边就变卦了，总是说：下次吧，下次吧。母亲没能踏进子帆的家门，成了他永远的痛。

子帆的母亲说病就病倒了，子帆带着母亲看了省城大小医院，所有医院检查的结果都是没病。母亲坚持要回到生活了几十年的家，任谁也劝不住。子帆去看母亲的频率由此高了起来，有时一周要去上三两次，好在有车，一个多小时的路程。起先母亲是高兴的，突然有一天就翻了脸，坚决不让子帆再来看她，说自己好好的，如一周再跑上数趟就再也不理他了。子帆含着泪离开了母亲，隔了一周没去，听到的却是母亲故去的消息。

母亲孤零零地死在了小河边，那曾经送走子帆又接回子帆的地方。哥哥告诉子帆母亲是那么思念他，每天都要颤巍巍地走到小河边，一等就是半天，他撵走了子帆，又时时刻刻盼着他回来，她怕连累了子帆，心却牵挂着没有一天放下。实际上母亲是投水自尽的，她让自己的决断，断了子帆的牵挂，她不忍子帆的牵挂和来来往往的奔波。

在母亲的坟边，子帆又一次深深地跪下，他想求出一份圆满的答案：那么多次深情地喊妈，为什么亲亲的母亲没有应答过一声？坟场显得零乱而凄凉，小风吹过，细绿的叶片小声地叹息着，天地间一片落寞……

桑葚红了

一到五月间，村子里酸酸甜甜的桑葚就红了、紫了，甜得诱人、酸得可口。桑葚，村里人称之为桑果，桑树自然地被叫作桑果树了。

"前不栽桑，后不插柳，当院不种鬼拍手。"或许"桑"和"丧"读音相近，村里人是不在房前屋后栽桑的，所有的桑树都是自生的，鸟衔来果、风吹来种，将将就就地占上一块地皮，发芽、抽苗、长高、结果。对于桑树孩子们情有独钟，缺少吃食的年代，桑果无疑是好的食材，而桑叶又可养蚕，白白胖胖的蚕宝宝作为孩子们的玩物，给孩提时代增添了许多乐趣。父辈们对桑树也是不拒绝的，除了不主动地种植之外，满心眼里都是喜爱，果子好吃，叶可养蚕，肩上的桑木扁担，富有弹性，挑上百斤的物件，上上下下地弹动，负重的肩膀，在弹跳中或多或少地得到了片刻的歇息。拥有一条"红彤彤"的桑木扁担是众多成年人的"向往"，好的桑木扁担不咬肉、不啃皮，柔韧的木质被风雨和汗水浸淫后会发出甜丝丝的味道，顺着木纹的走向，层层缕缕透着成熟的劲道，劲道越厚、越足所能承受的重量就越大，挑在肩上越发的风生水起。我的邻家姐姐出嫁时，唯一的陪嫁品就是一条上好的桑木扁担，据说扁担是祖传的，油光发亮得红，提在手上却又轻飘飘的顺畅、合意，用它挑物上路，无论是稻把子、泥筐子，上肩快、换肩也自如。姐姐在村子里就是铁姑娘队队长，拥有了这根扁担，到了夫家有面子，当然也被当作了"做活"的好手。那时的姑娘有一副好身板、宽肩膀是被众多人羡慕的,担子挑起疾走如飞,种田的身段最被看好,何况一条好的扁担在肩上悠悠忽忽、明快弹跳,劳动的美怎不如花绽放。邻家姐姐拎着扁担嫁人,见怪不怪的成就了一段佳话,多年后,她的家庭富甲一方,拆了老屋建了新房,扔却了许多旧的物件,单单留下了这扁担,宝贝般留着,时而还要擦抹上一会儿,找找过往重负的感觉。

　　不是所有的桑树都能成为"出"扁担的材料。村里的桑树分为两种,一种结果,硕硕的果,满树青翠红紫;另一种仅仅开花,花虚虚地开,果轻轻地落。结果的树我们称之为"女桑",不结果的自然就叫"男桑"了。"女桑"因年年挂果生长慢,缓缓地沉积,枝丫较着劲粗壮、敦实,成了"出"扁担的好材料;"男桑"虚幻地向天空招摇,木质松松的,即便做了扁担,也易裂、易折。选扁担料是要有见地的,凭着经验、凭着毒毒的目光,一眼看中了,还得截去周边的旁枝末节,等上几年,让这段料独具生长的空间,料"熟"了,一根上好的扁担就基本成长了。剩下的工作就是"出"了,随曲就弯,按村里人的说法:狗胯样的料就"出"成狗胯样的扁担。所谓的"出"也就是削去边皮,留下树芯中精华的部分,枝干的大势是"出"不了的。之后还会砍上一大捧青蒿,燃起火,细细地烤、慢慢地炙,让生硬的扁担软熟起来。扁担成了,时不时地在村内、村外流动,犹如不长叶的桑树,前前后后地挪动脚步。

　　"端午吃颗桑到老不生疮,端午吃个杏到老不生病。"村里人把桑果当作了不大不小的滋补品和利口的良药。长大了外出求学、工作,每到端午前后,守望在故乡土地上的奶奶就要捎上口信,让我们快快回家:桑果熟了。

　　家的后院两棵并肩的桑树也不知长了多少年,合抱的粗,枝枝丫丫一个劲地向云天蹿去，春天刚过不久，小绿开始在枝头走动，到了五月天，初夏来临，小手指头般壮硕的桑果就挂满了枝头，青翠、红艳、紫亮的果实夹杂在心状的叶片间，酸酸甜甜的滋味在空气间散漫的迷离。小风吹来，叶碰果实，桑果成批地滴落，一地的微紫，飞来的鸟成群结队，"叽叽喳喳"的啼叫灌满了不大的院落，一阵子争食，桑果又落下了一层。匆匆地赶回家来，顾不上寒暄，打开院门，先是贪婪地捡拾落在地下的桑果，落下的都是熟透了的，一股故土的甜充斥了周身，浑身舒坦。奶奶总是怜爱地看着我们，老人家办法多，找块塑料薄膜或陈旧的床单，铺在桑果树下，摇动树干，一会儿工夫，床单、塑料布上就落满了厚厚的一层，猛地吃上一气，小肚子鼓圆起来，相互对视，嘴早已乌黑得不成样子。桑树下的话语多和桑树有关，奶奶指着桑树上一个碗口般大小的新鲜茬口说：你伯父又"出"了根扁担。她瘪着嘴细细数落，两棵并肩的桑树已实实在在在长出了二十多条扁担。奶奶活到九十六岁，并肩的桑树一直陪着，又真真切切地立在后院许多年，之后贡献出了多少条扁担，就没人再去统计了。

实际上小时候吃桑果是爬上树去摘的，猴在枝丫上，甜甜酸酸地"干"上一场，吃得痛快、玩得也自在，当然也会带下一些，装在上衣口袋里，给还小上不了树的弟弟、妹妹。难免会挨上一顿揍，倒不是爬树的缘故，是因了上衣口袋被桑果染得乌紫，洗不去的印迹，让母亲伤透脑筋。可能就是因为摘桑果的原因，村里的半大孩子都练就了上树的绝活，再高、再粗的树，三下五除二地上得飞快、下得利索，也没见人因为爬高上低摔伤过。不同的是现在的孩子，宝贝般关在小小的空间里，不要说上树了，略高一点儿，家长的恐高症就先发作了。我们这些人是否要感谢桑果、桑树，面对高度，多出了游刃有余的心态。

又是桑果成熟季节，朋友在和我聊天时猛地岔开了话题，说：

想吃桑果了。说得我满口生津，无论如何，这周得安排时间，回到故乡去，吃几颗"到老不生疮的桑"，带上家人，掂掂桑木扁担的重量，再和孩子说说桑梓的故事。

善 行

　　三十多年随遇而安地做着一件事，似乎有点另类，但尤子仍然乐此不疲地做着，至于到何时放手，只有他自己知道了。

　　尤子是我不远不近的朋友，对他的了解自然不深不透。尤子内向，和人交往、交流得少，喜欢静静地坐在一隅打发远远开开的时光，有一样事却是大家熟知的，喜欢在口袋里装一些"叮叮当当"的硬币，起先是一分、贰分、伍分、一角的，发展到现在口袋里总要装一把五角、一元的硬币，春天、秋天、冬天还好些，到了夏天衣着单薄，便显出了种种尴尬，同事们时而为之玩笑一番，尤子也是一笑了之。

　　发现尤子的秘密是一次前往桂林的途中，甲天下的山水让同行者欣喜不已，大家忙着摄影留念、选购独特的纪念品，尤子显得落落寡合，总是丢在队伍的最后面，我几次放慢脚步等他，却发现他蹲在乞讨者的面前，把手中的硬币轻轻地放进乞讨者面前的盆子里，硬币发出微弱的金属撞击声，尤子好像被打中了，还要久久地回过头张望一下。一路走去，尤子总是这样，有时是一个双目失明的老者，有时是一个肢体残疾的女子，当然也有肮脏不堪的孩子……心中默数着，尤子一天下来，口袋里的硬币少去了十几枚。

　　自然对尤子产生了极大的兴趣，晚上住宿我刻意要求和他同住一间房子，一天的劳累根本无法打磨去我探究的心情，不咸不淡地说着一些家长里短的话题。尤子木讷，话少得可怜，不过多多少少

心情采撷

还是掀动了他内心的一角。出身于农家的尤子，贫寒跟随了他许多年，他不烟不酒，生活中几乎没有一点儿的奢望，平平淡淡的生活，如同他平平淡淡的相貌，在人流中不会有人更多地看上他一眼。我问他，今天给乞讨者多少枚硬币了，他愣了下，当我准确地报出数字时，他竟苦苦地笑出声来，干巴巴的没有一丁点儿湿润的水分。之后是长篇的沉默，一夜间我翻来覆去睡不着，他回答我的是甜甜的鼾声。

桂林之行后，我和尤子走得近乎起来，时不时一同上下班，尤子告诉我上下班的路他已三十多年没变了，闭着眼也知道怎么走。尤子依旧重复着桂林时的举动，时而停下脚步，将手中的硬币递给遇到的乞讨者，有时三个，有时两个，做出这样的举动，他显现出特别的心安理得，但动作时而是僵硬的。我曾听过他不止一次的自言自语：一文钱难倒英雄汉。

尤子的事还是传开了，想来是我的多言，我试图在一些场合为尤子的怪异辩解，但也正是这样疯传，从同事和朋友的三言两语中，拼凑出了一个完整的尤子。尤子从省城一所不甚出名的中专毕业，分配到县城工作，三十多年没挪窝，一直做着小办事员的角色，不温不火、清清爽爽，娶妻生子，生活一直很平淡，在众人的眼里他是一个没追求的人。

据说，他曾向一个人借过钱，这人最后成了他相濡以沫的妻子。我的好奇心，让我反反复复追寻这个故事。应该是尤子上班工作不久的事，那时工资低，除了维持生活，还要给身在农村从田里忙活计的父母一些，留在身上的钱也就一月三五块了。尤子从那时就会换上一把贰分、伍分的硬币，一路走去，三三两两地撒去，不要多少天，口袋就空空如也了。尤子似乎有瘾每天都要做这样的事，尤其是风雪天，他出手会更大方些，最终难以维持了，只好向他现在的妻子、那时的同事伸手。尤子守信用，尽管寅吃卯粮，上月借下月发工资准时归还。最早发现这一秘密的，是他如今的妻子，当一天她气势汹汹地找他理论时，却眼泪汪汪地离开了，之后他们相爱了，爱得那么深沉和刻骨。

面对这些琐碎的细节，我最想发现的是尤子其他的壮举，比如资助贫困儿童，向灾区捐款之类，似乎有了这些可以把尤子的形象拔得更高点，遗憾的是什么也没发现，他就是他，平平凡凡的，找不出任何亮点来。

几天前单位聚会，禁不住劝的尤子喝了几杯酒，不胜酒力的他显出了醉态，我搀着送他回家，一路上他似乎在对天空说话：过去烧饼三分一个，五分一个，之后五毛一个，现在一元一个了，饿真不好受。我静静地听着他的自语，生怕落下一两个字，我想他一定是在表达着什么。不过这些话已足以让我豁然了，三十多年来尤子口袋里永远揣着一些烧饼，或早或晚，他把它们传递出去，让一些饥饿者填填肚子。我想尤子一定被深深地饿过，一定被饿重重地打击过。"勿以善小而不为"，油然间想到了这句话，尤子的行为和善有关吗？一分、两分乃至一元硬币的重量几许，我不愿去考究，三十多年了尤子送出了多少硬币，他自己可能从来没统计过，也没想去统计，他做得自然，送的随意，但这些硬币发出的是金属的声音，这声音的重量珍贵得无法衡量。

如今的尤子还和过去一样，口袋里装着"叮当"作响的硬币，迈着略显老态的步伐，混同在人流里，熟知的人看一眼嫌多，不看一眼心里总空落落的。

善的高度

两段故事令人寻味。

从何时开始一个满头白发的老乞丐就盘桓在公司的大门边，一晃就好几个年头，保安赶过，赶走了又来，风雨无阻的，如同栽在公司广场上的一棵枯树。他不在时还时常会被问起，过问的是公司的总经理云总。

云总上班早，比他更早的是老乞丐。云总早晨喜欢安步当车，饱吸新鲜空气，感受市声的喧嚷，同时也权当运动。到了公司门前迎接云总的除了保安就是老乞丐了。保安敬礼，云总扫上一眼；乞丐伸出手来，云总自然地摸摸自己的口袋，有时一元，有时五元，多时十几、二十元的递给满头白发的老乞丐，云总没有表情，老乞丐木讷着，连看也不看面额的多少，飞快地塞进面前的破纸盒里，一连串的动作衔接得天衣无缝。这种常态除非云总外出，天天是这样。

想不到的事终于在一天发生了。那天云总和一外地来的客商约好了，只顾和站在门前等候的客人寒暄，忘了给老乞丐钱，当云总和客商迈进大厅时，老乞丐不管不顾地冲了过去，手直直地伸在云总面前，大声地吼道：给钱。闹得云总愣在那里，引得客商哈哈大笑。云总像干错了事似的，从包里掏出了十元钱，塞给了老乞丐，老乞丐还是重复着过去的动作，理也不理地扬长而去。

事后云总有过斗争，这钱给还是不给，但每看到乞丐衰老的面孔，满头的白发，站在门前如同枯树般的样子，心软软的还是日复一日地把钱递给老乞丐，并且比过去给得更谦恭。老乞丐永远没有感激的语言和举动，每天早晨执着地等着，施舍的对象似乎翻了个个。

另一则故事应该从春天开始。一个残疾的老人，她饥饿的目光在不大的饭店里穿梭来穿梭去，女老板心软，给了她两个包子，老人感激地接过，迅速地吃下去一个，又把另一个揣进怀里，老人的眼中充满了羞愧。之后的一个春天里，几乎天天如此，要么早晨，要么中午，要么晚上，女老板总要打发出两个包子，老人仍是吃一个留一个。

一个夏天过去了，老人没有来，秋天过去了，老人仍然没有来。女老板偶尔会想起老人，想着自己是否会因忙错过老人，略闲时女老板会走出店门，四周打量一番，看看老人可在某个角落。她想着老人可怜的样子，生怕老人有了意外。她甚至和其他乞讨者打听过，往往得到的是惊诧和白眼。

到了冬天一个大雪纷飞的夜晚，女老板正准备关门歇业，突然感到门外有异样的动静，她奔向门外，正是老人蜷曲在门前。女老板连忙把残疾的老人扶进屋里，随手拍打老人身上的积雪，盛上一碗热汤、拿了两个包子，让老人坐下，老人捧着碗大口地喝着热汤，两个包子风扫残云般进了肚子。老人长长地叹了口气：一天了。女老板听懂了，老人一天就吃了这一顿。老人摸索着站了起来，踉跄着走出了门外，此时，天黑、风大，雪花一个劲地吹着。

女老板在这个雪夜后，一次次等待着老人的出现，一天、两天、三天过去了，没见老人的踪影。急了的她四处去寻找，终于在一天桥的角落找到了缩成一团的老人。女老板想了个点子，说店里缺少人手，让她去帮把忙，老人起先不依，但禁不住女老板的恳求，终于答应了。

老人走进了不大的饭店，有时扫扫地、有时擦擦桌子，偶尔女老板还会对老人发上不大不小的火。日子就这般地过下去，店里的生意一天比一天火爆，老人显得比过去忙碌多了，身板也一天天好了起来。

两段故事说完了，我也不知道这中间包含了什么。施舍应是人具备的一种品质，面对弱者我们该这样做……善是有高度的，需要施舍者和被施舍者相互打造。时常听到这样一句话：一斗米养个仇人，一升米养个恩人。似乎在说善的高度这回事。"莫以善小而不为"，面对求助的目光，我们认真地做，不求什么，只求心理的平衡。而善一旦让人麻木，所谓的善就变味了。把善的高度提升起来，或许彼此能找到更多的尊严。

树　胆

前几天去一园林基地参观，随行的朋友指着一棵百年老树告诉我，这是众多树种中的树胆。

第一次听到"树胆"的称呼有点惊愕，随之也就接受了，所谓树胆只不过是一地树木中最高最大年头最久的大树，或者是当地稀少弥足珍贵的品种或者是有故事和传说的树。细细地去看称之为树胆的树，碎而密的叶片，俩人合抱的光滑躯干，满树冠随风涌动的花朵，不能不说有点另类，比起寻常的红叶李、广玉兰、香樟、银杏之类，确实多了些威武气，临风入云，又多出了居高临下之气，据主人介绍，树胆已有三百二十多年历史，树叫紫薇，平常的树，却又有一些不平常。

如此说来有树的地方就该有树胆，有村落的地方有树也该有树胆。记得幼时的村庄，远远的是看不到房屋影子的，铺天盖地的树把低矮的房子藏得紧紧的，识别是否是村庄，从远处只能凭借淡淡的炊烟，到了近处，才会发现掩映在树木下的村庄一股热闹劲，鸡飞狗叫与孩子打打闹闹的笑声和哭声搅成一团。当然还会有一两棵冒出高枝的大树，俯视着整个村落，这样的树自然是站在村口的，迎来送往，充当着不同凡响的角色。

不用说家乡的树胆是立在村口的老榆树了。

树老得已不成形状，但力度还是从它伸出的手臂中展示了出来，春天枝条绿得早，翠绿的叶片会唤出一地的春光，到了秋天落叶遍地，不大的村口铺出了一地金黄。老榆树并非是人刻意栽下的，岁月淘汰了和它一起生长的各色树种，唯有它走过了岁月沧桑，让独自的影响留下，和一座村庄生生不息地连在了一起。和老榆树有过太多的亲密接触，然而大多时候是忽视它的，每天扛着锄头下地，从没和它打过招呼，倒是老榆树的枝丫偶尔会扯动一下匆匆而行人的衣角，算得上是个青睐的动作了。三年困难时期，老榆树救了一村人的性命，它贡献出了果实，又献上了自己的皮肤，它遍体鳞伤的生命，领略了人间的苦和痛。或许从这天开始，老榆树成为一个村子的救命"恩人"，那时若有树胆一说，老榆树早就被命名了。

一晃五十多年过去了，遍体鳞伤的老榆树伤口早已愈合了，只是躯干上一块块大大小小的伤疤如同层层叠叠的补丁，让它的苍劲多了衰败的成分。不过它仍和过往的日子一样，披绿或者落叶，没在任何一个季节失落过。早些年老榆树曾被惊雷劈过，应该是在夜间的，它挺立的身躯一下子委顿了许多，早晨一村子人围在它的身边，嘘叹之间，却发现一条丈八长的"土公蛇"和劈下的枝干躺在了一起。到底是老榆树招惹了雷电，还是"土公蛇"引来了雷劈，那时的我们是得不出结论的，只是一段时日村里常丢失鸡鸭的事，之后就很少发生了。

对于老榆树的尊敬在时间的流逝中一再被传承着，村庄面临拆迁重建的日子，村子里的人唯一提出的是将老榆树留下，几经周折，村里人无法抗拒新生活的诱惑，举村搬了出去，老榆树成了唯一的坚守者了。不知是谁起了个头，要将老榆树也搬了去，响应者一哄而上，老榆树被搬进了新建的小区，现代的栽培技术足以保证它的生命，如今它和我的村人一起，又时时刻刻地生活在了一起。小区里名贵树木到处都是，老榆树不再是最高大的了，也显得孤单，甚至丑陋，如果要评选上树胆，已经有点难了，但围着它散步、活动的人却没有一天少过。

目光转回到园林基地，我对三百二十多年前的紫薇多了份崇敬，这称之为树胆的巨木，来自于深山老林，它阅历的风雨我无法想见，但有一点是肯定的，所有的地气是连通着的，它已将过往的历程带来了。今天站在这里的紫薇有点无奈，无奈间却没有丝毫的生分，如曾经生长在村口，如今又在小区生长的老榆树……它们是可以当亲人对待的。

意中桂花香

桂花的香气不半推半就、不自私自利，她大气地、公开地、敞亮地香着。而她的美却是私密的，藏在娟秀的叶间，相互取暖般簇拥着，用悄然的美自自然然地关照着，让人陡生出一段敬意。这是农历八月的夜晚，我顺着河风得到的印象。

花香顺着水声，芬芳的气味纠结中排开，多了润湿的意蕴和心的畅达。逆水而上，那里有团月色，月色下是我消逝而去，而又往返梦中的故乡。

故乡的桂花树是兀自独立的，偌大的村庄，她显得孤单，就那么独独的一棵，在收获的日子里爆出稻米、花生、豆子等五谷杂陈的香味，犹在中秋的火把焰照里，显示出卓尔不凡的品质。桂树应有些年头，它藏在一个叫"毛狗墩"的废墟深处，周边是地域间常见的杂树，有一丛竹子紧依着它，由于密仄的树冠，让它拥有了扎下根、开出花的领地。

八月间的一天，毛狗墩飘出了淡淡香味，时隔一夜，这香就浓烈得化不开了。乡间人忙，没有人会靠近她，只不过是一边挑着担子、拿着锄头，顺带着把香气掖在周身空闲的地方，就着汗水和收获的喜悦，嗅上一口，把这段季节记牢了。

相信我们一定辜负了这秋天的花季，毛狗墩上的桂花是独特的，她开出两种颜色的花朵，一半是金，一半是银，在她挑起的天空里，恣肆地吐出本分的味道。我曾经试图找出金早还是银早的结论，但大自然没给出准确的答案，或许各领风骚，或许约定好了共同吐蕊，这些应该都不重要，她实实在在地在秋风里打造出了平和的意境，特别是在乡村一隅大胆亮出符号，不羞羞答答、不偷偷摸摸。

我多次在毛狗墩桂花树下流连，仰望或金或银的花朵，幼小的心一次次被打动，偶尔会折上一两枝，送给最亲近的人，也不过是奶奶和母亲，奶奶把她别在衣襟上，母亲会摘去叶片斜插在发髻上，一时间家就有了桂花的香味，跟着奶奶和母亲的桂花香，如同她们的体香，在不大的家里四处洋溢着，家的空间扩展似乎就是大自然了。

中秋的夜晚一轮圆月丰满，玩了火把、摸了秋实，毛狗墩上的桂花树似乎静了下来，悠悠的香气依然持续地喷发着，是否应了"人闲桂花落"的古意，一粒粒桂花从树棵间落下，如同荡动的秋千，快乐地回归土地，既富有弹性又有着张力。生长桂树的土地，迎来了最美的图景，一片金、银布下的图画，更是一个早已明白的不大不小的陷阱，谁会随意地走进去呢？此时月光是轻淡的，没有重量、没有压力，从树棵间洒落下来，它们悄然地覆盖在陨落的花朵上，也像是贪恋桂花的馥香，久久不肯离去。

乘着月色，我和三几个玩伴，小心地捡拾着花朵，有的取金，有的取银，我却是金银兼收，之后，带回家去，用不多的糖腌渍了，到了冬天包汤圆、作调料，又可让桂花的味道流动一段时日。

奶奶在世时，我不知缠过多少次，要她说说毛狗墩上桂花树的来历，她说是鸟含来的种子，银色的花是棉，金色的花是稻，农家的金子是粮食、银子是棉花，有了它们就不愁吃和穿。

真的是天地感应吗？一棵桂树说尽了天下农家最浅显，也是最深刻的道理。由于对桂花树的仰慕，我曾把初春的桂枝扦插在湿润的土地里，期盼她能发出绿芽，一次又一次总告失败，许多年后才知道，桂花的繁枝是靠种子播下的，当然也可嫁接。我大惑不解的是，毛狗墩上的金银合璧的桂树从没结过种子，她真的就喜欢孤独地站在那里，年复一年地交出自己的心声，这心声就不需要有另一棵树来交流吗？

顺着水声和桂花的润湿，我从故乡的深处走了个来回，中秋来临的月色多了些期盼，我的身边是一棵棵争相挥洒的桂树，金桂、银桂交替着发声，疑问仍在心间，金桂开得早，还是银桂早开些？这样的结论今年是无法找到了，等着明年，我一定早早地观察。把一个美好的问号留给心底，也不失为一种美好吧。

桂花是自如的，星星点点不见得多么美，她似乎是众多信号中的一种，她提醒一段时光的过往，"年怕中秋，月怕半"，如此而已，冬天就要来了，除了做好悲凉的准备之外，还得有春天来了的考量，因此，她必然要用粉碎一切的勇气，大把大把地香一回。

沿着月色，枕着桂花的香味，我又梦了一回。还是故乡的场景，还是毛狗墩下的桂花树，我独擎杯盏找醉，一朵朵或金或银的花朵滑入酒中，我竟一饮而尽。

梦中的醉实难醒来。晨光敲打时，小区浓烈的鸟啼早已裹紧了我，和平常不同，只是枕边多了一枚金银同枝密密仄仄的桂花，她来自何方？我有点茫然……

又想老师

初冬的日子，又一次想起老师郑培华。

想念是有缘由的。前几天从北京回来，在机场接到了老师的电话，除了相互问候、谈谈同学们的情况，她和我说起了我最近的两本书，她说，她读了，一篇篇认真地读了，说了很多溢美之词，还说要给我写信，更多地讲讲对这两本书的感受。我知道，她是在为自己的学生的一点点进步而高兴，如同过去的课堂上，学生回答出了她的提问，解出了一道难题。她说，她好高兴，书还让她的老姐妹读了，她的老姐妹也赞不绝口。我听到了老师的题外之音，对学生自己欣赏是永远不够的，得到别人的认可才是最好的。老师的声音有点羞涩，问我能不能再给她寄上两本。我说，完全可以。老师把要书，当成了向学生索取。此时，我的心软软的，眼睛也是湿润的，我能想见老师看我书的情景，她一定如同批改作业，一行行，一字一字地去看，甚至还要打上对号、半对号，甚至叉号。不知我交上的作业到底如何，我开始渴望老师的书面评判了。

老师今年八十四岁了，前些日子突然出现在我们的面前，突兀得让我们吃惊。老师的精神风貌还是过去的样子，只是老多了，老得使我们心痛，不过我们这些学生已很少没有白发了，屈指算算我们离开老师竟三十多年了。小城的变化出乎老师的意料，我们带着她看城市的新貌，也找了临近的农村让她走走，她在惊叹之余，所

心情采撷

说最多的是不认识了，像个大城市的样子。老师 50 年代从上海的大学毕业，随后就来到我们家乡任教，直至 80 年代退休回到上海，所有的青春和生命的力量，都留在了这里，所有的知识都传授给了一茬又一茬的学生。她在小城四处走动中，总要拉上一个学生的手，细细地端详一番，紧紧地看着我们的眼睛，那种热辣辣的期待和慈祥一次次穿透着我们。

老师是数学老师，临近高考冲刺时接了我们的代数课，翻翻记忆，任课的时间也仅七个月。她是那么投入，投入得忘了所有。一次上课，讲到激情处，她的牙龈突然出血了，雪白的牙齿被血染红了，她几乎没有察觉，声音还是那么铿锵，班上出现了微微的骚动，随即又迅速平息了，除了老师上课的声音，连微微的风吹，也听得真真切切。如果没有记错，是我首先站起来，之后更多的同学站了起来，齐齐地喊了声：郑老师。老师掏出手绢，擦了下嘴角，没事一样将课继续上了下去。在我所上过的大大小小、各门各类课中，这堂课时间最长又最短，长得要用整个人生去记住，短得又如同一次又一次的心跳，但持续不断，充满了生命的活力。

我们都爱去老师的住处，问作业甚至无来由地去看看，她如同磁场，吸引着学生们围着她转。不过她是严厉的，严厉得有点苛刻。最早我听到"数学语言"的说法，就来自郑培华老师，一道数学题的结论就是一个，而推演的过程充满着分叉和变数，此时语言的流畅，就是一个准确的逻辑推论。许多年后，我对文字感起了兴趣，并且多少少有了自己的特色和风格，真的得益于老师"数学语言"一说，功夫在诗外，顺溜和畅达最重要。她的严厉就体现在这点滴中，结论对了，语言不流畅，就得重来。细细去体味，老师教导得真对，面对繁杂的世界，结论和过程永远是对等的。老师一定是在教我们如何做人，只不过换了种形式。

老师回来的晚间，我们一帮子同学和老师围坐在一起，那股子亲热劲已许多年没有了。我提议老师点名，她竟将一个个名字喊得那么响亮，每一个应答声都底气十足，在老师的面前，每个人都将气沉入了丹田。女同学比我们感情丰富，叙谈中不停地抹着眼睛，她们对老师的爱溢于言表，她们在过去的日子里，如同约好了一般，借工作或走亲访友之便，常在上海的老师家走动，为她不大的家打扫卫生、清洗衣服……为老师送上世界最美的亲情。

　　老师拒绝学生的礼物，即便是一条纱巾，仅对我们送上的一束花欢喜不已，反复地问我们，放在花瓶里能开多长时间。我们说：能开一辈子。老师笑得特别舒心。还是我提议，我们每人为老师写上一句话，同学们一致认同。当我们把写好的纸条送到老师的手里时，她一一郑重地接下，之后又一一展读，她的嘴角嗫嚅着，我看到了她的激动，在那么一段时间里，她一直低着头，只将一头的白发深深地刻进我们脑海里，我想学生发自内心的呼应一定深深打中了老师。作为活动的召集人之一和我们那一届一班的班长，我说了很多话，有用的、无用的、调侃的、严肃的，直至嗓子沙哑，在老师的面前，实实在在放纵了一把。说得最多的还是：老师，我们都是您的孩子，敬您、爱您。我相信所有的话，都以此为中心，很多话是醉了说的，但也是发自肺腑的。老师一辈子独身，她把所有的爱献给了学生们，并长久地把这份爱源源不断地传递出来。

　　聚会中老师执意要早点离开，怕影响我们的工作和生活，同学们成群地拥着她，看得出她也依依不舍。她决绝地说：下课了。之后谢绝了同学们为她捧着鲜花，独自地把花捧在胸前，深深地嗅上几口，似乎又要去赶赴另一个课堂……

　　我等待着一份作业的批改，是书或者其他方方面面，有来由无来由的在初冬的日子，想念恩师郑培华。

心情采撷

召唤阳光

当春雨用一种惯常的姿态布满天空时，对太阳的期待比冬天多了许许多多的急迫，冬日太阳带来的温暖，是别的物件无可代替的，而春雨后的天晴，牵引出的是大片大片的美丽，这种美丽无法复制。鲜艳的花朵，欲滴的翠叶，加上逐渐攀升的心情，春风和阳光同在时，连深藏在旮旯里的草，也显现出特别的状态，何况在红尘中行进，而又时常被红尘裹挟的人呢？

早晨拉开窗帘，天空的雨不依不饶地下着。好好的阳春三月，寒意一个劲地穿透刚刚换上的春装。向南窗户下盛开的春兰，失却了该有的香味，显得无精打采。我仔细打量这来自深山的一族，她们努力伸出花箭，无意中把春天从地底撑起，和细长的绿叶争占高度和阳光。

在数十盆兰花中，我特别钟爱一株我命名为"二乔"的素心兰草，她的花朵高雅、疏叶洒脱，一箭上两朵秀丽，分不清谁是大乔，谁是二乔。春天的窗户总是要打开的，细致的南风把细霏的春雨缕缕地吹了进来，或许也贪恋"二乔"的美丽，它们的面孔上不久就挂上如露的水滴，带露的花朵煞是好看，但清淡的香味仍然没有打开，它们把自己最美好的心声收敛了起来，它们在等待阳光，只要沾上了阳光的边缘，一股发自心田的香就会铺陈开来。

花如此，人不也这样吗？"遥想公瑾当年，小乔初嫁了，雄姿英发……"周郎不就是小乔的阳光吗？小乔生命最美的绽放是周公瑾的阳光吹拂的。"二乔"在向南的窗户下落魄中带着哲理的思考。我也在想，如果整个春天就在阴雨中匆匆度过，这盛装的花朵，就该在没有芬芳的气息中凋零吗？人世间这样的凋零太多太多了，息叹一番，还得把寻求阳光的路走下去，被红尘裹挟，也是可突破红尘的。

朋友在春天的细雨中奔赴外地，为一段不了之情，那里正桃红李白，接地连天的梨花铺天盖地。黄河故道是盛产梨的地方，每年他都会捎我一箱箱的酥梨，饱满的梨让我领略了鲜汁涟涟的滋味和深深的友情。近年朋友和他深爱的妻子产生了不小的距离，两地生活，加上说不清道不明的误会，让他们的婚姻一而再地亮起了红灯。此行，他和我说：做个了断，婚姻中没有了阳光。

前几天，他和我通话，说梨花节就要到了，他想和妻子再一次穿越梨花，找一下初恋时在梨花缤纷时的感觉。我说：好呀，你们的定情物可不是大把的红玫瑰哦。有意思的是，由于连天阴雨，梨花似乎推迟了盛开的时间，朋友的"了断"同时被延误了，他的诗人气质又一次做出了意外的举动，他说：要用心的春风吹拂妻子满园的梨花，等待阳光时让自家的园地芬芳扑鼻。QQ上不多的留言，似乎一而再地展示出满目洁白梨花，朋友夫妻流连周边，探出手指般的双目，招呼躲在三月雨缝中的太阳，实际上心的阳光已然初现了。

春雨还没有停下来的意思，倒春寒在绿叶上反反复复，探春的愿望一下下揪着我，连伞也没打，我自然而然地走进了小城的湿地公园。雨中的春天还是美好的，走在草地上自觉地小心起来，生怕踏痛了初生的小草。倒是头上一顶雨伞提醒了我的春寒，回眸间一位老者，把伞撑在了我的头顶，陌生的面孔却是熟悉的笑容，似乎天一下就晴了起来，这是一粒太阳吗？是的，是的！

阴雨三月，太阳是随时可升起的，春气喧腾，从自然到心中。

萱草内外

　　萱草在院墙边生得旺盛、舞得美丽，从早春三月到落叶飘零的秋季，举起的杯盏张张合合，正对着我祖母卧室朝北的窗口。墙是土墙，窗是从泥土的封闭里掏出的缺口，暮归的阳光三分的挥洒、七分的凝重，带着萱草的身影，一次次走进祖母简陋的房间。祖母独自守望在家园里，萱草花没有香味，却有销骨的美丽，点燃一堵墙的孑立和祖母孤寂中的亲切。

　　乡间把萱草称之为黄花菜。因花的颜色而得名的草草木木多，诸如紫草、黄蒿、月月红等等。黄花菜特别，它可以不管不顾地占住院落的一隅，盘根错节地生着、长着，宿命般统领一方地块，在目光的许可、手的容忍、锄头的默许里，不间、不断、错错落落地开花、蔓延。院中萱草的最早一丛苗来自何时？遑论我们，祖母也搞不明白，在她走进这个院落时，簇在一方的黄花就开得灿烂。黄花菜可入药、可当菜吃，当然在索然的日子里也是一抹随风摇曳的心情。

　　萱草就这般年复一年地在院落里坐落着，免不了隔三岔五地和居住的人打着交道。晨露刚被太阳吸干，萱草的花就黄澄澄地盛开了，祖母会小心地采上几朵，放在屋子的显眼处，破烂的家由此多出了一丛子美丽，到了中午，祖母掐去花朵连带的叶片，从鸡窝里掏出温热的鸡蛋，细细地磕开，均匀地搅拌，撒上切碎的黄花菜，大火去蒸、小火去焖，午饭时自然有了难得的鲜美。作为长头孙子的我，除了可优先挖上几勺，挑上几根黄花菜，最后蒸蛋的瓦盆肯定是我的，瓦盆里还星星点点地留着一些残汤剩汁，我急急地盛上半盆米饭，左右上下抹拌，大口吞咽，小肚子撑得溜圆，口角间洋溢着黄花菜的鲜活，只感到这是世间最好的美味。祖母心疼地看着我，一个劲说我是黄花菜命。

祖母说得在理，我就是黄花菜命。母亲生下我时，正是困难时期，缺少粮食，月子里只能靠山芋充饥，奶水自然少得可怜，饿得我整夜啼哭，面黄肌瘦，为了催奶，祖母冒着冰天雪地，在院墙边凿开了冻土，掏出了一撮近似透明的黄花菜根须，急急地熬了一大碗汤水，我的母亲顾不得滚烫和腥涩，大口地喝了进去，没过多久，母亲的乳汁就汩汩地流淌了下来。按祖母的说法，奶涌得顺着我的嘴丫"满"。黄花菜的根须"表"出了母亲的奶水，母亲的乳汁又养育了我，怪不得我在吃黄花菜蒸鸡蛋时，透出了一股馋劲和拼命劲——恨不得连蒸鸡蛋的盆子也吃进肚子里。

"一麻美，二麻俏，三个麻子疼死人。"到了母亲年迈的时候，母亲常拿着我脸上的三个"麻子"说事。七八岁时生麻疹，俗称为过"天花"，昏天黑地的高烧，说着胡话。似乎人人都有这一关，缺医少药的日子，熬可能是唯一的办法，过了这道鬼门关，才能算作成了个人。母亲抱着我，祖母守在一旁，除却焦心如焚，只有一遍遍的浊泪洗面。祖母的经验救了我，她大胆判断我过"天花"了。祖母在夜色中，又一次摸到了院墙根，就着月光，挖出了成串、成串的黄花菜根茎，抓了把黄豆，在深沉的夜里升起了炊烟，急急地生火，急急地煎熬，熬得豆子稀烂，黄花菜根成为泥状，再撬开我咬紧的牙关，一勺一勺地灌进我的嘴里。据母亲说，偏方真能治大病，灌了黄花菜根熬出的汤后，我开始平静下来，胡说也不说了，身上"出"了许多许多的疹子。"花"出来了，人就安宁了下来。祖母长长地

心情采撷

叹了口气，长头孙子终于从鬼门关回来了。许多年后，在母亲为我脸上的三几个麻子打趣时，对那样的夜晚仍惊恐不已，她一再回忆，连续三天三夜没有合眼，在我的"花"从身上到脸上布满了时，她搂着我蒙蒙眬眬地合上了眼，半寐中，感到身边坐着一个满头银发的婆婆，一脸的慈祥，还时不时地伸出手抚摸着我，母亲惊醒时，老婆婆飘然而去，母亲说：那是"送花奶奶"来了，儿子就有救了。村子里因过"天花"夭折的孩子不在少数，而过了"天花"过得一脸麻子，一头秃疮的也大有人在。我真的很幸运，活下了，仅脸上留下了三块疤痕。黄花菜花开得艳丽，它透扎的根却更具有层层叠叠的深刻。

多年后随父母外出求学，每到周六不管刮风下雨，哪怕天死冷下了刀子，也得赶回故乡，一心地奔向守望在家园的祖母，到了家里，首先打开院子的门，瞅一眼院里的情景，院内依然，贴着墙根生长的萱草葱绿地泛着亲切。萱草花期长，许多时间都可以在清早掐上几朵交给祖母，祖母仍是那般的怜爱，打鸡蛋、切菜花，满满地蒸上，看着我狼吞虎咽地吃着，鸡蛋盆自然还是我的。从祖母的目光里，我似乎一而再地读到：长头孙子是黄花菜命的话语。祖母去世很多年，故乡的老宅故我的保留着，那蓬生长在院墙的黄花菜毋庸置疑地占据着不小的地盘。抗寒、耐旱，多年宿根生长，花开得蓬蓬勃勃，只是少有人采摘，朝开暮落，难免有些孤寂。实际上院里的萱草早越墙而过，在墙的另边花开灿烂，当我发现这一情景时，心突然坐实了。墙的另边，一条欢快的路，正通向遥远的地方。

说来了有趣，萌生写萱草的念头，是因微信中朋友引用的孟郊的诗"萱草生萱阶，游子行天涯；慈母倚堂门，不见萱草花"引发的。萱草早就有母亲花的美称，更有忘忧草的美誉。实际上也正是如此，我和萱草的交交叉叉，总是和祖母、母亲有关，她如母亲般美好，又有母亲般的胸怀，在平凡的场合、平凡的时间里，朝花暮落，一朝一夕地诉求着生命，呵护着生命。

摘　桃

五月天去林间摘桃不失为一件乐事。

偌大的桃林，一个个红红艳艳歪着嘴笑的果实挂满了枝头，随手去摘，摘得轻松、摘得志满意得，身边的丰盛在岁月的旁敲侧击里属于自己，抬头低头间桃打湿目光，又碰撞额头，由不得你挪出思想，思考的只能是应付不过来的双手。

桃林茂密，钻进去除了太阳，别人是找不着的。空气湿润平和，这可能和刚刚经历的一场小雨有关，甜甜的气氛被一只只桃点缀得优雅可亲，桃子不善于躲闪，它们挂在注目处，巴不得一双双手去抚摸，甚至摘下它来。成果需要分享，需要在不同的场合里展示，大自然如此，人类社会不也是相同的吗？林子大了什么样的鸟都有，对于桃林也是这样，找不到两片相同的树叶，更找不到两颗长得一模一样的桃子，即便是连理的两颗，它们的差异也是显见的。但无论匀称，还是略微的怪异，向阳的一面总是鲜红的，它们对太阳和雨露的渴求、描绘，都会用相同的颜色表达。至于深藏在心中的内涵，就得靠对太阳、雨露的领悟、化解、包容，收藏了。

匀称的不一定鲜甜，怪异的不见得酸涩。有经验的农人往往推荐"歪瓜裂枣"，看似不中用的果实，却实实在在贮藏了一包鲜美的蜜汁。桃是否是这样，看着一地走红飞翠的果实，可能就想不到这么多了。

没入桃林，身外的世界就远了。面对"桃之夭夭、桃之灼灼"而后的结论，凡尘不远是说不过去的。桃源可隔世而立，桃林营造出的世界自然也能短暂地再现一段静谧，穿梭其间，风轻软的可以拧出水来，叶和果实边缘透进的阳光，伸手扯上一缕，绕在指间上，就成了世间最好的信物，来自大自然的恢宏，此时此刻大音希声般，做出了有趣诙谐而又富有弹性的交代。

对桃的倾慕，完成的动作还是采摘。采摘者的心态各异，他们对桃的选择大相径庭，有的专摘大而艳红的，有的专摘大小适中匀称好看的，有的一路摘去，只要是成熟的，无论俊丑、大小，一一摘进篮中、放进眼睛里。我当属最后一种采摘的人，对于果实有一种特别的尊重，当它们展示在世人的面前时，存在的合理性便昭然若揭地说明了一切。桃红柳绿，桃的红说的是它的花朵，艳红时的三月，天空偶尔还会冒出几片雪花，一粒小而丑的果实或许就是在雪花中受孕了，不曾缺失爱情，历练在风寒中、酷暑里，它们膨胀而成熟，心中的美和爱定然会相伴到永远。弱小的果实往往会被抛弃，这来自人的天性，眼见被五颜六色的目光反复搜寻，一双双手拿捏又放下的桃子，心中的悲哀陡然地生发出来，它们在世俗的目光里，真的又小又丑，犹如巴马修道院里的敲钟人，看一眼嫌多，再看一眼注定已背转身去。我下意识地摘了一枚挂在显眼处，而被俗世的目光淹没的"丑桃"，顾不得斯文，轻轻地咬上一品，甜贯通了所有的神经、唤醒了早已迟钝的味觉，一种久违的美好裹缠了我的周身。

脚下的草和遍地的桃树相映，莫名的草在五月的日子里，沉甸甸地结上了种子，草芥般的微小，构建了土地的绿色，我们都曾忽视过它们，是草都会开出花来，是花都会结出种子，是种子都会发出芽来，有芽就会染出绿来。目光轻飘，在这个世界上，许许多多的成果在忽视里腐烂成泥，只因为它的轻微，比较而言的"位卑言轻"。桃子不会说话，更不会拽住穿梭在桃园里人的衣角，它们无言地诉说着一些道理，它们心中或酸或甜，只能在品尝后才能悟出。不过不被摘去可能还是种幸事，它们可以挂在树梢上更多地积淀阳光的温暖，将成熟一如既往地进行下去，直至"瓜熟蒂落"，深沉地扑入大地，用微弱的沉闷之音，回应出富有哲理的答案。

不问耕耘，但问收获，之后又窃取果实是可耻的，"摘桃"便成了不劳而获的代名词。如今不同了，一个个采摘节成了旅游的热闹节目，摘挑又是这节目中的重点。人们采摘果实，更重要的是采摘心情，没入桃林之间，忘乎所以里，梳理出一道道生活的新通道。

小时候也有摘桃的经历，先是和爷爷一起栽桃树，有"桃三李四"之说，意思是桃要三年挂果，李子要等上四年才能结上果实。在等待中看着桃树长大，锄草、修枝、施肥是必不可少的，最恨的是满树花艳，又纷纷落下，爷爷说：桃树说谎，开的是谎花。又得等上一年，花开了，果坐了，果儿成熟了，爷孙俩终于可以开摘了。实际上在这之前，我已多次品尝过了桃的滋味，纽扣大小时的苦滞，乒乓球般时的酸涩……一路走来，终于品味到了成熟的滋味，爷爷肯定知道我偷偷摸摸的行为，他终没说透。让一段对果实滋味的经历刻进人的心中，比说出了更有意味。那时的采摘比现在要兴奋得多，少而稀罕，何况又是自己手植、眼见长成、用心管理过的。

管不了这么多了，钻进林子里，早没了"瓜田李下"的疑虑，尽情地摘，尽情地品尝，上万亩的桃园，那么多心状的果实，似乎都随着心跳动着。

一棵树的命运

　　在移植来的时候，我便锁定了它，弱小、娇柔，众多的树中，它扭动身躯，执意和左邻右舍拉开距离，春风吹来，几乎是病态的，歪着身子，耷拉不多的细叶，真的害怕一场不大的风暴就会将它拽出地面。正因为如此，关照多了起来，浇水、扶植，就连不事农耕的我也会在闲暇之际，培上一捧土，将不牢的根基踩上几脚，生怕地气不能连通，太阳打落了它薄薄的叶片。

　　生命的顽强体现在生命生长过程之中，娇柔的树在打拼中把根扎进了深处，来年春天已花繁叶茂，如同一座不大的城市，独到的地方展示出自己特殊的魅力，甚至在春风吹落花瓣时，挂上了几粒果子，稀疏的果子藏在茂盛的叶片之间，只有细心地去寻找，才见它的羞涩，让通红的叶遮住半张面孔，另一半却要在想象中得出圆润和完整。到了秋天不多的果子，可在荒芜的草中找到，它们幸福地躲在蒿棵之间，被一串串结队的蚂蚁搬进冬天。

　　树叫红叶李，以满树的红叶得名，春天时满枝花朵，开得早也谢得早，花朵落地时，一树红叶要坚持到秋天，秋风来了，红叶铺满土地，直到雪飘天空，露出的红仍如花朵。我锁定的那株弱小，走过了移动的四季，花开花落、叶长叶飞，纤细的枝条开始饱满，瘦弱的身子，落落大方地秀于林木之间。

　　长高的树又一次花团锦簇，此时还不需仰望。它的花不见得比周边高大健硕的同类花朵美丽，初红的叶子即便叶脉清晰，在力度上还没红得纯粹。奇怪的是它又一次结出了一串串通红的果实，密匝的果实甚至比随风摇曳的叶子还多，枝头沉甸甸地弯下，贴地的风往往打痛了它。

果实引来了许多的目光，首先光临的是鸟们，乌鸦来了，白头翁来了，灰喜鹊来了，甚至叽叽喳喳的麻雀也来凑热闹，鸟们开始啄食它还很酸涩的果实，树下滴落一地的鸟粪和受伤的果实，对于这些树可能是高兴的，它的叶片依然通红、枝条依然勃发着，尽管有果的沉重，腰杆还是直直地挺拔着，似乎鸟就是红叶李的另一些会飞翔的叶子，起起落落，让树多了自己的生动。接着来的是人，红男绿女、老人、孩子，为一树通红泛着光亮的果实而惊讶，红叶李是观叶植物，鲜见的是一树果实，而这些果实，以自己的鲜艳打动了观赏者，诱着人的目光一遍又一遍地抚摸。我曾捡拾过几粒被风打落或者被鸟踏踩下的果子，揣在口袋里给办公室的同事看，要他猜猜是何果实，他一会儿说是相思豆，一会儿说是野山楂。当我告诉他是红叶李时，他竟迫不及待地送进了嘴里品尝，确实红叶李的果实太可爱了，可爱得都想尝上一口，同事的眉毛猛地蹙成一团，表情随之丰富了起来：好涩！

如果仅仅到此为止，这棵曾经渺小而今硕果累累的树是幸运的，直到一个早晨我发现它叶落、枝残，树干劈成两半，悲哀从心中一股脑地袭来。不是风的过失，更不是鸟的非礼，而是人直奔它的果实，将一棵生动而盎然的树生生地劈开了。我不知人是否与生俱来对果实充满着向往，充满独有的热情。面对这棵不能说话的树，树竟在无言中告诉了我，是的，至少有一部分人。不远处的鸟仍在对着一地的红叶啁啾，它们的目光漾满了柔和，时而也飘动一缕缕悲凉，不知是为树，还是为人。

一棵有些另类的红叶李深深地受伤了，伤得那么惨重，如果它有血的话肯定血流成河，如果会喊叫的话，一定是呼号满天。如果假定它光开花而不结果，它一定会和周边的红叶李一样，站得好好的，让自己的叶一天天更红，躯干一天天更健壮。我无意去探讨更深的东西，只能找来一些铁丝之类，缝合它的伤口，让它在痛楚中再次站立起来……

今年春天受伤的红叶李又开出了一树花朵，不久又挂上了纽扣大的果实，玛瑙般的果实充满了新的诱惑，让我又生发出了一些担心……树的命运和人的命运几乎相同，结了果必然要被摘去，只是暗暗地期待，采摘的手温柔些。

望菊之人

　　家乡房前屋后的花并不多，菊花却是另类的，她们自自然然、舒舒坦坦地生长着，寒霜来临之前，或黄、或红、或白，都要高高地亮上一嗓子，实实在在地开上一番。

　　房子早已破败得可怜，土墙、草顶，墙上随意地戳上个口子，就当了采光的窗户，阳光就从这窗户投入，同时也送去菊花的味道。小时候是不喜欢菊花的，不能吃、不能喝，不能戴在头上，连浓浓的气味都带着青蒿散发的刺鼻。然而这花在猪拱、鸡掏中，年年都会绿出一片，没见施肥、锄草、浇水，搁那就在那生长，且每每有着蔓延的趋势，一不小心就长进了房前屋后的菜畦里，和青菜、芫荽们争起地盘来。不过乡里人还是善待她们的，让这些红的、黄的、白的花朵，占有一席之地，如此，这一簇簇邻居般的植物，就盘根错节地当了回事，即便起了新房，她们也仅是略略挪下位置，到了秋天，又大大方方地张扬开来。

　　房前屋后的菊和田野上的菊是连动的，几乎是同时开花、同时凋落。田野里的菊，大多是生长在田埂上的，花朵没有房前屋后的敞亮，花序成团地抱在一起，远远看去如同碗口大的一朵，走近了才发现却是一颗颗小星，或许物竞天择，它们开在已近霜寒的日子，是需要相互取暖的。家乡人是不轻易采摘菊花的，懂得菊花是用来凭吊亡灵的，却又不会大把地采下她们，献在亡灵的面前，就任她张张扬扬地开着，挥挥洒洒地生长着。

　　对菊花产生好感应是七八岁的时候，秋风燥人，眼睛火辣辣地疼了起来，又红又肿，乡间缺医少药，小病小灾都靠草头方子解决。正是菊花盛开的时间，奶奶嘱我去野地采菊，要我采上二十三朵白菊，二十三朵黄菊，又在院子里摘了黄、白、红菊花各一朵，凑在一起恰好七七四十九朵，清水洗过，放在铁锅里用急火烧开，乘着热气腾腾，先熏后洗，到了来日，眼的疾病竟然全去了，好一阵轻松，放目秋野，自是秋高气爽，激发起无限的玩兴。我开始知道了菊花的妙处，这不起眼的植物竟是一味良药，直到如今都一直喜欢喝菊花茶，特别是心火旺时，一杯飘逸的菊花茶在手，所有的烦恼似乎就随着袅袅的雾气而去了。

　　到读书的日子，我又开始对"满城黄金甲""战地黄花分外香"的诗句感起了兴趣，读诗、睹物，自有了一番领悟……当我刻意观察起菊花时，一个有关菊的故事真真切切地在我身边发生了，有诗意的传达，更有诗之外的苦涩。

　　那些年下放知青星星点点地洒向了乡村，记得一个叫玉的女知青住进了我的家乡，想来也就十八九岁，青春的气息从她的不经意间传达出来，尽管我们也就十来岁，她的一举一动仍然吸引着我们，我们愿意和她接近，喜欢听她说话，听她调配，喜欢她房间里特有的气味。玉喜欢花，特别是菊花，她如同指挥员样指挥着我们，在春天，把各自挖来的菊花苗，栽在了她居住的房前屋后。玉的住处是孤单的，原是生产队一"五保"的住处，"五保"死后，一直孤零零地空闲着，玉的入住，让这个久已闲置的地方有了生机。到了秋天，各色菊花绚丽地绽开了，夹杂其间的还有一丛丛田野里见到的野菊花。那些日子玉是快乐的，时而看到她和菊花低语，我们偷偷看去，她也如同一朵盛开的菊花，自然而又美丽……

　　玉的病来得突然，说倒下就倒下了，时日不多就病死在了医院里。

那是玉插队后的第二个秋天，玉的房前屋后菊花比上个秋天开得更旺盛，一波波黄的颜色、一波波红的细浪、一波波白的醒目，似乎都在敲打着什么。那几天，村里人一拨拨地去看菊花，大多轻轻叹息，把大把的泪洒向了菊花。到玉的父母来为她收拾遗物时，我们几个伙伴，约好似的，各自采摘起菊花来，不一会儿三大束花就送到了玉的父母怀里。记得玉的父母临走时，深深地向残余的菊花们鞠了个躬，又面向我们几个小"屁孩"深深地弯下了腰。或许，就从这天开始，菊在我心中开始凝重起来。

前些日子，回到了家乡，中秋刚过，七零八落的菊花仍旧开着，颜色还是过去的三色，大多房前屋后的菊花牢牢守定的位置依然没变。这是故乡的精灵吗？我站在曾经玩伴家三层楼的阳台上，向旷野望去，野菊们自如摇曳，也不知是否在欢迎我这望菊之人。

寻找"四叶草"

　　乡间到处都有三叶草，碧青的叶片，三瓣玲珑透出绿色的柔和。少年时很少注意她，因为太平凡了，平凡得到处都有她的身影，她的身姿矮矮的，只会匍匐生长，不过她的生命力特强，鸡鹅叼过、猪牛啃过，不要多久就又蓬勃地生出绿叶来，那时几乎没刈割过她，其原因是她太轻薄了，即便采了一篮筐也没有多少分量头。

　　又叫车轴草的三叶草真正引发我的注意，还是许多年后的今天。挂满露珠呈心形生长或太阳下抖动绿色的三叶草，几乎在一夜间铺满了小区绿地、公园花坛、道路边的绿荫，大捧大捧的绿色、白色或红色的花朵，反反复复滋润着我们疲倦的眼睛，擦抹我们布满灰尘、劳顿的双脚。相互簇拥的三叶如同抱团的力量，把大大小小的天地打扮得花枝招展、绿意盎然。如仅仅是这些，也不过是养眼而已。直到有一天和女儿散步，漫步在无际的三叶草间，女儿对我说：爸你能找出一株长着四片叶子的三叶草吗？找到了就是你的幸运了，"四叶草"是幸运草，表示着你的事业有成哦。我真的把女儿的儿戏话当作一件事情来做了，在一个个三叶高举的风景里，寻找起四叶草来。

　　三叶草长得几乎一模一样，她们闹哄哄地诉说着自己绿到好处的风格，或高或矮地迎着贴地的春风，撑出或大或小的叶片，叶片规整地放出三片，小叶上呈现浅白色 V 形斑纹，在一根叶茎上紧紧地依在一起。绿意无边，只是四叶的三叶草久久不曾出现。我甚至怀疑女儿所说的"四叶草"是否存在，但心中的驰往却久久不愿放弃。不知走了多少路程，翻动过多少叶片，就在萋萋绿色簇拥的中心，一株长着四片叶子的三叶草，兀自独立地挑在了绿色之上，我和女儿几乎同时惊呼：找到四叶草了！女儿忙用手机拍照，我看她几次伸出手来，想采下她，但最终还是放弃了。我和女儿在"四叶草"的周边逗留了很长时间，想找出另外一株来，遗憾的是"四叶草"的身影再也寻觅不到了，她似乎只能孑孓的、用自己独立的个性沐浴着飘逸的春风、和煦的阳光。

三叶草的花语是幸福，传说中她的三瓣分别代表祈求、希望、爱情，这三样已足够构建幸福的空间了。据科学分析，三叶草长出四片叶子是变异的结果，其概率仅为万分之一，而这万分之一的瓣该是代表事业了，事业有成自然是幸福中的超常之义。前几天略有闲暇，独自在市民广场彳亍，风景这边独好，盛开的桃花、羞答答的绿叶，带给的是难得的清亮，春光扑面，心中自是满当当的诗情。我又一次寻找起四叶草来，即便是万分之一的概率，我仍满怀信心一定能够找到，功夫不负有心人，百步之内我竟找到了三株，是否应了百步之内必有芳草之说？心中除了诗情，突然凭空多出了大块大块的感慨。不是吗？我们在红尘中行走，有多少珍贵的东西需要寻找，需要坚守，如同对一株草的寻觅，面对她的存在，纵是深藏在云山雾海中，有心去找就一定能找到。

传说中，如果谁找到了四瓣叶片的三叶草，谁就会得到幸福，特别是欧洲一些国家，在路边看到"四叶草"，几乎都会把她收好、压平。以便日后赠送他人，以此表达他们对友人的美好祝愿。把幸福送与别人，通过叶片来送达，这是一段心路历程。我和女儿一样，面对一株四叶草，我仅用手机拍了下来，就让她们静静地生长吧，留给和我有一样心绪的寻觅者，这岂不是一件更美的事。春天里的三叶草，以自己四瓣心声，诉说美好的心愿。寻找到的四叶草交给了一份极好的心境。春光明媚，我们可曾辜负了一段大自然的恩赐？不过我还是通过彩信，把寻觅到的美好，匆匆忙忙地发给了几个好友，聊作一份泛陈清香的祝愿。

开始对乡间的三叶草充满怀念了。那些在田埂地头开着白花、红花的三叶草，在初春探出头来，三瓣叶片承载着祈求、希望、爱情，尽管是乡村版的，但她是那样的实在、平和，相信在田连地埂的地域里，一定会生长着"四叶草"，写满了幸福的全义，我们的心早就寻找到了，凭此我们一步步走到了今天。

叶落之书

　　记着的两次落叶事情，都是发生在故乡的深处。落叶砸中的地方，在土地上也在心上，许多年了，或痛或麻木，似乎不重要却又重要得让人无法排解，人静之时，一片片落叶又鲜活起来，想回归树梢，但路途遥远，半途中已被寒风吹裂，烈日炙干。

　　郢子里的皂角树活了多少年，没有人能说得出，它的种子从何处而来，也没人愿去考证，只是它独自地生长着，巨大的树冠，几人合抱的树干，成为郢子的标志，远远的，一眼就能看到它的身影，笨拙而不失协调，它的枝干洒脱地放射开来，一枚枚硬朗的树刺，坚挺地捍卫着自己的空间。

　　高大的皂角树是鸟的天堂，春天各色小鸟在上面筑巢、垒窝，"叽叽喳喳"地让一个春天充斥盎然，到了冬天，一树的叶子脱了个精光，枝头的喜鹊窝，显得格外戳眼，喜鹊是䴓鸟，当年风大，它定会将巢筑在树的最高处，牢牢的巢和风搏斗，巢筑在半树间，自自然然地和人贴近些。喜鹊又是吉祥鸟，对着家门"喳喳"地叫起，喜气就将盈门了。

　　刀状的皂角是郢子里女人们喜爱的果实，洗衣时把皂角捣碎了，揉揉搓搓下脏，洗出的衣物鲜亮、挺括，那时肥皂金贵，有了皂角，洗衣就不用愁了。巨大的皂角树争气，即便雌雄异株远处传来的花粉，总让它儿孙满堂，硕果累累。皂角树的果实起先是青涩的，到了冬天一树的刀状物件，风吹过发出金属的声响，透出黑漆漆的亮色，此时果实的内部充满了皂体，男人们会学着女人用它洗头，满头的泡沫被水冲去，一头的乌发自然着油光顺畅。在我的记忆里，郢子里六七十岁的老人白头发的很少，想来这天然的洗发、护发素是起大作用的。

皂角树成了郢子里的骄傲，宝贝般被护着、爱着，经历过大炼钢铁被砍伐的危险，经历过困难时期被变卖的可能，一直稳稳地将根扎在郢子的记忆里、历史里。风景也好，标志也好，雄伟也好，平凡也好，活得鲜鲜亮亮、滋滋润润。70年代有人打过它的主意，一家兵工厂看上了它，出五百元，要买回做枪托。树的主人，我的家门叔子和我的爷爷商量，其结果当然拒绝了。我的爷爷说，五百元不是小数目，但也不能卖，缺钱，郢子里的家家户户凑份子给。爷爷在郢子里的威望高，一言九鼎，当五百元凑齐送到我家门叔子的面前时，他矮了下又挺了起来，把钱一户户地送回了，穷得硬朗，穷得翘拔。皂角树在这年结出了最丰硕的果子，枝头的鸟巢成倍地增长，困难的年代一树的鸣唱，可能是那时唯一悦耳的抒情。

但皂角树还是倒下了，春天里的一地落叶比秋天更凄凉。皂角树倒在了最美的季节里，沉重的身子，狠狠地将土地撞得颤了又颤，叶子四处走失，绿得瘆人，树上的鸟巢七零八落，刚出壳的雏鸟在尘土里挣扎着，盘旋的喜鹊一个劲地俯冲。金钱冲垮了皂角树的主人，那时我的爷爷及我的家门叔叔已故去多年，新的主人为区区一万元，将皂角树卖给了一个经营砧板的商人，皂角树木质坚硬、细腻，是做砧板的好材料，笨拙的身子躯干终被锯成一截一截的，眼睛般在这个世界游走，打量着匆匆而过的路人，时间应是80年代的中期，天已经开始暖了起来。

失去皂角树的郢子，天空突然低沉了不少。即便一幢幢楼房盖了起来，那种光秃秃的感觉，永远是沉寂中而无颜色的，跌落的叶，

215

心情采撷

长不上钢筋混凝土的躯干。

另一次叶落发生在相邻的郢子。那是一棵合欢树，合欢树兀立在高台上，丘陵地区，这样的高台不多，高台的周边放射着一块块大小不一的梯田，郢子就卧在高台的深处，四周是风吹摇曳高低起伏的树木。合欢树孤立自傲，不像榆们、槐们拥有众多的兄弟姐妹、子孙后代，它的花从三月开起，陆陆续续开到十月，花绒绒的、香香的、艳艳的，加之有个好听的名字，被人爱着敬着，也很平常。

不知何时合欢树被神化了，披上了红飘带，逢年过节四乡八邻总有人带上香烛、鞭炮，热热闹闹地"哄"上一气，大年初一定会面对着它舞上欢庆的狮子，人们都暗暗地在祈求着什么，但谁也没有明说。如同合欢花暗香浮动，"求什么应什么"的传说，让一棵树蒙上了神秘的色彩。

合欢树因此而生活得更加滋润，没了猪拱、鸡掏、拴牛、拴羊，年年花朵绚丽，风吹过一地落红，又被鞭炮声激起，向郢子四处飞散。细细打量这树，平静中透出豁达，太阳从细密的叶间穿过，阳光过滤完了所有的杂念，柔柔的富足了弹性，独立的干笔直向上，到了三米高的地方，突然有力地发散开来，五根相互摩擦的枝奋力地向天空指去，每个指向又生发出众多的枝丫，合欢树如同一支军队的统领，四下里是一棵棵排兵布阵的槐、楝、榆之类。

或许木秀于林风必摧之，一家房地产商盯上了它，出了天价，郢子里的人经不起诱惑，一致决定卖了它。合欢树开始了艰难的迁徙，首先是没去了硕大的树冠，剩下主干和手样伸出的五个指头，主根也被砍断了，故乡的泥土严严地包裹着它的根根须须，即便如此，分明还是听到了弱小的哭泣，从天籁间传来。绿叶满地，转眼间就枯萎了。

失去了合欢树的郢子开始委顿起来，无精打采的首先是周边的树木，生虫了，被病菌感染了，枯死了，过去勃发的小树，逐渐成了"小老树"，缩成了不长不圆的一团，就连郢子人赖以生活的水塘，水也开始混沌起来。莫名其妙的病向郢子袭来，今年李家，明年孙家，过往的鞭炮声，转移了地点，大多在坟场无力地炸响。郢子里的人开始想起了远徙的合欢树，而这树在城市里的小区里，经过几年的挣扎，又款款地鲜活了起来，枝头披满了花朵，风跃过越发的婆娑。去看望过的郢子人，捎上几朵绒绒的花序，回到没了生气的郢子，也只能深深叹息一口，无奈地说上一句：神树报应了。

天空还是那抹天空，土地还是那方土地，人也还是那些人，两棵树分别从两个郢子消失了，树无法拒绝人的抉择，但它们换了种形式无言地做出了回答：不愿意。那么坚决却又那么无力。后来我逐渐明白了，一棵树就是一个小小的生态系统，它顾及着前后左右，特别是巨树古木，生存久了，它的生物场，让周边的生态产生了依赖，也包括人，皂角树被截成了一段一段，合欢树被迁徙远方，生生剥夺了的气场，还能原原本本地顾及左右吗？如此，病毒来了，雾霾来了，伸出双手匆匆应对，手指生不出绿叶，失去吐纳的应对，唯有苍白无力。

前几天回归故里，想了想还是去了两棵树的"遗址"，皂角树的根还立在原地，上面被糊上了厚厚的泥土，老根的周边抽出了一连串的枝条，有的已有碗口粗了，令人惊喜的是，最粗的杆已开始挂果，刀状的果实，在阳光下贴满了自信和微笑，或许它们知道，失却叶片的日子一去不复返了。合欢树的遗址是一座陷落的深坑，如一只失去光明的眼窝，苍茫地望向天空，凋敝的树七零八落，好在一棵幼年的合欢树在眼窝的边上抽出了绿芽，勃发地向上生长，这一定是被奉为神灵的合欢遗下的根系，我想要不了多少年，一棵如同它前辈的花开、花落又会在这站起来，若干年后失落的记忆，一定会让更多的人珍视和善待。

两棵树生长在故土的深处，深得在人的心里，深得在风土水系里，那些叶片因我们而失去，我们有更多的理由捧起它们，当作书一样去读，当作文章一样去写，犹如早晨的太阳，洒在不大的书桌上，每个方格都用阳光去填充，文字就会温暖起来，那本或薄或厚的书就会整体地荡着热力。

树如此，自然如此，人更如此。自自然然，天人合一最好。

带　灯

　　居家过日子的郢子有口塘，塘方方正正的，塘中立起一蓬绿色的灯芯草，葳蕤而延蔓，占了不小的方圆。

　　灯芯草生在水中，却是奔一盏盏灯火去的。农家的灯盏多种多样，寻一碗一碟可以，用专门烧制成的陶器也行，浅浅地盛一捧豆油、菜油、棉油，边沿贴上三几根灯芯，点上火，一家子的夜晚就有了亮度。灯盏发出的温暖十分私密，端起它从堂屋到灶间再到里屋，晕晕的火照出光来，照亮了人的眼睛。带着灯在漆黑的夜晚行走，避免了四处碰壁，尽管家徒四壁，碰壁总不是件好事。点燃的灯芯根据家里事情的大小而定，没事的夜晚，一根独燃，如豆的火苗闪闪烁烁，跳得人眼睛痛。家里来了客人，也是由人的尊敬程度确定的，尊敬的客人来访，点上两根、三根乃至更多的灯芯，生辉了客人，更生辉了不大的居室。

　　灯芯是不需备下多少的，塘就在郢子的不远处，灯芯燃尽了，立事的家人，就会指挥晚辈，快去快回地揪上一两根，掐下一两段续在灯盏里，灯芯草吸附力强，絮状的内部快速地将油料吸出，碰上火就欢快地燃烧起来。用灯芯草做灯的芯子最大的好处，是燃烧均匀、耗油少，不似用纱线、布条，会烧出浓浓的烟来。灯芯草几乎是长年翠绿，大雪的日子，塘口被雪、被冰封住了，灯芯草仍在那里，顶着雪，最多也就是让过重的雪压断几枝，如同现今流行的诗句说的：你来或不来／我都在那里……它们似乎就在等待着一捧油的浸染，一点儿火星的点亮。

小时玩过许多东西，草是常玩的，而对灯芯草却是例外，从心里对它敬着，生怕玩着玩着让夜间的光明失去了。塘口是每年都要清出塘泥的，怕"失"了塘口，何况塘里的淤泥是好的肥料，下秧时用它做基肥软软的、柔柔的，秧苗易于扎下根，拔秧时省时、省力，也不会伤了秧苗的根须。出塘泥是村子里的一件大事，先是放水，水放到一半，就得架上水车车水了，劳力们唱着欢快的车水歌，将剩下的水，车得干干的，眼见一些大小不一的鱼，紧紧迫迫地张嘴呼吸。捉了鱼，清了塘底的杂物，塘泥被一锹一锹地清理到了塘埂上，最终剩下的是塘一角迎风而动的灯芯草。灯芯草的根牢牢扎在塘的根底里，四处的人都会打量上它一气，它俨然成了塘口中唯一的坐标，绿得风度翩翩。也会有人揪上几缕，想必是他家中有大事要办，晚间的灯火要密密地抬升起来。如此，灯芯草霸居着塘的一隅，和一座村庄共生共长。

曾走访过周边零零星星的村庄，只要有烟火的地方，总要有一口或者更多的塘口，生长着蓬蓬勃勃的灯芯草，长得自由自在，而晚间这些草的枝干，都会三三两两地戳在灯盏里，冒出如豆的叶子来，它们把小小的灯盏当作了故土另一种塘口，倒也轻松活泼。

灯芯草最终离开了灯盏，是因为电的来临，电用无形的畅达，点亮了一个个乡村的夜晚，而居家的郓子，却把灯芯草保留了下来，它仍然立在塘口里，鲜鲜活活地绿着。我曾在无月的夜晚围着方方正正的塘口打转，灯芯草的枝头落上了点点萤火，一闪又一闪地发出吁叹，难以说清心中的七零八落，因为就要离开家乡了，等待行走的路还很长。我突发奇想，平生第一次不因点灯，拔了根灯芯草，用它吸吮起塘口里的水来，水顺着灯芯草的茎髓，清凉凉地涌入我的口腔，瞬间一管子的甘甜注入了心底。就要离开家乡了，心空落得要掉。

离家时爷爷送的礼物特殊，一把修剪得整整齐齐的灯芯草，悄悄地塞在我的行李里，我看到了却当没有看见。我在去路上反复思量，爷爷是让我带着灯上路的呀，有了灯就不会迷失方向。

在百度上搜索灯芯草。"灯芯草，多年生草本植物……全草入药具有清热、利水渗湿之功效，能治心烦不寐、创伤等症。"果然如此，揣着灯芯草，带着一盏灯，故乡明亮着，烦躁里能静下心来，行走中的创伤也会在不大的光照下慢慢地痊愈。

看　瓜

　　西瓜长到拳头大时，就得派人看着了。西瓜田大多在大路的两边，便于西瓜成熟时运输，也便于过路人买上一个解解渴，再顺带着捎上一两个。看西瓜是令人羡慕的活，活计清闲，偶尔还能摘上个把品尝一番。

　　在村子里看西瓜的活是轮换着干的。

　　大集体的日子，西瓜作为经济作物，被严格控制种植面积，一个生产队种上五亩地算是多的了。村子里总有那么两三个人会种瓜，技术娴熟，把一地的西瓜"兴"得滚圆透熟。小时常跟在瓜把式的屁股后面，看他们为西瓜苗培土，为瓜藤打叉、去顶，敲着西瓜判断成熟的程度，想学上那么一两招，在若干年后也成为一个"兴"瓜能手。甚至等不及自己长大，从瓜把式的手中求上一两苗瓜秧，在自家的后院，开出一块熟地栽上，服侍上大人样浇水锄草、施肥看护，拎把小铲子学着瓜把式的架势，为刚刚爬藤的瓜苗培土，引导藤蔓行走。瓜苗长得兴旺，花也开得像模像样，但就是不坐果，恨得牙痒痒，再去向瓜把式求教，得到的是一句句呵斥：屁大的伢子就想兴瓜。把瓜兴好成之为一种心愿，许多年里难以排解。

　　到轮到我家看瓜时，第一茬子西瓜才长到碗口大，离成熟还有一段不小的距离，青青的瓜落在沙土地里，大多被茂盛的叶片遮盖住了，要看清瓜的真面目，还得扒开绿叶。此时看瓜的任务不重，主要是看住散放的牲口，不被它们糟践就行了。白天看瓜任务，就落在了我的身上，学校放假，正好可以为农忙的家人打打下手，也可挣上吃粮糊口的工分。

瓜棚坐落在田中央，如同一只失落了桅杆的小船，在绿色的波浪里颠簸。夏天炎热，瓜棚高挑着四面透风，小伙伴们从村子里赶来，打打闹闹玩得惬意，炎热也就散去了。总有好吃的小伙伴提议，摘个瓜解解渴，我听不得这话，转身从瓜棚里跳下，寻了只最大的摘下，小伙伴们围了上来，用拳捶开，令人失望的生涩，还是让我们迫不及待地塞进嘴里，微微的甜带着一股子青气，风扫残云连皮也吃进了肚子。事罢却各自打着小算盘，生怕被发现了，最后是统一口径，咬了牙齿印，谁也不准说出去，如发现了就说是猪獾子偷了去。西瓜田里猪獾子多，一不小心偌大的西瓜就会被啃去一半。猪獾子昼伏夜出，在田埂上打洞，我和小伙伴们渴望能抓上一两只，但一直没能如愿，烟熏水灌，一个夏天连影子也没见着。

晚间瓜棚的四周一片蛙鸣，萤火虫成群结队，围着瓜棚舞蹈，爷爷放心不下，执意要陪我，我也乐意。爷爷已七十多岁，他望着满天星斗，给我说他的故事。走夜路的人还是有的。不论熟悉与否，爷爷都大声打着招呼，一唱一和在空空的野外，显得格外的有生气，乡间的夜来得早，满天的星星似乎就要滴落下来，经不起夜的诱惑，我悠悠地进入了梦乡，爷爷几乎一夜没眠，当我被晨露打醒时，爷爷还倚在棚架上，有一把无一把地为我打着扇子，驱赶来来往往的蚊虫。早间的瓜地真美，顶露的西瓜花，张着明媚的眼睛，怎么看都在笑着，经夜的瓜又长大了一号，撑开绿叶，露出了布满花纹的肚皮。瓜把式也开始下田了，东瞅瞅西望望，揪下多余的瓜纽子，顺了顺走向不明的瓜藤，长长地舒了口气，满田的浑圆，都在无声地漾动着。

看瓜看出故事也是有的。西瓜成熟了，冒出个把偷瓜贼在所难免。偷瓜的人大多在夜深人静时，看瓜的人略一大意，瞄了很久的人，摘上一个，顺着大路甩开步子就跑，害得看瓜人一阵子好撵，弄不好还得被打个鼻青脸肿，应了句老话"看瓜的人被偷瓜的人打了"。不过瓜棚还是发生乡村爱情故事的地方。我的家门哥哥明子就是在瓜棚和我现在的嫂子秀恋爱上的。明子看瓜看得实在，白天黑夜地看，丝毫没有懈怠的时候，秀赶路赶得急，天热渴得嗓子冒烟，就只奔瓜棚想寻点水喝。恰好明子带的水喝完了，看着秀渴得难忍的样子，就擅自做主，摸了个大西瓜，切开了让秀解渴，秀吃得馋，一小会儿工夫就消灭了大半个西瓜，吃得肚子溜圆，抬起头打量起明子来，明子清秀，正捧着一本书读。引得秀心中一阵狂跳，明子为过路的秀给生产队付了五角钱的西瓜款，当时的五毛钱不是小数字，父母一吵一闹，就把这事传了出去，秀大方地回了头，说是还明子五角钱，一来二往，一段爱情成熟了，瓜熟蒂落，他们成了一家人。

牵　手

　　上午去看望母亲，天正冷着，一生闲不住的母亲，一早就去散步了，母亲的散步有固定的路线，找到她不难。远远地就看到了母亲，蹒跚着全副武装地向我走来，我急急地迎了上去，寒意在她的脸上全部消融了，一脸的笑容，特别的灿烂。母亲站下身子，匆匆地脱下手套，一把攥住了我搀扶她的手，没由头地说上一句：儿子你的手怎么这么凉。说完把我的手捏得更紧，母亲的手粗糙而又暖和，一股子热意冲撞进了我的心坎。

　　陪着母亲在小区的道路上慢慢行走，母亲的手再也没松开片刻，行走中她把自己手掌的温暖缕缕地向我传送，不久我的手就已暖暖和和了。冬天的阳光仍很和煦，和母亲边走边聊，东家长西家短，间杂和行人打声招呼，母子间的心连得紧紧的。母亲的手如同曾经连着我的脐带，此时，我也不知是我牵着母亲，还是母亲牵着我，牵手里的语言特别的丰富，幸福感油然间布满了我的周身。母亲似乎也是满足的，步伐无疑迈得更坚实些，她话语多我话语少，恨不得将分别不多的日子里的话全部说完。我看着母亲，母亲的目光柔和，如同春天和风，一遍遍地抚摸过我的周身，儿是她身上掉下的肉，怎么样的打量都显得太少。

　　幼时的冬天比现在寒冷得多，手冷脚冷，手指冻得像一根根透明的胡萝卜，母亲每每，总把我的手，双双地捧在自己的手心，紧紧地捏着、攥着、揉着，让我的手在她的手心里获取来自她身上的暖意，母亲总说，妈身上的火力强，妈的热是给儿子准备的。"透明的胡萝卜"在母亲的温暖下渐渐地绵软起来，她还会把我的双手贴在面颊上，一遍遍地呵着口中的热气，她想把儿子所有的寒意吹去。实际上母亲也是在寒冷中周折的，她的双手在寒意中浸泡，田里劳作、家中奔忙、穿针引线，尽管寒风穿透了身子，她还是一缕缕地将身上的热气抽出，为自己的孩子，织出最暖和的贴身衣服，御寒防湿。大雪封门，日子闲了下来，母亲牵着我的手，在雪地里做一些必需的活计，比如去后院雪封的畦埼里扒出几棵白菜、草堆里扯出一抱干草……不争气的我被冻得流出清清的鼻涕，脚冻得如猫咬一样的痛，自然会跺着脚"哼哼叽叽"，母亲什么也不会说，掀开褙襟，把我湿意、冰凉的双脚紧紧地搂在怀里，母亲的体温一泓泓地向我扑来，湿了、冷了的脚，在母亲的怀里冒出淡淡的热气。母亲的热量传导给了我，我的冷却一丝丝地注进了母亲的身体里。就这般我长大了，母亲一天天衰老了。

年迈的母亲比过往的日子更喜欢牵着我的手，散步是这样，走在马路上亦如此。母亲腿脚不灵便，很少有逛街、走公园的时候，但我发现在这很少的日子里，我牵着她或她牵着我，总要让我走在她的左边，一成不变的规矩令我生出疑问，有时我走反了，她就会强力地甩过手来，直到如愿以偿。有一天我终于知道了事情的原委，她仍要像过去一样保护着自己的孩子，生怕来来往往的车辆撞着了我，她要用自己的身体护卫，哪怕如今已弱不禁风。在母亲的心里，她该是铁打的，她该是孩子们最坚强的盾牌，她该是为孩子吃了一辈子苦的人，一切却是应该的。母爱的延伸，绵绵而无尽头。

母亲还想在小区多走些时候，天太冷我催促着母亲快点回去，她答应了，不过还是放慢再放慢脚步，我知道她要把这过程拉得更长、更长些。母亲一辈子牵过我多少次手，恐怕任谁也统计不出来，坎坷的时候母亲牵过，顺境的时候母亲牵过，苦难的日子母亲牵过，幸福的时光母亲牵过，这一牵岁月荏苒，许多东西丢失了，再也找不回来了。前些时候，一位七十多岁的忘年交的母亲去世了，近百岁的老人算得上长寿的人，我的忘年交头发雪白，一直牵着百岁母亲冰凉的手，久久地不愿松开，一松开就成了永别。他对着我们说，以后再也没妈了。老泪纵横，一份悲怆，回荡着，久久难以消失。

　　被母亲牵手是种幸福，牵母亲的手更是种温润。到了家门口，母亲淡淡地说了声：儿子到家了。家最温暖，我感到了母亲的舒心和发自她手心的平和。我在心中暗自喟叹，如果十年、二十年或更长的时间里，还能在寒风里被母亲牵着，即使地冻天寒，心也必然是在春天里。

心情采撷

影　响

影响人一辈子的东西往往会来自于浅显的一句话、一件事，甚至是一个眼神，日积月累后，就可能成为一个家庭的风气，一个人在世间行走的准则。

刚懂事时，家穷，穷得叮当响，吃了上顿没下顿，往往到了吃饭的时间，铁锅还是冰凉的，奶奶会叹口气，塞过祖传的木升子，对我说：去借升米来。

人小也没得羞愧之感，我拐着饿得想快速迈动而没得力气的小腿，走东家串西家借米。村子里富足的人家不多，终于寻摸到了一家，听升子刮动米缸"咯咯"叫的声音，还是满心眼里欢喜，一家人中午总算可以对付过去了。千恩万谢捧着浅浅的一升米向家奔去，脚下十二分的小心，生怕绊了一跤，把一家的吃食交还给了泥土，奶奶慌着生火做饭，口中不停地唠叨，怕我忘了向人家道谢，烟火熏红了奶奶的眼角，她抄起围裙揉了揉，嘴中仍在喃喃：浅升借米，满升还，大孙子别忘了。

"浅升借米，满升还"可能是我年少时听得最多的话，家居贫寒要向左邻右舍求助，借的东西太多，一勺子盐借过，半盏子菜籽油借过，米和面就更不用说了。但不管如何，奶奶总要"捣鼓"的是"浅升借米，满升还"。

到了秋天粮食登场时，奶奶带着我，把从粮食加工厂刚碾好的新米，拣整齐的，一家家的还去。奶奶捧着米，小心地迈动脚步，满升子米堆得满满的，尖尖的像一座小山头，阳光洒在上面，泛着一汪子清亮。每到一家，奶奶总要说上一大堆子闲话，最多的词句还是谢谢，感恩之情溢于言表。回来的路上，奶奶多是无言的，时不时长长叹息一声，让我的心碎碎地多出了说不上来的内容。直到许多年后的今天，我还记得奶奶微笑后的愁容，一堆子闲话后的沉默，不过我听到她回途中的脚步声，却是坚定的，又让我多出了信心和希望。

　　苦日子过得艰难，却很清亮，一个村子似乎就是一个大家庭，约定俗成的户户大门都是敞开的，缺个日常生活中的用品，不用说三道四，走进去拿来就可派上用场，最多之后招呼一声，也没见人大惊小怪过。借米时大多也是可直奔米缸的，自己去"挖"自己去"量"，没有人看着、监督着，但也仅是量个"八九角"米，绝不让升子满起来。开始时，我仅以为"浅升借米，满升还"，是我一家人坚守的，但这个准则，一个村子的人都这么做，做得义无反顾，又坦坦荡荡。同时，还将这样的准则放大开来，着力地用在其他事情上。

　　到了能放鹅的年龄，爷爷捉了十只鹅，让我赶着去岗头荒草地上放养，"鹅呆子"好放，赶上岗头，它们埋头吃食，不需要烦多少心，误不了我的打闹和贪玩。邻家孩子大了，没有闲人，就和爷爷商量，捉了五只小鹅，让我一并代放，爷爷自是满口答应。

　　邻家五只小鹅捉回的晚上，爷爷刻意在外来鹅的脚掌上上了记号——浅浅地剪裂鹅掌。十五只鹅算是一个不小的群体，我当上了鹅司令，且是两家的，自豪感油然而起。

　　自从邻家的鹅进入了我家鹅的行列，爷爷突然更多地关心起来，每天晚上他都要检查，十五只鹅是否吃饱了，偶尔发现上了记号的邻家鹅瘪着嗉子，没有吃饱，他便将没吃饱的鹅拎出笼子，单独地给它们加餐。日复一日，我也为之多了份心思，对邻家的鹅多看上

心情采撷

一眼，尽量把它们"支"到绿草丰沛的地方，省得爷爷晚上费心。

十五只鹅如期羽翼丰满、长大长壮，我受到了少有的夸奖，邻家在宰鹅的当天，送来了鹅血，鹅肫，还有五十斤稻谷。爷爷抖动花白的胡须，笑得爽朗，将我的肩拍了又拍，对我说：做人家的事，要比自家的事更经心。

"浅升借米，满升还"，"做人家的事，要比做自家的事更经心"。这是爷爷、奶奶在几十年前告诉我的，并用自己的行动，做出了血肉丰满的答案。若干年来，两句话一直回旋在耳畔，他们的音容笑貌由之浮现，几近平凡且土得掉渣的话，深刻地影响了我。这该是一种平民家风吧，骨子里透着"感恩"和"责任"，包围它的是繁繁杂杂的针尖大、碎米粒般的小事。

太　阳

　　一早起床，多了个念头，去野外看太阳。三月阳春，太阳从早晨开始就格外的明媚，透过初绿的枝条，特别是摇曳婀娜的柳丝，端是要多亲和有多亲和，缠上手指，指尖镀上了激动，落在眼里，眸子染上了平静，绊住双脚，再乏味的土地也多出了跌宕起伏的韵味。

　　田埂上阳光厚厚铺了一层，不小心说上一句两句诗意的话，落在田埂初绿的草丛间，转眼就反弹起来，让莫名的花开得芬芳。田埂的周边是一簇簇正着意生长的树苗，闹中取静的红梅，筛出大片大片的颜色，花瓣随风飘逸，就着太阳的烘托，不要舒展身子，已扑满胸怀。在田埂上行走，注定要拾起一些东西，何况富有弹性的阳光，在脚下一个劲地拱动，找出一点儿隙缝就顺着流动的血液，输送温温暖暖的信号。

　　此刻我是独行者，早不在乎四周或明或暗的荠菜，太阳包围了我的周身，连喘气吸进的也是阳光的味道，面对林林总总的大小树木，我绝不介意成为一棵树，哪怕是期间最小最弱的一株……在这里看太阳，自有它的妙处，没有市声的喧嚣，俯身和仰望全是太阳抖下的尘埃，即便摆出最无奈的姿势，也不会有人责怪你对阳光的不恭不敬。

　　荠菜的枝头挑着一朵太阳，它早早地开出花来，雪白的在初绿中耀目，很想听清它细若游丝般的低语，但阳光打湿了它，朦胧中只有缕缕清香从根底传来，击中要害般堵住了鼻息。想着小时挑荠菜的日子，一双小手在泥土里掏鼓，跟着奶奶或母亲在田间地头，寻寻觅觅，那时剜野菜的人多，野菜是糊口的粮食，而荠菜又是可口的东西，挑上半篮子得花上半天的工夫，所以我牢牢记住了荠菜的长相，芸芸众草中只要瞄上一眼，就会发现它们的出没处。荠菜扎在阳光的身上，自然开出太阳的花朵，自然会被一眼发现，自然要阳光般挑出、阳光般珍视，认认真真地珍藏在记忆里……田埂上的荠菜真多，我自觉不自觉地弯下腰身，一株株打量它们，或抽薹开花，或小心的嫩绿，亲人般抚摸过，手心温温的热乎起来，有荠菜使着小性子的亲切，有太阳滴落在它们身上的劲道，更多的是太阳从心底游过带来的快意。看太阳，看进了一株野菜的内心里，它截然不再是路边的风景了。

野外的村落被心怀宅厚的阳光裹得严严实实，春到农家，阳光是最早的客人。农家已不是过往的农户，别墅式的楼房，落地窗户宽敞明亮，它们一应洞开着，让蓬松的太阳一头扎进去，点亮农家所有的角落。农家的四周布满大大小小的乔木，以家为原点，向方圆的旷野辐射。我细数了下树的品种，桂树居多，其他的还有高秆冬青、红头石楠、欲开花硕放的桃树、落英缤纷的红梅……它们深埋在三月浓得化不开的氛围里，随风起伏、随阳光摇曳。

在阳光下摆布手中的活计是件幸福的事，两位老人，无疑是经历过风雨烟尘的一对老夫妻，银发在阳光下时而抖动，他们的双手忙个不停，切口、扦插、绑牢，一连串的动作，将嫁接树木的过程做得娴熟而艺术，我好奇地打听，原来两位老人嫁接的是桂花树，他们一双不再灵便的老手，一天能嫁接上千棵呢。阳光在他们的双手间翻动，我总是感觉他们在嫁接桂花的同时，也将三月的阳光植进了地气了，不是吗？到了八月天满岗的桂花盛开，飘出的都是太阳味。

三月的阳光宽宏得无边，随意地行走一定踩痛了它，即使小心又小心，由于和煦无处不在，所有的动作已牵扯到了它。我的独行，是和太阳打过招呼的，去看它，不知太阳是否同意，我还是执意地去了。轻松地看、深刻地看、带着思想看、执着一双手看，无论何种形式，都找到了设问中的答案。前几天拉着父母看太阳，老两口高兴之余，对时光的流逝做出了新的判断，母亲在病痛中难得露出了舒心的微笑，父亲迈出的步伐还是军人般铿锵，对满树的花朵关联出思想，我知道除了亲情都是阳光的功劳，太阳对所有人都是公允的，你看上一眼，它回报的肯定是无尽的连绵，情切切中自是关爱无边。

实际上看太阳无须野外，站在阳台上，这更私密的地方，想象和看望都充满了期待，心指向何处，太阳就会来到何处，掖着藏着是不起作用的。坦诚地面对一天，太阳就不会老去，人也会更新鲜、年轻。

村庄不言

　　每次回故乡总有一种锥心的痛，面对一地的高楼大厦和波光闪现的风景，反而找不到一丝丝的快慰。曾经的阡陌小路，季节间交错生长的庄稼，疏疏淡淡的炊烟，鸡犬相闻的繁杂，鸟语花香的静谧，都不见了，就连生我长我的村庄，抹平了般，一夜间无踪无影，似小时机灵的小伙伴藏猫猫，藏得了无痕迹。村庄从此失去言语，即便喊破嗓子，再也没有应答。

　　就故乡而言，特别是黄土流连，田连地埂、丘陵纵横的农村，没有地标，甚至连历史的传说也没有，生于斯、养于斯的村庄，就是脑海里唯一的依存、顺畅的思路。作难的日子，有村庄一隅，便可躲进自己的深刻、疗好风雨兼程中的疾创。总是认为，人生不是一条线，它是由许多点组成的，村庄是人生的起点，更是生命四处游荡的归宿点。有村庄的日子真好，许多年前，悠然于故乡的土地，拾块泥巴，吓走贪嘴的鸟儿；揪上几株大蓟、小蓟之类，清凉止血，理顺心头的疙疙瘩瘩；捧起塘里的水，水清澈，照见脸上斑斑点点的污垢，洗了洗又容光满面；躲进黯黑一团的老屋，天黑得早，一夜睡眠，就让一个世界清明起来。

　　在故乡的村庄，自己的小名，行行走走的人都能喊得出，自可放浪形骸，无须装模作样，活得真真切切，实实在在，所以我一再认定，没有了村庄的故乡，少了的不仅是可以参照的地标，而是直指心之深处的内核，因之而起的锥心的痛楚理由充足，绝非是一时兴起，并且这种痛怨随时间的推移，愈发的强烈。望不见乡愁，心中的沟壑，会越来越深，沟壑中不再有水声潺潺，流出可抚摸、可捧起的湿润，再有一脸污浊的时候，天下的水汇汇聚聚，仔细去清洗，还是有一块洗不净、抹不去，那是留下给故乡村庄的，留给村庄周边流动的水声和再熟悉不过的野花、野草、小鱼、小虾，以致能叫上小名的目光的。

　　故乡的村庄本来生长得像模像样，连绵的杂树将村庄笼罩起来，田地绕在村子的周边，欢欢喜喜地吐出绿色的庄稼，打野的鸡时而会走失，过了一夜又"嘎嘎"叫着找到了家门。小学校就在不远处，听到上课的预备铃声，一阵疯跑，气喘吁吁地坐下，老师才站上讲台。老坟地陷在庄稼地里，比稻麦略略高出几寸，逢清明、春节烧上一些纸钱，许上心愿，心就默默地安定，真的有了不顺的心事，无须择日子，埋进坟地的野草里痛快地哭上一气，气顺了，心也敞亮了。至于三间草房，前场后院，藏进了外人不知的秘密，捣鼓上一阵，又会交代出闪闪挪挪的惊喜。日子过得艰难，但在艰难中，却时而闪烁出光亮，让希望永远搁在前方。

　　村庄在深深的体会中，剔透出特别的魅力。当有一天，启蒙的小学被拆去，祖坟被迁出，老屋被捣毁，小河被填埋……远在另地的我，一夜夜不能成眠，偶尔小寐，巨大的响声敲击着我的耳膜，连动得心绞痛。尽管后期故乡的村庄，游动起宽敞的道路，盖起了一幢幢数十层的高楼，但地理上的村庄、我心中的村庄，还是消弭了。村庄的土地仍在，可地面上的一切都不复存在，如同老瓶装新酒，不是那味了。

　　村庄不言，因为莫名的憋屈，不过它又能说些什么？前些日子，我陪同一帮子诗人，走进了我的故乡，在村庄的地面上，我抢过了导游的喇叭，一个劲地说话，我本是一个话少的人，那么多密集的话语，从我的心中撞出，直让我的嗓子嘶哑，不说心堵得慌。事后想想，我是在为村庄代言，不然，我也不会在晚上，拼尽嗓子的余力，朗诵起自己的诗歌：一棵树搬走了，一条路／搬出了视野，一座村庄／搬入了一幢高楼／一句最土的话搬进／一朵花的深处……一把老骨头／流落何处……我用家乡的话，蹦着土得掉渣的声息，听者无言，而我已泪满盈眶，随之是一片掌声。

独　棟

独棟是郢子里的最大一棵树，独自撑开厚厚的绿色，紫红的花，香得别致，花期大体和雪白的槐花相同，只是一个闻得，另一个既闻得又吃得。喜欢棟花的人有，但绝对是少数。槐花就不同了，聚众的喜欢它，还可大口大口地当菜咽、当饭吃。到了结果和果子成熟时，却又反了过来，青翠的棟果、金黄的棟果，却是孩子和鸟儿们钟情的，孩子当玩物，鸟儿当吃食，无意地将棟的种子播撒开来，时间一长，郢子里棟的数量远远超过了槐。

棟的余味苦，包括它的身体，苦苦的少有人去碰它，所以它活得周正，活得长久，长得高高大大。独棟是众多棟中的代表。能够称为"独"，自有它的道理，因为它独自地兀立在村口，周围没有大大小小的树簇拥，或许因为太大了，占住了阳光和雨露，把本该众多树生长的土地，拥在了根须的走动、绿枝的怀抱里。小时喜欢在独棟下玩，奔着它的绿荫，奔着树丫上的一个个鸟窝，和不小心从鸟窝跌下的黄嘴丫的小鸟，小鸟"叽叽喳喳"，张大嘴巴，塞给一粒虫子，它们就会安宁下来。此时，我们会盯着一个虚掩的门，盼着门被推开，不论是进是出，其中的人是我们喜欢的。

住在独棟下是郢子里唯一的老姑娘，说老也就三十来岁，但如同这般年龄还没出嫁的，在世俗的目光里，就是老了。老姑娘本不是住在苦楝树下的，和父母闹僵了，一气之下，在楝树的边上，搭起了自己的土坯房子，独进独出，过起了自己的生活。老姑娘有好听的名字：莲花，人也像她的名字一样的美，笑吟吟的面孔，湿淋淋的眼睛，怎么样的角度去打量，都是一个美人。我们喜欢她，主要取决于她对我们的温和，还有就是她会抚摸我们的头，变戏法般地捣鼓出一些好吃的，比如焐熟的棠梨、田埂上她识得酸溜溜的野果、一把从灶洞里掏出的烤得焦煳的黄豆。

从众多的窃窃私语中，而这私语唯一回避的是莲花，因此也算不上窃窃私语，我知道，独楝树下的莲花，是在等着一个人，而这人却是永远等不到的。莲花要等的人，是她的恋人，早些年从城市里下放到郢子，他们相爱了，爱得甜蜜也爱得痴苦。在他们谈婚论嫁时，莲花的恋人参军入伍，不久在一场边境自卫反击中，鲜血染红了疆土，把自己的命丢在了群山峻岭里。打开心扉的莲花，自此封闭了自己的馨香，一年又一年地过去，她从泪中出浴，再也无法让心中的爱的种子发出芽来。在父母的焦虑和莫名其妙的白眼中，她守着一棵独楝，甚至想把自己变成一棵楝，开香香的花，长苦苦的身体。

独楝依旧长得欢畅，莲花的草房却一天天在风雨里陷落，她孤零零地行行走走，无月的夜晚，风声穿过楝的枝丫，从缺牙的窗口直灌进她的斗室，往往会溢出一缕歌声来，有时是古典的，有时又是流行的，那样的时候，她似乎左右不了自己，连动得一个郢子都凄凄切切。莲花的朋友一天天少起来，她不愿四处走动，偶尔来的客人，就是莲花曾经恋人的母亲，她们会紧紧关住门户，整天地沉默，唯一的是打量彼此的眼睛，一待就是半天。恋人的母亲走时，莲花送呀送的，直到天慢慢地黑下来，莲花才会倚着苦楝树，长长地叹上一口气，回过身来，抱紧树的躯干，静静地流下一串泪。而这日子，往往是恋人的祭日。她曾想追着黑暗而去，无法丢下的竟是她倚着、靠着、抱着的苦楝树。

独楝是莲花和恋人相爱的地方，他们在苦楝树下的村口约会、厮守，把甜蜜的时光分割成分分秒秒，又捡起它们缝合在心头。恋人知她、懂她、爱她，将一个村姑的朴实，打磨成收集爱的容器。星月滴落时，独楝首先感受到了，而到了莲花的掌心，由于爱的抚摸，已是一片的温热。莲花最喜欢的举动是把自己炽热的脸埋在恋人的双手间，任他一寸寸地游走，她本想把自己交给他，他却拒绝了，他的手微微颤抖的温度，永永远远统治了她的一生。

莲花送走了自己的父母，让自己真正老了起来。苦楝树仍旧活得好好的。我们也长大了，当远远地去看独楝和树下长不高的房子时，莲花、树、房子都成了一道古典的风景，老了的莲花善谈起来，说自己说恋人，没有了半点的羞涩。她说：爱一个人，真正的爱，不在乎一生一世的拥有，爱定格时，就如钉子钉下了。莲花是郢子里同样年龄中不多的有文化的人，她读书，更多的是读人生。在交谈中，我想起民国人物胡兰成的一句话："我于女人，与其说是爱，毋宁说是知。"一个"知"字，让张爱玲等倾心倾意。何况莲花的恋人对她既"知"又"爱"，必然导致了一生一世的守候，即便这守候是泡沫状的。

独楝又一季的开花，躲躲闪闪的蜂子们来了，老了的莲花无心境去和蜂子"嗡嗡嘤嘤"计较，她靠着苦楝树，感念自己即将走过的一生，她和苦楝树一样滋味的身体和心，只是老了而没有生虫。微笑布满了她的皱纹，她想就此深深睡去，再也不醒过来。

"独楝""独恋"突然间这两个词从我的笔端流出，"楝"的苦、"恋"的甜，可能统一起来，实际上，这时的槐花也开得灿烂，槐花透过薄薄的叶子，和楝的花朵交流，花香纠缠，混合出乡村。

我无法不正视，偌大的槐树躯干上，倚靠着一同样的眯缝着眼睛的老人，他昏花的目光一再跨越楝花的飘零，定定地罩住他期盼了一辈子的老姑娘莲花的微笑。

独栋有风、有雨、有花、有果，花落地、果入土，都弄出了不小的声响。

故土密语

叫"郓子"的村庄

　　村庄的美好，甚至就是月昏的夜晚，从不大的窗户里散发出的淡淡灯光。灯光下母亲轻声哼唱催眠曲，老祖母摇动纺车一遍遍"讨古"前八百年事，偶有三几句唐诗宋词从爷爷"沙啦啦"的嗓子里流出，紧接着就被连续的咳嗽打断了。然而这些依次被记住了，若干年后就是村庄美好的见证。淡淡的灯光，在不高的房子里打转，送出的光亮，迎送脚步匆匆夜行人，脚步踏中的狗吠丰富乡村的内容，"鸡鸣狗吠"让一段段的日子在平淡中多出了暖意。

　　故乡的村庄大多用"郓"命名，比如："大房郓""朱郓""染房郓""孙郓""张郓"等等。郓子一定是被绿树环绕着的，树种各不相同，间杂着生长，或高或矮、或粗或细，很少有一片相同树种的林子。如果有一两株特高大的树葱绿地生长，并雄霸着一方领地，不用说这村子会用这树命名的，比如"柏树郓""桑树郓""栀树郓"。这些树自然有些来历，或年头长或长势威猛、或有一段随岁月的风摇曳的传说。前些日子诸多报纸连篇报道"最美的树"，招引了不少的目光，实际上故乡周边每个村庄都戳着一两棵像模像样的大树。就说"桑树郓"吧，一棵老桑树百年了立在那里，周边是无际的水田，和不远的村庄遥遥相望，桑葚熟时，吸引了大人小孩和"叽叽喳喳"的鸟儿，人在矮处，鸟占高枝，争相采食酸酸甜甜的桑果，谁也说不清老桑活了多少年，随意地走进一个家门，门旮旯里杵着一根扁担，一定会是取自它的枝干。"端午吃粒桑长大不生疮，端午吃颗杏到老不生病"，树已成为村庄的一分子，是亲人也是邻家人。至于一些树的传说，可能就要实实在在地追思了。

村庄的名字并不奇怪，以姓名取名，以地物取名，只是感到"郢"有点怪怪的，查阅资料"郢"是春秋战国时期的诸侯国楚国的首都，字面已无任何意义。散落在故乡周边的郢子，想来是楚国的领地，村民估计也就是楚的子民了。由此，对一些独特的文化现象，特别是古老语言的留存就见怪不怪了。故土，当然范围可以广一点直到庐西大地，把床单、被单之类，称之为"卧单"，查阅康熙字典确确实实有之词条，不由得让人想起"卧薪尝胆"中的卧，一个"卧"字占尽了风流，其贴切是别的字难以代替的。再比如"得味"一词，肯定是"得其真味"的省略，这是书面语言，而经"郢"的乡民喊出了，所生发的意义真的很"得味"。这样的地方，出现一些独具特质的文化，生长一些"最美的树"、碧水荡漾的古塘口是不值得大惊小怪的。

我的老家是被郢子包围而叫蒲塘梢的地方，它的南边是"染房郢"，北面是"孙郢"，东头是"大房郢"，西面是"黄郢"。因塘而得名的庄子很多，而老家因塘占据了好的风水，上百亩的塘口，一年四季水清见底，鱼翔鸟飞，蒲草连片，在丘陵地带独占这样的地利自然是福分多多了。塘是古塘，埂是古埂，小时在水里扎猛子，不小心就会被瓦砾之类伤了脚，随手摸去，一块来自久远的瓷片泛着烟翠的光芒，至今我的脚底还有一道伤痕，它来自家乡蒲塘的底部，阴雨天还会隐隐作痒，这样的痒也不知来自哪个年代。

独自的村庄，或者叫郢子的地方，总会出一两个名人，这也是对村庄久久难以忘怀的原因之一。他们会说古道今，他们能出口成章，他们写得一手好字，他们有一手绝活，他们会将一园子菜蔬打理得青翠欲滴，如此等等。名人之名，是不见经传的，但在郢子里是极受尊重的，他们所拥有的独特的技艺，将一座村庄原有的古老韵味地久天长地传承下来，在某一个时刻，突然就凸显了一下。婚礼中的"道好"现在已被专业主持人一再地演绎，我的远房叔父就是"道好"的高手，他能随景应变，把"好"道得玉润珠圆，婚庆的酒席可以简单，而"好"道得如何，是万万疏忽不得的。曾问过他"道好"的窍门，他笑而不答，问久了他会说：我读过无字天书，得过高人真传、真的是天知道，据我所知，他是"扁担大一"不识的文盲，古老的郢子，总有一些口口相传的东西，蕴藏着多彩的文化富矿，说郢子里的人没有文化，可就大错了。

　　久远地离开村庄，心却留在叫郢子的故里。在一棵已显老的树的面前，在古塘口略显滞涩的润湿里，在爬满青青草的坟茔边，在矗起高楼而草房同在的庄园，心自可以恣肆地放逐：一棵树你认识／另一棵树还能喊出名字／漫地的野草，绚丽开放的花朵／你叫出它的名字，它们轻声应答／这一定是你的故乡／弯腰之间，一棵草咬住了你／这一定是你的亲人／……拾起方言／这是你类似的小名／许多人听不懂／你听懂了／这是生育你叫"郢"子的地方——村庄……

尝　新

　　麦子熟了，青黄不接的日子就过去了，苦过一个冬天，翻过春来，好日子也该来了。

　　油菜割过，连片的麦子黄得透彻，天晴稳了，在一个天色亮得早的早晨，把头天晚上锉磨锋利的镰刀摆放在显眼处，细心的人还会用手"荡荡"，体验下利刃的味道，备上一把新镰是必要的，丰收的年景麦子长得厚，秸秆坚硬，割上一墒两墒，刀口就迟钝了，对麦粒的渴望，早已等不得任何滞缓，得连轴着割去。奔着离开饥饿干活，劲头自然足些。

　　开镰的日子，大集体生产队的田地里，一片"唰唰"的刀吻麦秸声音。急不可待的场地上，也忙活着不少人，忙着将挑来的麦稞，匀称的铺在太阳下，连枷粗粗地打去，麦粒饱满地撒了一地。到了傍晚，收获的麦子堆成了一小堆，性急的人催着生产队主事的人，慌慌的一家一户"支"起麦子来，张家十斤，李家二十斤，孙家三十斤，根据家境和人口的不同，预支起粮食来。晚上，村子里多出了和以往不同的响动，大部分家户都有人背着不多麦子的口袋，匆匆地赶往不远处的粮食加工厂，一夜里加工厂都会机器轰鸣，碾起面粉来。也有平淡的人，起个绝早，碾好了面粉，再往大田赶，略迟点，早上工的人除了看上一眼，再无二话，弯着腰一个劲和麦秸较劲。早上出活，麦子大片地倒下，铺在田地里一浪接着一浪。

故土密语

实际上田里每个人心中都装填着美好的愿望，到了中午可以美美地吃上一顿，美美地尝个新。

乡间的尝新骨子里十分简单，也不过用刚打的麦子，做上顿面食。不讲究的就和上一盆面，烧开一锅水，在铁锅的边沿贴上死面饼，滚水里揪上一个个拳头大的面疙瘩，好在铁锅稻草火发旺吃食，再加上新登场的麦子透出特别的清香，不讲究的吃食也美味了起来。讲究的就不同了。水和面粉细细地调和，再上案板紧紧地揣揉，待面熟透了，让它醒上一时半会儿，取出久已不用的擀面杖，用劲地去擀，直至面团平坦成桌面大小，躬着指头用磨亮的刀，均匀地切成韭菜叶般的细条，缓缓地抖开放在筛子里，让白生生的手擀面条，泛出诱人的光泽。在之前，早备好了新割的韭菜，嫩嫩的南瓜，小心地切成碎末或条块，作为调料。然后，急火烧开一铁锅清凉的水，在滚水里下进面条，放上备好的南瓜条、韭菜末，时候不长一锅"面汤"就成了，临上碗前，淋上炸熟的新上市的菜籽油，扑鼻的香味，勾得人肚里的馋虫不停地翻腾。考虑下午活重，主妇们还会"摊"上一锅锅麦面饼，薄薄的几乎可透过光去，火候恰到好处，只焦不糊。于是尝新的食物就做好了。一家人或围着桌子、或蹴在各自的角落，"呼呼噜噜"地吃"面汤"，清清脆脆地吃"摊饼"，那股子热辣劲，真是给个县长也不换。老人们时常会问尝新的儿孙，问麦子香不香、面汤好不好吃。而儿孙们只顾吃食，懒得抬头回答，气得老人恨恨地掷下筷子。老人也不过想图个彩头，再说上一些"好好做田，人勤地不懒"的老话，儿孙们哪能听得这些，恨不得一碗碗的面汤倒进肚子里。

尝新时会勾连出一些故事来，邻家的二大爷久久地病在床上，从叶枯到叶青，挂在嘴上的一句话，就是，不知可能尝到新。弄得一家人凄惶，久之也没当作回事，反正人老了总要有那么一天。谁知就这么一个念想，牵住了二大爷的阳寿，等到新麦上场，一碗清新的面汤挽回了他的生命。吃了一碗，二大爷又要了一碗，随后竟可下床行走。看着他颤巍巍的样子，村里人都说，新麦有火力，勾魂。二大爷活过来了，时而还是那句话，不知可能活到尝新。如此，周而复始，他足足活到了八十多岁。

尝新时的面食确实好吃，麦面筋道，有着一股子村落周边各色青草的混合味，讲究不讲究都是一样的，主要是从尝新开始，很长一段时间，肚子里不会如一汪水样"咣当来咣当去"。如今也会去尝新的，但原有的滋味早已找不到了。嘴贱，是从肚子里有货开始。

新稻登场，村子里还得尝新，不过简便多了，一粥一饭，弄不出更多的花样。

车前子

　　青翠的颜色，硕放的叶片，叶柄簇拥着根须，尽情地打开，在草的世界中它有点另类，何况还有一个好听而又耐人寻味的名字——车前子。当然还有更多的理由让人深深地记住它，时而在心中一遍又一遍地翻读。

　　和车前子打交道的次数不是掰着手指头可以算过来的，它几乎伴随着我的生命历程。小时候体弱经常腹泻拉肚子，用过许多西药，打过很多点滴，效果总是不明显，倒是民间的单方"水煎车前子"服用后立刻见了疗效，我的身体由此健壮起来，儿时的欢快也由此多了起来。母亲含着眼泪打趣。"这孩子是草命，一辈子恐怕都离不开草了。"母亲的话很灵验，即便到了现在，一旦拉肚子，纵有千般好药，万般手段，也不如一棵车前子来得快。父母都已年迈，他们从农村走出，在小城的一隅享受着晚年幸福的时光，门前一块空地，种满了花花草草，春天时百花斗艳，夏秋时硕果累累，但花荫之下，硕果之侧，总生长着一簇簇绿绿的车前子，锄草时，唯独它们幸运地留下，母亲说是她种下的，父亲争着说是他种的。时有过路人问：这是什么花呀？父母总是回答：车前子。自然还会说出它的一串妙用。只有我心里明白，这是父母为我这草命的儿子种下的灵丹妙药。

　　车前子谈不上多么美丽，没有高挑的身材，更没有美丽的花序，大多的时候显得郁郁寡欢，但它的生命力特别的旺盛，从我不多的观察中，它不怕旱、耐得涝，只要拥抱一星泥土，就能蓬勃地生长，甚或在石子、沙砾之间，也能将手掌似的叶片恣肆地打开。儿时的乡村贫穷，田间的庄稼稀稀疏疏，偶见炊烟也是短短地趴在茅草屋顶，野草却疯了似的生长，开门不出十米，荒草就能没过少年的头顶。车前子不和百草争长，更谈不上张狂，它们默默围着房前屋后，甚至在场地中间兀然地生长着。车前子的春天比荠菜、剪刀股、香蒿等等要来得更早，起先小指头般大小，一场春雨便让它平摊开了身子，和来来往往的我们打着招呼，它们经得起脚的踩踏、石磙的碾压，只要根在，它们的生命就能昂扬地向着太阳。如果说奇特，车前子很少和麦子、油菜、棉花争抢地盘，或许这和它硕大的叶片要争得更多的阳光有关，这样的奇特决定了车前子不会生长在其他植物的荫庇之下，所以在爽朗的秋季，它的种子会带着太阳的味道，一头栽进阳光照耀的土地，等待新一轮的苏醒。

　　一辈子和一棵草结缘是幸还是不幸？草命和金属之命又有多大的区别？我时而会为这样的问题困惑。草又有什么不好？比如车前子，它热爱阳光，把自己的身体透明在阳光之下，不争、不抢、不夺，只用自己的品质独立地生活在独自的天空下，想到这，因此又为之释然。

　　一场暴雪从电闪雷鸣中倏忽袭来，世界早已银装素裹，好在太阳在春的鼓动下，翩然而至，不知何时生长在阳台花盆里的车前子一丝丝脱去了雪的衣衫，又露出了它从容不迫的容颜，和其他所谓名贵的花草相比，绿得更加可爱，绿得更加真实。我曾对女儿说，阳台上的车前子是我种下的。女儿问我：你是从何处采得的种子呀？我犹豫了片刻，答了句似是而非的话：很远，很远。

　　意味深长的名字，总能产生众多的联想，而对车前子，我的想象显得特别的空泛，它也仅仅就是一棵草吧，但它注定是我生命中的一棵灵验的草。车前子，又名车轮菜，生长在山野、路边、房前、屋后，叶全部根生，叶片光滑，全棵可入药……如此而已，伸手间就可以抚摸到它。

稻子，稻子

　　若干年前，我守望着一片稻子，为她的扬花、结穗犯愁。稻子是好稻子，田也是好田，种稻子的把式更是好把式，但稻子活脱脱地把所有都放下了，它瘪着嘴，让一地的收获，在失望中闲置了一个季节。

　　故乡的田是最好的田地，种什么长什么，插下指头，就会长出双手，而这年怪怪的，引进的千粒穗，却颗粒无收。我看到了爷爷的泪光，几乎照亮了一个乡村的黑暗。爷爷大声地哭泣，为一棵棵长高了秸秆、开着谎花的稻棵。爷爷有理由痛苦，开秧门时，已过七旬的他，如同一个指挥千军万马的将军，他把最好的阵地留给了打突击的主力，而最终却以失败告终，就是在这阵地上。

　　爷爷在这个秋天突然老了，他的老年哮喘，在秋风的尾声里，大声而又残酷地发言。庄稼不收一年穷，乡村真的很无奈，它只能用饥饿，在雪花飘飘的日子封住家门，在白天里发出梦呓。爷爷在春天的时光里，说去就去了，他拉着我的手，断断续续地说：扬花了，不结果实，说谎呀，说谎……爷爷不管我的泪水，他只顾自己，把我放入了深深的黑暗中。

　　由此，我恨谎花，恨一切说谎的人。故乡把说谎称之为"屁磨"，把说谎的人叫"庇磨精"，我懂事时就知和说谎的人不值得玩，"一屁十三谎"，屁屁都要人命。爷爷一辈子真实，却让一穗稻子把自

251

故土密语

己骗了，骗得死时闭不上眼。

爷爷看到的种子是好种子，一穗稻子，沉沉的足有上千粒，他决定用它作种子。泡种、育秧、插苗，他想的是一地的金黄，足足的收获。而爷爷错了，最好的种子也会开出十足的谎花。他的一世英名，在人生落幕的时候，走进了低谷。我相信爷爷的自责，超过了他一辈子痛苦的叠加，种了一辈子地，竟让实实在在的种子骗了，他早已无牙，有牙肯定咬得碎碎的。

稻子是乡间活命的基础，早稻、中稻、晚稻，错着季节，在乡间的田野里，做着主角，至于小麦、大豆、玉米、山芋只是小小的配角。江淮之间，丘陵如同奔走的动物，在水田边都要歇下，饱饮一场。乡间的一天三顿，和米是永远有关的，早晨一碗粥，中午一顿饭，晚间凑合一下就是一天，至于杂粮，它放在碗边，青黄不接时，帮把手，给饥肠做点安慰。而早、中、晚稻，晚稻又是最重要的角色，晚稻登场迟，割它时大多冰冻扎扎，收好后又要码成垛，待真的闲下时，才细细地打下，不多的冬日阳光会晒干它们，收藏进库房里，之后的冬春就全靠它了，直至麦收。

爷爷的痛楚由此而来，大面积的瘪稻，让晚稻几乎一无所获，他面对乡邻的责怪，只有深深的叹息。爷爷一辈子英武，在我的心中爷爷无解决不了的事，他的决断自然是一个村子的最终决定，没有争议的。特别是农事，所有的田地都在他的心中，何处该安种的作物，早在他心中过了一百遍。而这次爷爷失败了，败得那么彻底。

稻子，稻子，这在人们眼前游走，晃动了千百年的东西，爱过深沉、恨过牙痒、想过入梦的庄稼，竟让晚年的爷爷陷入了不仁不义。那个寒风凛冽的冬天，恨我爷爷的人捧着饿肚大声咒骂，爱我爷爷的人小声哭泣，一个冬天乡间无语的死寂……

许多年后，我终于知道，稻子是有不育系的，青青的苗可以长出，高高的秆可以挺起，但就是穗结不出。我为这样的结论深深地痛苦。

多年前的爷爷不知道，他只能用无解的泪水，洗刷自己的悔恨———一个冬天，乡里人，数着不多的稻粒过日子，那么艰难……实际上爷爷早告诉过我，什么花都能开，只有谎花开不得。红红的花朵、美美的花朵，开过了，就整整误了一年。

换　肩

农家的活计多，栽秧、割稻、锄地、犁田、打耙……不外乎弯腰弓背、手提肩挑，一棵棵地种，一兜兜地管、一粒粒地收，双手在泥土里摸、在泥巴里捏，泥土里的活儿靠一身子的力气，也靠多多少少的经验和技巧。

在众多的农活中，除了使牛打耙，挑担子的活可能是最重的了。

那时的农村路窄，加上没有现在众多的交通工具，田里的活从播种开始，到收获结束，许多东西要运到田里去，收到家里来，比如基肥，比如种子，靠的就是一根扁担，一双肩臂，沉沉重重去抬，实实在在去挑，挑过秧把子、再挑稻把子，打好了场，一堆小山般的稻谷还得一担担挑回仓库里去。

村子里的二牛是挑担子好手，别人挑上一百斤吃力，他往往要挑上一百五十斤。看他挑东西是一种享受，不论是稻把子、整箩的稻谷，还是臭烘烘的粪土，他闪闪悠悠地挑着，扁担两头的重物，一上一下有节奏地颤动着，嘴里时而哼起不成文的小调，合着扁担负重时吱吱呀呀的声音，熟悉他的人多远就知二牛来了。"扁担牛"成了他的雅号，一条油光光的扁担也成了他终生的吃饭家伙，农闲时，常有人请他干点小活，不外乎东家盖屋、西家修房，"行"他当个挑夫（乡间把请叫作行），在整个冬天，扁担牛从没闲过。

二牛的担子挑得好，除了他有一身力气，舍得用力、不偷奸要滑外，重要的是在挑重担时他会换肩，起先是右肩挑着的，在担负重物疾走中，略微放慢点脚步，一副担子就换到了左肩上，两个肩轮流挑着，把酸痛劳累分解开来。二牛换肩和挑担子一样流畅，不像有的人，换肩要停下担子来，误事又误时，往往是二牛挑了两个来回，其他人还在半途中。窍门被发现时，都想试试，也有在走动中换肩的，晚上回家细细一看，两肩中的皮肤早被揉成了一块破土布般。我曾在夏天打量过二牛一堵土墙般的肩臂，厚实如铁般坚硬，两肩之间光滑得用手摸去没有一点儿的滞涩，想来是换肩时磨的，或许这和岁月有关，苦难的日子让二牛们多了条生存的路径，这路径就生长在身体上。

不是所有的树木做成的扁担都可用来换肩的，甚至不是所有的树木都可以做扁担的。故乡的树木适合做扁担的不多，楝树可以，槐树可以，最好还是桑树，不过桑树得是毛桑。实实在在的土生桑树，是做扁担最好的材料，既有韧性又具弹性，碗口般粗细的料，一点点地削去老皮，进入树的核心，留下精华部分，放在门旮旯后面，吸足了阴阳之气，一条扁担就成了。一条好扁担用上十年八年就熟了，红中透出紫气，贴在皮肤上温润中不失一股子亲和感。二牛的扁担取自村中最大的一棵桑树王的枝干，有人说是祖传的，多少年头了谁也说不清楚。

我曾在一首诗歌中写道：游走的扁担／是故乡的枝条／绿叶长在肩上／故乡的绿总在走动……儿时拿着扁担走天下的人很多，二牛肯定是其中之一，他优雅地在重负之间换肩的动作，许多年后还能想起，在重压中寻找些许的轻松和化解，自然是没有办法的办法，有比没有好。

扁担如今已经成为稀奇物品了，今年到乡村一走，过去的手提肩挑，已被现代的交通工具代替，自然换肩这一奇活就消失了。记得小时候挑担子的重活，在一个家庭里总是主要劳动力的，没成年的孩子沾不得，怕被压"伤力"了，即便家里的活再多再重也是这样的，没成年的孩子想帮父母换下肩是绝对不允许的，换肩永远是在自己的左右肩上实现的。记起这些，我更加渴望在乡村的一角寻找到一根被生活压得变了形的扁担，愿望终没能实现，却实实在在地让我长长地叹了口气。

家乡一钓

梦中在家乡的塘口钓鱼,鱼漂在水面上游游动动,提竿却是空的,梦中的鱼没有上钩,急得一身的汗水,还是乐此不疲,深深的夜中,我的目光专注,呓语被鱼咬得生痛,仍是提竿、甩线、穿饵,渴望有一尾家乡的鱼和我亲近。

事实上家乡每一方塘口的鱼头都满满的,大大小小的鱼不惊不乍,特别的好钓。

儿时钓鱼是受了鱼的诱惑。家乡的鱼多,尽管是岗地,凡有水的地方就有鱼,何况满当当的一池塘水呢?上午时光去塘里淘米、洗菜,鱼开始黏上了,它们不知轻重地围着洗菜、淘米的篮子转,啃咬篮底、叼住手指头,偶有性急的还会活泼泼地跳进篮子里,饱饱地吃上几口,又打箭般游入水的深处,引得人心痒痒的。到了中午,太阳背在鸟雀翅膀上的时候,我们便会相约去塘边钓上一把了。

喜欢去有荷的塘口钓鱼。如恰逢荷花盛开,花姿婆婆,香气淡淡地散发出来,水面静悄,唯能听到的只有鱼们啜动荷叶和蜻蜓点水的声响,心中便多出了和年龄不相称的感动。家乡由此柔美起来,柔美得永远忘不了了。

钓鱼的器具十分的简单,一根不长的、缺乏弹性、刚性有余的竹竿,一条棉纱线,雄鸡翅膀上的羽毛做就的"浮子",大头针弯成的钩子,加上从菜园地挖出的新鲜蚯蚓,一切就都有了。蹾在塘边的树荫下，抛出鱼钩，单等鱼儿来咬钩了。家乡是有竹园的，千万根婷婷的枝竿直指蓝天，我们都渴望拥有其中的一根，甚至多次揣着砍刀，选中了最修美的一根，但下手是永远的下一次，乡间的民约，让我们知道，对它们下手是要被唾弃的，所以，我们手持的钓竿，既无灵性又无弹性，直来直去的和鱼们的灵动斗智斗勇。好在家乡的鱼敦厚，对充满乡土气的鱼饵情有独钟，密密地向垂下的钩子发起了进攻，起竿、收竿忙得我们忘记了周边随风漾动的稻田、艳艳开着的合欢花。

　　起竿的惊喜不在鱼的大小，不同的鱼色让我们兴奋，有时是一条鲫鱼，有时是一条白鱼，有时是一条"旺丫"，有时甚至是一条鳝鱼，大的七八两，小的也就和蚯蚓差不了多少。一次我提竿时感到异样，鱼儿出水竟是一条披满了红鳞的鲫鱼，闪着金光的红，美得捧在手心，不忍用柳条穿鳃串起，急急地寻了个盆子养了起来，一养就养了一年多。家乡的水是分水岭上分岔而来的，连动的地域四面八方，鱼的品种自然多种多样，如同村庄里的姓氏，七七八八的，他们也是多年前移居此地，我甚至想过，这些种类各异的鱼一定都来自七七八八姓氏的故乡，她们是缘亲情而来的。

　　家门堂叔是钓鱼的高手，手中伸伸缩缩的钓竿，透明的鱼线，闪亮的钓钩让我们倾慕不已，但对他个人却充满了敌意和怨言。堂叔在城里工作，之前当兵报国，家里给他找了个童养媳，婚后感情不好，闹着别扭，分分合合地闹着离婚。而堂婶是我们喜欢的，高高挑挑的身材，唱得一腔好歌，栽秧割稻、挑担锄地都是一把好手，相夫教子也做得拐到边齐。堂叔总是在星期天从城里赶回，吃过午饭钓上一场是必不可少的，我们时而会去看上一气，看他优雅地打窝、送线、起竿，而每次堂婶都要围着堂叔转悠，送来草帽、送来茶水，有时还会轻轻地哼起小调，为堂叔轻轻地扇起细细的小风。

　　时光推移，堂叔和堂婶一路走去，终没见他们分开。村里人说堂叔舍不得塘口里大大小小的鱼儿，他的钓钩甩进了塘的中心，注定了他要钓起一片冰心。我却不这么认为，堂叔和堂婶围着塘口，水的湿气浸染了他们干燥的心房，他们各自不曾恋爱的心恋爱了、走近了，先结婚后恋爱让这段持重的爱情加深、巩固了，和钓鱼有关吗？一定是的。

许多年后又一次奔赴家乡，家乡已迷失了，剩下的不多塘口，在来来往往的道路、林立的楼房前显得落寞，四方来水，在阻阻拦拦中，很少淌进她们的胸怀，水滞凝得生分，偶有的几棵老树宝贝般被孤立起来，随弯就曲的塘埂整齐地割断了地气，塘在似乎的青春里老迈了起来。我还是想钓上一竿子，随行的朋友、家乡的兄弟忙不迭地张罗，我赶走了他们，在曾经的老树下独自屏住了呼吸，远远地抛出了鱼线，一会儿鱼儿就开始咬钩了，轻轻一甩一条鲫鱼上岸了，如此下去，鲫鱼、鲫鱼、鲫鱼……千篇一律的鱼儿，大小守成般的一致。我的心突然软了起来，眼角不由得潮湿了，还是我的家乡吗？还是我曾经柔美过的家乡吗？那各色鱼种找到了乡情，它们如今又走往何处？塘的周边寂静，我细细地寻觅起来，我曾经滑落进塘口的方位还在，堂叔为堂婶捧上合欢花的地点还在，只是一种悠远的场景永远失去了。

梦醒了，我在枕边摸索，时光硌痛了手指，窗口洒进来的晨光渐渐柔和，梦中的家乡一钓，我钓出了什么，我已分辨不出了。

棉

　　故乡的土地不适合种棉，但还是大片大片地种了。棉是最贴身的温和，对一个村庄重要，如同太阳的光芒，缺了她所有的绿叶就会失去颜色，所有的庄稼就会颗粒无收。

　　故乡的棉大多种在一个叫"大面积"的高台地上，它高高地从土地深处挺起，方圆近百亩。"大面积"的四周是低低洼洼的梯状地块，种着水稻、豆子、玉米之类，故乡把棉安种在"大面积"上，显示出了棉的地位。在棉开花的日子里，红的花、黄的花、白的花，招摇自在，画着乡间不多的美景。这花从五月开起，一直要陆陆续续地开到十月里，甚至在霜降的时候，还有耐住性子的棉，开出大朵大朵的花来。棉桃开始伴着花开坐下了，渐次地从根底向枝头攀去，直到一株棉棵经不起重压，棉桃自会咧开嘴，卸下重量，吐出絮状的语言，此时，厚叶、鲜花、绿桃、白絮在棉棵上交相映照，给"大面积"勒上了深深的印记。

　　钻棉棵、摘棉籽是乡间轻巧活，大多交给老人和孩子。我实在喜欢这种劳动，跟着奶奶，没入过顶的棉棵间，采过一朵又一朵的柔和，太阳在头顶明晃晃地漾着，但就是找不到我等孩子们的去处。故乡把摘棉花叫"闹棉"，对于"闹棉"之说，我曾不止一次地苦思冥想，"闹"的用法确定怪异，比起割稻子、铲花生、挖芋头之类，多了些不安宁和难以解透的成分。在所有的农活中，把"闹"字安在它们的头上，似乎都是不恰当的，但对棉却是十分贴切，叫得自然、用得亲切。棉是另类庄稼，唯有它是敞开胸怀才能收获的，在它的胸怀里"闹"一"闹"带来的必然是温暖。故乡把到左邻右舍走一走，玩一玩，称之为"闹门子"，到张三家"闹闹"、李四家"闹闹"显得亲和、自然，怎么就不能到一朵笑意的、敞开胸怀的棉家"闹"一"闹"呢？棉也不是好"闹"的，活计轻是一方面，而巧更重要，"闹"不好就会留下一缕缕白色纤维，小风吹过悠悠荡荡，白花花地留在棉壳里，要多刺眼有多刺眼、要多可惜有多可惜。奶奶尽管岁数大了，她"闹"起棉来，手轻巧迅速，摘过的畦垧绝不会留下星点的棉籽，和奶奶相比我真是"乌龟吃大麦——浪费粮食"，害得奶奶在收工前，为我打扫战场，把留下的丝丝缕缕重新过上一遍，即便仅仅收上一小把，奶奶还是捧着这不多的棉，絮絮叨叨地和我说上一大气。

棉的花朵开了一遍又一遍的时候，"闹"进家门的棉，就该在阳光下舒舒服服地躺下身子了。采下的棉沾不得地气、沾不得水雾，故乡人把棉高看了一眼又一眼，让它们躺在专用的工具"棉泊"上，接受阳光的熨帖。"棉泊"是用麻秸秆做成的，一根根去皮的麻秸，被精细的麻绳串联起来，搭在不高的长条凳上，成了棉的新床，阳光下棉轻轻地呼吸着，一觉醒来，棉吸足阳光，一下子就喧腾了起来。故乡的器具中"棉泊"最富有诗意，"泊"是个好字眼，棉"泊"在之上，也唯有棉能泊起来，如同水泊起月光、水泊起轻轻摇动的小舟。从地里收回的棉陆陆续续地"泊"了起来，当累积的棉堆积成不大的小山时，就可以听到老人们发自心中的长叹——冬天有着落的地方了。

由籽棉而皮棉，棉变得更加温柔。夜晚降临时，奶奶在许多时日里，会就着昏暗的灯光，把皮棉撵成手指粗般的棉条，齐齐地码在笸箩里，之后，便寻找堂屋不大透风的角落，摇起纺车，将曾经由她一朵朵"闹"回的棉，纺成一锤锤细纱。纺车"嗡嗡"地响着，

　　我在能睁动眼睛不是十足困的时间里，总是绕在奶奶的膝边，看着她把棉拽成千回百转的线条，听她千百遍地"讨古"，直到一盏灯油点完了。

　　当棉贴身地穿在我们身上时，冬天猛地来了。那时的冬天格外的冷，棉一层层地开始在我们身上缠绕，棉袄、棉被、棉帽、棉鞋、棉手套、棉袜子，周身上下没有一处不是棉的天下，按奶奶的说法：这伢子是个棉猴子了。揣进棉里，一个冬天变得不再那么漫长。

　　不知何时棉开始漫不经心地退出了我们的视野，众多的替代品挤对着棉的地位。前几天去乡下工作，被一块不大的棉地深深地吸引了，在大块大块的苗木间它尤为引人注目，杯盏般的花还在开着，众多的棉桃上吐着雪白的絮状物，有些已被风吹雨打揉进了土地里，没见"闹棉"人，真的让人心痛，这曾经温暖了一代又一代人的棉，这般地被糟蹋了，令人感叹不已。我问随行的朋友，这是为什么？朋友说：农家乐，乡村游，就是一抹风景的点缀。棉成了一种点缀，让我在震惊之余，多了份由衷的关切，是对棉的，也是对这大千世界的。

　　唉，多想再回到"大面积""闹"次棉，再在故乡的土地上看次"泊"着的棉……冬天来了，温暖又该找着落的地方了吧？

瞧　水

想起"瞧水"这件事。乡间用"瞧"的地方不多，"瞧瞧亲戚""瞧瞧病"，都是与人息息相关的。水生万物，对水的管理、疏导、堵填，用"瞧"，亲切贴合，生出了万分的柔和。

一地的水稻随风涌动，拖把大锹在田埂上走动，看似轻松随意，走走停停，近处和远处的人忙忙碌碌，陷在绿色里，如同长高的树木，俯视着起起伏伏，他一定是"瞧水"的人。"瞧水"的人不简单，他掌握着水的走向，掌握着庄稼的吞吞吐吐，对于植物，他有话语权，更多地把定了一年的丰歉。

丘陵地带土地起伏，水从高处向低处流去，田埂一道又一道地关住了水声，水滋润着绿色，管住了水，便管住兴盛和衰落。从播下种子开始，"瞧水"的人就在田间地头晃动，何处该开缺放水，何处要堵缺蓄水，何时养田、炕田，早在他的心里了。大锹明晃晃地闪着光亮，开堵之间游刃有余，水汩汩流动或静静地存下身子，在"瞧水人"的一念之间，又在他的蓄谋已久中。

村里的周老大"瞧"了一辈子水，他熟悉村里的所有田地和田地间游走的大小田埂宽窄缺口。他本是兴庄稼的好手，使牛打耙、栽秧割稻、错茬安种都一摸不硌手，但最拿手的还是对水性的调理，会顺着水的思路，做出畅通无阻的事来，于是他成了村里的"锹把子"，无可争议地干起了"瞧水"的营生。

"瞧水"的活看似轻松，做起来却不容易。三伏天水金贵，一不小心一个"漏子"就会将一田的水漏完，无水的田庄稼遭殃了，如火的骄阳曝晒，一个时辰下来，点把火就能把一田的苗子烧尽。就在别人"歇中"的时候，周老大扛把锹下地了，大小田埂得完完整整实实在在地走一遍。三伏天田里的野物活跃，钻洞作眼，从东田蹿向西田，湿土软软的，田埂打通了，水哗哗地向下田流去，下田满当当的，上田却干枯了。好在周老大赶到了，大锹一挥，忙忙地干了起来，挖土填漏，如果碰巧了把野物掏出来，就了却了老大的一茬心思，否则不要多久这野物还将作怪，对此周老大会牢牢记着，再巡田时当作重点。拯救了一田禾苗的周老大松了口气，满身的汗水，早湿透了披着的手巾。

落差大的田亩总有一横老埂护着，老埂古老，遍布着零零碎碎的树棵，树根绊着树根，留下了野物们运动的空间。野物们在树根里做窝打洞，难免会打通了田埂，水顺着野物在泥土里行走的路线躲躲闪闪地流了下去，只见下水"哗哗"地流着，上水却不知漏在何处。下水漏子堵不住，得寻到出水处。周老大在上首的水田里四处寻觅，凭着他的经验赤脚在水里一遍遍地蹚过，下水的地方水终于浑了，漏子的出口也就找到了。他默默地矬下身子，手脚并用，在漏子的出口处围起一个半圆形的堰来，再从远处取来干土填实、填满，不留下一丝的缝隙。缝隙再小水也能穿过，穿过的水还会撕开大大的缺口。对这样的漏子的最后治理必须等到冬天，上下田的水都干涸了，周老大找到曾经围堰的地方，把填过的漏口打开，从田埂上搂来一丛丛的杂草，塞满透风的漏子，一把火点燃了，看田埂下有几处冒烟的地方，野物狡猾，通道多的有三五个，冒烟的地方一定是野物的出口，也是漏水的地方。周老大会唤来乡邻，动锹动锄，挖出野物的通道，填满了跺实了，到了来年这漏子再也不会流下半缕水去。

周老大最终死在"瞧水"上，他死的那年，雨水特别的丰沛，天像下漏了一样。雨越大"瞧水"的人在田间跑的就越多、越勤，田埂破了、漏子多了、田水涨了，弄不好一田的庄稼就全淌完了。周老大披着蓑衣，在雨水里穿梭，大大小小的田埂跑完了，水理得顺顺畅畅。临了时站在村里的当家塘埂上，突然感到脚下泥土深处有异样的动静，慌慌地向埂下方看去，一管小碗粗细的涌流急速地喷溅着。喊人显然来不及了，他挥锹填土，泥随水走，任何作用不起，而塘口的下方是百来亩即将成熟的水稻，一旦塘埂垮了，一村人的口粮也就完了。周老大试探地向管涌蹚去，雨还在猛烈地下着，上游的水急急地逼了下来，一下子把周老大吸进了管涌里，水堵住了，周老大的生命也因此画了句号。直到雨停时，人们才发现，周老大的锹独独地立在塘埂上。周老大锹不离手，锹离手人就没了。

水柔、水硬，在乡间都得"瞧"的。"瞧水"有些学问，带点哲理的味道，比如："小洞不堵，大洞一尺五""堵漏要堵上水漏子""蹚漏蹚出下水浑""放水养水一般重"……这也是我想起"瞧水"的原因。

故土密语

一把绿色的剪刀

　　"剪剪股，弯又弯，丫头们不带小子们玩。"这可能是我童年时间接触过，并深深刻在脑海里的第一首童谣。过往的农村缺少文化，能够供品赏的除了野草就是野花、野果，作为父母首先要教给孩子的是哪些东西是可以送进嘴里，哪些是动不得，吃进嘴要吃苦头的，而在这之间最需要识别的就是野草了。至于歌谣带来的效应，他们是懒得过问的。

　　"剪剪股"是开着黄色、淡蓝色、白色花朵的野菜，不多的叶片像张开的剪刀，花朵张狂而美丽，种子随风伞状打开，酷似蒲公英，白色的汁液苦得出奇。不知为什么在众多的野地植物中，单单"剪剪股"有一段发人深思的童谣。它所强调的是"丫头们不带小子们玩"，故乡把女孩称之为"丫头"，男孩称之为"小子"，如果这段歌谣用土腔土调唱来格外有味道。因为有了莫名的"剪剪股"，三几个女孩结伴，偶有男孩介入，女孩们就会齐声唱起"剪剪股，弯又弯……"，男孩大多羞红了脸，望着结伴的女孩们，落单而去。或许，这就是乡村最早的性教育吧，让朦胧的时段多多少少知道点男女有别，"丫头们"要警惕"小子们"，保护好自己。

　　"剪剪股"是不择地生长的，路边、坟地、房前、屋后见缝插针地绿着，霜寒时紧紧地趴在泥土上，春风吹起，便迅速张开剪刀样的身体，不久就孕蕾开花，花朵如乡间的瓦碟，浅浅的仅可盛下一颗露珠，当春天老去时，它的种子已开始四处飘扬了。故乡的"剪剪股"随地域的不同开着不一样颜色的花朵，田埂上的"剪剪股"大多开着白色的花，田边地角却是黄色的，而坟地间花的颜色淡淡的蓝，带着一丝丝回忆的场景。记得爷爷去世那年冬天，雨水多得出奇，第二年开春，他的坟头上布满了"剪剪股"淡蓝色的花朵。乡间人说：爷爷一生苦累，死了要让苦水吐出来。"剪剪股"是苦菜，苦命的人只能用苦苦的花朵来点缀。我曾恨恨地将爷爷坟头的"剪剪股"一棵棵拔去，而来年的春天，"剪剪股"仍是蓬勃地生长，只是夹杂在其他野草间，略略地收敛了点。

　　"剪剪股"的剪刀剪出了二月春风，不知可曾剪断过一些乡间的柔情、愁绪。小时对"剪剪股"是不待见的，挑鹅菜除非找不着更好的，一般是不去挖它的，一方面它的个头小，更重要的是鹅不爱吃，何况我们都渴望和"丫头"多接触点，而"不带小子们玩"的唱法，让我们多多少少顺带着恨上了它。"剪剪股"却有着可爱的另一面，手上、脚上不小心中了"粪毒"，奇痒难忍，扯上三几棵"剪剪股"揉碎了，擦擦抹抹马上就消除了痒的难忍。似乎故土的草都有着自己独特的用处，它们如同弯腰耕作的乡人，站定一块地方，就能开出一方荒来。"剪剪股"的歌谣实际上无法剪断乡间突如其来的爱情，儿时的玩伴仍有一对对牵手走过一生的，他们在草棵间生活，和草争着地盘，之间当然有着起眼又不起眼的"剪剪股"，并且还把"剪剪股，弯又弯……"的歌谣手把手地传交给下一代。

　　故乡的"剪剪股"不知如今可安好，在书橱里翻来覆去地寻找着植物大全，终于找到了"剪剪股"的词条，"剪剪股"学名剪刀股，菊科，别名鸭舌草、鹅公英，全草可入药，外用治疮疱肿毒、皮肤瘙痒……更重要的是还没有人工栽培，它们还自由地散落在民间。

土　街

　　土街筒子不长，也只一百来米，两边盖满高低参差的房子，房子由土坯垒成，一家卖杂货的店子，一家铁匠铺，加上逢集才有的猪肉案，时而发出轰鸣声的粮食加工厂，和十来户散散落落的人家，就是它的全部了。逢集时热闹些，方圆十里地的人都向这赶，买点针头线脑，称上斤儿八两肉，目标明确，露水般的集市，太阳当顶，自然而然散了。即便如此，引力还是大得无边，起个绝早，匆匆地去，又匆匆地回，肉要肥肥的，针要一根根地挑，线要一条条理，遇上家有喜事的，还要扯上二尺红头绳，让大姑娘小媳妇高兴上一回。闲集天，街筒子显得寂静，杂货店、铁匠铺无精打采，撂棍打不到人的土街，一群野狗围着厚实的猪案板打转，狗来自四乡八野，相互熟悉的不多，狠狠地打上一架，再寻常不过了。偶有急需油盐酱醋的，把杂货店的门敲得山响，懒懒的才会传出一声应答，闪出半张脸来，头发像鸡掏的一样乱，也不知在干何营生。

　　实际上土街是有年景的，日本鬼子侵占时，就在这设过岗楼，老年人说，站岗的鬼子不过十七八岁，嫩嫩的秧子，在乡间还是不能负重的年纪，挺着明晃晃的刺刀，吆五喝六，全指望手中的快枪，鬼子人小鬼大心毒，曾有赶集的人多瞅了几眼，付出的代价是肚子上戳出了小碗口大的窟窿，连肠子也冒了出来。土街上有家私塾馆，先生姓黄，开馆收学生，老先生胡须飘扬，讲起来头头是道，对着旗杆一样戳着的小日本鬼子，斯斯文文地骂上几句，刻骨刻肉，懂事的学生便多出了心思，有几个年龄略大的干脆放弃了学业，乘着夜色，跑到了山里，穿上了军装，让土街多出了枪声和硝烟的味道。黄老先生最终把自己吊在了土街不多的一棵大树上，树叫楝树，一树的果子正黄，秋风扫过，楝果相互碰撞，发出沙沙的钝叫，瘆人而又明快。土街轰了一筒子的人，拿着锹刮锄头、抬上黄老先生，在土街走了一个又一个来回，都说黄老先生的身子沉，沉得十几条大汉抬得嘘嘘乱喘，一脸的汗一脸的泪。老先生怒目而张，双拳紧握，眼抹平了又张开，手理顺了又握住，留下的核桃大的几个字，布满了身上穿着的肤绸大褂：王师北定中原日，家祭无忘告乃翁。字苍劲有力，直逼他骨瘦如柴的身子，笔锋似刀，刻得见血见肉。从此土街一段时日没了集市，装满了凋落和萧条。

记事时，土街最高挺的是吊过黄老先生身子的苦楝树，由于它的存在，周边的房子显得矮小不堪，树的阴凉四散地向周边扩张，大热天，赶集的人席地而坐，抽上一支烟，任活跃的鸟儿在头上飞来飞去，鸟粪"嗒"地掉在头上，忘不了骂上一句，还是舍不得离开，再续上一支烟，深深地吐纳一气。

吸引我们目光的除了杂货店一分钱一颗的山芋糖，最多的还是铁匠铺，师徒二人，一个掌钳、一个拿锤，"叮叮当当"地忙活不停，做徒弟的辛苦，忙中还得抽身拉动风箱，鼓动得炉火张张狂狂，他们变魔术般地将生铁，打造成刀、锹、锄头的形状，然后细细地修磨出锋来。师徒二人一概地理着"葫芦头"，一根发丝都不见，炉火映在他们的头上，闪闪烁烁，亮得有分有寸。我们抢着去帮忙，大风箱不是随意拉得动的，三两个玩伴一起上，也仅是拉出半箱风来。回家如恰赶上"剃头匠"来做活，大多吵着要剃个"葫芦头"，父母答应的很少，如有干成的，会令我们追着赶着，羡慕上好长一段时间。那时心中最想的是长大后做个铁匠，像土街上的师徒二人一样，把铁当作泥巴来玩。

家离土街不远，走上三里土路就到了。喜欢逢集日子，跟着母亲赶集，再高兴不过了，哼哼叽叽的，总能混上一两颗糖粒，看到寻常郢子里没有的热闹，碰上起油锅炸点心，如果母亲的口袋尚有余钱，还能吃上三分钱一个的狮子头，脆脆的香，一点点掰着慢慢地吃，慢慢地品。到了六七岁时，就有了一人赶集的机会。记得七岁那年，爷爷去世，奶奶跌断了腿，母亲生下我的二妹妹，父亲在外地工作，眼见家中断粮了，母亲让我背上半袋稻子去粮食加工厂，平时轻松的三里路程突然变得遥远，走到时露水集已早早散去了，排了长长的队，上磅过秤，交了一毛钱的加工费，终于把稻子加工成了米，糠也是丢不得的，于是将口袋一扎为二，一头放米，一头放糠，架在脖子上一步步向家"挨"去。那天不长的土街失去了所有的引力，百来米的街筒子，充满了磕磕绊绊的障碍。在合抱粗的苦楝树下我第一次像个男子汉，席地而坐，听着风声过耳，将不长的土街深深地刻进了心里。

土街边有一条小河长年潺潺流动，水从远远的山头流来，河上有桥，青石板光滑鉴人，河边常年有人汰衣、淘米、洗菜，如同宿命般，土街的故事在河的两岸时有发生。土街上的人似乎比别处的人鲜亮一些，我的最好玩伴在青春的岁月里，爱上了土街上的一个女孩，女孩一袭红色连衣裙打中了他，他们爱得如痴如醉，可惜女孩的父母死活不同意，俩家人疯吵疯闹，甚至大打出手，谁也想不到，烈性的女子，在一个月明星稀的夜晚，从石板桥上直直地栽了下去，将一袭红色丢在了桥的护栏上。而我的玩伴在痛不欲生的痴迷里，竟怀抱红色连衣裙，将自己吊在了若干年前黄老先生自尽的苦楝树上，此时，却是楝树开花的季节，一树花红红火火、香香艳艳。听不见楝花低语，初夏的风吹过，一片死寂。土街就这般在锥心的痛楚中老去。

土街偶尔地在记忆中活着。起先是苦楝树訇然倒下，之后是街筒子的土房被岁月压垮。当我再次面对它时，土街的遗址边，小河早成了穿堂的风景，过去仅三五个壮汉穿行也要仄着肩的街道，阔宽得可涌过狂猛的心跳。想起过往，看看现今，只能说生和死都同样的值得玩味，值得用心用手去一遍遍地抚摸。土街也该如此吧。

故土密语

未修剪的村庄

　　村庄安然地摆在黄土地上，极简静地打开，如同一地植物，随季节轮回，绿叶、开花、传粉、结果。炊烟从不高的屋顶散开，时而被秋去春来的燕子捎向远方，又将透熟的余韵带回，绕梁的呢喃全是清明的味道。

　　村庄空旷，必须让久久敞开的大门，刮进更多的阳光填实。

　　简静极了的氤氲之气，由一口方塘传来。塘是古塘，上游来水和时间的移步一样模糊，渠道陷落在泥沙深处，时光磨砺，柔水搬动，泥沙的质地已经光滑，鱼虾停不下自己的脚步，注定要在塘里栖下身子，做一段长久的徘徊。塘埂上裹缠树影子，也不过是周边相同的树种，偶有新鲜冒出，全是贪恋此处风光的外来鸟儿，悄然过上一夜，从翅膀上抖落下来了种子。

　　塘传达自己的意味深长，风吹浪涌，它清波般流出的稻浪，已年复一年翻动过几百年。以塘为镜，照见乡村美丽和丑陋原本原样，一塘水砸打皱了，零乱一时，不要多久，又会真真实实地还原。

　　歪瓜裂枣无疑是村民最甜的果实。一棵老枣树歪在村头，从满树星星点点的花开始仰望，青涩过后，落果三三两两地击起一地的灰尘，鸟儿啄食，回应的也只是轻轻的吆喝，胆大的干脆在树上做巢，守着一树果实，养儿育女做得踏实。看树的是双眼无路的三奶，一辈子几乎没挪动半步，她杵着竹竿，又以竹竿当眼睛，"看着"

枣生枣落，到了秋季，她找来了半大小伙子，摘下成筐成箩的枣子，深深嗅上几口，又摸摸索索地分成若干堆，一户一份，分得均匀。每有人对着几粒长得不匀称的枣子议论，她总要拿眼剜上一气，自言自语：歪瓜裂枣最甜。果然，裂了的枣鲜嫩可口，甜得满嘴生津。三奶说枣也说自己，她一辈子把眼睛拿在手上，村庄的路走遍了，没见跌倒过。

野花开在场地的周边，栀子在端午前后喷香，纯净的香气带着口哨吹动的张力，它们和野花一样顶在枝头，没有闲着的手，摸上一把、揪上一枝。手在田里忙活着，插秧、割麦，顺带还要理顺水的流向，掐去高过秧麦的稗草。累了的手有时会停留在孩子的额头上，试过体温，叹息上一气，巴望着自己的孩子快快长高。

野花沿着乡村湿气一路长去，不小心就闯进了不大的窗户边，窗户小得仅能容下一瓣月牙，而窗户下，正临月站着村里最美的村姑，相恋的人远在他乡。花影摇曳，她当作了遥远的思念，伸出手抚摸盛开的花朵，清露刚下，她把润润的露珠和一个人的名字紧紧地攥合在了手心。第二天，太阳升起，美丽的村姑荷锄下地，一路的花香合着她的脚步，她的脸羞羞地红了。

"打鱼摸虾耽误庄稼"。鱼虾奔水、奔田、奔塘、奔人而来，田里干活，小鱼、小虾啃着人的脚丫，麻酥酥的产生另样的快意。鱼虾和人亲切，似乎是那么自愿地窝在田的一角，在晒田的日子里，它们成群结队随田缺水而去，由东田去西田，村里人仅会在半途打"劫"，"取"上一碗半盏，烧上一碗汤、一盆菜，就着田野的鲜美，把艰辛或快乐的日脚吞下去。小鱼、小虾像田里的庄稼，一茬茬地生长、一季季地丰收。猛雨天，小鱼小虾会找上门来，它们溯水而上，在屋檐下的"阳沟"里嬉戏一番，它们对农家雨天的生活感起了兴趣，性急的还会蹦跶到场地上，顺浅显水流，在场地上周游一气。

下雪的日子是乡村美的极致，天地间一片苍茫，雪花飘动的声

273

故土密语

音和鸟的"叽叽喳喳"声合在一起。大雪封门，看着原野里新鲜的脚印越走越远，心就会被揪成一团，这一定是有急事的人，冒雪赶往另地。晚暮时光，许多眼睛盯着被雪覆盖了的印迹，远足的人还没归来，风雪再大，门也得虚掩着，让一丝丝不尚明亮的灯光，传递到茫茫雪野里，打湿出门人的归途……给外出的人留门、留灯，是一个村庄在雪夜里的良心和纯朴。

　　未修剪过的村庄好美、好简静。那是三十年前我的故乡，在梦中我喊着她的名字，她答应了，她叫蒲塘梢，因一口方塘而得名。

别　味

还是想从乡村的土地里，寻找出最纯真的美好来。

初冬的日子，如约前往不远的村庄，细雨把雾霾冲淡了不少，扑入乡间，空气可以大口地呼吸了。满野的稻茬子，连片的塑料大棚，在微寒中颤动的棉棵，都在告诉我，这是与城市毗邻的农村，就是从这里走出了稻米、菜蔬，走出了树木、花卉和生长在城市里的一抹抹淡而悠远的风景。

对乡间的熟悉莫如我们这一茬子人了，生在农村、长在农村，只不过刚刚洗净了双脚的泥土，拔腿出田，走上田埂，迈进市声里。农村的境地时常在梦中出现，对泥土的依恋，往往在不经意的细节里流露，比如朝南的阳台上，总要在陶盆里种上几头蒜、几根葱、几棵菜，要的不是收获，实实在在是为了一些场景的再现，偶尔可嗅上几口菜蔬生长的味道，品鉴下过往的岁月。

当下的农村，和过去有了众多的不同，一个个生长了许多日子的村庄，已渐次地走失，那些围绕村庄而长的树木，在流浪中难有自己的立足之地，鸟的啼鸣少了平和与安宁，宽阔的水泥路，除了车轮扬尘，也不可能在路的中央，冒出语言般的青草和花朵。总感到一些元素打扰了乡村的内心，让它有了说不出的沉重。

新建的村庄确实美丽，精致的楼房，打理有方的花园，文化广场现代化的设施，错落的树木，倘不放眼周边，俨然就是城市的一角。走进朋友的家，农村的气息丁点儿的影子也找不到，装饰一新、别具风格的客厅，现代化的家用电器，小资小调的卧室，几乎就是城市居所的翻版，如果不是推开窗户，目击四野，谁也不敢相信，自己置身于乡村腹地。

心中莫名的悲伤在兴奋中还是慢慢洇晕开来了。初冬的乡间，见不到行色匆匆的路人，旷野一片凋零，抛荒的土地长满过人高的野草，一阵阵细雨击出稀稀落落的声响，有几只过冬的小鸟，急促中寻寻觅觅，也不知可找到了果腹的种子，深浅不一的塘口已近干涸，没有生命的水一片死寂。

没办法不去想过去的乡村，贫穷却拥有着热气腾腾的生命力，鸡鸣狗吠、辛苦劳作的田间人融合一体，一条泥土大路串联一个又一个自然的村庄，各具特色的村庄被树牢牢地包围着，行人口渴了，推开一扇家门，就会有一碗清茶等着。那时的村庄到处涌动着生命的吵闹，再小的一方塘口，鱼虾也活蹦乱跳。夜晚奔向一盏灯火，找到的一定是满目的热情，可以打尖、可以聊天、可以留歇。村庄自然得犹如随意生长的村，塘口自然得犹如婴儿的眼睛，一条条村路自然得犹如游在青草间的水蛇，轻松、活泼……

从农村出来的人，自然渴望着农村的变化，我当不例外。过去农村苦、农人苦，苦得忘记了对甜的滋味，为吃饱肚子在泥土里苦扒，扒来扒去肚子整天还是"咕咕"作响。现在好了，吃饱了、穿暖了、住好了，但不自觉中又丢失了许多，真的就不能兼顾了吗？朋友所住的新村，剩下的仅是老人和孩子，单元房里户户大门紧闭，老死不相往来，那种沉寂令人想起"死城"这样的名字，过往浓浓的情意，如同蚕丝被一层层剥去，修复成茧似乎已不可能。我不相信这是现代化进程中的必然，如是，这代价也太大了，我敢说，若干年后农村凋敝了，一定就从这开始的。

初冬，萧然的农村，鲜明的符号，是一团团簇在一起的新村，而这新村绝不能染出农村的美好。和朋友聊起过往对照今天，他有着更多的感受，做了几十年村干部的他，除了听话就是听话。而他对我说：这几年天天做梦，梦着自己飞起来了，就想落在过去村口那棵大榆树上，可就是落不下来呀。我问他：那大榆树呢？他说：村子搬走了，树枯死了。人离开村庄能活，树不行，它恋着村庄、恋着亲情，包括野草、塘口、灌木、小鱼、小虾，都是这样，而这些正是乡村最重要的组成部分。

　　一条路通向乡村，而另一条路通向了乡村的别味，初冬有寒风、有细雨、有断断续续的回味。

乡村情绪

　　许多时候对今天变化了的故乡有一种拒绝的情绪，忆旧和留恋往往是心中濡湿的一方天地，时而潮湿得竟能拧下水来。老家的郢子，位于如今桃花镇的一隅，属古老长安的一部分（桃花镇由肥光乡、长安乡合并而成）叫蒲塘梢，村落因一上百亩的长满蒲草的塘口而得名，过往的时光，一塘的蒲草随风涌动，鱼虾聚集，浅浅翔游，扑棱的水鸟总能给人带来惊喜，一窝子鸟蛋或刚刚出壳的小鸟，引发出阵阵涟漪。水养育了周边的村庄，诸如大房郢、染房郢、朱郢、黄小店等等，因水而滋润，因水而鲜活。古老的塘口来自何时，早已无法考证，如今她的上方疾驰着南来北往的车辆，东西往返的商贾，早成了都市的一角，我曾多次去寻找故地那方眼睛般的塘口，大多举兴而去失落而归，只有一次无意间发现了一丛冲破水泥大理石覆盖、重压，羞羞答答冒出的蒲草，我才确认脚下的土地，就是蒲塘坐落的地方。记得蒲塘的古埂是自生有桃树的，每每三月桃花艳丽，蓬蓬勃勃，这似乎是种宿命的征兆，冥冥之中，故乡的塘口有一天也得融入四季欢歌的桃林之中。

　　桃花镇年轻，而她怀抱中的长安集却是古老的，居于大蜀山脚下，散发出独特的泥土和松林混合的味道。记忆中她拥有不长的街道，左躲右闪的弯弯曲曲，似一根难以理直的琴弦，时不时弹拨出好听的乡土曲调。街道是泥土的，两边的房子是泥土的，拥挤在街道中的人流也是泥土的，逢集、闭集，如同人的聚聚分分，留下遗憾也留下依依不舍的缘分。小时伴随爷爷赶集，除了得到不多的零食，看到乱哄哄的场景，最多的是听到从他口中说出的故事，比如日本鬼子占领过长安集，一把火将集上的房子烧个精光，后来广西蛮子英勇抗击，撵得小日本鬼子贴天飞，溃败的鬼子四处逃散，爷爷和几个壮汉竟生擒了两个小日本，倒栽葱地按进了稻田里，听得我热血沸腾，恨不得和爷爷一起上阵杀个痛快。

长安的名字起于何时，没有任何的文字记载，但她寓于长治久安的意义却是明显的，而长安又何曾安定过，战争年代的必争之地，沦落又复兴，到了"文革"期间又成了两派争斗的聚集点，时人说："长安不安，三河不和，上派有派。"说出了真实、道出了艰难。穷争饿吵，无奈之时剩下的就是窝里斗了。到真正的桃花斗艳时，长安才真正安宁了下来，一地的风生水起，长安用前所未有的速度交出了和谐的答卷。我把这故事说给随行的作家朋友听，他们的沉思多于眼中的风景。造就的时代来了，繁花似锦自不用说。

闻着桃花的味道，自有说不出的感慨，有来自自然的，更多是来自深远的沉淀之中，这块土地不缺乏深刻的内涵。好在是故乡，我懂得她怦然的心跳。曾经上过的小学是一个叫黄祠堂的地方，厚重的大门，高高的围墙，一棵合抱的松树撑出一大片的绿荫，我们步行几里而来，掰着手指学数数，土地土气认生字。祠堂本就是一本教科书，它所渲染出的环境，特色鲜明的建筑，几十年过去了仍然忘不了它的令人陡生敬意的肃然和庄重。这肃然和庄重来自故乡，庄严里带着亲切。不敢说，如今的桃花大地上，有多少杰出的人才，从这曾经的校园走出，但我敢肯定，坐落在黄祠堂不远处的现代化校园，一定早是花开灿烂，若干年后将走出一队队栋梁之材，沐桃花而歌，生发出更多的鲜活。

故土的伤口有时候触摸不得，碰上了就有钻心的痛。仍是童年时，从蒲塘梢出发，过黄小店，去长安，途中经过一墓地。墓地陈旧，陷在厚厚的泥潭中，使牛打耙发现的真实，如一只眼睛独对苍穹。墓有二室，前室空落，烟火缭绕里印迹鲜明，尽管幼小，但却记住了照壁上一双层次分明的手印，我问过爷爷，手印是谁的？爷爷说是风吹的。答非所问，我竟听懂了。时光如梭，只有风的动作能刻画世间万物，或好或坏，或消失或留存。墓的后室仅留存一捧捧泥土，主人的风光已在生命消逝时化作乌有，进入泥土，最终只能迎合土地的驿动。我绝不是宿命论者，我只是判定，脚下土地的厚重是由来已久的，小时挠动我的脚心，现在又揪着我的心跳，之后她就该狠狠地发力了。

厚重的桃花，我的故乡，过往的岁月，亏欠她的太多了，她确确实实应该从常规中突破，凸显出无边的美好。好在故土人做了，做得完完整整、彻彻底底。

相　亲

　　不相信自由恋爱，在农村相亲是件大事。男子到了二十出头，做父母的就急得像没头苍蝇，到处乱飞乱撞，托亲拜友，为孩子寻摸起对象来。有女千家求，特别是模样周正，家境还好的，说"红"的人会踏破门槛。

　　"红人"不好当，男女双方说合，磨破了嘴皮，到了女家松了口，相亲一事就会提到日程上来了。到男方家相亲，除了"红人"，跟随的主要是女方的至亲，比如表叔、二大爷、婶娘、舅母之类。相亲一是看男方的长相，二是看男方的家境，三是得走访乡邻，看这家人品口碑。相亲的日子临近，男方家忙得团团转，收拾屋子，忙着打酒、杀鸡，还得请上一两个有头有脸的人陪客，信心不足的，还会左右邻居打打招呼，让人家说说好话、美言上几句，周全上一件好事。相亲成了，好事几乎就成了一半，至于男女双方能否合得来，就是另外一回事了，叫先结婚后恋爱，入了洞房就是一家人，日久生情，日子总会一天天过下去的。

　　至于男方家对于女方也是有要求的，模样是次要的，首要的是女方在做姑娘时人品要好，不"毛乱天慌"，到处招蜂引蝶是万万要不得的。还有相姑娘先相丈母娘，娘好姑娘自然就好上了六七分。之后是肩要宽，能挑动担子；腰要粗，田里的活全靠弯腰打理；屁股要大，能生养。漂亮不漂亮倒是另外一码子事了，"丑妻敝帚"

家中宝，漂亮当不得饭吃。男方家会和"红人"细细打探，性急的还会悄悄奔上十里八里的，先远远地打量上姑娘几眼，再找个借口和女方家人说上几句话、套套近乎。女方家人也不是孬子，面对一些时不时的打探，大多不失礼节地回绝了，不伤面子、不伤皮，省却了不少的麻烦。当然也有男家、女家的孩子早就暗生爱慕，双方就差一层纸没有捅破了，相也就是个形式，走走过场的。

二秃子刚过二十，父母就到处张罗找对象，托了红人，前前后后折腾了大半年，终于有一李姓的姑娘家愿意过来看看，看看的意思也就是相亲，二秃子的父母先是一喜，之后就慌乱起来。二秃子并不秃，一头的乌发，人长得帅气，彪形大汉，有过人的力气，只是家穷，穷得家徒四壁，刚到了六月间，粮食就只有上顿没下顿了。二秃子上头有个哥哥，"粮食过关"饿死了，剩下一根独苗，传宗接代就靠他了。再穷亲也得相的，东借西借，打了酒、买了肉、宰了只老公鸡，就等着"红人"上门了。到了相亲的头天晚上，二秃子的父亲突然一拍大腿，想起一件天大的事来——里屋的芦席"稻扎子"里剩下的稻只够盖住脚面了，如果连吃食都没有，这门亲事注定要泡汤。愁得二秃子父亲唉声叹气，二秃子却像没事人一样，翘着大腿在月光下的场地上吹凉风。二秃子的小叔子有主意，悄悄说了一番话，二秃子的父母起先不依，想想没有更好的办法，也就应承了。

第二天"红人"率着一帮人来了，李姓姑娘的亲戚大都木讷，唯有随行的嫂子"精怪"，看了二秃子的长相，眼睛贼贼地亮了起来，小伙子长得没话说，看了家徒四壁的居所，嫂子一个劲地摇头，到了里屋堆成了尖的"稻扎子"又让她小小地吃了个惊——这家人不缺吃的，一"扎"子稻至少有千把斤，足够吃到午季了。中午吃饭，明眼人都知嫂子是主事人，一个劲把大块的肥肉向她碗里夹，大杯大杯地劝她喝酒，酒过三巡又把生硬的米饭向她碗里揣。嫂子酒足饭饱，又喜欢二秃子的长相，回家后当着红人的面，猛一阵子说起了二秃子家的好话：小伙子精精壮壮，赛过一头牛。饭煮得像枪子一样，经吃耐饿。肉切得像门闸一样，不缺油水。说得李姓姑娘的父母满心高兴，李姑娘也暗暗窃喜。随即李姓姑娘的父母就让"红人"传过话去，他们答应了这门婚事。

实际上都是二秃子的小叔子出的馊主意，堆得冒尖的稻扎子下却是草木灰，只是上面薄薄地铺了一层；肉切得寸把厚、三寸宽也是他亲自下的刀；煮米饭时，他让二秃子妈多下米，比平时少放三成水，把一切安排得停停当当。之后定亲、下日子，直至结婚都走得顺顺溜溜，只是新婚后的一月，二秃子家就断了顿，引得新娘子大哭大闹——相亲时，你家肉切得家门闸，饭煮得像枪子，稻堆得像小山，原来全是骗人的。哭归哭、闹归闹，日子还是一天天地过了下来，扛锄下地、擦黑上床，生子养老，没脱过一天的日脚。

相伴石榴

　　妻的外祖母临终前提出想吃石榴，弥留之际，在说出"石榴"二字时，明显地带着羞涩感。那时妻子在外地上大学，我守在老人的身边，房里暖和如春，室外天正下着鹅毛大雪。为满足老人的最后愿望，我四处寻觅起石榴来，市场上是没有卖的，想到父亲曾栽过石榴盆景，抱着电话疯了般摇了起来，好在父亲的盆景上还挂着几只，我匆匆地赶车，待石榴摘下取回时，妻的外祖母已气若游丝了。掰开石榴，石榴子鲜红得透明，顾不得多说话，将三几粒石榴放在了老人的唇边，老人竟意外地清醒了，无牙齿的嘴巴张张合合，欲言又止地吮吸起来，微甜的笑从嘴角边洇染开来了。对父亲的盆景石榴我早已品尝过多次，除了酸涩，并没有值得称道的。老人却那么有滋有味，似乎她又品出了一款新的人生味道。

　　老人去世后，我多次为这情节耿耿于怀，我费力地去猜老人临终前的心思，为什么独独要品尝下石榴的滋味？即便是一个盆景上的石榴，小得不能再小的果实，却让她在人生的最后关头，露出最后的笑容？这中间一定有它的道理，甚至是一段说不清、道不明的故事。谜般的猜测，时而让我困惑，又生生地多出了些怀念。老人生前特别地喜欢我，她交给了我一个雪天似乎难以完成的任务，我打了折扣地完成了，让老人临终的心愿得以实现，尽管酸涩的味道不是那么容易接受，但归根到底，是来自石榴的。

为此，我又释然了。

石榴并非是多么珍贵，奇特的果树，乡间多得很。记事时，家乡到处分布着大小不一的石榴树，房前、屋后、院落不说，连田埂上也生长着一丛丛，和枣、桃、李、梨不同，村里人在石榴前加个"野"字，称之为野石榴，自然看管得就松些，放任着它们自由地生长，时而砍上几刀，把它们多余的枝条当作野草、黄蒿，用来烧锅燎灶。六七月份石榴花盛开，红红火火的好看，从那时开始，我们就和石榴较上劲了，不论雄花、雌花，看到了就要采上几朵，到石榴挂枝，小得如同指甲盖时，掐下它们，随意地抛抛弃弃，真正到成熟季节，枝头的果实早已一个也看不见了。偶有藏在田坎下、密枝里的石榴，甜甜地咧开嘴来，一群人分享，甜美如过眼烟云，真正的滋味还是没领略到。

真正吃出石榴三味，是若干年后上大学的日子。音乐系的一个同学，不知为何和我成了好友，她的家乡是盛产石榴的地方，石榴长得一个个小碗口般大小，皮薄、汁多，且白生生地透出水淋淋的意味。中秋过后，她总是要拎上一网兜，分分散散的给同学，当然会多塞上几个给我。吃得爽快，吃得丹田之气汩汩上扬。我们曾在校园里，边吃石榴边四处游荡，在一个月亮正圆的夜晚，她唱起了家乡民歌：姐在南园摘石榴／哪一个讨债鬼隔墙砸砖头／刚刚巧巧砸在了奴家的头哟／要吃石榴你拿了两个去／要想谈心你随我上高楼／何必隔墙砸我一砖头哟……人美歌甜，加上水汁丰满的石榴，不大的校园竟显得格外宽敞。石榴吃出了如此的味道，真的是一种特别的幸运。

毕业后的许多年里，我们几乎都联系着，她总是在石榴成熟的季节里，想法捎上一些石榴，让我在品尝后多出些感慨。也就在三年前的秋天，她突然劳累过度猝死在讲台上，那年我没敢掰开任何一个石榴，我怕打开了，看到的都是一个个泪眼。

实际上石榴"泼皮"，生命力特别的强，自从汉代张骞从西域引入后，地不分南北，无意中种下一粒种子、插下一苗枝条，就能长出一棵树来。刚搬进所住的小区，小区尚在野外，和市声很远，广场边上一苗石榴树也就筷子长，三几年后就开始挂果了，起先五六个，到了今年树早簇生出了一蓬，六月天一树的花红，到了初秋，满树的果子，让树弯下腰身来。石榴树本来就很美，对生的枝条繁繁茂茂，枝条却一律向左扭着，似乎憋着劲和太阳拉拉扯扯，加上满当当的果实，无疑成了小区的一景。除了观赏，没见小区人采花、摘果，石榴树生长得自自在在。石榴还是在一个早晨消失了。不见果实的树显得那么轻薄。但随后出现的场景，又让我深深地感动了一把。小区的两个老人，乘着晨光把石榴一个个采下了，满满的两篮子，他们抬着放在了小区的出口处，他们逢人就说：石榴熟了，大家的石榴熟了，每家一个！老人满头银发，捧着石榴放在一个个行色匆匆人的鼻息下。我把玩着属于小区，也属于我的石榴，一丝丝脉动刺激着双手，我分明看到了另一棵巨树，枝叶繁茂，根深深地扎入沃土，它长出的果实，不需牙齿轻叩，甜美已一汪汪涌动。

石榴多籽、多室，是中国人心目中的吉祥果。父母门前的石榴树今年又硕果累累，老两口迫不及待地召唤我们回去，给儿女们每家分上几个，提在手上沉甸甸的，总感到有父母手上的余温。当然父母早已切开了几个大而浑圆的，一个劲地让我们去吃。母亲唠叨，对着儿孙们一个个发问：可甜？在得到满意的回答后，她也会拾取几粒，塞进父亲和自己的嘴里，喃喃自语：多子、多福。老人心中的愿景，找到了一个实实在在的载体。父亲慌着选上几个大而周正的石榴，吩咐给左邻右舍送去，还忙不迭地指着门前的花坛，说：育了十几棵石榴苗，好几家都"号"上了。想来，石榴的传递又将开始了。

书桌的灯光下，女儿送来石榴粒粒晶莹，忍不住品尝了几粒，突然有股子清风拂面而过，口腔中的饱满已如一泓涨动的清泉，需长长的渠道搬运而去。

消逝的村庄

　　故乡当然是以居住的村庄为原点，由之向外发散，三五里、上十里，甚至更远，若流连在外地，这故乡可能就是一个县域，一个省份了。不过热辣辣的故乡还是生于斯、长于斯的村庄，村庄可以不大，三几户人家，一地的树木，掩映在绿荫之间，除了鸡飞、狗撵，唯一的声音是炊烟荡出的，恬静、安逸。

　　我出生的地方，是以塘口命名的，一口古塘活了多少年，早已无从考证，上百亩的水面，被一丛丛连绵的蒲草布满，拥拥挤挤的，风只能擦着蒲草的叶尖悄然滑过，鱼虾游动深水处，三五成群在蒲草的根底觅食，只能凭着耳朵，听出一片"沙沙"的啮齿声。村庄就拥在塘的末梢处，塘叫蒲塘，村庄自然叫了蒲塘梢了。

　　村庄因水的滋润鲜活得可爱，四季分明的树，花开开落落，叶长长飞飞，周边的庄稼缘着村庄、塘口青青黄黄，推开早晨的大门，扑个满怀的肯定是一望无际的庄稼。田埂曲里拐弯地沿着田亩生长，分隔出大大小小的田地，时宜地种上水稻、大豆、小麦之类。春天的野草，总和满目的苜蓿连成一片，分不清谁的花更加艳丽。苜蓿花开得厚重，孩子们发疯般在上面打滚，吓得刚刚筑了爱巢的鸟们四处惊飞，一种叫"钻天鸟"的雀子表现奇特，惊吓中落下一串啼鸣，转眼间飞入云天，多年后，我才知道这鸟叫云雀，它的翅膀是为飘动的云生长的。鸟大多是在蒲塘里生活一冬的水禽，它们依恋一方水、一个村庄，把爱情安进苜蓿地里，也就把根扎下了。

村庄的花事繁杂，各种树都会开出花来，楝树的花紫紫各自成串，花序清香，果却苦得出奇。枣树表现得深沉，星状的花藏在叶间不声不响。毛桃花开得早、开得张扬，引得蝶飞蜂舞，谎花居多，留下的果大多挑在树梢。榆树的花深藏不露，几乎和榆钱同时坐下，铁般的枝干，经历过和故乡人一样的坎坷。椿树也是有花的，淡黄色细碎地开着，注目间已纷纷落下。槐树的花却是另类，穗状的洁白，将一棵树挂得满满的，花多叶少，在村庄的房前屋后开得张狂，一不小心树的枝丫就伸进了不大的窗户里，花仍开得热烈，凑上脸颊，一股甜甜的香味，冲淡了房子里浓浓的草烟味，和家长里短混杂在了一起。槐花无疑是这段时日村庄的美好，新鲜的槐花炒着吃，氽水晒干的槐花又成了别的季节的美味。小时，奶奶坐在槐树下择菜，落下的槐花会放入菜篮里，和青菜、辣椒之类混合一炒，竟炒出了新的滋味。槐花落时，村庄的花事将告一段落。花们贴着身子在村庄人的眼里开放，似乎没有人会多看上几眼，但又永远地在人的眼底，让新的季节丰满。

散落在花事间的房屋是村庄的主角，房子大多低矮，土墙草顶，光线从不大的窗户投入，除了前后通风的堂屋，剩下的房间黑洞洞的，去了零乱的床，就剩下几架农具和宝贝般收藏的粮食。日出而作，日落而息，村庄似乎对房间里的光线没有多大的追求，何况旷野外就是明晃晃的太阳。村里人和睦，走东家串西家，门永远是打开的，偶有闭门锁户的，钥匙存放处，对村庄永远是公开的。许多年后，我和家人举家搬出了故乡，但三间草房仍独自兀立在原处，一条养了上十年的斑猫，奶奶舍不得扔下，随我们搬进了城里，没过几日竟独自地跑回了蒲塘梢，奶奶放心不下，放下手头的家务，匆匆赶了回去，猫恋旧家，它独自巡视在村庄周边，和村庄人亲热，和狗们、猫们打斗。奶奶为之再不愿离开家乡，她和猫做伴，在村庄她熟悉的氛围里，一天天老去……

终于有一天村庄消逝了，消逝得彻彻底底。蒲塘填实了，上面建起了物流公司，村庄被大道覆盖，我的家正处于十字交叉口的立交处，车轮滚滚而过，连一点儿踪迹也找不到。但当我推开乡音走进搬迁后的村庄，仍然感到了一股子热络。城市化的小区，林立的高楼，我的村庄，我的蒲塘梢已被生生地装进了一楼高层建筑里。中午和亲朋小聚，丰盛的菜肴，高度的烈酒，深深的情分，几巡下来就醉了。说着村庄往事，年长的已热泪盈眶，故乡和天空近了，却和地气、水脉、花事远了……电视正播映着赵本山的《乡村爱情》，一桌子人指指点点，你是刘能、他是赵四，谁是谢大脚呢？说罢"哈哈"大笑，笑得一屋子的目光乱颤，家乡的情分浓得化不开。

饭后独自外出，想找一找村庄的遗落，塘填平了，草迁徙了，房屋不见了，就连地下的泥土也翻了个个。村庄以草和盛水的塘口命名，它们都消逝了，村庄自然也就没有了。我的眼睛里闪闪躲躲，还是一片茂密的蒲草，还是繁繁杂杂的花事，还是一间间黑洞洞的房子，还是一片紫色的花海，还是一只斑色的老猫……耳畔突然有人喊我的小名，一怔间我分明还在故乡的村庄里。

兴　园

　　乡间众多的活计中，种菜园算是轻巧的，不需使牛、打耙，不需弯腰收割，动动锄子、用用铲子，浇水、打枝、逮虫、施肥，基本上也就妥了。种园子是件技术含量高的活，不是人人都可干得的。张家的菜一片碧绿，到了孙家或许就枯黄瘦弱，李家的南瓜一个个盆般硕大，王家的不定就扯藤拉杂坐不下果来。种是同样的种，活是同样的活，问题出在"巧"子上，手巧、心巧，所种的园子也就灵灵鲜鲜起来。

　　故乡把种菜园，称之为"兴"，一字之差意味大不一样，种稻、种麦、种油菜，粗粗的活计用"种"，到了菜园子这儿改称为"兴"了，可见活计的不一般和特别。"兴"字让人念叨的空间更大，难怪住进城里的人，说到故土，大多都要在心里去菜园里流连上一气。

　　菜园兴的好坏，如同一个人家的窗口。生产队的菜园集中在一起，东家一块、西家一方，按人口劳力分出多少来。兴菜园是起早贪黑的活，生产队田里的活多，早晨钟声敲动、哨子吹响，齐齐地下田干活，到了傍晚才会收工，中午时光短，忙忙家务，剩下的空闲几乎就没有了。兴菜园自然是一早一晚的事，带着月亮头浇水、浇粪，最多乘着月色刮上几锄头草；早上就得起早了，天麻麻亮下到地头，下种子、栽苗子、打岔枝、理藤蔓、套花儿，都需细细打理，临了会摘上一些成熟的蔬菜，沉沉地挎上一篮子，比如青菜、辣椒、茄子、瓠子之类，作为中午一顿香香美美的下饭"熟菜"。南瓜是不会轻易摘的，要等它老到金黄，指甲掐不动，才会摘去，它是越冬的粮食。活干得差不多了，看看升高的太阳，赶忙起身，再看一眼兴过的园地，有不妥帖的，也得等到下一个早晨，再去料理了。恰好钟声响了，忙忙地丢下，手提肩挑，小跑着去听生产队队长派活。

我家的菜园算生产队几十户人家中兴得好的，算算可拔个头筹。我的祖母和母亲都是兴园的好手。菜园子不大，也就五分旱地，北高南低，是块逆水地，菜地边一口草塘，常年里鱼虾乱蹦，水草萋萋。奶奶沿着坡地向塘边开荒，菜园无疑扩大了不少。菜园分成了五墒，排葱、排蒜、点萝卜、种南瓜、栽茄子、兴辣椒、播青菜，从初春到深秋，田没歇着，园里的菜也没断过，就连伏缺的时候，小白菜仍旧青丝丝的，辣椒、茄子也没见少结过。冬天到了，收获的萝卜、腌下的芥菜，足足地可吃过一个冬天。祖母和母亲对兴园子倾心倾力，往往是婆媳俩一起行动，麻麻亮就下到园子里，分分合合，忙忙碌碌，一天天下来，将五分地的菜园兴得风生水起，引得邻里一片子叫好声。村里人敦厚，各种各的地，各兴各的园，也没见偷菜、摸果的，倒是张家的菜多了，送上李家一把，李家的新奇货，丢上一捧给张家，图个热闹，图个新鲜。菜园子如同住家的邻居，田连地埂，和和睦睦地生着长着连着。

略大时，喜欢和奶奶、妈妈一起兴园，多多少少也凑上些手。风和日丽时，正是种瓜种菜的好时间，和奶奶、妈妈一起栽菜、点豆，最喜欢的还是栽南瓜、种菜瓜、点瓠子，一把小铲子戳戳捣捣，把幼幼的苗子种下，压实根底，浇上定根水，有时尿急了，就对着瓜秧"冲"去，奶奶反而高兴，她一直认为童子尿发旺瓜菜，若是到了秋天，瓜们结得兴旺，她就把功劳算在了我的头上，说：孙子的尿有劲。同时还会说上，诸如这孩子长大发旺人，听得我犯迷糊之类的话。可气的是藏在土里的我们叫作"戒匠"的虫子，时常对栽下不久刚刚冒叶的瓜苗下"手"，从根底里咬断，新苗倒在地上，可怜地扭动着身子，每每发现了，奶奶、妈妈和我，就会狠狠地翻动泥土，直至找到"戒匠"，"戒匠"我们也称之为土蚕，它胖胖的身体，挖出时窝成一团，对着阳光泛着青青的光泽，对它下手的往往是我，狠狠踩上一脚，"戒匠"早化成了肉泥。然后奶奶会移出新的苗子，再补植上。有趣的是故乡人把补苗叫作"步"苗，说得轻重得当，韵味十足，直到现在，我还是认为"步"比"补"有情趣得多。妈妈是有文化的人，在找出"戒匠"，"步"上苗子时，总要和我"嘀咕"上几句，大意是叶面上的虫子好捉，藏在泥土里的就难以消灭了。听得我一怔一怔的，妈妈说的显然是虫子之外的事。许多年后，即便我是在阳台上养花，花盆中的土我也会细细挑拣，生怕藏着"戒匠"。花养得红红火火，而社会上形形色色的"戒匠"却难以防避，让人感叹。

故乡的菜园子实在兴得有趣，除了收获菜蔬，还能得到更多的东西。记得一年，奶奶和妈妈总不让我去北头菜地，那里的草"烘"得比辣椒、茄子的秧子还高，草丛里的辣椒红了、茄子老了也不让摘，似乎藏着掖着些什么。直到有一天，一只野鸡率着一群雏儿在菜园里溜达过，直奔草塘，我才知道北头菜地里暗筑了野鸡的巢儿。恨得我牙痒，没能早早发现，抓上几只小野鸡玩。不过也是从那时，开始懂得对任何生灵都要宽容，好好地爱护它们的家园。我曾问奶奶，这野鸡明年还会来吗？奶奶笑着说上了一首儿歌："公鸡头，母鸡头，不在这头，在那头。"自然是了，野鸡总会飞飞落落在故乡土地上的。

兴菜园兴出了瘾，奶奶故去了多年，母亲也已年迈，我的阳台上除了花草，还是得种上一些小时候菜园里的菜蔬的，看着它们就心宽。偶尔在小区的某个旮旯里看到偷偷开出的园地，辣椒正红、南瓜拉藤，欢喜得周周旋旋，难舍地离开，如果妻子、女儿正好同行，难免被叱责，她们不大懂我。

夜　行

　　昨晚在微博上写下一段文字，"在春天听凭行走的脚步，去找无边的韵味。不知深远的小巷通向何方，柳丝探访风景，小路散漫，连接不多的阡陌，自然不需停下花朵开放的动作"。夜晚，走进大自然有了这样的感触，细细回味，仍然感到意犹未尽。

　　好长时间没有一个人独自地夜行了，春风正好，不多的星星三三两两，没入夜色之中，身边的世界一下子寂静了下来。小城实在太小，走出三五里，灯光次第地暗淡下来，麦苗和金黄地菜花不时地和我照面，想象中的各色野花在三月的夜空下，一朵朵点亮自己的灯盏，小风吹过混合的香味，甜、涩、苦、酸直扑脸庞，周身一下子就放松开来。

　　顺着向东的河流，几点船家的灯火显得亲切、柔和，我停下脚步想打探一下停泊的秘密，听到的只是鼾声，在春光之下稠密得针也插不进去，或许一年之计在于春的劳累，让辛勤的人，梦格外甜美。夜钓者低低私语，夜光漂如同竖立的感叹号，时而上下抖动，感动于逐水鱼儿的啜饮，一泓春水由此而生动起来，轻微的涟漪一圈圈排荡开来。夜色中却认出了夜钓者是熟悉的朋友，他对我说，春光好，加之明天是周六，把自己交给春露打湿，肯定会长得更快。说罢哈哈大笑。我知道他钓的是春光。周边美丽的景色，只有刻在心中才会永远不败。

我执意向夜的深处走去，春天的夜晚有说不尽的美好。新鲜的空气在阡陌的引领下，流动在农家的墙情里，田野自然不寂寞，稀疏的蛙鸣、抖动叶片的生长，无须静下心来就能听到，那种刻骨的记忆一下子就打中了我。曾经的日月，我有过这样的夜晚，由于在县城求学，周六的晚上都要奔赴离校二十多里的家乡，疲倦和劳累的我们，一旦踏上家乡的土地，闻到家乡的菜花香味，甚至听到几声带着家乡人土话味、响亮的蛙鸣，劲头一下子就鼓起来了，远远看到透过不大窗口如豆的灯火，尽可放心的是老祖母或者母亲一定站在路口等着，应该说对春夜的情怀，从那时就深深地刻进了心中。

　　路边的村落吸引着我走了进去，缺乏狗吠的村庄已有了现代味了。或许夜深的缘故，剩下的几盏灯火特别的明亮。沿着不宽的巷子走进去，小巷幽深，时而从院落里透出的桃花、梨花诉说着乡间的情趣。我无法走进紧闭的门户，但分明感到了一种特别的亲切。我放慢脚步，生怕惊扰了沐浴在桃红、柳绿三月里的村庄。我曾经的村庄如今是什么样子？陡生出的思念又让我久久难以离去，故乡仍然是柳拂家门、花开自如吗……

　　回途中边走边发微博，心坎间许许多多块垒随着脚步一块崩溃。小城已在眼前，繁华的市声没因夜的深刻而消逝，湿地公园三几个散步的人还在指指点点，人造的景观、整齐的树木、大紫大红的花朵，却突然感到不能入目了……对自然的做作，甚至搓揉，一定会在过目后被轻描淡写地擦去。

　　晚间的夜行成了生活中的奢侈，面对繁杂已不可能把它当作必需的消费，但偶尔有这一次，实实在在却让种种生命的观感得到了回归，面对这美好的一切肯定不需停下花开的动作。

蚂　蚁

　　蚂蚁出没于我们的身边，随处可见的蚂蚁时常让我们忽视，而正是这种忽视，显得亲切、自然，犹如最好的朋友，不去客套，不去虚情假意地打着呵呵。

　　我敢说，人生下来和昆虫打交道最早的一定是蚂蚁，如果你自小就和大自然打交道，并且贴着土地生长，目光肯定逃不过一道黑色的闪电，这闪电来自土地，即便它的动作是缓慢的，稚幼的目光还是会被它吸引，且一直追随着它，躲进土地的深处，或许是幽深的洞穴，或许是一道窄窄的缝隙。那时我们还不知道一个窝藏的家族，它们用自己的秩序，和大自然的密码联结，将弱小的生命，延伸成链条，紧紧地扣住生存的咒语。

　　蚂蚁是弱小的，弱小得任谁都可以欺凌，反正丧失在我手中的生命，第一个就是蚂蚁。蚂蚁在我的眼前晃来晃去，即便童年的我，还是记住了它，人的攻击性，让一只蚂蚁遭到了灭顶之灾，我杀了它，手指轻轻一捻，它就化作了比尘埃多不了多少的重量。之后我用尿淹过它们的家园，用一粒石子堵过它们的家门，用一把不大的铲子掘过它们的家园，甚至用放大镜仔细观察它们的爬行后，又残忍地用聚集的光杀死它们。最大的恶作剧是用"臭蛋"（驱除虫子的樟脑丸）在蚂蚁的周边，画上不大的圆圈，看着它们走投无路的样子把小手拍得通红，到了来日累断了腰杆的蚂蚁，早已奄奄一息，发自内心的欢呼已记不住了，但生命最后的哀求却牢牢地在心中生了根。

蚂蚁紧贴着我们的生活，它们时常会为我们嘴边掉下的饭粒聚集在一起，共同地把美味抬起，亦步亦趋地朝着它们的家走去，那时我就想，它们一"人"吃上一口，不就把劳累化作轻松了吗？我的答案在许多年后才找到。家的重要，如同我们把最卑微的柴火，捡回家去，放进灶洞里，熊熊燃起火光，一人的温暖不足以照亮周边的天空。

我的床头曾经有一窝蚂蚁，它们与我的睡眠在一起。我时常在昏暗的灯光下观察它们，固有的线路和交头接耳的低语，让共有的收获沉甸甸的，有时是一粒橙黄的豆子，有时是一羽半死不活的蚂蚱，有时是一只鸟的翅膀，它们齐心协力，顶着相对而言的庞然大物，生生地拖进它们的巢穴。我开始理解蚂蚁啃骨头的要义，理解勤劳的至深的含义，还有团结的力量和个体的弱小。床头的蚂蚁也有走错路线的时候，在我沉沉的睡眠中走向我的口角，我的梦呓吸引了它们，它们是否在打探着我，一个沉沉睡去的人该有怎样的明天？相信我不曾捻死它们，即便嘴边丝丝地痒着，它们让我记住了不舍昼夜的辛劳，它们的误打误撞，倒让幼时的我比别人多了些警醒。

懂事时读刘邦和项羽的故事，蚂蚁当了回主角，当刘邦用饴糖在项羽必经之路处写下"项羽死路一条"，成千上万的蚂蚁蜂拥而至，用弱小的躯体铺就了项羽的死路，项羽面对天人感应，拔剑刎于乌江岸边，成就了千古绝唱"霸王别姬"。受骗的蚂蚁、受骗的项羽让我夜不能寐，我想借一匹快马飞驰江边，告诉项羽这是一场骗局，但蚂蚁赶在了前头，它们比我的疾走思绪要快得多。这夜一地月光，我床头的蚂蚁仍旧匆匆忙碌，眼角的泪不自觉地流了下来。为项羽的悲凉，也为经不起诱惑的蚂蚁。

前几年去新疆，一路荒凉，面对千里戈壁，我忽然思念起了蚂蚁，这到处都有的生灵，在这里一只也找不见了。透骨的干旱，加之狂放的风沙，所有的生灵都没了声息。我突发奇想，在这里该有成群成群的蚂蚁，它们搬起被烈日炙干的沙砾，一路南行，开拓出河流和绿地，将一丝丝清凉的风引进……好在手机信号依旧丰满，我给远方的亲人短信：想家，想一地匆匆忙忙的蚂蚁。

女儿幼时和我一样，常常和蚂蚁较真，她做得最多的是把蚂蚁攥在手心，让孤独的它在手心和手背爬来爬去，并且喃喃地和蚂蚁说话，或者把好吃的食物放在手心，想让蚂蚁品尝，蚂蚁拒绝了，女儿急得快哭出了声。女儿把蚂蚁放在地下、食物放在一边时，囚禁的蚂蚁在最初的懵懂后，匆匆和周边的蚂蚁打着招呼，一会儿，放下的美食边团团围住了众多的蚂蚁，食物被抬了起来，奔向了对蚂蚁来说，许是遥远的家……我难以明了女儿此时此刻的心境，但我知道，这小小的场景会对她的一辈子产生影响的。

如今的蚂蚁和我们离得远了些，过去在堂屋、厨房甚至在卧室如同家人的蚂蚁，时下难以寻找到踪迹，令人难免多了些惆怅。早晨我去阳台浇花，不经意间发现了花盆下一群蚂蚁，我大惊小怪地呼唤妻子，妻子白了我一眼，她说这窝蚂蚁在我家阳台上至少生活两年了，她强调的是"我家"。

源于草本

　　"离离原上草，一岁一枯荣"是我接触最早有关草的文学作品，至于"谁言寸草心，报得三春晖"的诗句，是在读透草根之后，才深刻领会出个中三昧的。

　　实际上草在我们的身边不是一日两日的事了，草普遍地蔓延在乡间的每一个角落，种瓜、种豆、栽秧、点麦，所面对的第一番较量就是草，草的生命以及应对自然的能力，远比任何庄稼强。

　　春天最早醒的是草，在最严酷的环境里，偶见的一抹绿也是草，远的不说，大漠戈壁的芨芨草、骆驼刺之类，就是我们生活过的乡间，田野龟裂，冰封田野，往往也会星星点点地散落着一些草。大旱年头，田野焦渴，点把火就能烧过曾经一碧无际的原野，颗粒无收，眼见着一个灾年摆在了人的面前。就在这时，一些草拱动着幼芽，在干旱和烈日里一棵棵挺立了起来，它们似乎要和大自然对立、较劲，非得做出一些不同凡响来。其中一种叫"灰灰菜"的草本，长得最旺、最盛。灰灰菜的叶片呈现灰色的绿，植棵半个成年汉子般的高度，在严重的干旱里，它蓬勃着自己的个性，出土、生长动作迅猛，不多的时间里已完成了开碎碎的花、结碎碎的籽的过程，然后种子又由风落地，新的植株应运而生，密密地在干旱里铺上一层。

　　灾年里，灰灰菜用灰色的面孔，诱出乡间特色的绿来，它们不分场合，大声地喧哗，连用来打场晒谷的场地也不放过，长成一望无际。灰灰菜是救命草，一段时间里，家家户户用剩下的不多粮食，和着灰灰菜的枝叶，做出灰绿色的食物，既当饭又当菜，吃得人脸色灰灰的，但也挣命般活了过来。到救命的雨水下来时，灰灰菜突然翻转过身子，不久就消失得一干二净，将占用的土地，一块块让了出来，看着人们抢着季节补种补收。小时我曾和爷爷一起，拎着篮子大把大把地采灰灰菜的叶子，没有过多的急迫，爷爷老迈，而我正年少，爷爷的长须常在弯腰间拂拭灰灰草的叶子，我整个陷落在灰灰菜的棵枝里，闻着叶片散发的尘土般的香味，心特别的踏实。因为爷爷告诉我，有了这大片大片的灰灰菜，饿不死人，不久新的粮食就会从土地深处冒出。大自然对人是充满恩赐的，"人作孽不可活"，天作孽时，一棵草就能救活人的性命。

人和草永远是相互依存的，草给人的更多。一个农人，一辈子都在和草作战，怕草抢了庄稼的阳光、怕草吸收了庄稼的养分，但最终还是将自己交给了草去护理、去看护。我的爷爷无论如何都能算得上是个智者，他对草的爱护多于对草的争斗，田间的杂草他会和其他农人一样，千方百计锄了它、拔了它，庄稼地外的草，他却当作了另一类庄稼，小心地呵护着它们，甚至会在后院开出一块地，种上一些草来，比如马齿苋、半边莲、夏枯草等等。他有自己的想法，做得自自然然。到我真正理解爷爷时，爷爷已故去多年，我时常在想爷爷是在用自己的行动，作一个农人的救赎，一辈子的耕作，毁于他手中草的生命不计其数，他略略地做了一些对草有益的事，心中会安宁些。

爷爷是在冬天去世的，他留下遗愿，让在他的坟头上，撒下他亲自采下的草种，作为长头孙子的我，把草籽一遍一遍地撒过，撒得笨手笨脚，却难得的认真。到了来年春天，爷爷的坟在乡间早早地绿了起来，野花奔放，如同一座奎动的花丘，这之间，有马齿苋、半边莲、夏枯草、打破碗花花，更有起起伏伏的灰灰菜。爷爷全然地交给了草，作为一辈子和草纠缠较量的农人，他睡得安心，梦呓的成分也多半是绿色的。

到了无书不读的年龄，我接触了被达尔文称之为"1596年百科全书"的《本草纲目》，李时珍用自己的伟大告诉了我，生长在乡间土地上草本们的博大和精深。车前子降暑、消炎；半边莲解毒、清表，毒蛇咬过，敷上能救人一命，黄花菜清心、化积……就连遍地都是的夏枯草，也是一味良药，乘着花开时，采下，晒干，到医药公司可卖上八分钱一斤，一个暑期不要花费多少精力，上百斤的夏枯草就解决了学费问题，还能剩下一笔零花钱，买上几本小画书，阅读出不尽的精彩。何况，在乡间行走、泼皮，时而被虫叮、蚊咬、毛毛虫刺伤、头疼脑热，对应的总有有名、无名的草本，擦擦抹抹消除痛痒，煎煎熬熬解除病苦。生存了千年的草本，被一位古人的慧心点燃，我曾学着他，想把故乡奔涌不息的草们分类，诸如，山草、芳草、毒草、蔓草、水草、石草、苔草、杂草之类，但力不从心放下了，却心犹不甘。那样的时日，乡间的赤脚医生是我最崇拜的人，她识得田间、地头的草药，知药性、会治病。我跟着她去采药，也时而品尝过她认为不是药草的植物，尝得满口苦涩，牙龈红肿，最终三分钟的热度过去，草草收场，对草的认知停留在了表层上。

前些日子回乡间，除却走亲访友，更多的时间是在田埂、荒地上识草，熟悉的草们仍旧安宁，说出了一个又一个名字，让陪同的人吃惊不已，但也有一些草找不着了，生长千百年竟消失得无影无踪，令人遗憾不已。倒是一些外来的如一枝黄花招摇开放、霸王草拉拉扯扯一片茂密，反而当地的草们显得委顿，让人心疼，而这些却是《本草纲目》上没有记载的，如李时珍在世不知会列入何类。

故土密语

　　每年有多少当地的草们消失，这话题开始沉重了。

　　草的文学含意在宿命中饱含着禅意，源于草本是乡村，更是人，和草相扶相携到了一个重要的关口。

在乡村寻找消失的事与物

棺　材

对于棺材印象深刻。

记事时，爷爷、奶奶就快七十了，他们的棺材在数年前就备好了。爷爷称之为老屋，奶奶恋家些，把它叫老家，棺材白茬茬的就放在他们的房间里，并肩地摆在破破烂烂的床头。爷爷、奶奶对棺材有特别的感情，一年中总要有一些个重要时段，小心又仔细地清理上一次，比如爷爷的生日，奶奶生灾害病一场之后。

爷爷、奶奶对死看得开，苦日子过够了，死并不可怕。常挂在爷爷口边的话是"七十三、八十四，阎王不请自己去"，他似乎随时准备着去赴一场盛会，以至于有一次，他穿戴整齐，打开棺材盖躺了进去，试了试，对家人说：睡在里面挺舒服。要不是奶奶坚决反对，他就要把棺材当作睡床了。奶奶对棺材的态度随意些，时常对着棺材会长长叹口气，一声叹息后，往往会说：心好过多了。或许她会想到自己百年之后，有一块安静的地方可以长眠，身边的劳累终于可以放下了。不过爷爷、奶奶有一点是共同的，就是在过年的时候，都齐齐地要求，在白茬茬的棺材上贴上一张喜庆的红纸，上面写上"寿"或"福"字，这一天他们把棺材称之为"寿材"。在我识字后，写这样的字非我莫属了，字写得不端正，又粗又黑，爷爷、奶奶仍是满意的。

村子里几乎家家都摆着棺材，那时候的人寿命短，活到五十岁就得为自己置办老屋了。"行"了手艺好的木匠，放了门前的几棵大树，"割"棺材的活就算开始了，拉锯的、使斧的、开刨的，家中的妇女忙前忙后，没有悲伤的气氛，无形中还有几分的喜庆。棺材做好了，放上一挂子鞭炮是少不了的，准备若干年睡这口棺材的人，得说上几句吉利的话，背景自然是棺材，话多话少都不重要。之后的岁月，守着棺材的人，条件好的刷上几遍桐油，家境差的就放置一边了，不管怎样，有了棺材，活着多了几份踏实。很多年我都在考证，为什么村里的人，把做棺材称之为"割"棺材，直至奶奶九十多岁临去世时，一句轻淡淡的话：宁离千里路，不隔一层板。提醒了我，"割"乃"隔"的同音，"隔"棺材实乃阴阳两隔。此"隔"用得准确，乡村人聪明、智慧。

守着棺材数日子的人，有时是睡不上的。村里德高望重的刘三爷，四十五岁"割"了口柏木棺材，年年一遍桐油，到了七十挂零，光桐油也衬了寸把厚了，好多人探望过这老屋，临了都会丢下一句话：刘三爷有福，老屋排场。刘三爷一辈子就一根独苗，却在三十出头时暴死野外，后事办得简单，但打发一口棺材是少不了的。刘三爷撕心裂肺，咬咬牙，白发人送黑发人，决定把自己守了近三十年的老屋送给儿子。村里人打岔，刘三爷一个劲摆手，他摸了一把儿子的脸，又重重地打了一掌，亲自合上了棺材盖。双泪长流，喃喃自语：讨债鬼呀，临走还带走了我的老屋。说得天地动容。

草 堆

村里家家门前的草堆是少不了的。

生产队打过稻麦，分草，一家家地往家挑，严严实实地垛起来，新草压旧草，烧锅燎灶，当然还有其他的一些用途。稻草主要是用来烧锅的，麦秸金贵，码齐了铺在屋顶上，挡雨、隔热，如有一点可能是不会塞进灶洞里的。

草堆的大小往往是和家境有关的，家境好的、劳力多的，草堆堆得周正高大；对应疲疲软软的草堆，这家子必定家境贫寒、缺乏劳动力。草堆上的草来源广泛，品种也不单一，除了生产队分的稻、麦秸秆，还有长长短短自己砍的荒草、野蒿。到了秋天，田埂、荒山、坟地，野草熟了，砍草的季节也就到了，不要多久，四野就会光秃秃的，草都被收进了大大小小的草堆里。

草堆往往是容易发生故事的地方。乡村的灯熄得早，大月亮头，或多或少的乡村爱情就在草堆边发生了，怀春的乡村少男少女，相约在草堆头，互倾爱慕，偶尔会耳鬓厮磨，做出那个时代称之为出格的事情，乡村人多是包容，走到草堆边都要大声地咳嗽上几声，撞见了也是相视一笑，权当耳边吹过的风。少时恋着草堆，冬天捕鸟，夏天捉萤火虫，秋天听蝈蝈叫，玩累了一头扎进草堆呼呼地睡上一觉，天大亮了才被父母拎着耳朵拽回家。

仅仅这些还不足以说明草堆的深沉。村东头，黄木匠家世居于此，家老屋老，几辈子没挪过窝，草堆搭在场地上高高大大，底下高高地抬空、垫起，通风、透水，草一层层地压着，严实得手插不进，需要扯草烧火做饭，还得借助铁钩子。黄木匠走南闯北，人讲究，

草堆也垛得讲究。草堆下是有灵物的，一窝黄鼬和草堆共生，和黄
木匠一样的拖家带口。黄木匠善良，对黄鼬的存在早有察觉，好在
相安无事，日子平平常常地过着。一年冬天大雪封门，草堆被雪封
得严严实实，只有草堆头的空地上的雪被清理出了一块，如此鸟儿
们来了，关急了的鸡也跌跌撞撞地奔了过去，就这样悲剧发生了，
即将"春鸡大如牛"的开窝下蛋的母鸡，被黄鼬咬死了两只，并被
拖进了草堆的底下，到了晚上黄木匠清点鸡头，少了两只，起先以
为是鸡"扒"子偷了去，细细去找却发现了草堆空地上的血迹，沿
着血迹，发现了一地鸡毛的真相。黄木匠长吁短叹，对着草堆发话：
我们相安无事了这么多年，你过你的日子，我过我的家，大冬天日
子都不好过，你怎忍心吃了我的鸡……自言自语地说，雪听到了，
风也听到了，高高的草堆也听到了。第二天发生的事更让黄木匠目
瞪口呆，两只小黄鼬的尸体横陈在草堆边的雪地上，脖子被齐齐地
咬断了。黄木匠感慨万千，对着草堆发问：又何苦呢？孩子小不懂事，
做错了，打上一顿也就罢了。今晚我的家门开着，饿了，能吃的尽
管去拿。草堆下一片沉寂，直到黄木匠转身离去，才听到"窸窸窣
窣"的声音。许多年后，黄木匠随儿子进了城，草堆一直在那立着，
风雨一层层剥去了草堆的高度，但底层依旧安然。

夜　行

没夜行过算不得乡间人。

挑担子走夜路是乡里人常干的事，一百来斤的担子，挑在肩上
一路"吱吱呀呀"地走，路是泥巴小路，白白的瘦瘦的游走在稻棵、
山芋、大豆之间，挑担子的人轻车熟路，一头的汗水，头也不回地
紧赶慢赶，家里的人留着门，听到远远的狗叫声，当家的会轻轻地

嘘上一口气，把留守的灯盏拨亮些，昏花的灯火从缺牙的窗户飘出，炊烟淡淡地升起来，热上一碗剩饭剩菜，夜行的人早已饥肠辘辘。

村离城市远，四五十里的路，早上起个绝早，带快脚步，到了城里已是中午时光，何况空手的少，总要挑上一些东西，比如百把斤山芋，一担子荒草，两稻箩花生，城里人稀罕，挑上了就能换回些村里人必需的东西。在城里走走逛逛，买上点针头线脑，磅上百斤有烟煤、无烟煤之类，离天黑就不远了。赶忙起身向回赶，还没出城，天已黑得透彻，匆匆的夜行就必不可少了。

走夜路的人是要有些胆量的，无月亮的夜晚，伸手不见五指，路边的野物多，猛地会蹿出一条，吓得夜行人六魂出窍，好在一路上总有磕磕绊绊，经历多了也就淡然，路照走，担子照挑，夜太静还会狠狠地吼上几嗓子，天地辽阔，粗的俗的、入耳不入耳的，吼得肩上的担子乱颤，歇夜的鸟纷纷拍翅高飞。也有胆战的时候，野坟岗作为必经之地，绕不过、躲不了，夏夜磷火一朵一朵的，飘飘忽忽，随着人带出的风声走，惊得夜行人一身冷汗，头是万万回不得的，老人说，人的肩上两朵火，回头就会灭了一朵，鬼魂附身，人的胆就破了。小时也常走夜路，有大人领着，心雄些，也是万万不敢回头的。

村子里的常五爷是走夜路的常客。常五爷说得一手好书，《小五义》《上海侦察记》《水浒传》《三国演义》说得风生水起，扯瓜带枣的荤段子更是引人想入非非。书说到半夜，路途远近总是要回家的，走夜路就成了常五爷的家常便饭。一次，常五爷去邻村说书，书说得精彩，一关一关地说，时间不经过，几关书下来，已是下半夜过了。邻村的人好客，有菜无菜又陪着喝了几口山芋酒，酒醉心明，常五爷拎着鼓，摆着鼓槌，跌跌撞撞向家赶，眼见到了一陌生的村落，常五爷正在发愣，已被人拦了下来，来人诚邀常五爷说上一段，五爷仁义，没做多少推让，大鼓一架就说了起来，说的有味，听的有劲，一整夜就这般过去了。

天麻麻亮时，早行人奇怪了，朦朦胧胧中，鼓声阵阵，唱调幽幽，常五爷伴着晨光，劲敲大鼓还在有板有眼地说唱。早行人慌慌地去喊五爷，五爷方才停下大鼓，睁开眼来，眼前是一片荒地，荒地上乱坟杂陈，一新起的坟头白幡仍在随风飘动。常五爷大惊失色，原来一夜间都在坟场说书，架鼓的是坟头，屁股下的椅子是坟包，观众是大大小小稀稀拉拉的坟茔，一对鼓鼓的口袋塞满了烧尽的纸灰，算作了工钱。常五爷四处打量，新起的坟头眼熟，前不久还来送过葬，死者是他的发烧友，撵着他四处听书。

夜路走着走着天亮了，乡间的路走着走着拉长了。

娃娃亲

乡间的婚姻说不上多么自由，有时小小的就定了终身。

比娃娃亲更早的是指腹为婚，两家大人好得割头不换颈子，恰好双方的女主人都有身孕，一家起头另一家跟上，便商议好了的一般，若正好是一男一女，就结为儿女亲家。事凑巧的成分多，张家生男，李家生女，一门子亲事就算定下来了，至于以后的岁月，谁也不会去多问。

相比较指腹为婚，定箩窝亲要多些，男孩、女孩都还躺在摇篮里时，两家的父母对上眼光，找个中人说合，人生大事就算订下来了。随后两家多有走动，一家去看未来的女婿，一家去看今后的媳妇，走动得热热闹闹、亲亲和和。两个孩子小时撒尿和泥地在一起玩，到了略略懂事就隔避开来，听着大人、孩子的指指点点，再碰面时相互脸一红连话也不敢说上一句。也有相互大方的，彼此关关切切，好得如同亲兄妹，赢得不少人的热眼。俩亲家时常会闹矛盾，也有中途散伙的，免不了大争大吵、反目成仇。但大多数随着岁月走动，不管两个孩子相处如何，婚还是如期结了。

记得上村小时，班里有两个同学是娃娃亲的，男同学老实，时常被其他同学欺负，娃娃亲的女同学本就泼辣，看她的"小丈夫"被欺，每次都大打出手，撵得欺负人的同学贴天飞，时间一长，"小丈夫"变成了男同学的绰号，喊着喊着连本来的名字都被忘了。"小丈夫"不爱学习，做作业丢三落四，经常被老师罚站，面对老师，娃娃亲的女同学不敢多话，一下课"小丈夫"就要吃亏了，她拧着"小丈夫"的耳朵，一个劲地臭骂，直到"小丈夫"不停地求饶，同学们围着看，拍手叫好，女同学却大言不惭：这是我管家里事，关你们屁事。引得一圈子人哈哈大笑。"小丈夫"后来变乖了，学习知道用功，成绩呼呼地向上蹿，若干年后成了村小同学中不多考上大学的人，同学相聚和他打趣，"亏得老婆管得早"。"小丈夫"不停地点头，他已为人母的妻子站在一边抿着嘴笑，手中还不停地为"小丈夫"织着毛衣。

娃娃亲中的另类也是有的。邻家的二姐自小就定了娃娃亲，二姐长得漂亮，是村里数一数二的贤惠女子，而她自小定的娃娃亲却好吃懒做，染上了赌博的恶习，二姐为之常泪水洗面，不知以后日子如何过，想到了退婚，父母坚决不同意。眼看着到了婚嫁的日子，二姐一狠心随一放蜂的外地男子私奔了。事情就这么闹大了，男方家不依不饶，聚集了方方面面的人到二姐家讨说法，先是要人，后是算账，从定娃娃亲的日子算起，一年三节，端午、中秋、春节，接接送送，二十多年花费了好几千元，二姐家得还上。当时的几千元不是小数目，当裤子、卖房子也不够还的。二姐的父母亲理亏，加上女儿丢人现眼，大气不敢出，一面派了人到处寻找，一面好吃的、好喝的招待着男方的亲戚朋友。没人得有钱。男方家人放出了狠话，二姐的父母只有求饶的份，求爹爹拜奶奶的四处借钱，四邻八舍借遍了，还是不够男方家要求的数目。男方家再次扬言，若再给不上，就扒房子、拉房梁。二姐的母亲胆小，又为女儿担心，竟喝了一零五九，口吐白沫离开了人世，一场闹剧到此才算了结。

五十多年后，二姐做了奶奶，儿孙绕膝，还时常对着家的方向发愣，她搞不明白，当时是走还是留下好？

磨豆腐

腊月二十三刚来，乡间的磨盘就要忙活起来了。

豆腐是乡村年里一道必不可少的大菜，鲜嫩、可口，也大众化，吃得起，可大盘大盘地上，可大块大块地吃。过年是农村的大事，亲戚朋友来来往往，备上几盘豆腐，心里有底，不至于慢待了客人。

磨豆腐不是一件轻巧的活。秋天收黄豆时就有意选择了颗粒圆润的豆子，晒干了细细地收在布袋里，并且暗暗嘱托自己，这豆子得留着，等着春节时用，偶尔还要透透风、经经阳光，省得被虫蛀了。到了腊月二十，把豆子泡了，选清清的水，最好是砖井水，土井水次之，塘水是最不堪的。水一天一换，豆子随之饱满起来，二十三得起个大早，借来的磨盘摆在堂屋里，一人推磨，一人向磨盘里添豆，磨子转动起来，浓浓白白的豆浆糊状地顺着磨沿，淅淅沥沥地流到了盘子里。推磨的人弓腰使劲，落个腰酸背痛的累，添豆的却是技术活，豆和水得放均匀了，否则会影响豆腐的质量。豆子磨完了，轮到了筛浆，筛浆也是有讲究的。浆布的选择和家境的好坏有关，家境好的，会选择筛布细密紧实的，筛动时滤出的汁渣子少，所做的豆腐细嫩好吃，但豆腐的出量明显要少些。家境弱的，筛布的孔就稀多了，加上反复地筛，颗粒小的豆渣混杂在豆汁里，做成的豆腐粗糙口感也差，好在量可以大大地提高。到了熬汁的时候了，大灶架起了柴火，火旺旺地烧起来，不过火候的掌握万万不可掉以轻心，火弱了豆腐难以醒来，火太冲一锅的汁就烧煳了。烧滚的豆浆急急地打进备好的水缸里，到了最关键的时候：点卤了！点卤不是人人都能做的，得有丰富的经验，在这之前，石膏已细细地砸碎，用筛箩反复筛过，石膏越细小，豆腐越好吃。点卤的人郑重有辞，口中念叨：豆腐来了，豆腐来了！顾不得热气熏天，用一把长柄勺子一个劲地搅动，果然点了卤的豆汁凝固了起来，一缸白白的豆腐脑鲜鲜亮亮地做成了，一家子欢天喜地。被打发在一边，怕说"破嘴话"冲了豆腐的孩子们围了上来，伸着碗盆挖上一勺，伴上白糖稀稀溜溜地喝了起来，透着一股子喜庆味。点卤失败的也是有的，不知什么环节出了毛病，一缸子豆汁软软地躺在那里，豆腐就是立不起来，害得这一家子的年过得冷清，像触了个不大不小的霉头。村里人对立不起的豆腐的家不会说三道四，往往是张家送几块，李家送一盘，聚聚也就不少，年还是过出了滋味。

压豆腐的副产品黄浆水自然可以派上用场，用大木盆接了，就着灶间的热气，父母逼着年幼的孩子脱光了衣服，痛快地洗上一澡，老祖母会在边上念叨，最多的还是和豆腐有关：咕噜噜咕噜噜，半夜起来磨豆腐，磨豆腐真辛苦，吃肉不如吃豆腐。孩子鲜活起来，老祖母的脸早笑开了花。

乡村的豆腐在另一个场合也会去做的。老人百年"归山"前躺在"老单"上，子孙、下人们得匆匆做着准备，豆腐饭是少不了的，随之磨豆腐的事体也就开始了，各样程序和过年时一样，半个环节也少不了。一边是躺在老单上残喘的老人，一边是磨豆腐发出的"咿咿呀呀"的声音，倒将悲哀的气氛冲淡了不少。

村里的老敬头活过了八十个年头，儿孙孝顺，但老病缠身，在老单上滴水不进躺了上十来天，眼见就要"归山"。儿孙们忙着料理后事，请来了村里豆腐做得最好的把式老宣，老敬和老宣交好，自然老宣把豆腐做得精心，万万没想到，点了卤，豆腐没有来、没有立起来。搞得老宣大跌面子，一个劲儿赔着不是，老敬的家人也是责怪不断。谁知陷入弥留之际的老敬头突然醒了过来，这一醒来又多活了十年，还常和人说道，牙口还行，想多吃几年豆腐。

乡村的豆腐好吃，有着青草味。

草头方子

偏方治大病，乡间的偏方大都和草有关，称之为草头方子。

偏方大都秘不传人，再好的朋友也不会说出的，传男不传女，代代单传，如仅有女的家庭，传的一定是"入门"的女婿。用偏方救人在乡间是种美德，张三家有人得了难瞧的病，李四家有相对应的方子，一定会送上配好的药来，有时是一把零零乱乱晒得焦干的草棒，有时是一捧泥糊糊的东西，有效了继续会送下去，只到病了的人割了根子、追问药的成分，自是回以一笑，摆摆手走人。请酒是免不了的，酒是山芋酒，菜，杀只鸡算好的了。醉了酒的药方主人，会把祖宗供起来，说祖上传下偏方的妙处，也会说上几味草药，关键处不再去说，至于药引子故弄玄虚后就要乱说上一气了，比如，无根水、蟋蟀须、茅厕砖、寡妇奶奶床下土，听得人晕头转向，说得他昏昏欲睡。一场酒作了一场病的医疗费，从此相互不欠着、空着。

而有一些方子却是公开的。苍耳虫是治毒疮的好药，白露时分，苍耳子的秸秆里生出了青青的虫子，剖开一一捉了，泡在麻油里，虫子慢慢消弭，过了一冬，一味治无名之疮的良药就成了。俗话说：病怕有名，疮怕无名。无名肿毒，生在脖子上叫落头疽，生在腰上叫腰疽，生在肩上叫"搭背"，搞不好是要死人的。有了麻油泡的苍耳虫自可放心，轻的抹点，重的将麻油浸泡过的苍耳虫敷上，只要不曾出头、流脓，几个来回下来，保证红肿消了、疼痛去了。这样的偏方是家家必备的，简简单单，却能解决大问题。

至于半枝莲是长在田埂上的，和蛇一起出没，有毒蛇的洞口必有半枝莲，干农活，忙泥土里的事，三两次被蛇咬，再正常不过了，有了半枝莲长着就不怕了，蛇咬后忍着痛，周边必然有半枝莲，不需迈出半步，就可采上数枝，找到石头用石头砸碎了，没有石头咬咬嚼碎，嚼软了敷在伤口上，蛇毒就会消去，最多留下三角形的伤疤。蛇常出没，这样的单方是自小就必须熟知的。

草头方子不仅仅全和草有关。不睁眼的老鼠寻着了，肉乎乎、粉粉的一团，红得透明，里面的毛细血管也看得清清楚楚，用石膏呛了，再砸成一团，血肉被石膏粉吸干、吃进去了，一副专治烧伤、烫伤的良药就炮制成了。老鼠的窝做得隐藏，没睁眼的老鼠不是随意能找到的，找到了就是一个村子的财富，东邻、西家有烫伤、有烧伤的，自会找上门去，"行"上一撮，敷上，去痛、收敛，伤口好得利索。

实际上村野里一地都是药草。半枝莲不去说它，车前子清凉，马鞭草解毒，夏枯草利尿，枸杞大补，合欢花催眠，鱼腥草克滞，大鲫鱼表奶……就连小小的泥鳅也大可摆上用场，口中生疮，从唇到咽喉一连串地起着疱疹，找几条泥鳅，用结实的线串了尾巴放在嘴角边，钻来钻去，不要多久，疱疹就会消了去，无须抗生素，更无须花钱吃药，何况孩子还把泥鳅当了乳头，吮得有滋有味。

儿时的玩伴喜欢到处乱窜，特别是夏天，太阳越毒闹得越欢，暑毒难挡，一头的秃疮在所难免，生怕真的成了秃子，找不到丈人家。父母到处寻医，疗效几乎没有，急得无所适从。隔壁的孙家老叔主动担起了治好的责任，他所有的要求就是治好毒疮，必须娶他家女儿为妻，他父母性急，没有二话就答应了。第二天，孙家老叔取来了丹药，匆匆地抹在头上，确实清凉可人，就是有一股子味令人作

313

故土密语

呕。好在抹上几次就消炎、生肌、结痂了，坚持一段时日，光亮亮的疤上生出了绒绒的毛发，秃子没有做成，倒生出了一头浓发，比过去更密。玩伴走得一路顺当，上大学、分配工作，做不大不小的官，父母的应诺没有落空，娶了孙家老叔的女儿，一工一农过得清清爽爽。许多年后，玩伴问自己的岳父，治秃头疮的偏方是什么？翁婿窃窃私语，才知是一把千年古井的淤泥。孙家老叔说：起早，用犁镜沉到井底，荡荡井绳，拽上来就是了。单方简单。

偏方治大病，也拱卫乡间良心。

流星七夕

乡间的七夕是在场地上的，双抢还没开始，乡村多了点闲心。

起先是说牛郎织女故事的。天热得可怕，场地上还有些风，搭了凉床，扇起了蒲扇，缘着七夕不大不小的月亮，指着月色，牛郎织女的故事精彩起来。七仙女奔着牛郎而来，成就了老槐下的姻缘，又被天神收了去，年年鹊桥相会，只有短短的一瞬。恨得牙痒，知道了爱情的珍贵，这无疑是最早的爱情启蒙。月下的槐树透底的绿，吊下的虫子，连着细细的丝线，伸伸缩缩，由于喜欢着槐树，也就容忍了它们。

七夕这一天乡间是不烧柴火的，备下了也放在树底下，多思多情的人还会刻意地拣上一束，搁在空地上，等着喜鹊衔了去。一天间喜鹊都在忙碌，它们前前后后地奔忙，把一些柴柴棒棒搬运去远方，它们"喳喳"地叫着，欢快间有使不完的翅膀，使不完的劲。大人们说，喜鹊心善，在搭鹊桥呢！而看到的喜鹊却是将一根根柳条、槐叶、椿枝运到了自己的窝里，村里人似乎都成了明眼瞎子，认定了是去汇聚搭鹊桥的，否则牛郎织女只能隔河相望了。

晚间星星起来时，月亮还得晚些才出来，牛郎织女的故事说完了，困意时不时地袭来，大人们不让孩子去睡，要他们躲在葡萄架下去听牛郎织女会面时的私语。听话的是半大不大的男女，乡间葡萄架少，他们约好了般走向野外，坐在田埂上，悄无声息地守着，生怕惊扰了天地间的对话，竖着耳朵揣摸流星发出的声音。第二天，村里村外的必然有人提着礼物，拐弯抹角地说上一段子闲话，最终还是为儿女提起亲事。不听话的小子们早早地睡上了一觉，醒过来时，谁也不认睡着了，都说听到了牛郎织女的对话，说得有鼻子有眼的。

土地上隔河相望也是有的。家门嫂子丈夫在外地当兵，江南江北地分着，家里活重，又带着孩子，每到七夕思念就加重了，白天拼命干活，到了晚间，搂着孩子孤零零的感觉就来了。村子里的人知冷知热，大姐、大嫂们会聚到她门前的场地上，说一些无关痛痒的话，嘻嘻哈哈地扯上一气，嫂子沉沉静静地听着，她的分心是明显的，往往长长地叹上一口气，打断了说不完的话语。好在嫂子的心中揣着一个秘密，不要多久当兵的丈夫就要回来探亲了，她的心蜜蜜地笑着，怀里的来信已读过了十多遍，伴着月色她还要再看，一声亲爱的称呼，她的心早融化了。心里感谢七夕，信是下午收到的，她把信当作了鹊桥的一根柳枝，是喜鹊衔来的。

大奶就不一样了。隔着一汪海峡，她心中的鹊桥搭了许多年，就是搭不起来。刚刚结婚不久，丈夫就远离了家乡，起先抗日，之后内战，相聚的日子掰手指就数了过来，当丈夫一船去了台湾，再也没了音信。过了多少个孤单的七夕，怕过也想过，牛郎织女的鹊桥能搭起，她的就不行吗？心中有了念想，日子过得慢也过得快。年年七夕，她昏花的眼总要流出泪来，没有泪，心恐怕早荒了。大奶日子过得紧巴，一个人打发时光，和她做伴的是一院子的树，其中一棵老皂角树还是和新婚的丈夫一起植下的，丈夫惜乎她的一头秀发，盼望这树早早地挂果，砸碎了好养护大奶的一头黑发。大奶七十挂零了，满头的毛发漆漆的黑，没见一根雪白的。将近六十年了，大奶用皂角洗头，就当丈夫在身边。从丈夫离开那年，皂角树上就搭了喜鹊窝，起先是一个，到了皂角树合抱粗时，喜鹊窝就没少过三个。每年七夕，大奶都会预备下粗细匀称的树枝，放在皂角树下，喜鹊热热地衔起它们，将窝一个个建壮实了。大奶当它们去搭桥了，为自己也为别人。

大奶死的那年，丈夫从海峡的另岸寻了回来，不是七夕的日子，他拍着结了七个喜鹊窝的皂角树，皂角纷纷落下，一把刀样划痛了他满满皱纹的脸颊。

乡间的七夕，流星滴落下来，撞进人的心里，痛。

呷摸秋天

伏天刚过，秋天走来，洗完十八盆，溽热的乡村就该清凉下来了。

太阳时不时是毒的，秋老虎的余威偶尔抖动下，夏天余下的瘴气就会跟了上来，被凉气吸瘪了的痱子最终挣扎起来，凸凸地鼓动着，一惊一乍地痒，孩子们疯了般地挠，只抓得浑身是痕，血丝丝缕缕地流下。痱子粉花露水之类金贵，村里的大人们老练，抓把屋里地上细细的灰尘抹上一把，痱子被"迷"往了，痒也随之熄灭了下去。秋天干燥，堂屋地上的灰尘细密，泥土地上悄悄地泊了一层，吸水、止痒、消炎，加上农村孩子的皮肤厚实，沾上了痱子自然消弭了，连疤痕都溜得远远的。数着指头过日子，天天晚上洗澡，一天一盆水，到倒去了十六七盆水的时候，身上的皮肤开始光滑起来，乡间的水养人，洗完了第十八盆澡水，皮肤已足足喝饱了，抓上一把，嫩嫩的充满了弹性。

足味的秋天是在田野里的。豆子熟了，花生实实地扎在地里，山芋饱满得撑开了垄子，透过缝隙，红红的皮肤泛着诱人的色彩。摸秋就此开始了。三几个半大小子，有时也带上尚小的妹子，一路疯跑地向岗地冲去，目标明确，直奔豆子、花生、山芋地，之后偷偷地伏下身子，似乎早瞅准了般，揪豆子、拽花生、扒山芋，豆子揪上一棵，花生拽上一兜，山芋扒上一头，沉甸甸的已足够了，拽上的花生，玩伴们早等不得了，一颗颗地塞进嘴里，顾不得泥土滞涩，吃得有滋有味。寻一处避风、避人的土坎，大点的孩子连挖带扒，秋天的泥土坚硬，好大工夫才扒出个洞来，小伙伴们早拔来了刚刚枯死的茅草、毛蒿，洞底密密垫了一层，把"摸"来的豆子、花生、山芋放了进去，上面再厚厚的盖上一层茅草、蒿子之类。连连地擦着火柴，茅草们被点燃了，一圈人围着吹气、扇风，让火向深处烧去，当火快成燎原之势时，赶忙捧上挖出的新土，小心地压了上去，火势弱了，只见一股青烟袅袅地向天空飘去，不要多久一抹闷闷的香味就会向四野弥漫开来。有时会出现些例外，比如被村里"看秋"的人发现了，玩伴们吓得四处撒腿奔跑，好在"看秋"的人大度，招招手又把奔跑的孩子召了回去，小心地扒开烧熟的"秋"们，你一颗我一颗地分在各人的手心，当然"看秋"的人也会捡上一粒豆子、一颗花生吃得"狗屁鲜甜"。到了中秋的晚上，摸秋变得明目张胆了，一地的火把，一地的月亮，摸上一把秋，好像就摸到了收成的心跳。

秋天过了些日子，乡间的尘埃落定了，一年的收获要么搬进了家里面，要么运到了场地上，圆圆润润地堆了起来，平平坦坦地铺了一片。月亮挑上树梢时，大场地上的电影开映了。实际上在这之前，郢子最大一棵树上已绑上了一面红旗迎风招展，约定俗成般地告诉四乡八野，夜晚将有一场电影上演。人们扛着长凳、拎着小椅纷纷赶来，幕布前黑压压地围满了观众，电影还是老电影，甚至头天刚在邻村放过。人太多，拥拥挤挤地看着，精彩处

故土密语

还会赢来一阵阵的掌声。也有空地。大场地的边缘处，一口大"茅厕"黑洞洞地张着眼，秋天的"茅厕"粪已用完，底下浅浅地留着粪的痕迹，一个人不小心地滑了进去，一股子臭味，他轻轻地"咳"了一声，又狡黠地摸出了"丰收"牌香烟，点燃了吸了起来。第二个人看到空地，还有人吸烟也一脚踏了下去，第一个人赶忙凑了上来，递过香烟，一阵子私语……之后，连浅浅的"大茅厕"都站满了仰头看电影的人。

秋天的乡间，圆圆的月亮悄悄地滑过，成熟的味道搅来搅去。

拓土坯

乡村是泥土做的，站在那、躺在那，总和泥土有关。

远远近近的村子都把打土坯称之为"拓土坯"，让人浮想联翩。拓土坯是件力气活，多多少少也是件技术活。盖房子在乡间是件大事，没有个住的窝，田里的活是干不安宁的，加上娶妻生子、添丁进口，搭上间把茅草房更是万万少不了的，而土坯又是盖房子必备的，拓土坯就成了乡村一件隆重而又谨慎的事了。

丘陵地带打土坯有两种方法，一是"拓"，二是"梭"。

拓土坯要选个风和日丽的日子，农活忙得差不多了，早瞅准了岗头上一窝子好泥，泥必须纯纯净净的，最好是黏性的黄土，"行"上几个壮汉子，一担担地挑回场地上，用耙子砸碎了、拌匀了，浇上水让泥慢慢地醒来，再撒上切成半寸来长的稻草，慢慢地搅和开来，再赤着脚深深透透地去踩，条件好的牵上条牛，东南西北地踏上一气。泥熟了，就可以开拓了，模子先蘸上水，放在撒了草木灰的场地上，捧上一撮撮有筋有骨的稻草泥，捶捶打打，取下模子一块土坯就拓成了，待场地上整整齐齐地布满了，三间房子的土坯也就拓完了。晒干、码好，等着好日子就可以起墙盖房子。拓出的土坯大小匀称，垒起的墙自然平整好看，这一般是比较讲究的人家干的。

"梭"土坯准备的时间要长些。先得选上一块晚稻田，田要平整，比周边的田略略高出一点儿，稻子熟了，早早就开出缺口，"沥"干了田里的水，割稻时把茬子放低，最好能贴着地皮割。稻把子挑完了，逢上好天气，晒上七八天，田土半干半湿，就可以"梭"了。秋天气爽，稻茬子上又青乎乎地长了一片，小风吹过细浪般涌动。"行"来的人先是拉着石磙，来来回回地走动，把稻田上的土压实了、压密了，牛是万万用不得的，牛壮实，会把蹄子深深地陷在泥土里，石磙再重也压不平、压不实。压实了的土地泛着青光，有经验的人指指点点，不要拉线、用尺，先是竖向，一人拉拽、一人用力扶着"梭"刀，"呼呼"叫地向前走去，扶梭刀的人把握着深浅，一路下来俩人早已汗流浃背，竖向拉完了，再梭横向的，时间不长，一块田亩已被分割成数千小块。剩下就是细致的活了，几个人端着铲刀，先商量一番，齐头地铲将起来，一块块土坯周周正正地被起了上来，斜斜地对角放着，波浪般密密推动煞是好看。如果老天爷作美，再风上个三五天，土坯就会有个七八成干了，土坯的主人会一一小心地垛起它们，留下通风的空隙，码在田的边角，干透了，不要多久就要派上大用场了。

泥巴争气、泥巴养人，拓出的"土坯"笨拙但经用，保暖、隔热，四乡八野的乡村没见盖好的房子突然倒塌的。拓出的土坯，草为筋骨泥为血肉，而"梭"出的土坯，泥土早被稻的根须把住，一旦风干了，比铁还坚硬。仅用土坯是垒不起整面墙的。墙的根底也是用泥土地搭起的，仍然是选早、中稻的田块，收割后，大块的带着湿气挖起、挑回，早稻收割后"搭第一版"墙，到中稻收割后再"搭"第二版墙，到了土坯风干时，择个好日子，一一地垒上去，封山、实檐，

319

故土密语

之后上梁、铺草，房子就算盖成了。

乡间的"土地"焊在了一起，根扎泥土里，又长出了泥的脊梁，即便突然消失，颜色仍是土色的，看不出二样的状态，如果有一天需要了，撮起它们搅和、搅和，又可以拓出新的"土坯"。

种　子

或许小时在农村生活久了，碰到种子就要把它埋进泥土里，所以我的阳台上除了茉莉、兰花之类，大多是杂七杂八的草本、木本植物，林林总总不少于三十个品种，比如一束反季节的麦苗，一捧秀气娟秀的红枫，一尾长势良好的火龙果，一盆扎着细丝的巴根草……没有贵贱之分，参差着长，相互提供各自的气场，在阳光的催动和风声的抚摸下，各有自己的领地，交叠间开花或者结果，显现着特有的质地。

似乎是种子都会发芽的，给一捧泥土，浇上一杯水，不要多久就能长出一根苗来。小如蚁头的火龙果种子，它们生长的力量要用生动来形容，费点周折取出的种子，带着特殊的黏糊劲，种进泥土里，略略地遮住阳光，一两天时间，细细的苗就蹿了出来，起先长出对应的真叶，几天后它的面目清晰了起来，如仙人掌类植物的茎，齐齐地向着阳光，几乎是一天一模样，到细密的芒刺尖锐地朝向天空时，绝对难以相信，它们的生命来自那么细碎、微小的种子，有的只能是对生命的敬畏。曾捡拾过一个山药的种子，手指甲般大小，随手种进了花盆里，不久就将它遗忘了，到了来年春天，竟冒出了嫩绿的幼芽，一场春雨后，它的藤蔓沿着阳光踱来的方向，拉拉扯扯地向上游走，没过多久阳台的护栏已经被攀缘得没了缝隙，俨然是一面凌空绿色的墙体了，美得让人不忍去拂动，又忍不住轻轻爱抚一气。

实际上生命的种子种下了，即便被丢在了遗忘的角落里，生命的冲动无论如何也会鼓噪和撞击，早已和记忆无关。

我常隔着窗户和满阳台的绿叶、枝条、花卉、果子对话，它们在不自由的空间里大气地张扬着自己，我肯定永远读不懂它们，它们芬芳的语言，乃至拥挤中相互的谦让，都是我无法明了的。常有鸟儿们光顾绿意盎然的阳台，灰喜鹊、乌鸦、斑鸠是常客，更不用说"叽叽喳喳"的麻雀了，它们优雅地在花影、草丛、树棵间穿梭来往，对一些果子情有独钟，啄食中争争吵吵，让寂静的时空多出了缕缕亮色，难能可贵的是鸟的光临，又让本已植物品种多样化的阳台，多出了新的物种，这是鸟们带来的。它们无意中也在做着种的事情，轻轻松松平添出了新的生命。

"庄稼不种当年穷"，抢收抢种是农村最有意义的光景。种事是农村最重要、最了不起的事。小时随母亲抢季节播种，大旱的时候，土地龟裂，泥巴铁一样的坚硬，母亲一锄一锄地和土地开战，我随后将几粒豆子、玉米等"点"进刨松的土里，用脚踩实了，等着父亲从遥远的地方挑来水，一瓢一瓢地浇透，三个劳作的身影在干旱的空气里飘来荡去，犹如在大地上种下自己。当完成一个大田里的种事，置身于空旷的田野，心中满是绿色的畅想，回过身来，看泥土泛着的层层细浪，我的耳朵里分明传进了微弱的低语，是种子吸收水的滋润声，更是泥土和种子交合的密语，仿佛世间的困苦和美好在某一刻有机的统一，终要用一尾尾绿绿的苗子来体现。也许就从这一刻，把种子种下，宿命般进入了我的身体和血液。珍惜种子，把它种下，成了我一道逾越不了的沟坎。

种事永远是美好的。多年前，我把五颜六色的太阳花种在了墙头上。故乡的土地金贵，而我实实在在地喜欢耐旱坚忍的太阳花，突发奇想，我要把这花种在院墙的墙头上。老宅的院墙不高，是用黏性十足的黄土垒成的，我把采下的太阳花种子，捻匀了播撒在墙头上，洒上水，剩下的就是静静地等候了。春天的气候温润，几场雨后，小小的种子发芽了，没见多久，墙头上已是绿绿的一片，到了炎热的夏天，花灿然地开了，一浪一浪的迎风而招展。除了花的美丽，我还收获了后羿射日的故事——十个太阳被射灭了九个，剩下的一个躲进了太阳花丛，太阳花救了太阳的生命，所以她不怕炎热和干旱，太阳眷顾着她。种子有了浪漫的根底，就有了永远进行下去的诉求。之后的日子，做个农人是我最想做的事情，种子不辜负人的劳作，可能是我心中较早形成的念头。但我终究还是走出了农家。在我上大学那年，墙头的太阳花开得特别的旺盛，风传花语把我送得很远很远。我记住了，"但问耕耘，不问收获"，种下了，希望就能飘逸。

不是农人，我还是时不时地种下种子，但其间也有说不出的尴尬。春天妻子研磨豆浆，我看到了一颗颗饱满的黄豆，黄澄澄的透着诱人的光亮，我随手抓了十来粒，在阳台的一个角落里种下了它们，期待着豆铃摇响的时候。一天天过去了，本该豆芽顶土的景象没有出现。再等等吧，泥土仍是那么静，而种下的其他种子却已冒出了初绿，较着劲走藤、露枝。少有的，我缺乏自信，刨出了种下的种子，它们仍水分难以透进地坚硬着，我不甘心，一一剖开它们，看似颗颗美好的黄豆，竟没有胚芽。在失望中我知道了这是所谓转基因大豆，再肥沃的泥土、再清澈的水也无法让它们发出芽来。种事在转基因面前败下阵来。面对阳台上空落的一块，我的心莫名得也空落得难受。变异的种子，是永远吐不出绿色的，想想其他事不也如此吗？

我会将种事进行下去的，只不过将会做出选择。对着纷繁的世界，我实在不想种下的东西发不出芽来。初秋的日子，阳台上的植物都到了收获的时候，鸟奔赴得更加密集，它们各取所需，各有所获，我的心又敦实地落下了，毕竟有种就有所得。

故土密语

磅　猪

不知为什么，乡间把卖猪称之为磅猪。

磅猪对一个家庭来说是件大事，一家老小天麻麻亮就会起床，把养肥了的猪洗刷得干干净净，好吃好喝的尽猪来个痛快的，之后当家的赶着它上路，尽管猪哼哼叽叽的老大不情愿，但它总拗不过口袋缺钱，缸里缺米的人。猪对于农家来说十分重要，既是肥料工厂，又是很久的日子里的盐坛子油罐子。记事时家里就养猪，年成好的时光养两头，再不好的年头也要养上一头。奶奶是养猪好手，上春头去集上捉上一只猪仔，经过一年的精心调理，到了冬天，一头膘肥体壮的家伙就该收栏了。

六岁那年奶奶从集上捉回了只全身雪白的小猪仔，宠物般的可爱，这猪特别的恋人，整天跟着奶奶后面要吃要喝的，奶奶下田干活也跟着，搞得奶奶五肝烦躁，被狠狠地打了顿，这猪接着开始磨我，我到哪跟着我到哪，简直就是头跟屁虫，好在我除了玩没有什么正事，跟着就跟着吧，强强多了个玩伴。就这般猪一天天长大了，不过这头自小无约束的猪，一直散放着，在不大的家里来去自由，有时在厨房过夜、有时在堂屋睡下，甚至在较冷的天气里就睡在我的床头。猪和人有了感情，人对猪也多了份关爱。奶奶从田间回来，或多或少地要带上一把新鲜的野菜，让猪吃得香香甜甜的，我有时也会从嘴边省出一点儿好吃的，给猪吃了新鲜。

时光过得飞快，腊月说到就到了，起先十来斤重的猪仔长到了一百多斤，此时的猪更能吃了，按奶奶的话说"喂不起了"，即便再有感情，也得去磅了，何况家里缺钱、缺物。挨了一天又一天，奶奶决定腊月初十一定把猪磅了。初十的早晨，我从睡梦中惊醒，奶奶已将猪刷得干干净净，破例地煮了一升米的饭，倒在猪食槽里，猪没心没肺地大口大口地吃着，嘴里发出欢快的哼叽声，奶奶嘴里不停地念叨"小猪小猪你别怪，你是人间一口菜，今年早早走，明年早早来"，我开始不依不饶了，坚决不让奶奶把这头和我相依相伴的猪磅了。奶奶没有依我，在妈妈的强制下，我和奶奶一起去十里开外的集上食品站磅猪。

早晨的阳光真好，我和奶奶赶着猪，猪一步一回头地走在前面，雪白的鬃毛，白里透红的皮肤，长大的猪真的如一个美少年，怎么看怎么顺眼。我忍不住抹着眼泪，奶奶不知何时准备了一根红布条，拴在了猪的脖子上，多多少少增添了点喜气。多少年后我还记得这样的场景，一老一少和一头猪踽行在乡间小路上，天微微地冷着，我和奶奶的头上冒着淡淡的热气，长长的路似乎没有尽头……开天辟地我家的猪被食品站评为一等，卖上了好价钱，毛猪卖了一百多元，外加奖励了一等的饲料票。当猪过了磅被赶进栏里时，和众多的猪放在一起时，开始六神无主的猪突然安静了下来，呆呆地看着我和奶奶，我忍不住又一次揪着奶奶，奶奶狠狠地把我的手甩开了，头也不回地走了去，只是在回途中不停地叹气。

讲实话，当我从奶奶手中接过一把用磅猪的钱买来的糖果时，剩下的就是满天欢喜了，我知道来年的春天，还会有一头小猪走进我的家门，之后我还会和它小伙伴样地伴着，还会有那么一天，我会从奶奶的手中接过一把糖果，甜甜蜜蜜地吸吮着。前几天，我和一位来自北方的朋友谈起小时的事，他突然提到了，幼时他家卖猪的场景，他告诉我一头猪从小养到大的艰辛，讲到了卖猪的那个早晨，他瘦弱的母亲被猪拱倒时，引来的一片哄笑，朋友突然失声痛哭，他说，他此时特别地想念自己的母亲，而他的母亲早已离开了人间。我试图说些轻松的话题，但是朋友仍然无法离开当时的场景，我真的无法找到安慰他的话语，只能依着大把大把的沉默，和朋友一起，将一些事一遍又一遍地揉碎。

此刻，我却似乎找到了乡间把卖猪称为磅猪的理由了，"卖"太生硬了，只有多余盈余的东西才会卖去，而猪对一个家庭来说弥足珍贵，连它的粪便也是宝贝。"磅"只不过是称称它的重量，多少也有卖的意思，但温柔、轻松得多。乡间创造的东西，确实有着十二分的美意。猪是农家的重要组成部分，只能一个"磅"字来对待。

许多年后，我们举家搬到了城里，已经八十多岁的奶奶执意要捉头小猪养养，父母孝顺，同意了她的要求，在不大的客厅里养起了小猪。猪长得飞快，不久客厅就容纳不下它了，况且随地大小便，搞得一家臭烘烘的，邻里间有了意见，长大的我们也有了微词。奶奶似乎仍是割舍不了，经过多方做工作，才同意把已半大的猪送到乡间，但她提了条件，磅猪时她老人家一定要去。

在不多记住的日子里我记住了这一天，奶奶头天就穿得整整齐齐的，要我把她送到了乡下伯父家，第二天还是起了个透早，给要磅的猪洗洗刷刷，喂上一升米的米饭，猪上路前没忘记给它脖子上系上红布带。伯父赶猪上路，年迈的奶奶倚在门框上一路目送。

蟋　蟀

在昆虫中，蟋蟀拥有许多传奇的故事，这些故事至今仍让人津津乐道。中学时读《促织》，之后看济公斗蟋蟀，总能找到一些熟悉的声音，直至如今，在夜幕落下时，听着三两句蟋蟀的鸣叫，心就会为此而打开，盘桓的东西就开始多起来。

小时候是伴着蟋蟀的叫声而入眠的。农村的野外空旷得没有止境，野草在一些地方疯长，比如坟地，比如目光可及的荒埂，比如突出在丘陵深处的土墩，都会被蟋蟀有名无名的嘶叫声包围。虫子的叫声多姿多彩，唯有蟋蟀的声音最为洪亮，叫得霸气，叫得让人心惊肉跳。庄稼地里蟋蟀的叫声显得温柔些，用浅吟低唱来形容毫不过分，它们在绿叶和花丛间弹奏，许是怕弄痛了即将结下的果实吧。丝弦和金属的声音，从蟋蟀的身体某个部位吐出，急急促促或慢声细语，应该是分舞台的。月光如同洒下的灯光，打在不同的背景里，显示出不同的效果，作为粉墨登场的歌者，当然会选择最恰当的歌喉，把夜间的表演推向极致。

房前屋后的奏鸣一定是蟋蟀们刻意选中的，有股小夜曲的味道，抒情中送出丝丝温情，直达梦的深处，流畅如水流，没有半点的阻拦。层次分明的蟋蟀叫声，以合唱的形式，让乡村的夜晚在静谧中多了灵动的意韵。偶有夜行者惊动了警觉的狗吠，蟋蟀的叫声被短短地打断，但随后，叫声又会续起，并且大张旗鼓地叫得更欢。

　　白露前后的蟋蟀牙口最为坚强，这是斗蟋蟀的好时间，豆棵田里的蟋蟀最多，人走过就会乱窜乱跳，抓上三五只不费吹灰之力，而这些蟋蟀上不了战场，即便上了也是三下五除二，溃不成军，想是养尊处优惯了，没有斗志。经斗的是辣椒地里的蟋蟀，个头不大，却个个精神抖擞，红黄的牙口，手指被咬上一口得痛上半天，火辣辣的。不过辣椒地里的蟋蟀金贵，不是随便可捕获的，它们大多昼伏夜出，夜间嘹亮地叫着，人一靠近便屏住了歌喉。小时的我们自有对付的办法，起先悄悄地靠近叫声最响亮的地方，关了灯光，一言不发地等待下去，最终耐不住寂寞的蟋蟀，还是相互比起了歌喉，一不小心就被我们抓获了。高兴的是莫不过抓住了一只"铁头将军"，铁头铜牙，稍加调教就能战无不胜了。"铁头将军"需喂最辣的辣椒种子，它大快朵颐，把辣当成了世间美味，几天下来身就透出了一股辣辣的劲头。当决斗开始时，"铁头将军"大声嘶鸣着，两三个回合下来，对手早已肢体不全，败下阵来，这时最好的赏赐一定是辣得进不了嘴的辣椒种子，乡间在这些日子里最流行的蔬菜是辣椒，比着吃辣，还要调侃上几句："敢吃辣椒，不怕老婆。"

　　其后家里的蟋蟀开始肆无忌惮起来，它们在灶房里张扬地活动着，东蹿西跳，成群成队地唱着歌、跳着舞，灶房里有吃食，还有灶洞的余温。乡间人并不讨厌这蹦蹦跳跳的家伙，称之为"饭蟋蟀"，它们与人为邻，甚至从尚有余热的锅里偷饭吃，一不小心还会被粗心的主人闷在锅里，生生丢掉了生命。记得奶奶最早和我说的故事，就是有关蟋蟀的，她说：蚂蚁一辈子辛辛苦苦，到了冬天有窝住、有粮吃，蟋蟀是个花花公子，整天唱呀、跳呀的，到了冬天就得偷吃食、借窝住。那时我尚不明就里，对蟋蟀故事中隐含的道理明白不了几分，但心中已然开始对蟋蟀的行为多多少少产生了几分厌恶。不过无论如何，童年时光里，蟋蟀仍是我们最好的玩伴，因为它们无时不在地伴随在我们的身边，在昆虫的鸣叫中，它们的美好和动听是要放在首位的。它不曾进入害虫的行列，也不是益虫，尽管在我们眼里整天无所事事，可以想见它们的世界一定也是五彩缤纷的。

对蟋蟀更多的领悟是在思乡之时。夜深人静，听一声鸣叫从窗户外传来，不用去分辨，肯定是蟋蟀。它不慌不忙地鼓瑟着，月光如水，轻轻地洗出一片淡然，心软处乡情漫过来，闭眼里尽是故乡零零碎碎的物件，有生硬的、有柔和的，而这些都不要紧，在蟋蟀的浅吟里，早化成了一地的麦苗、无际的稻田、袅袅升起的炊烟。怪不得台湾诗人余光中，在海峡的另一边，就着一只蟋蟀的歌声，铺出漫天的素纸，急急地写上最短的句子：还是故乡那只蟋蟀。

初冬早已没了蟋蟀的只言片语，我的耳际分明有着它们的跳动。

藤　意

　　去周屯寺寻访，本意是奔着寺庙去的，庙宇早在岁月的烟尘里隐身而去，只剩下十多棵古树，苍翠中风穿枝干，发出厉耳之声，听得人心中不是滋味。一棵古藤却大意地立出了树的姿态，碗口样粗，到了半空奋力地向身边的一棵大树攀去。

　　周屯寺因古藤而得名，民间称之为"扯藤寺"，藤蔓游走，游击了一座寺庙和纠缠不清的时光。也不知是藤在先还是寺在先，我的想象中应该还是古藤先占住了这块地盘，而后出家人看中了藤绕奔走的气象，在绿荫下打坐修炼，才有了寺庙的根基。藤扯出了寺庙，和古意有关，和藤的韧性有关，这该是周屯寺生根立地的历史。

　　古藤是普通的紫藤，九绕十八弯地委屈着自己的身体，每在春夏之交开出成穗芳芬扑鼻的紫花，引蜂招蝶一段时日后，就默然地打住心思，一个劲儿地追着太阳向上，而这太阳是树棵间洒落下的，它拾遗般捡起，紧紧地贮藏在心里，靠不多的暖和打发即将的严寒。藤的执着造就了生命的悠远，曾经香烟缭绕的寺庙沉寂了，顶香膜拜的人也早已"往生"，藤却半佝着身子，看日升月落，一脸的凛然。古藤的身边是一棵几人合抱的黄柳头树，耸入云际的枝丫，时而被藤的枝条抚摸，伙伴般的亲昵，有世间初恋情人的密切。黄柳头树应是和古藤一样古老的，它的半身处被古藤紧紧地纠缠住了，且打了个大大的结，结得实在、结得周密，或许年轻时的树，执意地要解开这结，几经周折，反而让这结结进了身体里，成了树和藤共进共长的一部分。不知何时黄柳头树开始向藤的另一边倾斜，也许是风、也许是雨、也许是雷电的力量，藤却不依不饶地抓住了它，拼命地向自己的怀抱里拉扯，生怕突然的倾斜让树失去了重心。俗话说"世上只有藤缠树，哪有树缠藤"。在这里分明可以听到树和藤相互纠缠的喘息，如一阵阵轰鸣的穿涛风声。

藤的另样生长，引发过众多的呼叹，藤似乎是必须依附着生长的。故乡有着许多的藤状植物，比如牵牛花、金银花、打破碗花、扁豆、何首乌、爬山虎等等，它们行走在故乡的角角落落里，说不上生动，也谈不上落寞，喜欢它们可食、可闻、可赏的状态，可却将它们弯腰作揖的姿势并入了没有骨气的一类，做树、不学藤，似乎是由来已久的理念。对于一种叫作菟丝子的走藤攀缘的植物，是见一棵拔一株的，它们依附着麦苗生长，缠过的麦子几乎颗粒不收，那时吃食紧张，尽管菟丝子金黄剔透，美得张狂，在乡人的心中它仍是庄稼的天敌。如果说对藤的另一种比喻放在故乡恰如其分，是对男女情事而言的。乡间的爱情缺少过多的浪漫，小伙子看上了一个心仪的女子，放在心中久久发酵，最终点破的，定然是他的同龄伙伴，装作城府很深的样子，人模狗样地说上一句：你看看牵牛花、金银花都是藤缠树的。一语点破，让小伙子如梦初醒，如藤样地和女子缠去，好事终归在缠中有了结果。

月色在周屯寺的天空铺开，透过藤条和黄柳头的枝丫，一缕缕明明灭灭的光线，划出一地的斑斓，偶尔想起"枯藤老树昏鸦，小桥流水人家，古道西风瘦马。夕阳西下，断肠人在天涯"的元曲，心猛地一沉。若干年前，也不知可有这么一个人，面对月色，在古紫藤下席地而坐，打量着满天月色，最终下了天大的决心，由此断了俗念。如果真的是如此，倒感到黄柳头有福气了，有这样一棵紫藤，紧紧地依偎过去，缠上了就不再松开，根扎在同一方土地上，皮肉相交、血脉相通，真好！

藤比人讲情、讲义。

苔　痕

循着记忆的方向，总能找到青苔的痕迹。

小时青苔最多的地方是打开门就可跨入的后院。青苔喜阴，不高的草房正好投下了影子，青苔就这般地在阴影里安下了身，绿绿的一片，毯样地铺陈开来，厚厚的又富有弹性，特别是炎热的时间里，丝丝的凉意从泥土深处透出，通过绿的过滤，清静而又安好。

喜欢在青苔地上打滚，打滚时有一种泼皮的感觉，可以张狂，更可以恣意，青苔总是无语，不似草芒，时而会刺中身子，鼓噪出疼痛和瘙痒。屋檐下的麻雀也极爱着青苔，它们会和我们争夺场地，"叽叽喳喳"地在一片碧绿里寻食或者谈情说爱，青苔轻落，打闹过的地方往往会留下一丝丝痕迹。

乡间长青苔的地方多，田埂边、沟渠旁、深井里、墙根上，有一片潮湿，就足以让草苔生根立命，水多长得旺盛些，干旱时它们略略地枯萎，一旦沾点水星又会澎湃起来。似乎没见草苔挑拣过生长的地方，一块青砖抛在荒芜里，不要多久青青的颜色就会布满它；一方土墙日久里偶沾水汽，青苔也会不离不弃；一口深井，井沿上定然有青苔的影子，顾盼间已向不远的深处探去。

青苔是弱意的也是小心的，它们不会和任何一株草争执阳光、地气，甚至藏着掖着趴在草棵间，以自卑之身，涂抹自己的信念和执着。小时常用青苔为自己疗伤，被马蜂蜇了去找它，揪上一把轻轻揉去，痛苦顿时减了七八分；被火烧水烫了，也可以用它安抚身子，最重要的是不会留下疤痕。

恍惚中一抹绿随处都在。前些日子去紫蓬山探访，已是深秋，阔叶的林地一片寂然，落叶金黄，依风而动，几百棵上百年的麻栎树，在山间扶摇，秋的景地多多少少有点沉落，而青苔却以一种坚持，缘树干而上，它们刻在树的纹路里，小心地绿着，小心地轻叹着，让人忍不住去抚摸一气，睁大眼睛去寻找它的根之所在。"返景入深林，复照青苔上。"吟哦这样的诗句，在秋色、秋山、秋景里，设身处地里，有了只可意会的观照。绿长在他处，为的可曾是自己？

青苔的小路，只适合独行。独行是可以留下脚印的，如同在雪地行走，不忍去踏访，可又难舍一份情缘，弄脏了雪，却又想深刻地留下足迹。对青苔布满的小路也是这样，绿得想捧在手心，真真切切地又不自主地迈上了它。慢慢地品味脚下的动作，那番滋味，由来已久，恨不得久久地栽下自我。青苔就是芸芸众生，它们以群而居，用多细胞的拥戴，还原出大自然的真实。人也是如此的，个体的，小我难免孤单，而合成的大我就不一样了。

枯灯下独自吟读纳兰性德的《如梦令》："黄叶青苔归路，屧粉衣香何处。消息竟沉沉，今夜相思几许。秋雨，秋雨，一半因风吹去。"突然对依附、孤独、缄默有了更深的理解。青苔定是为归路而生的，只有青苔密布的小路，可以刻下约会的鞋印，留下另辟一块的情人味道。由之天涯不远，追着青苔的路径，又何愁寻觅不到曾经的山盟海誓。青苔和生生死死的爱恋有关了，注定它的痕迹就会镌刻得更深了。

对寂然有一份钟爱，必然会和青苔关联起来。宋朝的陈克曾有诗句"绿芜墙绕青苔芜，中庭日淡芭蕉卷"，又让我回忆起自己住过的小院，推门而入，四处的青苔涌来，一世界的清静隔离了红尘滚滚。我有心地打量过青苔，它没有过花的繁杂，也没有芬芳，唯有的只是绿心绿身。绿不好吗？青苔滋生的记忆延伸了过来。

"嗟青苔之依依兮，无色类而可方""不堪红叶青苔地，又是凄凉暮雨天"。恰是一年秋末冬初，细雨犹在，我漫步在小区的曲径上，竟有青苔步入眼帘，我把小径当作了故乡的田埂，迎面向细雨中扑去，疑是母亲正从秋的田野中归来。

苔痕如鞭笞之痕，早已勒在了最不堪处。

锄　地

　　毒毒的太阳，热热的天是锄地的好时候。清明过后，雨水充沛起来，天逐渐地暖和，到了初夏，一场雨一场草，草们攒着劲长，不要几天，岗头旱地上，草就横七杂八地布了一层，一不小心过了劲的野草，盖住了黄豆、玉米、棉花、花生的幼苗，草再不锄去，它们会"吃"了庄稼，荒了田地。人勤地不懒，人的力气出到位，庄稼自会发力，捧出沉甸甸的收成。

　　陶渊明肯定是种田的好把式，隐居乡野时，曾写下："种豆南山下，草盛豆苗稀。晨兴理荒秽，戴月荷锄归……"的诗句，见情见真见景。可以想见他荷锄下地时，对着一地的野草和稀稀拉拉的豆苗发愁，又能看到通过一天的劳作，草依次地倒下，豆苗兴奋的样子。月色初上，豆苗欢呼，回眸间便有诗行跳了出来。陶渊明的诗接地气，散发上千年浓浓泥土味。锄地锄出诗行，必定是大胸怀、大智慧、大意境。

　　小时田中的活计最怕的是锄地，如果插秧、割稻、使牛、打耙、锄地，任我选择，我绝不会挑中锄地。"越热越锄"这是农活中的经验，也是真理，"锄禾日当午"说的就是这回事。炎热的天气，太阳临空，锄下的草在太阳曝晒下，很快就会枯萎。见过牵着晨露栽瓜点豆的，就从没见顶着露水锄地的。阴凉天很多活可抢着做，就锄地不行。草的生命力强，有点湿气，沾点雨露，前脚锄下的草，后脚跟着就又会冒出青来。毒热的天，旱地里蒸腾着一股热气，天若苍穹，密密地盖实了，汗水顺着额头一路流下，湿透衣衫，淋湿眼睛，按略为粗俗的话说，锄地锄得夹在"屁眼沟"里都是汗，何况还得弯腰，撅屁股。穿得周正，闷热难忍，赤着膀子，一墒地锄下来，太阳足以揭下上身的一层皮来。手捏着锄把也不轻松，捏松了出不上力，捏紧了，木质的锄把咬人，不常干活的人一定会双手布满了血泡。所以我怕锄地，怕得东躲西藏，但往往还得随着奶奶下地，懒懒洋洋地磨上半天。

看似简简单单的锄地是件技术活，锄的深浅有讲究，离花生、黄豆、棉花的根部距离远近也有说法，叫作深不得、浅不得、远不得、近不得。太深了，草根带上了泥土，任太阳猛晒，一夜过后，草就翻过了身，又牢牢吃进泥土里。浅了，草根还在，泥土喧不起来，形不成隔水蒸发的空间。不易保墒、保苗。离豆苗之类根部太远下锄，面前的草除了，根部的草留下了，不要三五日草就会蔓延开，抬起豆们的根须，扎不进泥土的深处。下锄近了，容易伤着花生之类的根茎，弄不好草没锄掉，却将一棵上好的苗锄断了，误了一季的收获。

我总是跟着奶奶下地，一左一右，各逮一垄地，奶奶做了一辈子农活，锄地对她来说，就是小菜一碟，一锄子下去，不深不浅，顺手一带平平拉动，草一根根地倒下，醒了的泥土隆起波浪，苗的缝缝隙隙里干干净净，每到苗的根部，她的动作会慢起来，一勾一推，草除去了，苗的根部堆起一捧子细土，护根护苗，手法娴熟，如她晚间穿针走线的缝缝补补。一墒地锄下来，仅留下一行子脚印，整整齐齐。我就不同了，或深或浅的东一锄西一锄，压不住草的阵脚，害得奶奶还要时不时地从她的墒子伸出锄来，帮我锄丢下的缕缕草棵。奶奶说我锄地是"猫盖屎"，锄了前面的盖了后边的，一墒子活下来，至少让一小半草留下了，摇着头还得带上我再补上一遍。尤其让奶奶心痛的是我误锄了苗子，她多半会捧着滴着汁液的幼苗，连连地咂嘴，对着失苗的空地发呆，直到了阴雨的日子，她还会记起，让我去补苗。半天的日子过得快，一亩旱地锄完了，太阳渐渐斜了下去，我坐在田埂上，奶奶还不愿闲下，她穿梭在锄过的田地里，把一些肥壮的草归拢起来，收进随身带着的竹篮里，那些个草是鸡们、猪们、鹅们爱吃的美食。田里不生闲物，确实如此，泥土里的东西没有一样子不是金贵的。我时常盯着奶奶的身影，发出些感慨，一身的酸痛，反而油然生出一阵子轻松。

"汗滴禾下土"的锄地，终究锄出了诗意，许多年后我在灯下写着这篇小文，恍惚中还在田地里迈着碎步，一锄下去，再均匀地拉出，泥土细细地排开，草的根须在锄的锋利下，发出密仄而裂帛的声音，苗们迎着爆热的太阳，泛出摇曳欢快的绿浪。我陡然间为自己曾经的"猫盖屎"而汗颜，不知耽误过多少庄稼，为误伤过的苗而顿足，它们在疼痛中流出的汁液，也不知可被黄色的泥土止住了？

鹊　巢

　　路边的鹊巢兀自多起来，每隔三五棵树喜鹊的巢穴就霍然地顶在树头上，在初春的日子招摇得炫目。喜鹊是否喜欢群居，像散布在大地上的郢子，邻居们没有间隙地盖起房子，拉上院子，实实在在地过起日子？我不得而知。而沿着绿化树及周边苗木，衔枝搭建的喜鹊爱巢，却是如此排开阵势的。喜鹊们绕着树林飞动，或立在枝头"喳喳"呼唤，似在诉说，这样的家园舒适、恬静，可以拥有众多的自由和快乐。

　　三月天阳光和煦，它贴着人的皮肤，当然也紧贴喜鹊闪亮的羽毛，柔和出别样的温暖。树枝开始小心地发出绿芽来，少数心急的花等不得绿叶相伴，陡陡地亮出美丽来。喜鹊撵着节气，忙于搬动树的细枝、柔草，精心修整自己的家园，润湿的枝条充满着生命的液体，喜鹊似乎早瞄准了，费了不小的周折，用尖尖的喙折断它们，编在了巢的最外围，正好一场桃花雪来临，树枝在春意的鼓动下，挣脱了雪的包裹，抽出了碎碎的绿叶，如此巢就成了长叶树的一部分，透出了少有的浪漫。不过鹊巢比整体的树绿得更早些，因为爆绿的枝条来自另一品种性急的树木。树木亦然，发芽的时间取决于心中的春的累积，心中的春浓郁到了一定的程度，花就开了、叶就绿了。喜鹊是有心的鸟儿，它们用不同的方式表达自己的心情，取悦相互钟爱的另一半，它们用自己最寻常的方式，装扮自己的家，当然随心着意的装扮，带来了不一样的效果，有的巢粗犷、有的巢精细，有的巢独自、有的巢连绵，但亮在春天里的符号都是最为鲜亮的。春风拂面，鹊巢的四周筛满了阳光，密织的爱意在一对对喜鹊的飞飞落落里，显得自然而又放纵。

喜鹊的巢实际上是从初冬的日子就开始搭建的，它们相中了一棵心仪的树木，在树的枝丫间放上了奠基的枝条，然后，一对辛勤的鸟儿冒着风寒，方圆数公里内，衔来仔细觅中的材料，黎明时分"喳喳"唱着劳作歌谣，直至傍晚才会悄立枝头，看一眼自己的爱巢慢慢长成。到了瑞雪飘飘的寒冬，一座温暖的家已在雪的裹缠里氤氲出了腾腾热气。小时常听爷爷说喜鹊和蟋蟀的故事，喜鹊辛勤劳作，到了冬天有了暖和的家，蟋蟀整天蹦蹦跳跳、唱唱舞舞，不劳而获，冬天里只能找个缝隙安身。那时我常对着门前高大的皂角树上的喜鹊巢发愣，严冬里喜鹊不愿停下自己的劳作，寻食归来的途中，总要负重而回，一根黑色的枝条横衔在嘴中，找到了合适的位置，才放下重负，喘着粗气，进入巢中。而此时，灶间的蟋蟀唱得正欢，就着土灶的余温，似乎它们永远在春天里。爷爷老迈，他用度量过岁月的拐杖，打破了我的疑问，要我们学习喜鹊，永远不做轻佻的蟋蟀。在似懂非懂间，我的心中多了观照，反复掂量勤劳和懒惰的孰轻孰重。

眼前的鹊巢在春天的田野里随绿树分布，让不曾繁杂的花朵绿叶的空旷多出了实际的内涵。沿着乡间小路去走，喜鹊们时而被我们惊飞，它们从没有迷失自己的方向，目标明确地飞往自己的家园，那是它们的家，它们要尽自己的力量守卫。走近一棵长了鹊巢的杨树，抬头望去，鹊巢如一方沉重的印迹，盖在了天和地之间，杨树的枝条正在泛青中，枝条托住印迹，春风荡来荡去，似乎沉沉的绿也在荡漾不定中。透过枝条，我看到了偌大的巢中一只喜鹊静卧而栖,它是在孵化大地的惊喜和花团锦簇吗?是的,一定是的。不远处的村庄,喜鹊"喳喳",也在喜叫不停,它们应在期待和呼应着什么……

塘的拓片

郢子是大郢子，居住着上千号人口。郢子分上下郢，上郢子上风上水，孙姓人居多，下郢子顺风顺水，主要住着张姓人家，上郢子叫白水塘，下郢子叫蒲塘梢，都以塘口命名。

白水塘因粉白色的塘水得名，一座十来亩的塘口，水波漾动，在称之为"大面积"的台地上张着灰蒙蒙的眼睛，水一年四季呈现粉白色，塘埂上没有绿树成荫，簇拥的多是矮小的灌木，栅栏般将偌大的水面含在中间。粉白色的水从"大面积"的四周涌进，一条小河潺潺地从高处流来，弯弯曲曲，细肠样绕动在"大面积"的腹地里，不断地给白水塘补水。"大面积"不似周边黄土沉沉，白色的土壤扬起白色的灰尘，土随水走，水也就染成了粉白色。粉白色的水富含养分，它灌溉出的庄稼，一应绿绿葱葱，结出的果实沉甸敦实。

上下郢子因白水塘紧紧地倚靠在了一起。两个郢子之间一块又一块梯状分布的田亩，稻麦扬花，瓜菜坐果，分不清是孙姓人家，还是张姓人家的花蕊在传粉，何况孙张两姓还有扯不清说不明的渊源。两个郢子都把白水塘当作了宝贝，不可能有任何人糟践这塘，使水、用水、淘米、洗菜、饮牛、洗衣，都离水塘远远的。白水塘的水脏了，上下郢子也就脏了。白水塘的水干了，孙姓和张姓人家的水缸也就干涸了。

连接上下郢子水系的是几口依地势而形成的大小不一的塘口，比如湾塘、东塘、南塘、蒲塘。湾塘像一蛾眉，半月样守在上郢子的上风口，一条小溪从白水塘出发，几经周折流落成一抹眉眼，水经溪水的流动，到了湾塘，水清澈安宁了下来，上郢子的人用这水、吃这水，把生生息息几辈子人的故事，小船泊岸般停留在了水边。

东塘应是上下郢子的分隔地，湾塘排下的水，张张扬扬地在东塘扎下根来，随之而来的是荷叶田田，春夏季节晕出层层绿浪和扑鼻的花香。东塘是上下郢子共用的塘口，塘的上首孙姓人家饮牛、洗衣，下首又成了张姓人家开缺放水，灌溉稻菽的甘洌之源。上下郢子的人，都约定好了一般，将鹅鸭之类散放在塘口里，到了傍晚吆喝牲畜的声音，此起彼伏，透出一股股热辣劲。

几条"化水沟"从白水塘蜿蜒而下，从下郢子的田地里穿过，甚至钻进了张姓人家的院落，略略地打个盹儿，直奔下郢子的南塘。南塘自然成了下郢子的风水宝地。我的家就是和南塘贴心贴肝，长在一起的。南塘不大，就三亩开方，却是长方形，规规整整的。南塘的历史可以数落得清，是我的爷爷在土改时，领着人开凿而成的。在我深刻的记忆里，塘的四周布满了合欢花，每到春夏季节，合欢花开得红红火火，一阵风起，塘的怀抱里就拥进绒绒细碎的花朵和随波起伏的花影，引得大小鱼儿追逐啜食。张姓人家爱塘、护塘，南塘肯定是首选。清凌凌的塘水是居家过日子的必备品，南塘无疑是下郢子人共有的大水缸。郢子里的人自上而下，盟誓样对待南塘，从没见任何人向塘里扔下杂物，甚至是打水漂的瓦砾。

我曾细细地考证过"化水沟"的叫法，直到现在，也没闹明白的是"化水沟"，还是该叫"花水沟"。水沟都窄窄的，却狠狠地勒进泥土深处，经久的水流，已让沟的两边硬硬地结了壳，光光滑滑又长满了四季有绿的小草。通往南塘的"化水沟"有一条是从我家后院自北向南流过的，寻常里的水浅浅一层，流得畅快，丰水时哗哗作响，有时也会满上菜畦，但却从没见过淹了院子，内涝成灾。

"化水沟"时有鱼溯水，扑刺出大大小小的响动，让童年的我心动，爷爷不让我捕鱼，大多时领着我看鱼的流动，像爱护三春鸟一样地护着鱼，目送着慢慢腾腾、悠悠然的鱼成群结队向南塘游去。院子因水的流淌生动了起来，一院子花开，一院子果香，一院子笑声。我家临近南塘，而这"化水沟"在来到我家之前，已不知流过了几多院落，水依然是干干净净的，护水、爱水是一个郢子里人的事，所以落进南塘里的水才会清澈透明，鱼儿才会自由活泼，把一朵朵凋落的花朵当作嬉戏的玩伴。在我一再考证"化水""花水"的时候，突然明白了，"化"和"花"都用得准确，"化"是疏通、流动，"花"就带有浪漫和诗意了，无论如何，都给出了水最好的交代。

大旱的日子也是有的，白水塘的水一天天浅显下去，上下郢子却没因水的分配闹过矛盾，总是相互谦让，让湾塘、东塘、南塘保持着滋润，水沟、小溪涓涓细流。上游放水了，"看水"成了上下郢子共同的事。我曾在一个有月的夜晚陪爷爷在白水塘边"看水"，听上游的水随柔肠似的渠道潺潺流动的声音，爷爷对我说天上的星斗和白水塘的故事，说水生万物，水能克刚的道理，说孙张两姓源远流长的渊薮。当一条大鱼随水而注入白水塘时，爷爷竟孩子般欢快起来，说：到了来年，孙子你记着，许多小鱼就会顺着"化水沟"游进南塘。我记住了这话，很长一段时间，守着院子里的小溪，看一队队鱼儿游过，慌不迭地喊爷爷来看，南塘鱼多，和白水塘分不开，和荡荡汩汩的水分不开。

从南塘停顿一段时日的水又向下游的蒲塘流去，蒲塘比周边散落的塘口都要大，上百亩地张开怀抱，将上下郢子遗落的水紧紧地拥进怀抱。蒲塘是口古塘，否则我所居住的郢子，就不可能用蒲塘梢来命名。蒲塘多蒲草，是水鸟的天堂，成群的水鸟春天垒巢，夏天欢歌，直到冬天也不愿意离去，高举的蒲棒，供养了方圆数十里人的睡眠，枕着它陷进了梦乡，多有故乡水的意韵、稻花的香味。记得有些年我失眠成疾，还是近九十岁的奶奶，采了大捧的蒲棒，打了软和的枕头，生生地将我塞进了记忆叠加的梦境，一觉睡到自然醒，还我了一片宁静和安然……

拓片般的塘，如今已远远离我而去，它们时而在我的梦中出现，出现的频率越来越高，每每醒来，却又让我慌乱的心恢复了平静。我时常去想，我身子里的水分是来自郢子里的塘口的，塘水那么的洁净和有张力，我身上的水流自然也应是爽意和清静的，如不然，我不就辜负了塘的养育。

抱　窝

　　春鸡大如牛，春天的母鸡是杀不得的，一肚子蛋花，陆陆续续成熟，一个接一个生下，白白生生的鸡蛋，无疑是村里人的盐罐子、油瓶子，一直要持续到夏天来临，鸡歇伏，到抱窝的时候。

　　抱窝的鸡晕头转向，不吃不喝，寻找曾经生蛋的窝一头扎下来，似乎要做一场长长的梦，孵化出自己的后代来。对夏天抱窝的鸡村里人总想着法子，千方百计地唤醒它，起先好吃好喝地让着，之后就采取极端的办法，扔进水里，吊在树下，尾巴绑上小红旗，身上糊满泥巴，唯一的目的，就是打消它沉入梦幻的念头，好吃好喝地过平常的日子，早些迎来新的下蛋季。大多抱窝的鸡，在三番五次的周折下醒了过来，也有少数执迷不悟，醒来时就只剩下一副骨头架子了。

　　到了初冬，抱窝的鸡却受欢迎起来，有经验的村里老人，在秋天鸡下的蛋里，选上三四十枚模样周正、表层清亮、饱满沉实的，用箩筐细致地做好窝，把抱窝的鸡放进窝里，鸡服服帖帖地蹲下身子，一场做母亲的梦由此生发开来。

　　入梦、入眠的鸡特别的温和，伏下身子大半天一动不动，将身上的温度陆陆续续传递给羽翼下的蛋们，鸡知道身子的底下是自己的孩子，没有人的刻意安排绝不会走下窝来。细心的主人把水和吃食用盏子盛好了放在鸡窝边，也只是饿极了、渴坏了，抱窝的鸡才会啄上几口，喝上一两滴。抱蛋的鸡为了让温度均匀地传递，它时常会用爪子翻动身下的蛋，尽管小心翼翼，还是会发出"咯咯"的声音，这样的声音好听，往往让一家人喜悦爬上眉梢，说这鸡会抱窝。不久小鸡就将出壳，绒绒的花团就会在场地上滚动。

老鸡带小鸡的日子开始了，"咕咕"叫的母鸡率先走在前头，一群雏鸡跟在身后，寻找吃食，或几粒种子，或一枚青虫，或一棵嫩草，母鸡让着自己的孩子们，看着绒乎乎的小鸡嬉戏争食，眼睛一汪水般柔和。母鸡始终是警惕的，略有危险的信号传来，母亲就夯开翅膀，任由小鸡钻进怀里，紧紧地抱紧了搂实了，将最软弱也是最坚强的一面暴露在光天化日之下。过去农村的生态好，猎食小鸡的动物多，天上的老鹰、地下的黄鼠狼，一不在意就叼走了毫无反抗之力的小鸡，保护小鸡的任务就落在了鸡妈妈的身上，当然也时有雄鸡帮忙，但往往一场打斗下来，母鸡已是遍体鳞伤。母爱在母鸡的身上表现得淋漓尽致，成就了一种乡间的文化现象，并演绎成在孩子们之间代代相传的游戏——老鹰抓小鸡。大月亮头下，一个在村子里较为强悍的男孩扮作老鹰，另一个受欢迎的男孩成了母鸡，一群更小的孩子在母鸡的保护下，和老鹰进行搏斗，其结果可想而知，老鹰大败，胜利的母鸡和小鸡们欢声雷动。

乡村就这么好玩，一个来自自然的现象，教会了世世代代存在于农村的人们，对于强暴杀戮绝不放弃抗争，胜利就一定属于拥有爱和善良者。乡间的许多语言生动，说这家的母亲对孩子爱得过头：看她，抱窝样护儿女；说某人懒，更会说：又要抱窝了。说法中有矛盾，但却生动得不须更多的解释，一目了然的活灵活现。

鸡抱窝抱出另样的故事也是有的。村里的瞎眼三奶，一辈子孤苦伶仃，养了几只鸡，天天盼着能下几只蛋，聊补穷得苦得叮当响的生活。瞎眼三奶养的鸡争气，田原打野，不需喂养，吃草籽、吃虫子，长得健健壮壮，鸡就在她的床头下蛋，蛋头也下得满，她天天摸着热乎乎的鸡蛋，日子苦却踏实。不料有一天，一只她最喜欢的下蛋母鸡走失了，瞎眼三奶瞎着眼四处召唤，鸡像从地球上消失了，害得三奶的泪断线样一串串流下，夜夜睡不着觉，合上眼小眯一会儿，梦里还是走失的鸡乖巧的模样。就在她彻底失望的日子，走失的母鸡突然出现在她的脚前，绕着她"咕咕"地叫，伸手摸去，母鸡瘦了一圈，它的身后跟着上十只绒绒的小鸡。三奶大喜过望，原来走失的母鸡在野外的旮旯里抱窝了，天可怜瞎眼老婆子，没有操心、操劳，母鸡还带回了一群小鸡，真的是意外的惊喜。瞎眼三奶更加善待走失的母鸡，女儿般呵护，这母鸡活了很久，直到三奶病死在茅草屋里，还在她的床头下了个偌大的双黄蛋。

天不灭人，抱窝的鸡用自己的举动证明。